Johannes Lorenz • Tod im Yellowstone National Park

D1668886

Johannes Lorenz

Tod im Yellowstone National Park

Ein Detektiv wird vom Jäger zum Gejagten

FRIELING

Die Deutsche Bibliothek – CIP-Einheitsaufnahme

Lorenz, Johannes:

Tod im Yellowstone National Park : ein Detektiv wird vom Jäger zum Gejagten /
Johannes Lorenz. – Orig.-Ausg.,
1. Aufl. – Berlin : Frieling, 1999
ISBN 3-8280-0753-8

© Frieling & Partner GmbH Berlin
Hünefeldzeile 18, D–12247 Berlin-Steglitz
Telefon: 0 30 / 76 69 99-0

ISBN 3-8280-0753-8
1. Auflage 1999
Umschlaggestaltung: Graphiti / COREL
Sämtliche Rechte vorbehalten
Printed in Germany

Inhalt

Kapitel 1

San Francisco

Ich sah sie zum ersten Mal in meinem Leben, die Golden Gate Bridge, Wahrzeichen der Stadt San Francisco, Tor der pulsierenden Metropole zum Pazifik. Sie sah gut aus. Rostrote Träger, geschwungene Brückenseile und eine wahrhaft beeindruckende Ausdehnung. Sie sah wirklich gut aus, wie sie da lag in der Bucht von San Francisco, im hellen Licht der Nachmittagssonne. Als das Flugzeug einschwebte, erkannte man, daß sie nicht die einzige Brücke war. Diese neue, noch viel größere Brücke, die Bay Bridge, haben sie sogar über eine Insel gespannt. Diese Brücke war noch viel länger, sah aber bei weitem nicht so beeindruckend aus. Es war eben nicht die Golden Gate Bridge, das Wahrzeichen von San Francisco.

Die Boeing zog eine richtige Schleife über San Francisco, und je tiefer wir kamen, desto mehr Einzelheiten waren zu erkennen. Die Insel Alcatraz, auf der vor vielen Jahren Al Capone sein Leben gefristet hatte, lag in der Sonne mitten in der Bucht von San Francisco. Als das Flugzeug immer tiefer ging, erkannte man eine Reihe von Einzelheiten. Auf den Highways und Freeways waren schon deutlich die Autos zu sehen. Aus dem Nebel tauchte die Downtown von San Francisco auf. Die Stadt sah riesig aus, so wie sie sich ausbreitete zwischen den großen Wasserflächen. Sie versprach ein schönes Erlebnis zu werden. Immer tiefer sank das Flugzeug, und immer mehr Einzelheiten waren zu erkennen, Wohngebiete mit Grünstreifen, Lagerhallen mit Fabrikgebäuden und zahlreiche Sportanlagen. Langsam wurde es Zeit, daß ein wenig mehr Land unter die Tragflächen kam. Man hatte fast den Eindruck, unsere Maschine wolle auf dem Wasser niedergehen. Aber dann setzte ein leichtes Rumpeln ein, und unser Jumbo der British Airways, Flug Nr. BA 5857, landete auf dem internationalen Flughafen von San Francisco. Es war ein großes, weites Flugfeld, das ich vom Fenster der Maschine aus sehen konnte, und es sah aus wie auf vielen Flughäfen, die ich kennengelernt hatte.

Ich war jetzt knapp elf Stunden in dieser Maschine gesessen, und ich hatte von der Fliegerei fürs erste wieder einmal die Nase voll, im wahrsten Sinne des Wortes. Die Luft im Flugzeug war wie immer furchtbar trocken gewesen. Allerdings hatte ich bisher noch nie so komfortabel gesessen. Ich war in der ersten Klasse geflogen und hatte einen herrlichen, breiten Flugsessel für mich allein.

Der Service war einwandfrei gewesen, und eines der Mädchen hatte mir auch recht verheißungsvoll zugeblinzelt. Der Flug war also wirklich nicht schlecht gewesen. Privat bin ich immer in der Economy-Class geflogen, denn diese Aufpreise, welche die Fluggesellschaften für die Business-Class oder gar für die First-Class verlangen, sind meiner Meinung nach total überzogen, um nicht zu sagen verrückt. Die erste Klasse ist zwar sehr angenehm, aber nicht, wenn man sie selbst bezahlen muß, weil man nicht über ein entsprechendes Spesenkonto verfügen kann. Aber dieses Mal flog ich auf Spesen. Und wie sagte Onkel Nick über seinen Auftraggeber? Der kann sich das leisten und der soll das auch berappen.

Es war für mich eine recht angenehme Erfahrung gewesen, einmal nicht in einen engen Economy-Sessel gezwängt zu werden, sondern einmal so richtig reichlich Platz zu haben. Das ist nämlich für mich gar nicht so einfach. Ich bin 1,98 Meter groß und wiege 230 Pfund. Ich bin nicht unbedingt ein Läufer-Typ. Ich wirke eher wie eine Schrankwand, eine gute, solide Schrankwand. Ich fühlte mich im Augenblick eigentlich recht ordentlich. Der Jet-Lag hatte noch nicht eingesetzt. Auf dem Flug hatte ich wie üblich kein Auge zumachen können. Ich kann in diesen Sesseln nicht schlafen, nicht einmal in der ersten Klasse. Der Film, den sie während des Flugs zur Unterhaltung geboten hatten, hatte mir auch nicht gefallen. Ich hatte auch ein Buch zum Lesen mitgenommen, aber seltsamerweise hatte ich kein richtiges Interesse daran gefunden. Ich hatte lieber zum Fenster hinausgeschaut. Natürlich hatte ich auch noch nie einen so guten Platz im Flugzeug gehabt wie heute.

Ich war gespannt, wie sich meine Arbeit bzw. mein Auftrag hier in San Francisco weiter entwickeln würde. Es war alles ein bißchen hoplahopp gegangen. Onkel Nick hatte mir mitgeteilt, daß er einen Auftrag für mich habe. Soviel ich bisher mitbekommen hatte, war der Auftraggeber ein Facharzt, der Geld hatte wie Heu. Er hatte eine Tochter. Sie schien ein recht verzogenes Töchterchen zu sein. Offensichtlich war der Kerl recht verzweifelt gewesen, als er zu Onkel Nick kam. Onkel Nick sagte, er würde mir so bald wie möglich nähere Einzelheiten und genauere Daten an die Hand liefern. Der Auftraggeber drängte sehr auf möglichst schnelle Abreise und Erledigung des Auftrags.

So hatte ich Hals über Kopf gepackt und den nächstbesten Flug nach San Francisco genommen. Dank Buchung in der First-Class war es glücklicherweise leicht, einen freien Platz zu finden. So unvorbereitet bin ich jedoch bisher noch nie zur Erledigung eines Auftrags losgezogen. Onkel Nick versprach mir jedoch, mich umgehend mit allen zur Verfügung stehenden Daten, Angaben, Adressen etc. per Fax oder auch per Telefon zu versorgen. Was ich so für mich persönlich brauchte, hatte ich natürlich alles eingepackt. Geld, Devisen, Sorten, Kreditkarten etc., das alles besorgte Onkel Nick, das ist seine Domäne. Vorausbuchungen für Hotel, Mietwagen etc. wurden alle bestens von seiner Frau erledigt. Das hatte bei meinen bisherigen Aufträgen alles immer zu meiner vollsten Zufriedenheit geklappt, und ich war zuversichtlich, daß das auch bei diesem Auftrag nicht anders sein würde.

Als erstes würde ich nun mein Hotel aufsuchen. Es würde erfahrungsgemäß ein sehr gutes Haus sein. Wenn Tante Alex ein Hotel auswählt, dann ist das immer voll in Ordnung. Sie verabscheut Billig-Absteigen, wie sie es nennt. Fünf Sterne sind für sie die absolute Untergrenze. Wenn sie einmal kein Hotel dieser Kategorie hatte buchen können, hatte sie sich bisher immer für den mangelnden Komfort bei mir entschuldigt. Ich hatte übrigens auch meinen Crash-Kurs bei Tante Alex belegt. Sie ist das absolute Sprachengenie in der Familie. Meine Englisch-Kenntnisse sind wirklich nicht schlecht. Ich komme überall ganz gut durch und kann mich gut verständigen. Es ist nicht so, daß ich behaupten könnte, ich spreche fließend englisch wie Onkel Nick oder gar wie Tante Alex. Das wird zum Glück bei den Amis ja auch gar nicht verlangt. Es gibt jede Menge Amerikaner mit einem US-Paß, die schlechter englisch sprechen als ich. Ich war gespannt, wie sich mein Auftrag entwickeln würde. Er hörte sich eigentlich nicht allzu schwierig an, aber meine Erfahrung hat mir gezeigt, daß sich das am Anfang eines Auftrags oft nicht so richtig abschätzen läßt.

Mittlerweile waren wir am Gateway angekommen. Der Pilot bedankte sich noch einmal artig, daß wir mit British Airways geflogen waren, und wünschte uns weiterhin einen schönen Aufenthalt bzw. Urlaub. Ein bißchen Urlaub würde mir gar nicht schlecht tun. Ich war mir aber nicht sicher, ob mein Auftrag mir die Zeit für ein bißchen Urlaub lassen würde. Ich hätte verständlicherweise keine Einwände dagegen. Für alle Fälle hatte ich mal meine Badesachen mit eingepackt. Es war eine sehr schöne, neue Erfahrung für mich gewesen, einmal vor dem gesamten Economy-Volk, zu dem ich ja normalerweise auch gehörte, das Flugzeug verlassen zu können. Ich schnappte mir also meine Handgepäckstasche und meine kleine Herrentasche mit all meinen Papieren und wollte das Flugzeug verlassen. Meine kleine „Zwinker-Stewardess" wollte mir noch unbedingt eine deutsche Tageszeitung aufdrängen.

„Sie werden vielleicht längere Zeit nichts Deutsches mehr zu lesen bekommen."

„Das macht nichts, ich lese auch Englisches. Zur Not nehme ich sogar mit Comics vorlieb!" wollte ich ihr Angebot ablehnen.

„Bestimmt finden Sie etwas darin, das Sie interessiert", überging sie meine

Ablehnung und drückte mir die FAZ in die Hand. Mir dämmerte etwas, und so bedankte ich mich und verließ das Flugzeug.

Der Weg zur Gepäckausgabe war relativ gut ausgeschildert. Ich stand kaum an dem Gummi-Förderband, als auch schon die ersten Koffer aus der Tiefe des Flughafen-Gebäudes erschienen. Nun hieß es warten. Ich habe bei der Gepäckausgabe noch nie Glück gehabt und als einer der ersten mein Gepäck erhalten. Aber heute wurde meine Geduld auf eine extrem harte Probe gestellt. Mein Samsonite war wirklich der vorletzte Koffer, der zum Vorschein kam. Es war ein dunkelblauer Samsonite mit den Initialen A. S. Tante Alex hatte mir den Koffer vererbt. Er war noch aus ihrer Jungmädchenzeit, wie sie es nannte. Sie hatte ihn damals für ihre Ausbildung gekauft, so vor knapp 20 Jahren. Er war noch top in Ordnung, und ich mochte ihn gern wegen seiner Größe und Stabilität. Die großen Initialen A. S. waren recht hilfreich, denn wie ich früher schon oft festgestellt hatte, so war es auch heute. Blaue Samsonites gibt es wie Sand am Meer. Ich hatte wirklich gedacht, meiner käme überhaupt nicht mehr. Reihenweise waren die Leute mit ihrem Gepäck bereits zur Einwanderungsbehörde und Zollkontrolle abmarschiert, während ich mich immer mehr mit dem Gedanken vertraut machte, zum ersten Mal in meinem Leben dem „Lost Luggage"-Schalter meine Aufwartung zu machen. Leicht verärgert, gleichzeitig jedoch auch erleichtert, hievte ich mein gesamtes Gepäck auf einen Trolli, die es hier zum Nulltarif gab, ganz im Gegensatz zum Flughafen München, wo hier unter DM 2,00 überhaupt nichts läuft. Dann stellte ich mich an einer der vielen Schlangen vor der Einwanderungs- und Zollbehörde an. Die attraktiven, sprich kurzen Schlangen, waren leider „only for US-Citicens, Behinderte, werdende Mütter etc." Für die popeligen Bürger aus Good Old Europe oder erst recht aus Good Old Germany gab es leider keine Extra-Schlange. Das gleiche galt leider auch für die First-Class-Passengers.

Anscheinend gab es bei irgendwelchen Leuten vor mir Probleme, denn es ging überhaupt nicht vorwärts. Die Schlangen links und rechts von mir wurden zügig kürzer, nur die Schlange vor mir nicht. Ich spielte mehrfach mit dem Gedanken, die Schlange zu wechseln, ließ es aber dann doch sein. Denn bestimmt ginge es mir hier wie sonst im Straßenverkehr. Staus und Behinderungen sind dort nämlich auch immer nur auf meiner Fahrspur, und wenn ich die Spur wechsle, dann geht es plötzlich auf der alten Spur schneller voran. Ich blieb also wo ich war und kann ohne Übertreibung behaupten, daß ich unter den letzten fünf Passagieren des Flugs BA 5857 war, die die Einreiseformalitäten am Flughafen von San Francisco hinter sich brachten. Die Einwanderungsprozedur war, wie man mir zum Glück bereits kundgetan hatte, wirklich eine

harte Sache. Onkel Nick hatte mich davor gewarnt, gegenüber den Immigration-Officers Eile, Unwillen oder gar Verärgerung zu erkennen zu geben. Denn diese Officers sind kleine Götter. Wenn einem deine Nase oder dein Outfit nicht paßt, zeigt er dir erst so richtig, was ein guter Immigration-Officer unter einer korrekten Einreise-Überprüfung versteht. Man kann so als eiliger Neuankömmling anscheinend problemlos ein paar lustige Stündchen mit Kofferauspacken, Ausziehen der Kleidung, Bücken etc. verbringen, ohne daß man etwas gegen diese Behandlung unternehmen kann, wenn man in die USA hinein will.

Ich gab also mein grünes Ein- und Ausreiseformular für visafreies Reisen ab, das ich im Flugzeug während des Landeanflugs folgsam ausgefüllt hatte. Was die Fragen auf diesem Formular betrifft, verdienen sie doch noch eine extra Erwähnung. Sie waren alle in etwa von folgender Qualität:

Sind Sie geisteskrank?

Betreiben Sie Mißbrauch mit Drogen?

Steht hinter Ihrer Einreise die Absicht, sich an strafbaren oder unmoralischen Handlungen zu beteiligen?

Welcher hirnverbrannte Vollidiot würde hier wohl mit „Ja" antworten, wenn er beabsichtigte, in die USA einzureisen. Das Frage- und Antwortspiel der US-amerikanischen Einreise-Behörden war noch deutlich verbesserungsbedürftig. Während der Immigration-Officer nun mein Einreiseformular einer kritischen Würdigung unterwarf, versuchte ich, um einen guten Eindruck zu machen, ein freundliches Lächeln auf mein Gesicht zu zaubern. Das fiel mir nach den kürzlich gemachten Erfahrungen aber leider nicht allzu leicht.

Kaum eineinhalb Stunden nach Landung des Flugzeugs war ich nun endlich soweit, mir ein Taxi in die Innenstadt zu suchen. Ich war ziemlich überrascht über die Temperatur hier in San Francisco. Wir hatten schließlich Hochsommer, und es war trotzdem wirklich nicht allzu warm. Der Taxistand war direkt vor dem Terminal. Wie bei den Amis üblich, war sofort irgend so ein Kerl da, der sich um mein Gepäck kümmern und ein paar Dollar abstauben wollte. Da ich von Tante Alex über die hiesige Trinkgeld-Unsitte zum Glück bereits ausgiebig informiert worden war, ließ ich den Kerl gewähren und mein Gepäck auf dem Trolli von ihm zum nächsten Taxi fahren. Ohne Tante Alexandras Aufklärungs-Stunden hätte sein schneller Griff nach meinem Trolli ihn unter Umständen ein paar seiner Beißerchen gekostet, da ich ihm natürlich sofort einen dreisten Diebstahlversuch unterstellt hätte. Der Kerl lud die Koffer ein, und ich gab ihm danach ein paar einzelne Dollar, die ich während des Fluges in meine Hemdtasche gesteckt hatte. Das war ein Tip von Onkel Nick. Man sollte bei den Amis immer ein paar Dollar in kleiner Stückelung in den Taschen haben.

„Tip, Sir!?!" tönt es aus allen Ecken und Enden. Dieses ewige Gebettel nach Trinkgeld kann einem mit der Zeit ganz schön auf den Keks gehen, auch wenn man sich immer wieder verinnerlicht, daß viele von den Leuten kein Gehalt beziehen, sondern nur auf Tip-Basis arbeiten, sprich auf das Trinkgeld angewiesen sind, weil sie davon leben müssen.

Ich nannte dem Taxifahrer die Adresse meines Hotels, des Westin St. Francis am Union Square, und machte es mir auf dem Beifahrersitz bequem. Das Taxi war ein hundsalter Karren von geradezu gigantischen Ausmaßen. Ich schätzte ihn auf mindestens 6 Meter Länge. Ein Amischlitten im Holzdesign, riesig lang, riesig breit und riesig alt. Ich versuchte, mit dem Taxifahrer ein kleines Gespräch zu führen, indem ich ihn ab und zu nach einem Gebäude fragte, an dem wir vorbeikamen. Aber entweder mein Englisch taugte überhaupt nichts mehr, oder es war sonst etwas kaputt. Ich verstand den guten Mann einfach nicht, und er schien auch kein Wort von dem zu verstehen, was ich von mir gab. Ich hegte schon recht deutliche Zweifel an meinen erst kürzlich wieder aufgefrischten Kenntnissen, als ich zufällig am Armaturenbrett seine Taxi-License erblickte. Er hieß Kim Rosebergk und kam aus der Ukraine. Ich fragte nun ganz langsam auf Deutsch, wie lange er denn in den USA sei. Er blühte richtig auf, weil er endlich etwas verstanden hatte, und teilte mir strahlend mit:

„I here in San Francisco six monats."

Ich strahlte zurück und war froh, daß nicht mein Englisch das Problem unserer nicht zustandegekommenen Konversation gewesen war. Es bestätigte sich, was mir Tante Alex bereits klargemacht hatte. Bei den Amis kannst du sehr schnell ohne weiteres als Einheimischer gelten, denn die Amis sind es gewöhnt, daß jede Menge ihrer Mitbürger zwar über einen US-amerikanischen Reisepaß verfügen, dabei aber der Landessprache in keinster Weise mächtig sind. Ich nahm an, daß diese Tatsache für meinen Auftrag von nicht unerheblichem Vorteil sein würde, da ich mit meinen Kenntnissen der Landessprache somit ohne allzu große Probleme als Inländer durchgehen würde.

Den Stadtplan von San Francisco beherrschte Kim Rosebergk zu meinem Glück wesentlich besser als die englische Sprache. Die Fahrt dauerte höchstens zwanzig bis fünfundzwanzig Minuten, und dann waren wir mitten in Downtown am Union Square. Die Einfahrt ins Hotelgelände war nur seitlich von der Post-Street aus möglich. Am Union Square, direkt vor dem Hotel, war keine Parkmöglichkeit, denn hier fuhr direkt die Cable-Car vorbei. Vom Car-Valet des Hotels wurde mir sofort die Tür aufgehalten, mein Gepäck aus dem Taxi genommen und ein Boy gerufen. Die Taxifahrt kostete nicht mehr als 28 Dollar. Natürlich hatte ich nur zwei Zwanziger dabei. Na ja, aber Kim Rosebergk konnte

es gebrauchen, und sein fröhliches Lächeln sagte mir, daß ich trinkgeldmäßig gut im Rennen, um nicht zu sagen, weit über dem Durchschnitt lag. Das war nun meine erste gute Tat in diesem Lande. Vielleicht war es auch nur dumm gewesen, denn die Stielaugen der Boys, des Kofferträgers und des uniformierten Empfangsportiers ließen nur allzu deutlich erkennen, daß sie sich gerade ihren Anteil am Trinkgeld-Kuchen ausrechneten.

„Checking in, Sir?"

„Yeah, checking in", und wieder wechselten ein paar Dollar den Besitzer.

„Your luggage, Sir?" und die offene Hand belehrte mich, was in Wirklichkeit gemeint war.

„Have a nice stay, Sir!" Der Uniformierte bewies mir elegant, daß er zum Öffnen der schweren Eingangstür auch nur eine Hand benötigte.

Als ich nun endlich die Hotel-Lobby betrat, war ich um etliche Dollar leichter. Wenn das so weiterging, sollte sich mein Auftraggeber schon mal seelisch auf eine überaus satte Spesenrechnung einstellen. Wie bereits gesagt, war ich zum Glück auf dieses „Tip, Sir" schon vorbereitet, andernfalls wäre ich wahrscheinlich nur noch kurz vor einem Schreikrampf gestanden. Am Desk hieß es dann wieder einmal „Queuing is fun". Aber nach all dem Schlange stehen am Flughafen, konnten mich die drei kümmerlichen Figuren, die noch vor mir am Desk dran waren, überhaupt nicht mehr aus der Ruhe bringen. Bei der Beachtung der Intimsphäre kann sich der Durchschnitts-Europäer hier noch eine Scheibe abschneiden. Auf dem Teppichboden der Lobby war extra eine Markierung angebracht: „Wait here for Privacy."

Meine Zimmerreservierung ging in Ordnung. Ich hatte eigentlich auch nichts anderes erwartet, schließlich hatte Tante Alex das erledigt. Ich mußte noch eine Unterschrift leisten, meine Kreditkarte vorzeigen und erhielt dann einen sogenannten codierten Zimmerschlüssel, d. h. ein Plastikkärtchen, das auf der Rückseite mit einem Magnetstreifen versehen war. Also ganz ähnlich wie die EC- und Kreditkarten. Dieses Plastikkärtchen diente als Zimmerschlüssel und gleichzeitig auch als Ausweis, der einen berechtigte, die verschiedenen „facilities" des Hotels wie Indoor-Pool, Jacuzzi oder Fitness-Raum in Anspruch zu nehmen. Ich suchte den Aufzug, fuhr in den 18. Stock hinauf, fand meine Suite und probierte gleich den Plastikschlüssel aus. Ich bevorzuge normalerweise echte Schlüssel aus Metall, aber überraschenderweise öffnete sich die Tür zu meiner Suite beim ersten Versuch. Ich war noch nicht richtig drinnen, als auch schon der Boy mit meinem restlichen Gepäck erschien. Natürlich wechselten auch hier wieder ein paar Dollar den Besitzer.

Auch für ein Sechs-Sterne-Hotel wie das Westin St. Francis war die Suite

13

sehr groß, geräumig und von edler Ausstattung. Die erste Tür links führte in einen begehbaren Kleiderschrank mit vielerlei Ablagemöglichkeiten. Auch ein großer, fest installierter Tresor fand sich hier in den Regalen. Gerade voraus ließ eine hohe Fensterfront die letzten Sonnenstrahlen des zu Ende gehenden Tages ins Zimmer. Eine kleine Sitzgruppe, bestehend aus einem runden Tisch mit nach außen geschwungenen Beinen und drei mit grünem Brokat gepolsterten Stühlen, nahm den Platz vor der großen Fensterfront ein. Auf der rechten Seite dehnte sich eine große Bar mit verspiegelter Rückwand und einer ganzen Batterie von Flaschen aus. Vor der Bartheke waren drei Barhocker am Boden befestigt, die mir auf den ersten Blick viel zu niedrig erschienen. Linker Hand ging es durch einen hohen, weiten Rundbogen in ein weiteres Zimmer der Suite, das Schlafzimmer. Als erstes stach einem hier ein riesiges französisches Bett ins Auge, wenn man den Raum betrat. Das Doppelbett war in der Tat erfreulich groß. Zur Not hätten da vier Personen Platz gehabt. Ungefähr zwei Meter über dem Bett war so eine Art Baldachin an der Wand angebracht. Das sollte wahrscheinlich irgendwie das Himmelbett andeuten oder vortäuschen.

Links an der Wand, neben der Tür zum Badezimmer, stand ein sehr schön gearbeiteter, antiker Schreibtisch aus dunklem Holz. Darauf waren eine antik aussehende Tischlampe aus Messing, ein modernes Tastentelefon, eine Schreibunterlage aus bordeaux-rotem Rindsleder, Schreibutensilien, Brief- und Notizpapier sowie diverse Unterlagen und Prospekte über das Westin St. Francis und die Westin Hotel-Gruppe. Ein großer, mit vielen Verzierungen und Schnörkeln versehener Schrank aus dem gleichen Holz wie der Schreibtisch stand links neben dem Rundbogen an der Wand, genau gegenüber dem riesigen Bett. Er verbarg Fernseher und Videorecorder im oberen Teil sowie eine Minibar im unteren. Die Minibar wäre angesichts der reichhaltig ausgestatteten Bar im anderen Raum nun wirklich nicht nötig gewesen. Die Fenster von Wohn- und Schlafzimmer erlaubten einen schönen Ausblick auf die Wolkenkratzer von Downtown und eine wahrhaft riesige Werbewand für so einen Koreaner-Kübel, „Hyundai" oder wie die Eimer heißen.

Vom Badezimmer war ich wohl am meisten angetan. Marmorfliesen, Duschwände aus Kristallglas, Doppelbadewanne, ausladende Abstellflächen, Sitz-Gelegenheit, Fön, elektrische Zahnbürste, Doppelwaschbecken und separate Toilette. Hier war alles vom Feinsten, und alles sehr, sehr sauber. Über die Dusche war ich besonders erfreut, denn ich kann diese verdammten Plastikvorhänge nicht ausstehen. Ich hasse das, wenn mir beim Duschen immer der Vorhang am Rücken, Hintern oder sonst wo kleben bleibt. Nachdem ich nicht genau wußte, wie lange ich mich hier in San Francisco aufhalten würde, begann ich ein bißchen auszupacken, den Rest meines Gepäcks schloß ich wieder im Koffer ein. „Tantchens" Samsonite verfügte über drei wirklich gute Schlösser. Danach weihte ich die Telefonkarte ein, die mir Onkel Nick als Zusatzkarte zu meiner Firmen-Kreditkarte ausgehändigt hatte. Connect-Service der Deutschen Telekom oder so ähnlich nannte sich das Verfahren, das bargeldloses Telefonieren von fast jedem Telefon, fast überall auf der Welt, ermöglichen sollte. Ich mußte zwar rund vierzig Ziffern eintippen, Zugangsnummer, Kreditkartennummer, persönliche Codenummer und Telefonnummer, bis ich den gewünschten Anschluß in Deutschland erhielt, aber die Verbindung klappte einwandfrei. Das Verfahren ist ein echter Hammer, man spart sich auf diese Weise die oft horrenden Aufschläge, die von den Hotels fürs Telefonieren verlangt werden. Telefonieren in den USA kann sich bisweilen zu einem echten Abenteuer auswachsen, denn der automatische Operator ist meist keine große Hilfe.

Ich rief Onkel Nick an und meldete mich zur Stelle in San Francisco. Onkel Nick ließ sich meine Telefonnummer geben und wies mich an, mir vom Empfang ein Fax-Gerät aufs Zimmer bringen zu lassen. Er hätte neue Erkenntnisse und Daten und auch ein paar schriftliche Sachen und Bilder für mich. Ich bestellte das Fax-Gerät, nahm mir eine Cola (Kinderportion) aus der Minibar und beschloß, eine erfrischende Dusche zu nehmen, da ich bis zum Abendessen um 18.00 Uhr Ortszeit noch gute zwei Stunden Zeit hatte. Auch Duschen kann in den USA zum Abenteuer werden. Ich dachte schon, ich müsse noch die Feuerwehr holen, um mit diesen Scheißhebeln das Wasser wieder abstellen zu können. Die Amis könnten sich auch mal anständige Armaturen zulegen. Ich trocknete mich ab, Handtücher gab es überreichlich, und ging noch ein wenig im Zimmer auf und ab. Ich kann am besten nachdenken, wenn ich ein bißchen hin- und herlaufe. Ich kann mir das zwar nicht erklären, aber diese Art der Bewegung hilft mir dabei wirklich.

Als Junge habe ich einmal vom Kapitän eines englischen Schiffes zu Zeiten der napoleonischen Kriege gelesen, der stundenlang auf der Galerie vor seiner Kapitäns-Kajüte auf- und abmarschiert sein soll. Er hatte dort nur fünf oder sechs Meter Platz, bevor er wieder umdrehen mußte. Dabei mußte er an einer bestimmten Stelle immer den Kopf einziehen, da er etwas größer war, als die Schiffsbauer eingeplant hatten. Immer, wenn er zu sehr in Gedanken versunken war, krachte er unwillkürlich mit seinem Kopf an das besagte Hindernis. An diesen Kapitän werde ich immer wieder erinnert, wenn ich durch die Gegend tigere, während ich über etwas nachdenke. Bei meiner Größe hätte ich auf so einem alten englischen Segelschiff wahrscheinlich auf den Knien robben müssen, um nicht ständig mit meiner Rübe gegen irgendeinen Balken zu donnern.

Während meiner Wanderung durch die Räumlichkeiten meiner Suite fiel mir urplötzlich die kleine Stewardess mit ihrer FAZ ein. Ich holte die Zeitung aus meiner Handgepäcktasche und schlug sie auf. Ich brauchte nicht lange zu suchen. An Seite fünf war ein kleiner Notizzettel geheftet.

„Mein Name ist Babs Lindman. Ich kenne mich sehr gut aus in San Francisco. Wenn Sie wollen, kann ich Sie ein bißchen in der Stadt herumführen. Die nächsten vier Tage habe ich frei. Sie erreichen mich im Airport Hilton gegenüber dem Main-Terminal", stand darauf in zierlicher Handschrift.

Das Mädchen war ja recht unternehmungslustig. Die Kleine war auch echt nicht häßlich. Sie sah wirklich nicht schlecht aus, war aber leider nicht ganz nach meinem Geschmack. Ich hab's ganz gern, wenn sich die Bluse über der Füllung wölbt. Eine gute Handvoll Busen sollte es also doch sein. Und ich habe wirklich große Hände. Mal abwarten, wie sich mein Auftrag entwickeln würde. Vielleicht kam ich ja noch auf das Angebot zurück. Ich bin immer der Meinung, man sollte nichts verkommen lassen, was einem so freigiebig angeboten wird. Wer weiß, wann die nächste Hungersnot ins Haus steht. Ich legte mich aufs Bett, verschränkte die Arme hinter dem Kopf und dachte ein wenig über meinen Auftrag nach.

Kapitel 2

Golden Gate

Normalerweise schickt mich Onkel Nick nicht so ohne weiteres ohne jegliche Vorbereitung, und mit derart dürftigen Daten versehen in einen Auftrag, gar noch nach Übersee. Ganz im Gegenteil. Onkel Nicks große Stärken sind Planung, Ordnung und Organisation. Aber dieses Mal war alles ganz anders. Es war alles Hals über Kopf gegangen. Es drehte sich um die Tochter eines ehemaligen Klassenkameraden meines Onkels aus dem Gymnasium, allem Anschein nach um einen total verzogenen Fratz von einundzwanzig Jahren. Ich hatte ein Bild von ihr dabei. Es handelte sich um ein recht hübsches Mädchen mit blonden, halblangen Haaren. Sie war etwa 170 cm groß und wog zwischen 55 und 60 kg. Der Fehler an ihr war anscheinend hauptsächlich darin zu suchen, daß ihr schon von den Windeln an jeder Wunsch von den himmelblauen Augen abgelesen wurde. Als sich später dann auch noch herausstellte, daß sie recht hübsch werden würde, verwandelten sich vor ihr alle, insbesondere ihr Vater, zu Fußabstreifern, mit denen sie tun und lassen konnte, was sie wollte.

Das große Problem für ihren Papi bestand im Augenblick darin, daß sie nicht mehr aufzufinden war. Die einzige und auch letzte Spur, die ihr Papi von ihr hatte, führte hierher nach San Francisco. Genauere Daten wollte er uns noch an die Hand geben. Aber während dieser Zeit wäre er uns doch unheimlich dankbar, wenn wir, sprich die Gesellschaft meines Onkels, schon mal einen zuverlässigen Mann nach San Francisco entsenden würden, so daß wir dann sofort vor Ort aktiv werden könnten. Wir sollten unsere besten Leute einsetzen, er würde alles bezahlen und auch nicht um den Preis feilschen. Aber das war eigentlich nur so dahingesagt, denn mit Onkel Nick feilschte man sowieso nicht um den Preis. Er vertrat immer den Standpunkt: Gute Leistung kostet gutes Geld. Unser Auftraggeber verzog allerdings seine Miene tatsächlich in keinster Weise, als er unsere Preise erfuhr. DM 500,00 pro Tag und Mann, der ausschließlich auf den Fall angesetzt wurde, zuzüglich Spesen in der jeweils anfallenden Höhe. Für Einsätze im Ausland wurde je nach Land ein weiterer Zuschlag erhoben. Für den Einsatz unseres Top-Mannes galt ein Zuschlag von nochmals DM 100,00, und es wurden zudem noch erhöhte Spesensätze verrechnet.

Ums Geld ging es Herrn Dr. Heinrich aber anscheinend wirklich nicht. Er akzeptierte im Endeffekt einen Tagespreis von rund DM 1.000,00 zzgl. Spesen.

Um zu zeigen, wie ernst es ihm mit seiner Sorge um sein mißratenes Töchterchen war, zahlte er sofort bei Abschluß des Vertrages eine Summe von DM 50.000,00 an. Daraufhin setzte Onkel Nick sofort unseren Top-Agenten, wie ich scherzhaft im Hause genannte wurde, auf den Fall an. Tante Alex buchte noch am gleichen Tag einen Flug für mich, den Topmann der „Dominik Steiner Security" nach San Francisco. Zuerst ging es mittels eines Zubringers von München nach London und von dort dann nonstop nach San Francisco.

Die Firmenbezeichnung unseres Sicherheits- und Geldtransport-Unternehmens ist anfänglich etwas irritierend. Gemäß Handelsregister-Eintragung muß die richtige Bezeichnung auch lauten: „Dominik Steiner Security", Sicherheit, Werttransporte und Überwachung, Gesellschaft mit beschränkter Haftung. Geschäftsführende Gesellschafter sind Onkel Nick und Tante Alex. Meine Wenigkeit verfügt über Gesamtprokura. Normalerweise wird in unserer Branche nicht allzu gut verdient, aber Onkel Nick sorgt schon dafür, daß ich finanziell nicht zu kurz komme. Mein Hauptaufgabengebiet liegt in der internen Revision und in der Erfüllung von Sonderaufgaben. Wir beschäftigen rund 180 Mann, pardon Mitarbeiterinnen und Mitarbeiter. Mit den kaufmännischen Aktivitäten der Firma bin ich im Regelfall nicht befaßt. Ich kenne mich dafür zu wenig aus in der Materie. Aber das ist auch nicht notwendig, denn Onkel Nick und Tante Alex sind beide aus dem kaufmännischen Bereich, gelernte Bankkaufleute und mit allen Wassern gewaschen. Meine bevorzugte Tätigkeit besteht in der Erledigung von Sonderaufgaben. Die schwierigeren Fälle übergibt Onkel Nick alle an mich, sei es, daß es um heikle Personenschutzaufgaben geht, um diffizile Überwachungsaufträge oder auch nur die Aufdeckung innerbetrieblicher Schwachstellen. Da hatten wir z. B. auch einmal ein schwarzes Schaf in unserem wirklich mit Sorgfalt ausgewählten Mitarbeiterstamm der Geldtransportabteilung. Hier werden täglich riesige Geldsummen zwischen Supermärkten, Geschäften, Banken und der Landeszentralbank bewegt, und zwar in Form von Bargeld im Rahmen von Ein- und Auszahlungen.

Es häuften sich die Klagen von Banken und Geschäften über Fehlbeträge. Deshalb fuhr ich eine Zeitlang als stinknormaler Security-Mann die Touren mit ab und konnte die Schwachstelle in unserem Betrieb bald finden, die es einem unserer Mitarbeiter erlaubt hatte, sich persönlich zu bereichern. Ich konnte dem Kerl zwei Diebstähle nachweisen, und das genügte dann auch.

Meine Tätigkeit bei Onkel Nick und Tante Alex gefällt mir wirklich sehr gut, und ich kann mich voll damit identifizieren. Ich ertappe mich oft dabei, wie ich von unserer Firma spreche, dabei bin ich ja eigentlich auch nur ein Angestellter. Aber da Onkel Nick und Tante Alex keine Kinder haben, hatte mir

Onkel Nick schon vor ein paar Jahren angeboten, einmal die Firma zu übernehmen.

Nach meinem Abitur und der Ausbildung zum Industriemechaniker, war ich damals als erstes vom Barras geholt worden. Ich hatte dort die Möglichkeit erhalten, an bestimmten Lehrgängen über Nahkampftechniken teilzunehmen, und da sich bald herausgestellt hatte, daß ich für diese Art der militärischen Freizeitbeschäftigung echt begabt war, erwarb ich mir beim Barras vielfältige Kenntnisse, die ich später noch vervollkommnen konnte. Nach dem Militärdienst machte mir mein Onkel Dominik, oder auch kurz Onkel Nick, das Angebot, bei ihm in die Firma einzutreten. Wir hatten uns eigentlich schon immer blendend verstanden. Mein erstes Moped, einen 50er Vespa-Roller, bekam ich von ihm zum 16. Geburtstag geschenkt.

Mein erstes Auto war dementsprechend natürlich auch von ihm. Es handelte sich um seinen alten AUDI 100 5E mit 136 PS, den er übrig hatte, da er sich gerade einen neuen AUDI 100 Quattro 2,8 E zugelegt hatte. Der geschenkte AUDI war zwar alt und ich mußte immer wieder irgend etwas daran reparieren, aber ich fuhr ihn noch viele Jahre, bis er auf den Schrottplatz mußte.

Und so war ich jetzt im Westin St. Francis in San Francisco, lag auf dem Bett und wartete auf das Abendessen. Über all diese Gedankengänge meldete sich nun doch noch der Jet-Lag mit Macht zur Stelle. Zum Glück hatte ich meinen kleinen Reisewecker gestellt, der mich jetzt mit ekelhaften Pfeiftönen wieder aus dem Reich der Träume riß. Gerade rechtzeitig wurde ich noch fertig, ich hatte nämlich einen Tisch im Restaurant des Westin St. Francis reservieren lassen.

Ich zog mir eine helle Leinenhose an, ein frisches weißes Hemd mit ein paar Applikationen und ging ins Restaurant. Hier lernte ich eine weitere amerikanische Unsitte kennen, „Wait to be seated!“, die mir Tante Alex zum Glück auch schon erklärt hatte. Es war erfreulicherweise kein großer Andrang, ich war auch noch früh dran, 6.00 p. m. Ich wurde von einer netten jungen Dame zu einem hübsch hergerichteten Tisch geführt und bekam die Speisekarte überreicht. Man hatte mich schon schwer vorgewarnt, ich solle mir ja von der amerikanischen Küche keine Wunderdinge versprechen. Am besten seien immer noch die Steaks. Ich bestellte mir also ein schönes großes Prime-Rib (full cut) mit smashed potatoes. Das Fleischstück war eine echte Schau. Es war ungelogen in etwa so groß wie zwei Handteller von mir, und ich habe Hände wie Schaufeln. Geschmacklich war es auch nicht ohne, zwar nicht unbedingt raffiniert gewürzt, aber immerhin durchaus eßbar. Die smashed potatoes hingegen, wie sie hier das Kartoffelpüree nennen, trieben mich fast an den Rand des Wahnsinns. Diese kulinarischen Amokläufer in der Küche hatten die Kartoffeln vor dem Zerquetschen nicht geschält, und ich konnte nun mühsam mit der Gabel die Kartoffelschalen aus dem Püree klauben. Am liebsten hätte ich den Verantwortlichen in der Küche in einer seiner Suppenschüsseln ertränkt.

Zum Trinken hatte ich mir ein Mineralwasser bestellt, da ich kein Bier mag und mir auch aus Wein nicht allzuviel mache. Am liebsten hätte ich ja eine Coke dazu getrunken, aber in feinen Restaurants sehen einen die Kellner bei der Bestellung einer Cola immer so an, als möchten sie im nächsten Augenblick die Herren mit den weißen Turnschuhen und den Jacken zum hinten Zuknöpfen rufen. Nach dem Essen wollte ich mir noch ein wenig die Füße vertreten. Ich dachte, es sei vielleicht ganz günstig, schon einmal zu schauen, wo in dieser Masonstreet, die am Hotel vorbeiführte, denn die Hertz Rent-a-car-Station zu finden war. Dort hatte nämlich Tante Alex für mich einen großen Lincoln Towncar reservieren lassen. Zu meiner absoluten Überraschung stellte ich fest, daß die Vermietstation wirklich direkt ums Eck lag. Danach kam ich noch an einem Jeans-Laden vorbei. Es war kurz nach 8.00 Uhr abends, und die hatten noch geöffnet. Ich ging in den Laden rein, und eine kleine Farbige fragte mich freundlich: „Can I help you?"

Ich ließ mir ein paar Jeans in verschiedenen Farben zum Anprobieren bringen. Das Mädchen hatte ein gutes Auge für Größen, denn schon die erste Jeans paßte einwandfrei. Ich erwarb dann insgesamt drei Stück zu einem wirklich anständigen Preis. Zu Hause in Deutschland hätte ich für diese Levi Strauss-Qualität mindestens den dreifachen Preis hinlegen müssen. Dieses Schnäppchen versöhnte mich wieder ein wenig mit meinem Schicksal nach all den Dingen, die heute nicht so ganz nach meinem Geschmack gewesen waren. Ich gab die Jeans beim Portier des Westin St. Francis unter Hinweis auf meine Zimmernummer ab und erkundete dann die Hotel-Umgegend in der anderen Richtung. Nur ein paar Schritte weiter stieß ich schon auf „Borders", einen riesigen Buchladen. Der größte Buchladen, den wir in meiner Heimatstadt haben, würde hier problemlos drei- bis viermal Platz finden. Hier gab es Bücher in allen nur möglichen Sprachen, Zeitschriften, eine eigene Video- und CD-Abteilung, Hörbücher, Reiseführer, Stadtpläne für die halbe USA und Straßenkarten. Sehr erfreulich fand ich so eine Art Snackbar im dritten Stock. Hier konnte man während des Schmökerns in Büchern, Zeitschriften und Hörbuchkassetten gleichzeitig etwas trinken oder auch einen kleinen Happen zu sich nehmen. Ich bestellte mir eine große Coke ohne Eis für sage und schreibe 92 cents plus tax. Sie nahmen hier wirklich noch recht zivile und volksnahe Preise.

Ich schmökerte in ein paar Straßenatlanten. Der „Rand McNally Road Atlas" schien mir nach eingehendem Studium der beste im gesamten Angebot zu

sein, und ich erwarb ihn für 8.95 Dollar zusammen mit einem recht gut gemachten Stadtplan von San Francisco. Es war jetzt so gegen 22.00 Uhr Ortszeit, und ich fühlte, wie ich langsam, aber sicher müde wurde. Ich ging mit
meiner Neuerwerbung zurück ins Hotel, fuhr mit dem Aufzug in den 18. Stock
und betrat mein Zimmer. Wie ich es nicht anders erwartet hatte, lagen die von
mir beim Portier abgegebenen Jeans fein säuberlich auf dem Tisch. Das war
aber noch nicht alles. Es waren auch ein paar Faxe eingetroffen. Onkel Nick
und Tante Alex hatten sich schwer ins Zeug geschmissen und mir diverse Informationen, Bilder und Instruktionen zukommen lassen. Das meiste war von Tante
Alex unterzeichnet, denn sie schmiß Onkel Nick das gesamte Büro, speziell
natürlich, wenn es wie hier in meinem Fall um Auslandsangelegenheiten ging.
Schließlich war sie das Sprachengenie in der Familie.

Das Material, das mir meine Leute geschickt hatten, war nicht uninteressant.
Es waren noch einmal drei Schwarz-Weiß-Aufnahmen von der gesuchten Brigitte Heinrich und eine Adresse in San Francisco im Stadtteil Sea Cliff. Es
handelte sich bei dieser Adresse um ein Nobelviertel, in dem die Eltern von
einer Studienkameradin der Gesuchten ihren Wohnsitz haben sollten. Eine weitere Adresse war die Taylor-Street bei Fishermen's Wharf unten. Von einem
Post-Office hier war anscheinend die letzte Postkarte gekommen, die die Mutter des gesuchten Mädchens erhalten hatte. Nur die Mutter hatte eine Karte
erhalten, ohne irgendeinen Gruß an ihren Vater. Das ging aus der mir übermit-
telten Fotokopie hervor. Das Verhältnis des guten Dr. Heinrich zu seinem Töchterchen schien in Wahrheit nicht das allerbeste zu sein. Das waren die einzigen,
wenn auch mickrigen Anhaltspunkte, die ich in diesem Fall bisher hatte. Onkel
Nick versprach mir, mich laufend mit den neuesten Erkenntnissen zu versorgen
und empfahl mir, mich fürs erste einmal an die Adresse in Sea Cliff zu halten.

Danach ging ich zu Bett und wollte noch ein paar Takte über den Fall nachdenken, schlief aber fast sofort ein. Ich schlief sehr gut, tief und traumlos und
wachte am Morgen nur dank meines kleinen Reiseweckers einigermaßen früh-
zeitig auf, denn sonst hätte ich wahrscheinlich total verschlafen. Ja, der liebe
gute alte Jet-Lag. Ich duschte ziemlich kalt, um wieder richtig wach zu werden,
zog ein T-Shirt und eine Jeans an und ging zum Frühstück. Das Frühstück war
eine wirklich erfreuliche Angelegenheit. Man konnte wählen zwischen Service
am Tisch, das hieß à-la-carte, und Frühstück vom Buffet. Ich versorgte mich
selbst vom Buffet. Die srcambled eggs mit bacon waren hervorragend, die Bröt-
chen, welche ich den Frühstücks-Kartoffeln vorzog, waren herrlich frisch und
knusprig. Nur beim Kaffee kam wieder eine neue amerikanische Unsitte auf.
Kaffee wird bei den Amis laufend nachgeschenkt. Kaum hatte ich in meiner

Tasse eine Mischung aus Kaffee, Milch und Zucker zusammengerührt, die mir einigermaßen zusagte, schlich sich bestimmt wieder so ein kleiner Spielverderber von Kellner an mich heran und füllte mir meine Tasse wieder auf, bevor ich mit vollem Mund protestieren konnte. Nachdem der Kaffee aber sowieso nicht der gewohnten heimischen Güte entsprach, war der Schaden zum Glück nicht allzu groß. Der Kellner hatte mich mit der Sicherheit des Profis in solchen Fragen als Neuankömmling im Hotel bzw. als Greenhorn im amerikanischen Gastronomiewesen erkannt und erklärte mir bei der Überreichung der Rechnung: „Service is not included, Sir. You must add here your tip, Sir."

Es hätte mich interessiert, ob die Kellner hier in diesem Sechs Sterne-Restaurant wirklich auch in der Hauptsache auf Tip-Basis arbeiteten oder ob der alles andere als dezente Hinweis nur einer guten alten Gewohnheit entsprach. Dieses „Tip Sir!" ist wirklich eine ganz große Unsitte. Ich persönlich weiß immer nie so recht, soll ich jetzt so richtig verarscht werden oder enthalte ich dem Kerl einen Teil seines Lohnes vor. Die sollen sagen, was es kostet, dann zahlt man das oder läßt es ganz sein, und damit basta. Nachdem ich bei diesem Auftrag ja aber über ein bestens gefülltes Spesenkonto verfügte, konnte ich mich von meiner großzügigen Seite zeigen. Der Bückling, den mein Kellner hinlegte, nachdem er einen kurzen Blick auf den kleinen Teller mit der Rechnung geworfen hatte, zeigte mir, daß er meine Einschätzung von einem fürstlichen Trinkgeld durchaus teilte.

Ich stieß in Gedanken noch einmal auf Dr. Heinrich und seine Spesenabrechnung an und ging zurück ins Zimmer. Ich hatte ein „Privacy Schild" an die Tür gehängt und es war auch befolgt worden. Ich hasse es, wenn ich vom Frühstück komme und finde dann schon den Roomservice in meinem Zimmer voll bei der Arbeit. Ich kontrollierte das Fax-Gerät, aber es war nichts Neues eingetroffen. Alles Wertvolle, was ich im Augenblick nicht benötigte, verstaute ich im Zimmersafe, der erfreulich geräumig war. Dann verließ ich das Hotel und ging zu Hertz Rent-a-car um die Ecke. Es waren zwei Ehepaare vor mir an der Reihe, und eine Vierergruppe von jungen Leuten, bestimmt auch Touris aus Good Old Europe, versuchte gerade ihr umfangreiches Gepäck in einem Ford Taurus unterzubringen. Sie hatten anscheinend so ihre Schwierigkeiten damit, denn sie mußten jetzt schon etliche Taschen mit in den Passagierraum des Wagens nehmen. Die hatten bei der Abfahrt schon keinen Platz, wie stellten die sich vor, sollte das erst später werden?

Aber schon war ich an der Reihe, legte meinen Reservierungs-Voucher vor, meinen Führerschein und meinen Paß, und die Dame tippte eifrig an ihrem Computer. Aber erst nachdem ich ihr auch noch meine Kreditkarte überreicht hatte, war sie wirklich zufrieden. Plötzlich herrschte draußen hektische Betriebsamkeit. Ein Kunde war vorgefahren mit seinem Sportwagen, einer Corvette, die auch schon bessere Tage gesehen hatte. Es sah aus, als hätte sie eine Begegnung mit einem Panzer gehabt, aber es war dann doch nur ein gewöhnlicher Müllwagen gewesen. Nun kam noch einer der Boys ins Büro und erzählte etwas von einem „elevator breakdown". Die Dame, die meinen Mietvertrag bearbeitete, rief mich von meinem Warteplatz heran und teilte mir auch noch einmal mit, daß der Aufzug defekt sei und man deshalb für noch nicht absehbare Zeit keine Leihwagen mehr ausliefern könne.

Das fing ja gut an. Aber bevor ich meinen Unwillen so richtig Ausdruck verleihen und sie anschnauzen konnte, sie sollten sich dann gefälligst von den fünf oder sechs anderen Hertz Mietstationen, die es in San Francisco gab, Ersatzfahrzeuge kommen lassen, unterbrach sie mich schon und teilte mir mit, daß erst vor einer halben Stunde ein Lincoln Towncar am Car Return zurückgegeben worden sei. Ich sollte mich noch „a few moments" gedulden, der Wagen würde gerade noch gewaschen und dann sofort für mich hergebracht. Ich dachte gerade noch so bei mir, daß sie den Wagen hoffentlich nicht nur waschen, sondern auch von der Maschine her durchsehen würden, als auch schon ein triefnasser, schwarzer Lincoln Towncar vorgefahren wurde. Sein Lack schrie geradezu nach einer Wachspolitur, das Wasser perlte überhaupt nicht mehr ab.

„That's your car", rief mich meine Sachbearbeiterin heran, ließ mich noch ein paar Unterschriften und Namenszeichen machen und überreichte mir die Autoschlüssel zusammen mit den Vermietunterlagen. Ich fragte noch nach so einer Art Fahrzeugschein für den Wagen und erfuhr daraufhin, daß die Vermietunterlagen genügen würden.

„No luggage, Sir?" Der Boy, der mir den Wagen zu erklären versuchte, konnte es kaum glauben. Ein Ausländer, der keinerlei Gepäck dabei hatte. Das war doch mehr als ungewöhnlich. Ich beruhigte ihn mit dem Hinweis, daß mein Gepäck noch im Westin St. Francis liege. Dann erklärte mir der gute Mann, wo das Lenkrad war, wie man das Radio einschaltete und lauter so Blödsinn. Interessiert hätten mich die Automatik, die Klimaanlage und sonst noch ein paar Knöpfe. Gerade bei der Klimaanlage zeichnete sich der Held aus. Er las mir die Aufschrift der Knöpfe vor. Das konnte ich selber und auch noch besser als er.

Als ich dann noch nach der Zentralverriegelung fragte, da mein Schlüssel nur die Fahrertür auf- und zuschloß, während sich die anderen Türknöpfe nicht bewegten, und als Antwort erhielt: „it doesn't work", platzte mir doch beinahe der Kragen. Zum Glück mischte sich gleich ein netter, weißer Junge ein und zeigte mir des Rätsels Lösung. Einer der zwei Dutzend Knöpfe in der Fahrer-

Armlehne diente als Schalter für die Zentralverriegelung. Der Junge schien Ahnung von dem Auto zu haben, und ich nutzte die Chance und ließ mir neben ein paar anderen Knöpfen gleich auch noch einmal die Klimaanlage und ihre Programmierung von ihm erklären. Der Junge war wirklich gut drauf und kannte sich bestens mit dem Wagen aus. Das war mir dann natürlich auch einen Zehner wert, was wiederum dem Jungen unheimlich gut gefiel.

Ich verließ den Hof von Hertz Rent-a-car und fuhr in die Mason Street ein. Die Automatic-Schaltung war wirklich kinderleicht zu bedienen. Was mir jedoch Probleme machte, war die fehlende Kupplung. An der ersten Ampel schon fabrizierte ich eine Notbremsung der allerersten Güte, weil ich die Kupplung treten wollte und natürlich voll auf die Bremse latschte. Aber mit etwas Konzentration war das Problem schon in den Griff zu bekommen.

Ich wollte zu der Adresse in Sea Cliff hinausfahren, um dort mit meinen Nachforschungen zu beginnen. Allein, mit einem auch noch so guten Stadtplan, ist man in einer Großstadt wie San Francisco ziemlich aufgeschmissen. Ich brauchte mehrere Anläufe und diverse Orientierungs-Stops, bis ich überhaupt in die Gegend von Sea Cliff kam. Sehr hilfreich war die Beschilderung für die Golden Gate Bridge, die hier in der Nähe lag. Für solche Suchaktionen sollte man einen Beifahrer als Pfadfinder haben, das erleichtert einem das Leben dann doch sehr. Onkel Nick schwört für solche Fälle auf sein „Brieftäubchen", wie er es nennt. Tante Alex sei der ideale Copilot. Wahrscheinlich hat er recht, denn schließlich haben die beiden schon eine Vielzahl von Reisen in aller Herren Länder gemacht und sind bisher noch überall hingekommen, wo sie hinwollten.

Ich fuhr nun auf dem Highway direkt auf die Golden Gate Bridge zu, und das bei strahlendem Sonnenschein. Ich weiß von Bekannten, die eine ganze Woche in San Francisco verbrachten und nicht einen einzigen Tag ohne Nebel erlebten. Von der Golden Gate Bridge hatten sie immer nur Schemen im Nebel gesehen. Aber ich hatte Glück, schöneres Wetter konnte man sich wirklich nicht wünschen. Es war schon ein gigantisches Bauwerk, über das sich der Verkehr in sechs Spuren ergoß. Ich hatte eigentlich eine Station für den Brückenzoll erwartet, konnte aber ohne Stop die Brücke überqueren. Direkt nach der Brücke war ein Parkplatz, auf den ich hinausfuhr. Man hatte hier einen herrlichen Rundblick auf die Bucht von San Francisco und die ehemalige Gefängnisinsel Alcatraz. Am gegenüberliegenden Ufer erhob sich Downtown aus dem Dunst.

Ich holte meine Videokamera aus dem Lincoln und machte einen weiten Schwenk von links über die Bucht von San Francisco bis zur Golden Gate Bridge zu meiner Rechten. Ich unterschied mich durch nichts von den rund hundert Touristen, die den Parkplatz und die Aussicht mit mir teilten.

Wenn man vom Parkplatz aus zurück auf die Golden Gate Bridge wollte, mußte man etwas umständlich den Highway unterqueren, und dann kam auch schon die Toll Station, die ich auf der Herfahrt schon vermißt hatte. Drei Dollar fand ich einen durchaus akzeptablen Preis für das soeben Erlebte. Für eine Nebel- schau hingegen hätte ich es etwas teuer gefunden. Auf meiner Fahrt nach Sea Cliff kam ich nun durch Presidio, ein Militärgelände direkt am Fuß der Golden Gate Bridge, das durch den gleichnamigen Film mit Sean Connery in einer der Hauptrollen bekannt geworden ist. Weiter ging es durch den Lincoln Park, eine sehr gepflegte und saubere Anlage mit einem Golfplatz.

Gegen Ende des Lincoln Parks hatte man plötzlich einen herrlichen Blick durch die Bäume auf die Golden Gate Bridge von der anderen Seite her, der Pazifik- Seite. Zum Glück gab es rechter Hand die Möglichkeit, seinen Wagen neben der Fahrbahn abzustellen. Ich stieg aus und spielte noch einmal Tourist mit Video- kamera. Ziemlich weit unter mir, durch die Bäume recht schlecht zu erkennen, gab es anscheinend so eine Art Lagerplatz oder auch kleiner Campingplatz. Ich konnte ein paar junge Leute erkennen, ein paar Motorräder und einen überaus bunten Recreation Van, Marke „selbst gestrickt". Ich hörte auch Musik, ob selbst fabriziert oder aus dem Radiorecorder, konnte ich natürlich nicht feststellen.

Kurz danach erreichte ich Sea Cliff, eine echte Nobelgegend. Wer hier wohnte, der hatte Moos im Überfluß. Das sah man schon anhand der Autos, die vor den mustergültig gepflegten Anlagen standen. Mercedes, BMW, riesige Amischlitten wie mein Towncar und protzige Four Wheel Drives prägten das Bild. Ich such- te nun die mir angegebene Adresse und fand sie auch völlig problemlos. Ich parkte meinen Wagen, stieg aus, ging durch einen wundervollen Blumen- und Blütengarten ungefähr zwanzig Meter bis zum Haus und machte mich mittels eines Messingklopfers in Form eines Löwenkopfes bemerkbar.

Eine Frau in mittlerem Alter öffnete die Tür.

„Ja bitte, kann ich Ihnen helfen?" fragte sie mich mit einer sehr angeneh- men, wohltönenden Stimme.

„Entschuldigen Sie bitte die Störung!" antwortete ich. „Ich komme aus Deutschland und möchte mich gerne mit Ihrer Tochter Sharon ein wenig unter- halten." Ich bemerkte deutlich, wie sie abweisend wurde, und fuhr deshalb schnell fort. „Es geht um ihre ehemalige Zimmer-Kameradin an der Berkley University, um Brigitte. Ich weiß nicht, ob Sie das Mädchen kennen oder viel- leicht doch schon von Ihrer Tochter von ihr gehört haben. Auf jeden Fall wird sie seit einigen Wochen vermißt, und ihr Vater macht sich große Sorgen um sie. Er hat mich deshalb beauftragt, nach ihr zu suchen. Ich hoffe nun, ihre Tochter kann mir irgendwie helfen."

Sofort wurde die Dame wieder freundlicher.

„Aber selbstverständlich habe ich von Brigitte gehört, ein nettes Mädchen. Leider ist nun aber meine Tochter im Augenblick nicht zu Hause. Sie kommt erst gegen Abend wieder nach Hause. Aber wenn Sie so gegen 21.00 Uhr noch einmal kommen würden, so bin ich sicher, daß Ihnen meine Tochter helfen wird, so gut es ihr nur möglich ist."

„Das ist wirklich sehr freundlich von Ihnen. Ich danke Ihnen sehr herzlich und komme gerne auf Ihr Angebot zurück. Ich werde pünktlich heute abend um 21.00 Uhr noch einmal erscheinen."

Ich verabschiedete mich und ging wieder zu meinem Wagen zurück. Für den Anfang war das gar nicht einmal übel. Töchterchen hätte sich ja auch auf einer zwölfwöchigen Trekkingtour durch Nepal befinden können.

Ich fuhr in einem großen, mehr als zweistündigen Bogen zurück zum Hotel und erstattete Onkel Nick per Fax Bericht. Danach stellte ich meinen kleinen Reisewecker, zog mich aus, legte mich aufs Bett und schlief ein wenig auf Vorrat. Wer weiß, wie lange die heutige Nacht werden würde.

Kapitel 3

Eine Spur

Als ich geweckt wurde, fühlte ich mich entspannt und frisch. Ich zog mich an fürs Abendessen und ging ins Restaurant. Heute leistete ich mir ein New Yorker Steak mit french fries. Das Fleisch hatte die bereits beschriebenen Ausmaße und war schön zart. Bei den french fries, sprich Pommes frites, fiel es erfreulicherweise wesentlich weniger ins Gewicht, daß die Amis scheinbar keine Kartoffeln schälen können. Gut gesättigt ging ich zum Car Valet, ließ mir meinen Lincoln bringen und fuhr Richtung Golden Gate. Ich war zwar noch viel zu früh dran, aber ich rechnete mit ein paar unfreiwilligen Umwegen und wollte auf keinen Fall zu spät kommen.

Ich fand den Weg nach Sea Cliff diesmal erheblich schneller. Ich verfuhr mich nur ein einziges Mal, und das kostete mich nicht einmal viel Zeit. Die Dämmerung begann hereinzubrechen. Die Sonne stand schon ganz tief über dem Pazifik, und die Golden Gate Bridge war in die letzten Sonnenstrahlen eines schönen Tages getaucht. Ich fand meinen „Privatparkplatz" von heute nachmittag wieder, stellte den Lincoln ab und genoß den Anblick. Nachts, wenn die Brücke von Scheinwerfern angestrahlt und zusätzlich noch von den darüber fahrenden Autos erhellt wurde, mußte man von hier aus einen phantastischen Blick haben. Ich beschloß, später, nach meiner Unterhaltung mit der kleinen Sharon, noch einmal hier vorbeizuschauen, sofern ich dann noch Lust und genug Zeit dazu hätte.

Ich genoß den Sonnenuntergang an der Golden Gate Bucht fast eine halbe Stunde lang. Es war mit das Schönste, was ich in den letzten Jahren an Sonnenuntergängen gesehen hatte. Die jungen Leute, die mir heute nachmittag schon aufgefallen waren, hatten anscheinend kein Auge für dieses herrliche Naturereignis, das sich direkt vor ihnen abspielte. Dort unten ging es recht laut zu. Es fielen laute Worte, und es hörte sich fast ein wenig nach Streit an. Wahrscheinlich waren auch Alkohol oder Drogen im Spiel.

Ich hatte nun genug Zeit verstreichen lassen, stieg wieder in meinen Lincoln ein und fuhr die paar Meilen nach Sea Cliff. Ich konnte wieder direkt vor dem Haus parken, stieg aus, schloß meinen Wagen ab und ging zur Haustür. Auf mein Klopfen mit dem Löwenkopf hin öffnete mir ein junges Mädchen von vielleicht zwanzig Jahren. Sie hatte brünette, gelockte Haare, die sie halblang trug. Bekleidet war sie mit der amerikanischen Einheitsuniform, Jeans und T-Shirt.

„Guten Abend. Mein Name ist Steiner, Michael Steiner", begrüßte ich sie. „Sie müssen Sharon sein."

„Ja, guten Abend, das stimmt, ich bin Sharon MacGregor", lächelte sie mich an. „Meine Mutter hat mir schon erzählt, daß Sie heute schon einmal nach mir gefragt haben und noch einmal vorbeikommen wollten. Ich bin mir nur nicht sicher, ob ich Ihnen viel werde helfen können. Aber bitte kommen Sie doch erst einmal herein. Wir brauchen uns ja nicht hier zwischen Tür und Angel zu unterhalten", bat sie mich ins Haus ihrer Eltern.

„Das ist der junge Mann aus Deutschland, von dem ich dir erzählt habe", hörte ich Mrs. MacGregor zu ihrem Mann sagen, der nun auch auf der Bildfläche erschienen war.

„Bitte kommen Sie doch ins Wohnzimmer, Mr. äh?" sah mich die Dame des Hauses fragend an.

„Steiner, Michael Steiner", stellte ich mich vor und folgte ihrer einladenden Handbewegung ins Wohnzimmer.

„Was darf ich Ihnen anbieten, einen Drink, ein Bier oder ein Soda?" spielte Mr. MacGregor den großzügigen Hausherrn.

„Eine Coke, wenn Sie haben, ansonsten bitte ein Mineralwasser", nahm ich die Einladung an.

„Aber ich bitte Sie, Mr. Steiner. Sie sind in Amerika. Natürlich haben wir Coke im Haus. Elly, sei doch so nett und hol Mr. Steiner eine Flasche aus dem Kühlschrank", ließ sich der Hausherr vernehmen.

„Sharon", begann ich nun ohne große Umschweife das Gespräch. „Wissen Sie, wo Brigitte ist, oder haben Sie wenigstens irgendeine Ahnung, wo sie stecken könnte? Ihr Vater, den Sie ja, glaube ich, schon kennen, macht sich sehr große Sorgen um sie. Er hat seit Wochen nichts mehr von ihr gehört."

„Nein, ich weiß leider auch nicht, wo sie ist. Ich bin ja nun schon seit über acht Wochen nicht mehr in Los Angeles, da Daddy mir hier in San Francisco ein Praktikum besorgt hat. Ich habe öfter auf unserem Zimmer angerufen, aber seit ungefähr vier bis fünf Wochen war immer nur der Anrufbeantworter an. Vor ungefähr zwei Wochen habe ich unsere Zimmernachbarin Helen auf dem Campus angerufen, da ich Brigitte nie erreichen konnte. Helen wußte aber auch nicht, wo sie ist. Brigitte hatte ihr nur vor ungefähr vier Wochen erzählt, daß sie für ein bis zwei Tage nach Las Vegas fahren würde, und zwar nicht zum Spielen. Im Gegenteil, es schien für Brigitte sehr, sehr wichtig zu sein. Danach, so glaubte Helen, hat sie Brigitte nicht mehr gesehen."

„Haben Sie irgendeine Vorstellung, was Brigitte in Las Vegas gewollt haben könnte oder was dort so wichtig für sie gewesen sein könnte?" unterbrach ich Sharon. „Oder wissen Sie vielleicht sogar, zu wem sie dort gegangen sein könnte?"

Sharon zögerte. „Ich weiß wirklich nichts genaues, Mr. Steiner, und das ist jetzt eine reine Vermutung", sagte sie langsam und stockend. „Brigitte und ich waren einmal auf so einer Party, auf der Brigitte einen recht netten Jungen kennengelernt hat. Der Junge, glaube ich, war sehr von Brigitte angetan und wollte ihr imponieren. Er hat furchtbar angegeben. Er war höchstens so an die 23 oder 24 Jahre alt und behauptete, er sei an einer Spielhalle in der Gegend von Reno beteiligt. Weiterhin prahlte er damit, ein Verhältnis mit seiner Teilhaberin an der Spielhalle zu haben. Sie sollte so um die vierzig sein", rückte Sharon heraus.

„Ich weiß jetzt wirklich nicht, ob da irgendein Zusammenhang besteht, denn Reno ist ja eine Spielerstadt, genau wie Las Vegas, nur halt viel kleiner. Sicher weiß ich jedoch, daß sich Johny, so heißt der kleine Angeber, und Brigitte nach dieser Party öfter getroffen haben und auch miteinander ausgegangen sind", stellte Sharon fest. „Ob daraus noch mehr geworden ist als nur ein bißchen Freundschaft, kann ich leider nicht sagen, da ich dann ja Los Angeles verlassen habe und wieder zurück zu meinen Eltern hierher nach San Francisco gegangen bin."

„Wissen Sie, wie der junge Mann heißt, wo er wohnt, oder können Sie ihn wenigstens ein wenig beschreiben?" fragte ich hoffnungsvoll.

„Besser noch", strahlte mich Sharon an. „Ich habe ein Foto von ihm zusammen mit Brigitte, das ich von den beiden auf dieser Party damals gemacht habe, und ich habe noch ein Werbe-Zündholz-Briefchen von der Spielhalle, an der er angeblich beteiligt sein soll", überraschte mich das Mädchen.

„Könnte ich das Foto und das Zündholz-Briefchen sehen?" fragte ich leicht aufgeregt.

„Ich habe beides schon hier, da ich mir schon dachte, daß Sie danach fragen würden." Sharon griff neben sich auf die Couch und legte die beiden Kleinigkeiten vor mir auf den Tisch. Das Foto war ein Polaroid-Bild von der üblichen, nicht allzu guten Qualität. Man konnte trotzdem Brigitte einwandfrei erkennen. Es zeigte darüber hinaus einen lachenden jungen Mann. Er sah nicht unbedingt gut aus, aber auch nicht schlecht. Er sah nach Durchschnitt aus. Es war nichts auffälliges an ihm. Er sah aus wie Millionen junger Männer in seinem Alter. Keine charakteristischen Merkmale, nichts, leider.

„Hat er irgendwelche charakteristischen Kennzeichen wie Narben, Warzen oder Tätowierungen?" wollte ich von Sharon wissen. Aber leider war ihr nichts in dieser Richtung bekannt.

„»Little Digger's Nugget«, Lake Tahoe, ein wundervoller Platz um auszuspannen und reich zu werden", hieß es auf dem Zündholz-Briefchen. Die Spielhölle mußte sich finden lassen.

„Hier steht, daß sich die Spielhölle in Lake Tahoe befindet", stellte ich fest.

„Ja, ja Lake Tahoe ist richtig", verbesserte sich Sharon. „Wir haben nur immer von Reno gesprochen, da Brigitte nicht wußte, wo Lake Tahoe ist."

„Reno ist nur ungefähr eine Fahrstunde von Lake Tahoe entfernt", ließ sich nun sogar der Hausherr wieder einmal vernehmen.

„Nun, ich glaube, ich habe hiermit eine Spur", sagte ich nachdenklich. „Ich werde mich mit Brigittes Vater in Verbindung setzen, und dann werden wir weiter sehen. Dürfte ich wohl das Foto und das Zündholz-Briefchen behalten? Es wäre eine echte Hilfe für mich."

„Selbstverständlich!" sagte Sharon. „Und ich hoffe, Sie finden Brigitte gesund und munter."

„Das wäre sehr schön und würde bestimmt nicht nur mich freuen", gab ich von mir und stand auf. „Aber jetzt möchte ich Sie nicht mehr länger aufhalten, und ich möchte mich deshalb verabschieden. Vielen herzlichen Dank noch einmal an Sie alle, auch im Namen des Vaters von Brigitte. Sie waren sehr freundlich und haben mir sehr geholfen."

Ich bewegte mich langsam auf den Ausgang zu und verabschiedete mich von den drei MacGregors mit Handschlag.

Die Sonne war nun mittlerweile vollständig untergegangen. Es war Nacht, aber beileibe nicht dunkel, als ich Sea Cliff wieder in Richtung auf die Golden Gate National Recreation Area und den Lincoln Park zu verließ.

Kapitel 4

Denise

Mittlerweile kannte ich mich in diesem Teil der Golden Gate National Recreation Area und des Lincoln Parks schon ganz gut aus. Es war für mich überhaupt keine Schwierigkeit mehr, mich zu orientieren, und schon nach kurzer Fahrzeit hatte ich mein lauschiges Plätzchen am Straßenrand mit Blick auf die Golden Gate Bucht wieder gefunden. Ich stellte meinen Lincoln ab, stieg aus und ging ein paar Schritte, bis ich freie Sicht durch die Bäume auf die Golden Gate Bridge hatte. Es war immer noch nicht so richtig dunkel. Der Mond hüllte meine gesamte Umgebung in ein fahles, gespenstisches Licht, das bizarre, unheimliche Schatten warf. Nach ein paar Minuten hatten sich meine Augen jedoch an die Lichtverhältnisse bestens angepaßt, und ich konnte nicht nur die nächsten Büsche und Bäume um mich herum erkennen, sondern sah auch Gegenstände in der weiteren Umgebung.

Die Golden Gate Bridge war klar und deutlich zu erkennen, nicht nur erhellt von zahlreichen Lampen und Laternen, sondern auch unregelmäßig angestrahlt von den Scheinwerfern der Autos, die sie gerade überquerten. Es war wirklich ein prächtiger Anblick. Leider hatten die jungen Leute, die mir schon früher aufgefallen waren, immer noch keine Augen für diesen erhebenden Anblick. Ich vermutete, sie hatten weiterhin fleißig dem Alkohol oder ihren Drogen zugesprochen. Ich hörte Gejohle, Gelächter, Musik und ab und zu auch Gesprächsfetzen, oder besser gesagt, Geschrei. Na ja, jeder ruiniert sich auf seine Art, dachte ich mir, versuchte aber dennoch gleichzeitig, ein wenig zu erkennen, was dort unten vor sich ging. Aber der Lichtschein ihres Lagerfeuers war zu weit weg.

Ich drehte mich gerade um und wollte wieder zu meinem Lincoln zurückgehen, als ich plötzlich einen hohen, fast schon unmenschlichen Schrei hörte, wie ihn nur ein Kind oder eine junge Frau in höchster Not zustande bringt.

Ich verdoppelte meine Anstrengungen, etwas zu erkennen. Natürlich hatte ich kein Nachtsichtgerät dabei. Das lag zu Hause bei meiner sonstigen Ausrüstung in meiner Wohnung im Allgäu. Diese Nachtsichtgläser mit Restlichtverstärkung sind echt eine Schau. Man sieht mit den Dingern fast wie bei Tageslicht. Man sollte halt nur eines dabei haben. Jetzt war ich mir sicher, daß da eine Frau irgend etwas schrie. Ich hörte es ganz deutlich. Aber ich konnte die Worte nicht verstehen.

Ich ging zehn oder fünfzehn Meter die Straße hinunter und horchte erneut. Kein Zweifel, da schrie eine Frau.

„Au secours!" plötzlich verstand ich auch die Worte. Das war französisch. Da schrie eine Frau auf französisch um Hilfe. Dem Klang ihrer Stimme nach würde sie nicht mehr lange durchhalten. Es hörte sich an, als ob sie rannte, so schnell sie nur irgend konnte, und gleichzeitig um Hilfe schrie. Ihre anfangs noch gellenden Hilfe-Schreie wurden immer mehr zu einem keuchenden Japsen. Es ist so ziemlich das dümmste, was man machen kann, während des Rennens auch noch zu schreien. Man vergeudet nur kostbaren Sauerstoff. Das ist genauso wie bei der Entscheidung: fliehen oder kämpfen. Man darf nicht laufen wie ein gehetztes Tier, bevor man sich einem voraussichtlich unvermeidbaren Kampf stellt. Die sich aufbauende Sauerstoffschuld läßt dir keine Chance mehr, auch gegenüber einem an und für sich schwächeren Gegner.

Jetzt konnte ich auch noch die Stimmen von mindestens zwei Männern hören, welche die Geräusche von mehreren, rennenden Menschen übertönten.

Da, vielleicht zwanzig Meter weiter unten auf der Straße, brach plötzlich eine menschliche Gestalt aus den Büschen. Sie war die Böschung auf die Straße heraufgestürmt. Sie hielt in ihrem Lauf kurz inne und wandte sich dann weiter bergauf in meine Richtung. Obwohl sie so nahe war, daß ich hörte, wie sie keuchend die Luft in ihre Lungen pumpte, hatte sie mich noch nicht erblickt.

In diesem Augenblick tauchten an der Stelle, an der die Gestalt die Straße erreicht hatte, zwei weitere Figuren auf, die sofort auch in meine Richtung hinter der ersten Gestalt herstürmten. Wie schon erwähnt, war es immer noch relativ hell, und meine Augen hatten sich schon bestens an die Lichtverhältnisse angepaßt. Bei der ersten Person, die auf der Bildfläche erschienen war, handelte es sich ohne den geringsten Zweifel um eine Frau. Da war ich mir absolut sicher, da gab es keinen Zweifel. Das war unübersehbar. Sie war vollkommen nackt. Die anderen zwei Figuren hielt ich ihrem Verhalten nach für Kerle, die in bezug auf die Verfolgte keine allzu guten Absichten hegten. Aufgrund der Umstände glaubte ich auch zu wissen, was sie mit ihr vorhatten. Daß das arme Ding mit den Absichten der beiden Kerle absolut nicht einverstanden war, war ebenfalls mehr als offensichtlich.

Während die Frau, oder noch eher das junge Mädchen, wie ich jetzt erkennen konnte, weiter bergauf in meine Richtung lief, warf sie einen kurzen Blick nach rechts über ihre Schulter zurück auf ihre Verfolger. Das war ein grober Schnitzer von ihr. Denn unmittelbar vor ihr und vielleicht so zehn Meter von mir entfernt, brach eine weitere Gestalt aus den Büschen, die sich sofort vor ihr aufbaute und ihr den Weg abschnitt. Das Mädchen versuchte ihren Lauf abzubremsen, rutschte jedoch mit dem linken Fuß seitlich weg, verlor die Balance und plumpste mit gegrätschten Beinen direkt vor dem dritten Kerl auf ihren nackten Hintern. Ihre verzweifelten Versuche, den Kerlen zu entkommen, hatten in einem totalen Fiasko geendet. Sie saß pudelnackt auf der Straße, und ein Kerl, den sie nicht zu ihren Freunden zu zählen schien, stand zwischen ihren weit gespreizten Beinen.

„That's right, Baby!" stieß er keuchend hervor und ließ sich zwischen ihren Schenkeln auf die Knie fallen. Sie versuchte sich wieder aufzurichten, indem sie sich mit beiden Händen hinter sich auf dem Teer der Straße abstützte. Der Kerl packte sie jedoch an den Schultern und drückte sie gegen ihren zähen Widerstand mit dem Rücken auf den Boden.

„Non, non, je te prie, non!" schluchzte das Mädchen erneut auf französisch.

Ich bezweifelte, daß der Kerl französisch beherrschte, der jetzt über dem Mädchen kniete und sie an ihren Oberarmen zu Boden drückte.

Ich war während dieses unschönen Schauspiels leise und unbemerkt näher herangekommen und nutzte das Überraschungsmoment voll aus. Ich nahm Anlauf und trat den quer vor mir über seinem Opfer knienden Schweinehund mit dem rechten Fuß von unten her mit voller Wucht in den Leib. Der dumpfe Ton meines Tritts wurde übertönt von seinem Aufschrei. Die Luft entwich aus seinen Lungen wie aus einem Blasebalg, und ich spürte deutlich unter meinem Fuß das Brechen von Knochen. Ich tippte auf mindestens drei bis vier gebrochene und in etwa die gleiche Anzahl angebrochener Rippen.

Mein mit echt Schmackes ausgeführter Tritt befreite das Mädchen ruckartig von ihrem Peiniger. Er hob richtiggehend ab, kam vielleicht so gut zwei Meter neben dem nackten Mädchen erst wieder mit dem Boden in Berührung, überschlug sich noch einmal und blieb dann still liegen, direkt vor seinen beiden heranstürmenden Kumpanen. Die beiden hatten noch gar nicht so richtig mitbekommen, was hier so plötzlich vor sich gegangen war. Ich klärte sie nicht auf, sondern nutzte den Schwung meiner Vorwärtsbewegung, die leichte Abschüssigkeit der Straße sowie ihr staunendes Unverständnis und sprang den vorderen der beiden Helden, den mit der Punkerfrisur, mit der vollen Wucht meiner 230 Pfund an. Ich traf ihn mit dem Fuß meines gestreckten rechten Beins mitten auf die Brust. Die Wirkung war vielleicht sogar noch sehenswerter als bei meinem vorherigen Tritt. Er wurde regelrecht von den Beinen gerissen. Seine rechte Hand griff haltsuchend ins Leere, während er seine Linke dem Kerl schräg hinter ihm mit dem Handrücken in die Fresse schlug, bevor er wie ein nasser Sandsack zu Boden ging und bewegungslos liegenblieb.

Freundlicherweise hatte Punky der Nummer drei im Rennen bereits einen Schlag verpaßt, der diesen für einen zusätzlichen Augenblick ablenkte. Ich nutzte das natürlich schamlos aus. Als sich Nummer drei nun mit der rechten Hand am blutenden Mund wieder mir zuwandte, trat ich ihn mit dem linken Fuß in den Bauch, wobei ich mit einer halben Körperdrehung für zusätzliche Power sorgte. Er klappte zusammen wie ein Taschenmesser. Es sah so aus, als ob er genug hätte, als sei er voll bedient. Ich war mir jedoch nicht ganz sicher. Also schmetterte ich ihm vorsichtshalber meine rechte Faust an die Rübe, direkt hinter sein linkes Ohr, nur um eventuellen Überraschungen vorzubeugen. Das Ergebnis beruhigte mich, jetzt war ich mir seiner sicher. Ich sah mich schnell um, aber die Auseinandersetzung war beendet. Die drei Herren waren friedlich und gaben keinen Muckser mehr von sich. Weitere Verfolger waren nicht aufgetaucht.

Das nackte Mädchen saß immer noch da, wo sie vor ein paar Augenblicken zu Boden gegangen war. Sie hatte den Oberkörper leicht aufgerichtet, die Beine aber immer noch gespreizt. Sie sah zu mir her, und erst so nach und nach dämmerte ihr langsam, daß sie nichts mehr zu befürchten hatte.

Ich ging auf sie zu. „Come on, let's go! Here is nothing more to do", sprach ich sie an. Aber sie reagierte nicht. Ich wollte gerade versuchen, ein paar französische Brocken zusammenzukratzen, als sie plötzlich ihre Beine anzog und sich aufrichtete. Sie war noch ganz zittrig, und ihre Beine trugen sie kaum. Aber sie fing sich zusehends.

„Merci beaucoup! Thank you very much!" brachte sie schwer atmend hervor.

„Come to my car!" forderte ich sie auf und streckte ihr meine linke Hand entgegen. Ihre rechte war ganz kalt. Wahrscheinlich war ihr insgesamt kalt, und wahrscheinlich machte sich zu allem Überfluß jetzt auch noch der Schock und der überstandene Schrecken bemerkbar. Sie fing an, haltlos zu zittern. Ich dachte schon, sie würde mir jetzt zusammenbrechen und wußte nicht so recht, wie ich jetzt reagieren sollte. Die Umarmung eines fremden Mannes war vielleicht nach dem überstandenen Schrecken doch nicht gerade das, was sie wieder beruhigen würde. Ich wußte mir aber nicht anders zu helfen und umarmte sie deshalb trotzdem. Scheinbar tat ich das Richtige, denn sie drängte ihren nackten Körper an mich, umklammerte mich und fing an, haltlos zu schluchzen. Ich führte sie zu meinem Lincoln, öffnete ihr die Tür und setzte sie auf den Beifahrersitz. Zum Glück hatte ich meine Windjacke mitgenommen, die ich vom Rücksitz holte und ihr jetzt reichte. Sie zog sie auch sofort an. Die Jacke war ihr natürlich um etliche Nummern zu groß, und sie verschwand richtiggehend darin.

Ich fuhr los, verließ die Golden Gate National Recreation Area und den Lincoln Park. Wir erreichten auch bald den Zubringer zum Highway.

„Wo wohnen Sie? Wohin soll ich Sie fahren?" wollte ich von ihr wissen.

„Ich weiß nicht wohin. Ich bin heute erst in San Francisco angekommen und in der Jugendherberge abgestiegen. Aber dort kann ich nicht hingehen, denn die Kerle kennen die Adresse." Sie schniefte ganz undamenhaft.

„Möchten Sie ein Taschentuch haben?" fragte ich und suchte gleichzeitig in der Ablage der Fahrertür. Leider wurde ich nicht fündig.

„In der blauen British Airways-Tasche auf dem Rücksitz sind ein paar Päckchen mit Papiertaschentüchern. Da können Sie sich eins rausnehmen", deutete ich mit dem rechten Daumen nach hinten.

„Danke, ich glaube, ich könnte ein paar gebrauchen", flüsterte sie unter erneutem Schniefen. Sie schnallte den Gurt los und beugte sich zwischen den beiden Vordersitzen nach hinten. Da der Lincoln aber alles andere als ein Kleinwagen war, konnte sie die Tasche nicht erreichen. Sie kletterte deshalb mit dem rechten Knie auf die Mittelarmlehne und kramte dann in der kleinen blauen Tasche auf dem Rücksitz. Bei dieser Aktion rutschte ihr meine Windjacke natürlich ein gutes Stück nach oben und entblößte somit zwei wohlgerundete Backen. Das war zwar nicht weiter schlimm, zog meine Augen jedoch magisch an. Der Anblick, der sich mir hier nun plötzlich im Rückspiegel bot, war wirklich nicht von schlechten Eltern. Ich mußte mich richtig zusammenreißen, um meine Aufmerksamkeit wieder vom Rückspiegel zurück auf die Straße vor mir zu lenken.

„Ein Gentleman nutzt eine derartige Situation nicht aus!" sagte ich mir und blickte stur geradeaus, bis Denise wieder zurück auf ihren Sitzplatz kletterte. Ich will nicht sagen, daß es mir leicht gefallen ist, denn wahrscheinlich hätte dieser Anblick sogar einen Bischof dazu bringen können, seine Kirchenfenster einzutreten. Und ich bin wirklich alles andere als ein Heiliger. Zum Glück hatte sie schnell gefunden, wonach sie gesucht hatte, und saß nun mit einem Päckchen Tempo-Taschentücher in der Hand wieder auf dem Beifahrersitz neben mir. Ich war froh, daß es dunkel war im Auto, denn ich fühlte deutlich, daß mir das Blut ins Gesicht geschossen war. Ich hatte mit Sicherheit eine leuchtend rote Birne auf. Das andere Ergebnis meiner Blicke in den Spiegel konnte man zum Glück auch nicht sehen. Das Blut war mir nämlich nicht nur ins Gesicht geschossen.

„Zuallererst brauchen Sie etwas zum Anziehen!" stellte ich fest. „Im Touristenviertel, in Fishermen's Wharf, haben die Läden bestimmt noch geöffnet, und da werden wir Ihnen jetzt etwas Passendes kaufen."

Bei der nächsten Ausfahrt fuhr ich vom Highway runter und hielt auf Fishermen's Wharf zu. Hier war noch regelrecht die Hölle los. Die Leute drängten sich auf den Gehwegen, vor und in den Geschäften. Inline-Skater überholten die Autos auf der Straße, und ein paar total Verrückte joggten auf der Fahrbahn. Ich fand eine Lücke zwischen den geparkten Autos am Straßenrand und hielt an.

„So können Sie unmöglich aus dem Auto raus und einkaufen gehen", gab ich ihr zu verstehen. Meine Windjacke war ihr zwar viel zu groß, würde aber voraussichtlich ihren nackten Hintern doch nur sehr unvollständig den neugierigen Blicken der Leute entziehen können, ganz zu schweigen von den noch weit intimeren Bereichen ihrer Vorderfront.

„Bleiben Sie bitte im Wagen! Ich werde versuchen, Shorts und ein T-Shirt für Sie zu kaufen."

Ich stieg aus und steuerte auf den nächsten Laden mit Souvenirs zu. Ein Laden war hier für meine Zwecke so gut wie der andere. Direkt links hinter der Eingangstür standen zwei Regale mit schrecklich bunter Sommerkleidung, speziell für Touristen. Ich erwarb ein T-Shirt Größe M mit zwei Seelöwen auf der Vorderseite, die auf ihren Schnauzen je einen bunten Ball balancierten. Es war ganz offensichtlich. Wenn eine Frau dieses T-Shirt trug, drückte sich ihr Busen genau durch diese beiden Bälle, vorausgesetzt, der Busen gehorchte nicht allzusehr den Gesetzen der Schwerkraft und hing zu sehr nach unten. Das war zwar recht geschmacklos, halt Touristen-Kitsch, aber diese T-Shirts waren die einzigen, die es in Größe M gab. Die anderen trugen zwar teilweise sogar ein recht nettes Golden-Gate-Motiv, fingen in der Größe aber erst bei XL an und reichten bis XXXXXL. Als Bekleidung für die untere Hälfte meiner Begleiterin wählte ich weiße Boxer-Shorts in Größe M mit der simplen Aufschrift „Alcatraz" und ein paar ganz einfache Slipper aus Segeltuch in Größe 37.

Da ich mich hier in der Hochburg des Touristen-Nepps in San Francisco befand, kostete mich der Spaß 48 Dollar 50 plus Tax. Ich ging zurück zu meinem Lincoln, in dem das Mädchen brav auf mich wartete. Sie sah gerade in die andere Richtung, und deshalb klopfte ich an die Scheibe der Beifahrertür, um mich bemerkbar zu machen. Das Mädchen erschrak fürchterlich, fuhr mit dem Kopf herum und starrte mich mit weit aufgerissenen Augen an. Dann erkannte sie mich. Ihre Gesichtszüge, die ihr soeben vollkommen entgleist waren, entspannten sich wieder, und sie drückte den Knopf zum Entsperren der automatischen Türverriegelung. Ich stieg ein und reichte ihr die Papiertüte mit den neu erworbenen Kleidungsstücken.

„Ziehen Sie das an. Ich fahre jetzt in mein Hotel, das Westin St. Francis am Union Square, und dort werden wir ein Zimmer für Sie mieten."

Ich verfuhr mich trotz Dunkelheit nicht ein einziges Mal, sondern fand problemlos zum Union Square. Während der kurzen Fahrt hatte das Mädchen sich zuerst meine Windjacke aus und dann das T-Shirt, die Boxer-Shorts und die Segeltuch-Schuhe angezogen.

„Bitte, ich möchte nicht allein bleiben heute nacht. Bitte verstehen Sie mich nicht falsch, aber ich glaube, daß ich heute nacht nicht allein in einem fremden Zimmer sein möchte", stieß sie hervor.

Ich konnte mir vorstellen, daß ihr diese Äußerung bestimmt nicht leicht gefallen war. Schließlich und endlich war ich ja auch ein Fremder für sie. Und sie wollte mich ja auch nicht auf irgendwelche dummen Gedanken bringen.

„Ich verstehe Sie voll und ganz", beruhigte ich sie. „Keine Angst, wenn Sie wirklich wollen, können Sie bei mir in meinem Zimmer die Nacht verbringen. Ich habe eine sehr schöne, geräumige Suite mit einem großen französischen Bett, und ich versichere Ihnen bei allem, was mir heilig ist, ich werde Ihnen nichts tun. Ich schnarche zwar ein wenig, aber ansonsten werden Sie von mir nicht behelligt werden."

„Ich weiß gar nicht, wie ich Ihnen danken soll", sagte sie leise. „Aber wahrscheinlich kann man das gar nicht wieder gutmachen, was Sie heute abend für mich getan haben. Ich kann Ihnen gar nicht sagen, wie dankbar ich Ihnen bin", stieß sie nervös hervor. „Ich heiße übrigens Denise Pierre und komme aus Limoges in Frankreich."

„Machen Sie sich keine Gedanken mehr darüber!" riet ich ihr. „Versuchen Sie die Ereignisse des heutigen Abends zu vergessen. Verdrängen Sie die Bilder in Ihrem Kopf, und Sie werden sehen, schon bald können Sie wieder lachen und fröhlich sein. Ich heiße übrigens Steiner, Michael Steiner, und komme aus dem Allgäu, aus einer kleinen Stadt in Bayern."

Ich gab den Wagen wieder beim Car Valet ab, drückte ihm ein paar Dollar in die Hand und ging mit der kleinen Französin durch die Hotel-Lobby zu den Aufzügen. Niemand behelligte uns. Wir fuhren in den 18. Stock und betraten meine Suite.

„Sie haben wirklich ein sehr schönes, großes Zimmer, Monsieur", stellte meine kleine Französin fest und sah sich staunend in meiner Suite um.

Für 520 Dollar die Nacht konnte man meiner Meinung nach diese Größenordnung und Güteklasse aber auch erwarten. Weniger wäre Nepp gewesen.

„Ich nehme an, Miss Pierre, Sie möchten zuerst ein heißes Bad nehmen oder sich duschen", schlug ich vor und zeigte ihr das Badezimmer, einen Traum aus Marmor, Kristallglas und Spiegeln, der von mehreren Lampen an den Wänden und einem kleinen Kronleuchter an der Decke in helles, warmes Licht getaucht wurde.

„Nennen Sie mich doch bitte bei meinem Vornamen Denise", bat sie mich freundlich.

„Gerne, ich heiße Michael."

Sie verschwand im Badezimmer, und ich ging zum Telefon. Es war höchste Zeit, daß ich Onkel Nick einen ausführlichen Bericht erstattete. Es läutete nur ein paarmal, dann war mein Boß auch schon am Apparat. Kunststück, in der ganzen Wohnung waren mehrere Telefone verteilt, und er verfügte darüber hinaus auch noch über ein Handy.

Er war ganz begeistert, daß ich bei den MacGregors eine Spur hatte aufnehmen können und versprach mir, sich umgehend darum zu kümmern. Er hoffte, mir möglichst bald schon mitteilen zu können, wie ich weiter vorgehen sollte. Ich erzählte ihm dann noch von dem Zwischenfall in der Golden Gate National Recreation Area bzw. dem angrenzenden Lincoln Park und daß das Mädchen heute nacht bei mir im Zimmer bleiben wollte. Er fand das in Ordnung, riet mir jedoch aufgrund meines heutigen Erlebnisses, morgen auf jeden Fall die South Pacific Merchant Bank aufzusuchen, um mich dort aus dem mir bekannten Schließfach mit allem Nötigen zu versorgen. Daran hatte ich heute abend auch schon gedacht, und ich plante die Fahrt gleich fest für morgen früh ein. Für heute abend hatte ich meine Pflichten erfüllt. Ich wollte nur noch kurz duschen, und dann ab ins Bett. Ich klopfte ganz vorsichtig an der Badezimmertür und fragte:

„Denise, wie weit bist du? Brauchst du noch lange?"

„Ich liege in der Badewanne, aber du kannst ruhig hereinkommen. Es gibt wirklich nichts mehr, was du noch nicht gesehen hättest", antwortete sie mir.

Ich ließ die Tür geschlossen und sagte leicht überrascht: „Ich wollte nur auch noch kurz eine Dusche nehmen, aber laß dir ruhig Zeit, es eilt nicht so."

„Wenn es dich nicht stört, daß ich in der Badewanne liege, kannst du ohne weiteres deine Dusche nehmen. Ich mache so lange die Augen zu."

„Na gut, wenn es dir nichts ausmacht, dann komme ich rein", kündigte ich mich an.

Ich zog mich aus, legte meine Kleidung und Wäsche auf einen Sessel und ging nackt ins Bad. Sie lag in der Badewanne, die voller Schaum war. Anscheinend hatte sie reichlich vom hoteleigenen „Foam Bath" genommen.

„Meinetwegen kannst du die Augen ruhig wieder aufmachen. Es macht mir nichts aus, ich habe auch nichts zu verbergen", sagte ich und betrat die Duschkabine, die auf zwei Seiten Wände aus klarem Kristallglas hatte.

Als ich mit dem Duschen fertig war, verließ ich die Kabine und trocknete mich ab. Der Anblick, der sich mir bot, war überaus reizvoll. Denise lag in der

Wanne. Ihr Körper war vollkommen vom Schaum verborgen, nur die zwei Hügel ihres vollen Busens waren nahezu schaumfrei und schauten mit ihren dunklen Brustwarzen frech aus dem Schaum.

Denise schlug die Augen auf, sah, daß ich mich gerade abfrottierte und stieg auch aus der Wanne. Sie schnappte sich ein weiteres Badehandtuch und trocknete sich ebenfalls ab.

„Du hast da ein paar ganz unschöne Schrammen", deutete ich auf ein paar häßliche Kratzer auf ihrem Rücken. „Warte, ich hole etwas zum Desinfizieren!"

Ich holte eine Flasche farbloses Desinfektionsmittel, das ich immer dabei habe, tränkte einen Bausch Kleenex damit und behandelte ihre Schrammen vorsichtig. Sie hielt die Luft an und verzog das Gesicht, als das Mittel seine brennende Wirkung entfaltete.

„So, und jetzt nichts wie ab ins Bett", befahl ich und wies auf das französische Doppelbett. Wir schlüpften unter die Bettdecke, nackt wie wir waren, und ich glaube, jeder von uns hing noch eine Zeitlang seinen ureigensten Gedanken nach und versuchte auf seine Art, das Erlebte zu verarbeiten. Plötzlich spürte ich ihre Hand in meiner. „Bitte halte meine Hand, dann weiß ich, daß ich nicht allein bin", waren Denises letzte Worte, bevor sie einschlief und ihre Hand erschlaffte. Ein paar Augenblicke später hatte auch mich die Müdigkeit übermannt.

Kapital 5

Schließfächer

Als ich aufwachte, wußte ich für einen kurzen Augenblick nicht so recht, wo ich war. Ich lag auf dem Rücken. Die Bettdecke war ein wenig nach unten gerutscht, so daß mein Oberkörper nicht mehr zugedeckt war. Ich hatte jede Menge Haare im Gesicht. Es kitzelte nicht schlecht, und das war es auch gewesen, was mich geweckt hatte. Denise hatte sich ganz an mich gekuschelt. Sie lag auf der linken Seite, hatte ihren rechten Arm über meinen Brustkorb und ihr rechtes, angewinkeltes Bein über meine Hüfte gelegt.

Vorsichtig, um sie nicht zu wecken, schob ich ihre wuscheligen, lockigen Haare aus meinem Gesicht. Meine Rolly zeigte 07.30 Uhr Ortszeit. Wir hatten noch genug Zeit, es eilte noch nicht. Ich konnte noch ein bißchen liegen bleiben und Denise noch ein wenig schlafen lassen. Ich lag da und versuchte meine Gedanken von dem nackten Mädchen an meiner Seite abzulenken. Ich versuchte mich darauf zu konzentrieren, was ich heute alles zu erledigen hätte. Das gelang mir zum Glück wesentlich besser, als ich erwartet hatte. Als erstes und wichtigstes mußten wir für Denise etwas zum Anziehen kaufen.

Da riß mich das widerliche Klingeln des Telefons aus meinen Gedanken. Denise wachte ebenfalls auf und hatte augenscheinlich auch ein paar kleine Orientierungsprobleme. Ich hob mit der Linken den Hörer ab und meldete mich.

„Yeah, this ist room 1842, hello?"

„Na, das klingt mir aber noch recht verschlafen. Aber das macht nichts. Du kannst dir heute frei nehmen und meinetwegen San Francisco ein wenig anschauen. Es ist eine sehr schöne Stadt." Onkel Nick klang putzmunter. Kein Wunder, zu Hause war es jetzt so ungefähr 5.00 Uhr nachmittags.

„Warum denn das?" fragte ich. „Was ist denn passiert?"

„Nichts ist passiert. Und gerade deshalb kannst du heute einen Tag blau machen. Ich kann unseren Auftraggeber, Dr. Heinrich, einfach nicht auftreiben. Sobald ich ihn erreicht habe, melde ich mich wieder. Da ich aber leicht angesäuert bin, daß ich den Kerl nirgendwo erreichen kann, sollst du wenigstens einen schönen Tag auf Spesen in San Francisco verbringen. Diese zusätzlichen 520 Dollar für deine Suite hat er sich selbst zuzuschreiben. Nicht zur Strafe, nur zum Lernen."

Ja, so ist Onkel Nick. Er liebt es überhaupt nicht, wenn man ihn verarscht, wie er sich auszudrücken pflegt. In dieser Hinsicht ist Onkel Nick ein wenig eigen. Ich war mir sicher, daß dieses „Nicht erreicht werden können" den guten Dr. Heinrich noch einige andere saftige Zuschläge kosten würde.

„Das paßt mir nicht schlecht", sagte ich, „denn dann kann ich mit Denise noch ein paar Sachen erledigen."

„Keine Schweinereien, mein Junge. Nein, Spaß beiseite, wie geht es dem Mädchen?"

„So weit ganz gut, glaube ich. Ich bin zuversichtlich, daß sie darüber wegkommen wird."

„Ok, mein Junge, dann genieße den heutigen Tag. Bis morgen früh, respektive heute abend für dich", verabschiedete sich Onkel Nick.

Denise lag auf ihrer Seite des französischen Bettes, hatte die Bettdecke züchtig bis über ihren großen, vollen Busen gezogen und sah mich fragend an. Von meinem Telefongespräch hatte sie kein Wort verstanden.

„Jetzt stehen wir auf, machen uns frisch und gehen dann als erstes in die Hotelboutique. Dort kaufst du dir etwas anzuziehen, damit du unter die Leute kannst, ohne daß alle männlichen Wesen hinter dir herlaufen", bestimmte ich.

„Es ist eigentlich nicht nötig, für mich etwas einzukaufen. Ich habe genug Kleidung in der Jugendherberge in einem Schließfach. Ich könnte dort meine Kleidung abholen, aber ich muß zugeben, ich habe Angst, allein dorthin zu gehen, denn die Kerle von gestern abend wissen, daß ich dort abgestiegen bin."

„Dein Zeug holen wir auf jeden Fall, aber erst später. Zuerst brauchst du etwas anzuziehen, damit wir zum Frühstück gehen können."

Ich stand auf, machte eine kleine Katzenwäsche und zog mich an. Denise machte sich ebenfalls kurz frisch, und dann brachen wir auf und suchten die Hotel-Boutique. Sie hatten hier natürlich Preise jenseits von Gut und Böse, aber wir konnten darauf im Moment leider keine Rücksicht nehmen. Denise ging zielstrebig durch die Regale und Auslagen und kam nach wenigen Minuten mit einem aufreizenden Seidenslip, einem sommerlich leichten Strickkleid und leichten Sandalen in ihrer Größe zurück.

Ich legte der lächelnden Asiatin an der Kasse ebenso freundlich lächelnd meine Kreditkarte vor, und sie erlaubte sich, 236,00 Dollar plus Tax abzubuchen. Ich lächelte weiter, eher noch freundlicher, sofern das überhaupt möglich war. Die Alte würde mich nicht an Freundlichkeit übertreffen.

Wir fuhren wieder mit dem Aufzug in den 18. Stock. Denise zog sich im Zimmer rasch aus und probierte ihre Neuerwerbungen. Sah der Seidenslip schon unmenschlich sexy aus, so übertraf das Strickkleid diese Wirkung noch um etliches. Es saß hauteng an ihrem makellosen Körper und betonte ihren süßen runden Hintern. Aber das war alles noch nichts gegen die vollkommenen Rundungen ihres großen, wohlgeformten Busens, der die Vorderansicht des Strickkleides beherrschte.

„Gefalle ich dir?" fragte Denise, der meine bewundernden Blicke nicht entgangen waren.

„Das ist die Untertreibung des Jahres", antwortete ich und riß mich von dem Anblick los. „Laß uns runtergehen zum Frühstück, damit ich auf andere Gedanken komme."

Das Frühstück war, wie bereits am Vortag, wieder echt in Ordnung. Denise hatte einen richtigen Heißhunger und ging gleich dreimal zum Buffet. Sie hatte keine Ähnlichkeit mehr mit dem schmutzigen, verängstigten Kind von gestern nacht. Wohlgesättigt gingen wir zum Hauptausgang des Westin St. Francis und orderten über den Portier ein Taxi, das im Handumdrehen zur Stelle war.

„Zur South Pacific Merchant Bank!" befahl ich und nahm mit Denise zusammen auf der Rückbank Platz. Die Fahrt dauerte nicht einmal zehn Minuten. Ich wies den Fahrer an, auf mich zu warten. Denise wollte immer noch nicht allein sein und bestand deshalb darauf, mich zu begleiten. Das war mir zwar nicht ganz recht, andererseits konnte ich sie aber auch verstehen. Außerdem glaubte ich inzwischen, ihr vertrauen zu können. Ich kannte sie zwar noch kaum, aber auf mein Gefühl kann ich mich in solchen Fällen im Regelfall verlassen.

Ich steuerte auf den Schalter für die Schließfächer zu und wurde auch sofort bedient. Ich wies meinen Schließfach-Schlüssel vor und machte dem Mann klar, daß ich an mein Schließfach wollte. Ich mußte noch ein Kennwort angeben, und dann führte mich der freundliche Angestellte auf einer geräumigen Wendeltreppe im Hintergrund zwei Stockwerke in die Tiefe. Denise war oben in der Schalterhalle geblieben und hatte in einem bequemen Ledersessel in der Nähe des Schließfachschalters Platz genommen. Mein Führer reichte mich an eine ebenso freundliche Dame mittleren Alters weiter. Diese ging mit mir durch eine offenstehende Stahltür, deren unwahrscheinliche Dicke ich für leicht übertrieben hielt. Es sei denn, sie rechneten hier mit dem Einsatz von Cruise Missiles.

„Schließfach 2735!" stelle die Dame fest und steckte ihren Schlüssel in eines der beiden Schlösser. Ich verstand ihre Aufforderung und plazierte meinen Schlüssel im zweiten Schloß der betreffenden Tür. Wir drehten unsere Schlüssel gleichzeitig in den Schlössern, und die schwere Tür schwang leicht in ihren Angeln auf. Die Dame holte einen Behälter aus Metall heraus und reichte ihn mir.

„Die Kabinen sind dort hinten, Sir!" wies sie mir mit ihrer rechten Hand den Weg.

„Thank you very much!" lächelte ich zurück und begab mich in die Kabine mit der Nummer 7. Ich öffnete den Behälter. Er enthielt den Standard-Inhalt: eine Pistole Kaliber 9 mm Para oder Luger, wie es in letzter Zeit immer vermehrt heißt, einen Revolver Kaliber .357 Magnum, ein Kampfmesser und ein Bündel Dollar-Noten. Onkel Nick hatte von einer befreundeten Agentur in den USA rund ein Dutzend solcher Schließfach-Depots anlegen lassen, verteilt über die ganzen Vereinigten Staaten. Da die Verantwortlichen im modernen Luftverkehr extrem allergisch auf Waffen reagieren, für einen Mann in meiner Branche Waffen jedoch in der Regel unverzichtbar sind, ist es normalerweise leider nicht möglich, bereits mit entsprechender Ausrüstung anzureisen. Im mittlerweile grenzenlosen Europa ist die Sache natürlich entsprechend einfacher, sofern man nicht ein Flugzeug benutzt. Die Ausrüstung war Standard, die Hersteller der Waffen jedoch von Fall zu Fall unterschiedlich. Ich hatte Glück. Bei der Pistole in 9 mm Para handelte es sich um ein österreichisches Fabrikat, eine Glock 17, 17 + 1 -schüssig, d. h. 17 Patronen im Magazin und eine im Lauf. Die Waffe verfügt über drei voneinander unabhängige Sicherungen und ist dennoch sofort einsatzbereit. Sie ist leicht und kompakt mit einem Kampfgewicht von ca. 870 Gramm, d. h. in voll geladenem Zustand. Ich habe mit dieser Waffe schon oft geschossen. Sie ist echt voll in Ordnung. Zu Hause, so muß ich allerdings zugeben, bevorzuge ich eine SIG P 228.

Der Revolver war ein Smith & Wesson, Modell 686 in .357 Magnum. Das Kaliber ist ein echter Dampfhammer. Die Waffe hat jedoch nur eine Kapazität von sechs Schuß. Für die Glock 19 waren zwei Ersatzmagazine vorhanden, für den Smith & Wesson drei Schnell-Lader-Clips. Für beide Waffen lagen noch je zwei Schachteln Munition mit je 50 Schuß im Behälter. Das Kampfmesser war ein Gerber Parabellum Bolt Action, ein Klappmesser mit einem extra großen Griff und Handschutz. Das sagte mir sehr zu, da ich, wie schon gesagt, alles andere als zierliche Hände habe. Das Dollar-Bündel brauchte ich nicht zu zählen. Ich wußte, es waren dreitausend Dollar in verschiedenen Stückelungen.

Ich nahm die Waffen und die Munition heraus und ließ die Dollar im Behälter zurück, da ich zum Glück keinerlei Liquiditätsprobleme hatte. Ich mußte auch nicht unbedingt bar bezahlen, um die berühmte Kreditkarten-Spur zu vermeiden. Ich stopfte siebzehn Patronen in ein Magazin der Glock, schob das Magazin in den Griff der Glock und lud die Waffe durch, indem ich das Verschlußstück zurückzog und den Schlitten wieder zurückgleiten ließ.

Den Smith & Wesson-Revolver lud ich mit sechs Patronen und verstaute die Waffen dann in der mitgebrachten, blauen British Airways-Tasche. Dann verschloß ich den Behälter wieder, verließ meine verschwiegene Kabine und ging zurück zu der freundlich lächelnden Dame, die schon auf mich wartete. Sie schob den Behälter wieder ins Fach, und wir verschlossen zusammen das Schließfach. Ich verabschiedete mich und stieg die Wendeltreppe hinauf, an deren oberem Ende schon Denise auf mich wartete. Wir gingen zurück zu unserem Taxi, das noch ganz brav vor der Eingangstür stand.

„So, jetzt fahren wir zu deiner Jugendherberge und holen deine Sachen", sagte ich zu Denise. „Sag dem Taxifahrer, wo er hinfahren soll."

Sie nannte dem Driver eine Adresse in der Gegend von Daly City. Wir fuhren fast eine halbe Stunde, und der Taxameter zeigte schon über siebzig Dollar. Ich reichte dem Taxifahrer schon mal einen Vorschuß in Form eines Fünfzigers und sagte ihm, er solle wieder auf uns warten.

Wir betraten die Jugendherberge durch den Haupteingang. Ich hatte meine blaue Tasche dabei. Sie hing mir am langen Träger über der rechten Schulter bis in etwa zur Hüfte herunter. Ich hatte den oben liegenden Reißverschluß ein Stück geöffnet und meine rechte Hand in die sich ergebende Öffnung geschoben. Meine Hand umfaßte den voluminösen Kunststoffgriff der Glock, was man von außen jedoch nicht sehen konnte.

Ich war einsatzbereit. Falls die Kerle von gestern irgendwo auf uns lauern sollten, konnte ich sie mit 17 freundlichen Kugeln begrüßen. Denise lenkte ihre Schritte nach links, und wir betraten so eine Art große Gemeinschaftsgarderobe. Eine ganze Wand des Raumes wurde von einem riesigen Regal eingenommen, auf dem jede Menge Koffer, Rucksäcke, Taschen und auch Seesäcke lagen. An der gegenüberliegenden Wand des Raumes gab es eine große Anzahl von Schließfächern. Ich blieb nicht weit vom Eingang entfernt stehen und lehnte mich strategisch günstig an ein Pult, von dem aus ich den Raum und auch den Eingang gleichzeitig überblicken konnte. Denise ging zu dem großen Regal und holte einen mittleren, blau-roten Rucksack aus dem Gewirr der Gepäckstücke. Sie stellte ihn vor mir ab und ging zu der Wand mit den Schließfächern. Ich fragte mich gerade, wo sie wohl den Schlüssel dazu versteckt gehabt hatte, als ich sie gestern nacht kennengelernt hatte, als ich sah, daß die Schließfächer glücklicherweise mit Zahlen-Kombinations-Schlössern ausgerüstet waren. Denise öffnete das Fach, nahm eine kleine Ledertasche heraus und kam wieder zu mir.

„Meine gesamten Papiere, das meiste meines Geldes und mein Rückflugticket", strahlte sie mich an. Wir beeilten uns, die Jugendherberge wieder zu verlassen. Ich wollte unser Glück und unseren Schutzengel nicht allzu sehr strapazieren. Aber von den Kerlen, deren Erscheinen wir beide befürchtet oder erwartet hatten, war weit und breit nichts zu sehen. Vielleicht hatten sie gestern doch zu viel einstecken müssen.

Wir bestiegen wieder unser Taxi und ließen uns zurückfahren zum Union Square, ins Westin St. Francis. Im Zimmer angekommen, begannen wir beide auszupacken, Denise ihren Rucksack und ich meine blaue British Airways-Tasche. Sie legte ihre Wäsche in den Schrank und ich meine Waffen und die Munition auf den Tisch.

„Ich hatte mich schon gewundert, warum du die ganze Zeit über in der Jugendherberge deine Hand in dieser blauen Tasche vergraben hattest", machte Denise große Augen, ohne jedoch wirklich erschreckt zu sein.

„Tja, Vorsicht ist die Mutter der Porzellankiste", sagte ich und begann die Reserve-Magazine der Glock aufzumunitionieren. Ich lud noch die drei Schnelllader für den Smith & Wesson und legte dann alles zurück in meine blaue Tasche.

Denise war mit dem Auspacken ebenfalls fertig und hatte sich auf das Bett gesetzt, das der Room-Service wieder frisch bezogen hatte. Ich ließ mich in einem bequemen Sessel nieder und sah sie an.

„So Denise, nun erzähl mal, was gestern passiert ist. Wie ist es gestern zu der ganzen Geschichte gekommen? Was war los? Was wollten die Kerle von dir?" begann ich neugierig.

„Ich glaube, ich fange am besten einmal von ganz vorn an." Denise holte tief Luft und begann.

„Also, ich heiße Denise Pierre, bin dreiundzwanzig Jahre alt und Studentin. Ich studiere Sport und Erdkunde, beides fürs Lehramt an höheren Schulen. Ich habe eine Schwester und einen Bruder, die beide noch zur Schule gehen, Astrid und Jorges. Mein Vater ist Ingenieur für Maschinenbau und arbeitet in einer Firma, die Traktoren und sonstige Landmaschinen herstellt. Meine Mutter ist Hausfrau. Wir wohnen in Limoges, der Stadt des Porzellans im Südwesten Frankreichs. Ich habe zur Zeit Semesterferien und bin vorgestern in San Francisco angekommen. Ich habe die erste Nacht in einem Flughafen-Hotel verbracht und mir gestern vormittag dann hier in der Jugendherberge in Visitacion Valley eine preisgünstigere Unterkunft besorgt. Ich wollte mich gerade wieder aufmachen, um mir ein wenig die Stadt anzusehen, als eine bunt gemischte Gruppe von jungen Leuten mit ihren Autos losfuhr. Sie riefen mir zu, daß sie zur Golden Gate Bridge rausfahren würden. Wenn ich wollte, könnte ich mit ihnen fahren. Die Golden Gate Bridge stand sowieso ganz oben auf meiner Liste, und da es so viele Leute waren, glaubte ich mich sicher in der Menge. Mit zwei, drei oder gar vier Kerlen allein wäre ich natürlich nicht mitgefahren. Aber so fühlte ich mich sicher, leider zu Unrecht. Wir fuhren zur Golden Gate Bridge hinaus, überquerten sie und hatten viel Spaß. Es schien eine echt nette Runde zu sein. Dann fuhren wir wieder zurück über die Brücke in den Lincoln Park zu einem leicht versteckt liegenden Rast- und Grillplatz, nicht allzu weit von der Stelle entfernt, an welcher du mir dann zu Hilfe gekommen bist."

Denise atmete tief durch und machte eine kleine Pause.

Bei dem Lagerplatz, von dem sie erzählte, dürfte es sich aller Wahrscheinlichkeit nach um den Platz gehandelt haben, der mir schon gestern nachmittag bei meiner ersten Fahrt nach Sea Cliff aufgefallen war.

„Zuerst war es ganz lustig. Es wurde getrunken, getanzt und gelacht. Aber dann stellte ich fest, daß ein paar der Jungs und Mädchen sich nicht mehr mit ein paar harmlosen Joints zufrieden gaben, sondern sich mit härteren Sachen in Stimmung brachten. Ich weiß nicht, was sie sich da spritzten oder schnupften. Auf jeden Fall waren sie schon nach kurzer Zeit voll auf Speed. Ich versuchte, mich abzusetzen, konnte aber keinen finden, der mich zur Jugendherberge zurückgefahren hätte. So blieb ich halt, aber mir wurde die ganze Sache immer unheimlicher. Die Junkies wurden immer hemmungsloser. Die drei Kerle, die mich gestern nacht verfolgt hatten, griffen sich eines der Mädchen, das schon voll unter Strom stand. Sie war klein, zierlich und hatte fast keinen Busen. Sie sah so aus, als ob sie höchstens fünfzehn oder sechzehn Jahre alt sei. Die drei zogen der Kleinen die Kleidung aus, wobei diese sich praktisch überhaupt nicht wehrte. Dann hielten zwei sie am Boden fest und der dritte, übrigens der gleiche Kerl, der gestern nacht über mir kniete, also dieser Kerl machte sich über sie her und vergewaltigte sie. Er tat ihr weh. Das Mädchen schrie auf und versuchte die drei Kerle abzuschütteln. Natürlich hatte sie keinen Erfolg. Keiner half der Kleinen. Keiner versuchte es auch nur.

Ich schrie die Kerle an und hieb mit meinen Fäusten auf sie ein. Aber das war ein Fehler. Denn nun ließen sie zwar von der Kleinen ab, wandten sich aber sofort alle drei mir zu. Bevor ich etwas dagegen unternehmen konnte, hatten sie auch mir die Kleider vom Leib gerissen. Sie warfen mich zu Boden und wollten mich gerade auch auf der Erde festhalten, als ein anderer Junkie laut zu schreien anfing. Er war anscheinend in seinem Drogenrausch zu nah an die Flammen des Lagerfeuers gekommen, und seine Hose hatte Feuer gefangen. Er kam laut schreiend auf die Kerle und mich zugestürzt. Seine Hose brannte lichterloh. Die Kerle ließen sofort von mir ab, aber nicht um dem Junkie mit der brennenden Hose zu helfen. Sie sprangen nur ein paar Schritte zur Seite, um ja nicht selbst von dem Feuer erfaßt zu werden. Ich nutzte meine Chance, sprang auf und rannte weg, so schnell, wie ich nur konnte. Ich glaubte, eine bessere Chance zu haben, wenn ich bergauf laufen würde.

Ich studiere schließlich Sport und habe deshalb eine recht gute Kondition. Ich hoffte, die Kerle abhängen zu können. Aber schon bald mußte ich feststellen, daß ich mich entweder himmelhoch überschätzt hatte, oder daß die drei Kerle durch den Genuß ihres Rauschgiftes irgendwie gedopt waren. Jedenfalls hörte ich deutlich, daß sie immer näher kamen. Ich erreichte die Straße und wandte mich bergauf. Ich sah kurz zurück über die Schulter und dann war da plötzlich der Kerl direkt vor mir. Ich wollte noch bremsen, aber es war schon zu spät. Als ich dann so vor dem Kerl lag, der zwischen meinen Beinen kniete, und mich auf den Boden niederdrückte, dachte ich wirklich: ‚Jetzt ist alles aus. Das war's dann wohl.'

Und dann, ganz plötzlich war der Kerl weg. Ich hörte nur einen Schmerzensschrei und sah einen großen Schatten über mich hinwegspringen. Den Rest weißt du ja sicher besser als ich."

Denise hatte ihre Arme vor der Brust verschränkt und hielt sich leicht nach vornüber gebeugt. Die Erinnerung an die gestrigen Geschehnisse hatte sie doch mehr aufgewühlt, als sie sich selbst oder gar mir eingestehen wollte.

Kapitel 6

Scenic Drive

„Danke!" sagte ich. „Das ist dir jetzt bestimmt nicht leicht gefallen, alles noch einmal an deinem geistigen Auge vorbei ziehen zu lassen, was gestern abend passiert ist."

Ich wollte sie wieder von ihrem schrecklichen Erlebnis ablenken und begann deshalb ein wenig von mir zu erzählen.

„Nun zu mir. Also ich heiße, wie ebenfalls schon erwähnt, Steiner, Michael Steiner. Ich komme aus einem kleinen Städtchen in Bayern, im Süden Deutschlands. Ich bin 28 Jahre alt und nicht verheiratet. Ich habe Industriemechaniker gelernt, bin aber nicht in meinem erlernten Beruf tätig. Ich arbeite für meinen Onkel. Onkel Nick, wie ich ihn nenne, hat ein bedeutendes Sicherheits-Unternehmen. Wir machen Geldtransporte, Sicherheits-Überprüfungen, Personenschutz und betreiben auch ein kleines Detektiv-Büro. Ich bin Onkel Nicks rechte Hand und in dieser Funktion manchmal auch so eine Art ‚Mädchen für alles'. Ich bin hier in den USA, in San Francisco, um ein junges Mädchen zu suchen. Sie hat in Los Angeles studiert. Vor etwa sechs Wochen ist der Kontakt zu ihren Eltern abgerissen, und ihr Vater macht sich nun große Sorgen um sie."

Ich erzählte ihr noch ein paar Einzelheiten, unter anderem auch, daß ich gestern abend, als ich ihr geholfen hatte, gerade von den MacGregors kam und daß ich glaubte, eine recht gute Spur gefunden zu haben.

„Ich bekomme aber erst heute abend wieder neue Anweisungen, ob ich die Spur verfolgen soll oder nicht. Bis dahin hat mir Onkel Nick freigegeben. Ich würde deshalb vorschlagen, wir machen mit meinem Wagen eine kleine Stadtrundfahrt. Am Empfang unten haben sie mir bei meiner Ankunft so einen Stadtplan in die Hand gedrückt, auf dem ein sogenannter ‚Scenic Drive', d. h. so eine Art ‚Romantische Straße mit Aussicht' eingezeichnet ist. Wenn du nichts dagegen hast, würde ich vorschlagen, daß wir gleich losfahren."

Denise war begeistert von meiner Idee, wollte aber vorher noch kurz ins Badezimmer. Währenddessen verstaute ich die Glock 17 zusammen mit dem Ersatz-Magazin wieder in der blauen British Airways-Tasche. Das Kampfmesser schob ich in meine rechte Hosentasche. Den Revolver von Smith & Wesson hinterlegte ich im Tresor meiner Suite.

Wir fuhren mit dem Aufzug in die Lobby und ließen uns vom Car-Valet meinen Lincoln bringen.

Denise lotste mich durch den Verkehr, bis wir schon bald auf den Scenic Drive stießen, dessen Verlauf fortwährend durch blau-weiße Schilder mit einer stilisierten Möwe gekennzeichnet ist. Wir kamen durch Fishermen's Wharf, passierten die Golden Gate Bridge, fuhren durch Presidio und erreichten schließlich auch wieder die Golden Gate National Recreation Area. Zum Glück kamen wir nicht am gestrigen Kampfplatz vorbei, sondern durchquerten den Park auf einer anderen Route.

Sea Cliff, das Nobelviertel, das ich nun schon zweimal besucht hatte, beeindruckte Denise sehr. Es war auch wirklich einer der saubersten und gepflegtesten Orte, die ich bisher in den USA gesehen hatte. Danach ging es ein gutes Stück am pazifischen Ozean entlang. Auf die Fahrbahn war teilweise Sand hereingeweht. Am Strand sah man nur wenige Menschen beim Baden. Das Wetter war heute auch nicht allzu freundlich. Es war bewölkt und es blies ein kräftiger, kühler Wind vom Pazifik herein.

Wir fuhren am San Francisco-Zoo vorbei, umrundeten den Lake Merced nahezu vollständig und fuhren dann auf dem Sunset Boulevard etliche Meilen schnurgeradeaus, bis wir den Golden Gate Park wieder erreichten. Der Scenic Drive führte uns nun meilenweit kreuz und quer durch dieses wundervolle Naherholungsgebiet für die Einwohner von San Francisco.

Wir kamen an einen kleinen See. Am gegenüberliegenden Ufer erhob sich eine kleine Anhöhe, die herrlich bunt aussah. Sie war übersät mit den farbenprächtigsten Blumen. Dieses Blütenmeer wurde nur durchbrochen von mächtigen Bäumen und freistehenden Felsen. Ziemlich genau im Zentrum dieses wundervollen Anblicks stürzte ein breiter, jedoch nicht allzu hoher Wasserfall in die Tiefe. Ich hielt den Lincoln an, und wir bewunderten beide dieses Naturschauspiel.

„Laß uns aussteigen!" schlug ich Denise vor. „Ich will ein paar Fotos machen. Das sieht doch echt toll aus."

Als wir neben meinem Wagen standen und ich gerade an meiner Spiegelreflex-Kamera das Objektiv wechselte, hörten wir plötzlich Musik.

Die Melodie war sehr schön und sie kam mir irgendwie bekannt vor. Aber ich konnte sie nicht einordnen. Das ist allerdings bei mir nichts besonderes. Ich höre zwar für mein Leben gern Musik, bin dabei aber so unmusikalisch wie wohl kaum ein zweiter Mensch auf dieser Welt. Auf dem Gymnasium hatten wir in der Oberstufe die Möglichkeit, zwischen Musik und Kunsterziehung zu wählen. Da ich auch nicht besonders gut zeichnen oder malen kann, war es für mich klar, daß ich mein Abitur in Musik machen würde. Der Musikunterricht ging damals immer über zwei Schulstunden, d. h. neunzig Minuten. In der Regel hörten wir die ersten sechzig Minuten über irgendein Musikstück, über das dann in der nächsten halben Stunde gesprochen wurde.

Die erste Stunde genoß ich wie selten irgendeine Schulstunde. Ich konnte mich bei diesen Melodien aus allen möglichen Musikrichtungen herrlich erholen. Die Musik tat mir richtig gut. Die daran anschließende halbe Stunde hingegen, in der über das soeben Gehörte diskutiert wurde, bewies mir jedes Mal auf's Neue, daß ich ein musikalischer Kunstbanause in Reinkultur war. Meine Klassenkameraden, besonders die Mädchen unter ihnen, versetzten mich regelmäßig in ungläubiges Erstaunen. Sie behaupteten zum Beispiel, daß ein bestimmtes Motiv sich ständig wiederholt habe, in Variationen wieder vorgekommen sei, und so weiter und so fort. Es war einfach unfaßbar, was ein musikalischer Mensch so heraushören konnte. Ich stand diesem Phänomen absolut fassungslos gegenüber.

Daß ich hier unter einer anscheinend relativ seltenen Fehlleistung meines Gehörs litt, war mir in der ersten Klasse des Gymnasiums äußerst schmerzhaft klar geworden. Damals hatten wir regelmäßig ein sogenanntes „melodisches Diktat" schreiben müssen. Unser Musiklehrer spielte zu diesem Zweck eine Reihe von Noten auf seinem Klavier, und wir Schüler mußten das Gespielte im Heft niederschreiben. Aufgrund meines Hörfehlers war ich hier jedoch regelmäßig total überfordert. Daran hat sich nichts geändert. Auch heute noch kann ich nicht unterscheiden, ob ein Ton tiefer ist als der vorhergehende oder höher, sofern die beiden Töne nicht mindestens fünf Töne oder gar eine Oktave auseinander liegen.

Das wäre ja an und für sich nicht weiter tragisch gewesen, wenn diese melodischen Diktate nicht benotet worden wären. Damals, als Zehnjähriger, habe ich die einzigen beiden „Sechser" in meiner gesamten schulischen Laufbahn kassiert. Verstärkt wurden meine Probleme hier noch dadurch, daß mein Musiklehrer mir einfach nicht abnehmen konnte oder wollte, daß ich das wirklich nicht hörte. Er unterstellte mir zeitlebens, daß ich mich über ihn lustig machen wollte.

„Ich kenne diese Melodie!" stellte ich fest und sah Denise an. „Aber ich weiß nicht, woher!"

„Das ist aus Hair!"

Selbstverständlich kannte Denise auch noch den Titel des Songs.

„Das kommt von da links drüben."

Denise deutete auf das linke Seeufer vor uns und setzte sich auch schon dorthin in Bewegung. Ich folgte ihr wie ein wohlerzogener Dienstbote.

Kaum hundert Meter weiter erreichten wir die Quelle der musikalischen Darbietung. Eine massive Holzbühne, teilweise auf Stelzen in den See hinausgebaut, diente einer Reihe von jungen Leuten als Übungsfläche. Sie probten in der Tat das Musical „Hair".

Ich ging zu einem kleinen Plakatständer am Straßenrand und fand hier des Rätsels Lösung. Wir erlebten hier die Proben zu einem Theater- und Musical-Projekt der Universität von San Francisco unter dem Motto des Songs von Scott McKenzie: „If you are going to San Francisco, be sure to wear some flowers in your hair!"

Ich winkte Denise zu mir her und ließ sie ebenfalls das Plakat lesen.

„Dieser Song ‚San Francisco' von Scott McKenzie ist noch heute eines meiner Lieblingslieder", kam ich ins Schwärmen.

„Ja, er ist nicht schlecht", gab Denise zu. „Als Oldie ist er in Ordnung. Aber die modernen Songs der heutigen Gruppen haben doch entschieden mehr Drive."

Denise gab mir vorsichtig zu verstehen, daß sie meinen prähistorischen Musikgeschmack nicht teilte.

„Aber wenn du willst, können wir gern noch ein bißchen bleiben, zuhören und zuschauen."

Ich wollte, und deshalb suchte ich nach einem geeigneten Plätzchen für uns beide. Ich fand eine besonders schöne Stelle unter einer mächtigen alten Eiche. Wir setzten uns, mit dem Rücken an den breiten Stamm gelehnt, auf die Wiese und genossen den Augenblick.

„Was hast du jetzt denn eigentlich vor?" wollte ich von Denise wissen. „Es kann sein, daß ich schon morgen früh abreisen muß. Entweder verfolge ich meine Spur nach Lake Tahoe am gleichnamigen See in Nevada weiter, oder ich muß vielleicht sogar schon wieder zurück nach Deutschland, falls der Auftrag abgeblasen wird."

„Ich weiß nicht so recht", antwortete Denise. „Ich würde mich sehr freuen, wenn ich noch ein bißchen bei dir bleiben könnte. Ich fühle mich sehr wohl in deiner Gegenwart und in deiner Nähe." Bei diesen Worten rückte sie ein wenig weg von mir, drehte mir den Rücken zu und legte sich dann zurück. Ihr Kopf mit den wuschligen, dunklen Haaren lag nun in meinem Schoß. Sie hatte die Augen geschlossen und hielt meine Hand fest.

„Ich würde gerne bei dir bleiben", wiederholte sie sich. „Ich würde auch gerne mit dir zu diesem Lake Tahoe fahren. Ich würde auch gerne mit dir irgendwo anders hinfahren. Hauptsache, du bist bei mir und läßt mich nicht allein."

Also, wenn das keine Liebeserklärung war. Ich war für einen Augenblick richtig sprachlos. Die Französinnen gingen ja vielleicht ran. Ich hatte zwar schon den Eindruck gehabt, daß ich Denise ganz gut gefiel, aber diese Liebeserklärung raubte mir, der ich sonst bestimmt nicht auf den Mund gefallen war, doch beinahe die Sprache.

„Ich würde mich ebenfalls freuen, wenn wir noch einige Zeit zusammenbleiben könnten." Ich drückte ihre Hand und streichelte sanft über ihren prächtigen Lockenschopf.

Wir lauschten den Studenten bei ihren Proben. Einige von ihnen hatten hervorragende Stimmen, jedenfalls für mich und meine Ohren. Wir sprachen über alles mögliche, erzählten uns gegenseitig, was wir gern hatten und was wir nicht leiden konnten. Wir unterhielten uns wirklich gut, und die Zeit verstrich wie im Flug. Wir hatten so bestimmt über eine Stunde gesessen, der Musik gelauscht und miteinander geredet, als die Studenten ihre Proben beendeten und ihre Sachen zusammenpackten. Auch für uns war es jetzt an der Zeit, wieder aufzubrechen, wenn wir den Rundkurs mit der stilisierten Möwe heute noch vollenden wollten. Wir gingen zurück zum Wagen und verließen auf dem Scenic Drive den Golden Gate Park.

Einige Meilen weiter erreichten wir mit Twin Peaks einen herrlichen Aussichtspunkt. Von hier aus lag einem ganz San Francisco zu Füßen. Die Sicht war unbeschreiblich. Nur der Wind konnte einem leicht auf die Nerven gehen. Vom Pazifik herein blies eine richtige steife Brise. Ich war durstig und leistete mir eine Büchse Diet Coke von einem der fliegenden Händler. Natürlich herrschte hier Touristen-Nepp in Reinkultur. Zwei Dollar knöpfte mir der schwarze Gangster für eine lausige 0,33 l-Dose ab. Ich beruhigte mich mit dem Gedanken an mein dehnbares Spesenkonto.

Es war Hochsommer, aber der Wind blies kalt. Denise fror jämmerlich in ihrem dünnen Kleidchen. Wir blieben deshalb nicht allzu lange und folgten dem Scenic Drive die Hügel hinunter, Richtung Downtown.

Eine knappe halbe Stunde später gab ich bereits dem Boy vom Car Valet meinen Autoschlüssel und ging mit Denise zusammen auf meine Suite. Die Räumlichkeiten waren vom Room-Service schon wieder bestens in Ordnung gebracht worden. Faxe oder sonst irgendwelche Nachrichten waren noch nicht vorhanden. Denise klapperte zwar jetzt nicht mehr direkt mit den Zähnen, hatte aber immer noch eiskalte Hände und Füße. Ich schlug ihr vor, ein heißes Bad zu nehmen.

„Ja, ich glaube, das ist eine gute Idee", gab Denise zitternd von sich.

„Willst du wieder ein Schaumbad?" fragte ich, während ich den massiven Wasserhahn an der Wand aufdrehte und sich die große Doppelbadewanne mit Wasser zu füllen begann.

„Ja, nimm zwei große Verschlußkappen!" Denise hatte sich bereits ihres teuren Strickkleides entledigt und stieg gerade aus ihrem seidenen Unterhöschen. „Willst du dich nicht auch aufwärmen?" Sie kam ins Badezimmer, vollkommen nackt. „Die Badewanne ist groß genug für uns beide."

Wenn sie recht hatte, hatte sie recht. Das mußte ich ihr lassen. Mir war allerdings nicht kalt, ganz im Gegenteil. Denise bot einen phantastischen Anblick, so ganz ohne alles, in Natur pur. Ich spürte überdeutlich, daß mich ihr Anblick nicht kalt ließ.

„Meinetwegen, warum eigentlich nicht." Meine Stimme war heiser und etwas belegt. „Hüpf ruhig schon mal in die Wanne."

Ich ging ins Schlafzimmer zurück, zog mich aus und warf meine Klamotten auf das Doppelbett.

Als ich das Badezimmer betrat, saß sie schon in der Doppelbadewanne. Vorsichtig ließ ich mich neben Denise in das warme Wasser gleiten. Zum Glück brauchte mein Mädchen nicht viel Platz, denn ich füllte die Wanne doch ganz gut aus. Ich ergriff Denise an ihrem Oberarm und hob sie zu mir herüber, so daß sie zwischen meinen gespreizten Beinen bequem Platz fand. Sie saß jetzt mit dem Rücken zu mir zwischen meinen Beinen, und ich hatte meine Arme um ihren Leib geschlungen. Ihre üppigen, vollen Brüste ruhten auf meinen Unterarmen. Wir saßen so geraume Zeit und unterhielten uns erneut, bevor wir anfingen, uns zu waschen. Wir seiften uns gegenseitig ein, duschten uns ab und frottierten einander wieder trocken. Die Zeit war wie im Flug vergangen. Wir zogen uns an und gingen zum Abendessen ins Restaurant hinunter.

Ich bestellte mir ein Filet Mignon und als Beilage eine Baked Potato. Denise wollte den Fisch versuchen und wählte eine Dorade. Meine Fleischportion war von der üblichen Größe, sie hing beidseitig über den Teller hinaus. Dafür fiel die Beilage umso mickriger aus. Eine einzige, maximal mittelgroße Kartoffel in der Folie mit einem Löffel Sour Cream oben drauf. Die Fleischportionen und die Beilagen standen bei den Amis einfach in keinem Verhältnis. Die Dorade, für die sich Denise entschieden hatte, sah recht lecker aus, sogar für einen Fischgegner wie mich. Ich mache mir nicht viel aus Fisch. Das traditionelle Fischfilet am Karfreitag deckt meinen gesamten Jahresbedarf. Vielleicht ab und zu noch einmal etwas geräucherten Lachs oder ein geräuchertes Forellenfilet. Aber das ist dann auch schon wirklich das höchste der Gefühle. Ich ziehe Wurst, Fleisch und Käse jederzeit einem Fisch vor. Die Dorade von Denise roch jedoch überhaupt nicht nach Fisch, was mir schon einmal recht gut gefiel. Sie schien auch sehr festfleischig zu sein. Ich probierte ein kleines Stück und war echt überrascht. Diese Dorade schmeckte überhaupt nicht nach Fisch. Wenn ich es nicht besser gewußt hätte, hätte ich sie eher für irgendein exotisches Geflügel gehalten. Nachdem wir uns ausgiebig gestärkt hatten, fuhren Denise und ich wieder mit dem Aufzug in den 18. Stock und zogen uns in meine Suite zurück.

Im Fax-Gerät hing eine kurze Nachricht: „BITTE UMGEHEND RÜCK-RUF!" Die Nachricht war von Tante Alex, die ich gleich darauf auch schon am Hörer hatte.

„Michael, wir haben das Placet vom Auftraggeber, von Dr. Heinrich. Du sollst die Spur nach Lake Tahoe verfolgen, und zwar umgehend. Ich habe dir deshalb schon einmal ein Zimmer im Hatuma Resort in Lake Tahoe reserviert. Es war keine Suite frei. Vielleicht haben sie aber auch gar keine. Auf jeden Fall mußt du dort mit einem Doppelzimmer vorlieb nehmen. Ich hoffe, daß es nicht allzu schlimm wird, denn das Hatuma Resort ist schließlich auch ein Fünf-Sterne-Hotel. Deine Ankunft ist für morgen abend avisiert. Versuche so bis gegen 16.00 Uhr Ortszeit dort zu sein. Wenn du später kommen solltest, mußt du anrufen, damit dein Doppelzimmer nicht irgendwie anderweitig vergeben wird. Die Reservierungsbestätigung lasse ich dir noch per Fax zukommen."

Tante Alex machte eine kleine Pause, bevor sie fortfuhr.

„Soweit zum geschäftlichen. Nun zum mehr oder weniger privaten. Was ist mit dem Mädchen, Denise heißt sie doch, glaube ich? Ist es euch gelungen, ihre Sachen zu holen, oder hat es irgendwelchen Ärger gegeben?"

„Das mit ihren Sachen hat prima geklappt. Sie hat alles bekommen, und es hat uns niemand belästigt. Ich war aber auch schon gerüstet, da wir zuvor noch am Schließfach waren", beantwortete ich die Fragen meiner Tante.

„Das ist erfreulich, das höre ich gern, wenn einmal etwas ohne Ärger abgeht. Aber was ist jetzt mit Denise? Will sie in San Francisco bleiben, oder will sie wieder nach Hause fliegen? Oder wie habt ihr euch das gedacht?"

„Äh, ich, äh wir hatten eigentlich gedacht, äh, gehofft, ein paar Tage zusammen verbringen zu können", stotterte ich vor mich hin wie ein pubertierender Pennäler.

„Ach so ist das! Aus dieser Ecke pfeift der Wind!" lachte Tante Alex. „Ihr habt Gefallen aneinander gefunden. Das ging aber schnell."

„Nun ja, äh wir verstehen uns recht gut und äh ...", versuchte ich zu erklären.

„Aber das ist doch vollkommen in Ordnung, Junge", unterbrach mich Tante Alex. „Ich wollte dich doch nur ein bißchen auf den Arm nehmen. Du kennst mich doch", beschwichtigte sie mich. „Ich sehe eigentlich nicht unbedingt ein Problem, wenn Denise dich nach Lake Tahoe begleiten möchte. Falls es irgendwie gefährlich werden sollte, weißt du selbst sowieso am besten, was zu tun ist. Vielleicht wäre es sogar von Vorteil, wenn du in Begleitung eines jungen Mädchens wie Denise bist. Ein Mädchen in ihrem Alter wird voraussichtlich oftmals leichter eine Antwort oder auch eine Auskunft über Brigitte erhalten, als du in deiner Eigenschaft als Privat-Detektiv. Du, das ist wahrscheinlich gar keine schlechte Idee, wenn Denise nichts dagegen hat. Aber das kann ich gleich selbst mit ihr besprechen. Ich hab ja schon so lange kein Französisch mehr gesprochen. Sei so nett, hol sie doch gleich einmal an den Apparat!"

Tante Alex überfuhr mich wieder einmal nach allen Regeln der Kunst, aber das war ja nichts Neues.

„Meine Chefin, Tante Alex, möchte mit dir sprechen." Ich streckte Denise den Hörer entgegen. Sie hatte von unserer Unterhaltung natürlich wieder kein einziges Wort verstanden und wollte den Hörer nicht nehmen.

„Ich spreche nicht Deutsch", flüsterte sie mir abwehrend zu.

„Kein Problem!" Ich drückte ihr den Hörer in die Hand.

„Bon soir, Madame!" begann Denise stockend. Dann wurden ihre Augen größer, denn ein Schwall französischer Worte quoll aus dem Hörer, und Denise redete erleichtert ebenfalls in ihrer Muttersprache drauflos. Jetzt verstand natürlich ich kein einziges Wort mehr. Ich kann zwar ein paar Brocken Französisch, aber nicht in diesem Tempo, das die beiden Ladies hier vorlegten. Ich lauschte angestrengt, verstand aber nur Bahnhof und Bratkartoffeln. Die beiden redeten anscheinend auch über mich, denn ich hörte des öfteren meinen Namen heraus. Nachdem ich keine Chance hatte, dem Gespräch auch nur in Ansätzen zu folgen, konzentrierte ich mich auf das Mienenspiel meiner Französin. Es wurde eindeutig über mich geredet, aber anscheinend eher positiv als negativ. Die beiden Frauen schienen sich auf Anhieb sehr gut zu verstehen. Das war mir nur recht. Denn wenn die beiden sich gut verstanden, würde das für mich vieles erleichtern, falls es da so etwas wie eine Zukunft für Denise und mich geben sollte. Die beiden redeten fast zehn Minuten miteinander, bevor Denise sich verabschiedete und mir den Hörer wieder in die Hand drückte.

„Michael, ich glaube, da hast du ein wirklich nettes Mädchen kennengelernt. Ich habe den Eindruck, sie hat sich schwer in dich, ihren Retter, verliebt. Auf jeden Fall war sie Feuer und Flamme von der Idee, dich nach Lake Tahoe zu begleiten. Ich werde deinem Onkel davon berichten. Ich gehe aber davon aus, daß er einverstanden ist. Mach dir also deshalb keine Gedanken, das geht schon in Ordnung. Ich wünsche euch beiden jetzt eine gute Nacht und für morgen eine gute Fahrt. Wenn du im Hatuma Resort in Lake Tahoe angekommen bist, laß von dir hören. Also viel Spaß heut abend und bis morgen", verabschiedete sich meine Tante.

Sie schien sich ihren Teil zu denken. Kunststück, sie war ja nicht dumm und kannte mich schließlich schon seit vielen Jahren.

„Deine Tante Alex scheint eine großartige Frau zu sein", stellte Denise fest.

„Ja, ich mag sie sehr gern, wir verstehen uns prima", gab ich zu. In diesem Moment begann das Fax-Gerät zu arbeiten. Die Reservierungsbestätigung für ein „Double Deluxe" im Hatuma Resort traf ein.

„Über was habt ihr denn alles gesprochen?" wollte ich, neugierig wie ich nun einmal war, von Denise wissen.

„Ach, über alles mögliche, über dich, deinen Auftrag, über mich, meine Familie und auch über Limoges. Deine Tante hat dort anscheinend schon seit vielen Jahren eine Freundin."

Das stimmte, das entsprach den Tatsachen. Daran hatte ich noch gar nicht gedacht. Bernadette, eine Freundin aus Tantchens Schultagen, war aus Limoges.

„Deine Tante Alexandra spricht übrigens ein perfektes Französisch, das muß ihr der Neid lassen", unterbrach Denise meine Gedanken.

„Also, wir zwei werden morgen nach Lake Tahoe fahren", wechselte ich das Thema. „Das heißt, daß wir den Wecker stellen sollten, damit wir nicht verschlafen. Schließlich müssen wir noch packen, das Zimmer räumen und die Rechnung zahlen. Die Route, die wir nehmen müssen, schaue ich mir nachher noch kurz an. Lake Tahoe ist zum Glück für US-amerikanische Verhältnisse nicht allzu weit weg."

„Dann wird es wohl das beste sein, wenn wir möglichst bald ins Bett gehen", schlug Denise vor.

Wir zogen uns aus, putzten die Zähne und hüpften ins Bett. Bald schon war Denise neben mir eingeschlafen. Sie hatte sich ganz eng neben mich gekuschelt und mißbrauchte meinen rechten Oberarm als Kopfkissen.

Ich wollte noch ein wenig den heutigen Tag Revue passieren lassen, kam aber nicht weit, bevor auch mich die Müdigkeit übermannte.

Kapitel 7

Lake Tahoe

Durchdringende, ekelhafte Pfeiftöne. Ich brauchte ein paar Sekunden, bevor mir richtig bewußt wurde, daß mein Wecker diese widerwärtigen Laute von sich gab, die mich geweckt hatten. Ich lag auf der linken Seite und war nur halb unter der Bettdecke. Ich brachte den Wecker zum Schweigen und drehte mich auf die Seite, um nach meiner Bettgenossin zu sehen. Denise hatte ihre Decke ganz nach unten zum Fußende des Bettes gestrampelt. Sie lag auf dem Bauch und hatte einen Arm als Kopfkissen-Ersatz herangezogen. Sie schien das Geplärr meines Reiseweckers nicht sonderlich gestört zu haben, zumindest machte sie in keinster Weise den Eindruck.

Ich drückte ihr einen Kuß zwischen die Schulterblätter und gab ihr einen leichten Klaps auf den nackten Hintern.

„Aufstehen, ma Chérie! Es ist sieben Uhr morgens, und wir haben heute noch einiges vor", flüsterte ich ihr ins Ohr.

Denise maulte ein wenig herum von wegen noch früh und noch müde. Sie vergrub ihren Kopf im Kissen und machte nicht die geringsten Anstalten aufzustehen. Ich ging schon mal ins Bad und erledigte die für mich wichtigste morgendliche Tätigkeit. Danach warf ich erneut einen Blick ins Schlafzimmer. Denise lag immer noch bäuchlings auf dem Bett. Mein kleiner Faulpelz hatte sich keinen Millimeter bewegt. Wenn wir etwas mehr Zeit gehabt hätten, hätte ich mich vielleicht zu ein paar sanften Zärtlichkeiten hinreißen lassen, vielleicht auch zu mehr. Was den letzten Punkt betraf, hielt ich mich sehr zurück. In Anbetracht des unschönen Erlebnisses, in dessen Verlauf wir uns getroffen hatten, wollte ich da nichts überstürzen. Normalerweise bin ich absolut nicht schüchtern, aber in diesem besonderen Fall hielt ich etwas Zurückhaltung für angebracht. Denise sollte es mir selbst sagen, wenn sie zu mehr bereit war, wenn sie mehr wollte.

Ich hatte dieses Mädchen wirklich sehr gern. Sie gefiel mir. Sie sah nicht nur gut aus, ich mochte auch ihre Art. Unsere Unterhaltungen hatten deutlich gemacht, daß wir wahrscheinlich ganz gut zueinander passen würden. Ich wollte deshalb auf keinen Fall irgend etwas falsch machen, irgend etwas zerstören.

„Denise, mein kleiner Liebling, aufwachen." Ich gab ihr erneut einen sanften Klaps auf ihren nackten Hintern.

„Muß ich wirklich schon aufstehen?" Sie griff nach dem Kissen und versteckte ihren Wuschelkopf darunter.

„Ich bin noch so müde!" kam es dumpf und so leise darunter hervor, daß ich Mühe hatte, sie zu verstehen.

Ich bin selbst ein absoluter Morgenmuffel und habe deshalb wirklich viel Verständnis für Leute, die morgens nicht so recht aus den Startlöchern herauskommen. Aber wenn Denise mir jetzt nicht etwas vorspielte, war ich, verglichen mit ihr, der reinste Frühaufsteher.

„Raus aus den Federn!" befahl ich. „Oder ich komme mit einem Eimer kalten Wasser. Du wirst feststellen, es gibt nichts, was einen schneller auf die Beine bringt."

Denise reagierte überhaupt nicht. Ich hätte genauso gut mit dem Kühlschrank reden können.

„Ok, du willst es nicht anders!" Ich drehte sie auf den Rücken, hob sie aus dem Bett und trug sie ins Badezimmer. Ich stellte mich mit ihr auf meinen Armen unter die Dusche und drehte den Kaltwasserhahn auf. Denise war sofort hellwach. Ich ließ sie auf ihre Füße herunter, und sie wollte sofort aus der Dusche fliehen, weg von dem kalten Wasser. Aber ich hielt sie fest.

„Du Mörder, du Sadist!"

Denise war nun endlich wach. Ich drehte nun den Wasserstrahlen den Rükken zu und schützte Denise mit meinem Körper vor einem Großteil des kalten Wassers. Sie schnappte trotzdem japsend nach Luft. Ich stellte deshalb den Hebel der Dusche nun auf warm und zog das frierende Mädchen eng an mich heran. Sie schmiegte sich sofort an mich. Ich drehte mich erneut ein wenig, um ihr nun auch das warme Wasser nicht vorzuenthalten. Wir hielten uns eng umschlungen und genossen den warmen Schauer. Eine halbe Stunde später waren wir schon unterwegs zum Speisesaal.

Wir frühstückten ausgiebig. Auf dem Rückweg zum Zimmer wies ich die Rezeption an, meine Rechnung vorzubereiten. Unser Gepäck war recht schnell zusammengepackt. Ich hinterließ noch einen Zwanziger auf dem Doppelbett für den Room-Service, bevor wir, nur mit unserem Handgepäck beladen, meine Suite verließen. Am Desk wurde mir eine so gesalzene Rechnung serviert, daß wieder einmal nur der Gedanke an mein dehnbares Spesenkonto mich vor einem Schreikrampf bewahren konnte. Dr. Heinrich sei Dank. Ich rundete die Rechnung noch großzügig nach oben auf, was von dem jungen Mädchen hinter dem Tresen wohlwollend zur Kenntnis genommen wurde.

Am Car Valet waren auch noch einmal ein paar mehr oder weniger dezent aufgehaltene Hände von Portier, Park-Boy und Gepäckträger zu verschließen.

Endlich war es soweit. Wir saßen im Lincoln, hatten alles Gepäck verstaut und fuhren aus dem Hotelgelände in die Geary-Street ein. Denise hatte den Stadtplan von San Francisco auf dem Schoß und lotste mich. Wir überquerten die Bay-Bridge. So etwas sieht man halt nur bei den Amis. So etwas gibt es in Europa nicht. Vier Spuren in jeder Richtung und das als doppelstöckige Brücke über mehrere Meilen hinweg. Wir fanden den Interstate-Highway Nr. 80 und folgten ihm in Richtung Sacramento, der Hauptstadt von Kalifornien. Das Wetter war leicht regnerisch, der Himmel bedeckt und grau. Schon bald überholte ich einen Bus, der als fahrende Reklametafel für die Spielerparadiese in Reno und am Lake Tahoe warb. Es war eine Art Linienbus. Die hatten doch wirklich einen Shuttle-Service nach Nevada für spielsüchtige Kalifornier eingerichtet. Spielhallen, wie sie in Nevada gang und gebe sind, sind in Kalifornien vom Gesetzgeber verboten.

Der Highway war in gutem Zustand und nicht allzu sehr befahren. Wir kamen gut vorwärts. In Höhe von Sacramento wechselte ich vom Interstate-Highway Nr. 80 auf den US-Highway Nr. 50. Der war laut Karte nicht ganz so gut ausgebaut wie der Interstate, sollte aber landschaftlich wesentlich reizvoller sein. Leider hatten wir von der Landschaft überhaupt nichts. Das Wetter wurde immer schlechter, der Regen stärker, und zu allem Überfluß zog auch noch Nebel auf. Mein Lincoln hatte eine Anzeige für die Außentemperatur. Normalerweise zeigte sie Fahrenheit an. Man konnte sie jedoch per Knopfdruck auf Celsius umstellen.

Als wir die Steigungen zum Lake Tahoe hinauf in Angriff nahmen, rutschte die Anzeige bis auf lächerliche drei Grad Celsius ab. Es begann zu schneien, und zu allem Überfluß blieb der Schnee dann auch noch liegen. Die Straße verwandelte sich zusehends in eine Schneepiste. Der Lincoln war ein Hecktriebler und versuchte deshalb immer öfter hinten auszubrechen.

„Zu Hause steht mein Quattro in der Garage und langweilt sich, und hier könnte man ihn so gut brauchen", schimpfte ich, während wir uns immer weiter hinauf zur Paßhöhe, quer durch den Eldorado National Forest, quälten. Denise war bereits seit den sintflutartigen Regenfällen kurz hinter Sacramento nicht mehr ganz wohl in ihrer Haut. Als Südfranzösin war sie an schlechtes Wetter verständlicherweise weniger gewöhnt als ich, der ich in unserer Alpenregion doch schon des öfteren noch erheblich schlechtere Straßenverhältnisse erlebt hatte.

Wir kamen auf der Paßhöhe an und waren froh, als es langsam, aber sicher wieder ein wenig nach unten ging. Wir erreichten den Lake Tahoe. Es hatte hier zwar deutlich weniger Schnee als auf der Straße hierher, aber es lag Schnee am

Lake Tahoe, mitten im Juni. Wir fuhren noch etliche Meilen mehr oder weniger dicht am See entlang, bis wir nach Incline Village kamen und das Hatuma Resort fanden.

Es regnete nach wie vor recht ordentlich. Ich fuhr vor den Hoteleingang, und schon kam ein Boy auf mich zu. Ich erklärte ihm, daß wir Zimmer reserviert hätten und erwartete eigentlich, daß er mich unter dem Vordach des Hoteleingangs würde halten lassen, damit wir trockenen Fußes das Hotel betreten könnten. Weit gefehlt!

„Sir, Sie können hier nicht stehenbleiben. Das ist die Durchfahrt", faselte er.

„Wir wollen einchecken!" probierte ich es noch einmal.

„Ja, stoßen sie mit Ihrem Wagen zurück und stellen Sie Ihr Gepäck am Eingang ab", wies er mich an.

„Falls es Ihnen entgangen sein sollte, es regnet", gab ich zu bedenken.

„Da kann ich nichts dafür. Aber Sie können hier nicht stehenbleiben."

Der kleine Scheißer war wohl nicht ganz bei Trost. Ich stieg aus und baute mich vor ihm auf. Er reichte mir nicht ganz bis zum Kinn und war bestimmt 70 Pfund leichter als ich.

„Hör zu Kleiner! Ich bleibe hier stehen! Du nimmst mein Gepäck aus dem Kofferraum! Du stellst es dort drüben ab. Du holst mir jemand vom Car Valet. Und das ganze ein bißchen plötzlich, oder ich werde ungemütlich!" schrie ich ihn an.

Zum Glück kamen nun der Portier, ein Gepäckträger und ein weiterer Boy vom Car Valet, die sich unseres Gepäcks annahmen. Ich wurde somit der Notwendigkeit enthoben, dem kleinen Arschloch durch ein paar gepflegte Ohrfeigen meine Wünsche noch näher zu verdeutlichen.

Der Portier geleitete uns zum Desk, und ich wies meine Fax-Bestätigung für das Double-Deluxe vor. Es schien nun wenigstens alles einigermaßen zu klappen. Während die Dame an der Rezeption die Formalitäten erledigte, sah ich mich ein wenig um. Das gesamte Interieur des Hotels machte irgendwie einen heruntergekommenen Eindruck. Die ganze Lobby war voll von Spieltischen und einarmigen Banditen. Wenn dieses Hatuma Resort fünf Sterne zu Recht trug, dann hätte man dem Westin St. Francis am Union Square in San Francisco fünfzehn Sterne zuerkennen müssen.

Ich war nun doch sehr gespannt auf unser Zimmer, ein Non-Smoking-Zimmer, wie uns extra versichert wurde. Der Boy, der unser Gepäck auf einem kleinen Wägelchen vor sich herschob, begleitete uns auf unser Zimmer. Er öffnete die Tür, ebenfalls mit so einem Plastik-Kärtchen. Mich traf fast der Schlag. Das Zimmer stank nach Rauch wie ein ausgelutschter Aschenbecher.

„Das soll ein Non-Smoking-Zimmer sein?" fauchte ich den Boy an, der ja eigentlich überhaupt nichts dafür konnte. Ich zwang mich ruhig zu bleiben und machte dem Boy klar, daß ich dieses Zimmer auf keinen Fall akzeptieren würde. Er bot sich sofort an, zum Desk zurückzugehen und sich um ein anderes Zimmer zu bemühen. Hoffte er auf ein gutes Trinkgeld oder befürchtete er Prügel zu beziehen? Ich weiß es nicht. Auf jeden Fall kam er so schnell zurück, wie er verschwunden war. Wir folgten ihm in ein anderes Stockwerk. Der Boy erklärte uns dienstbeflissen, daß die Rezeption Zimmer in Nichtraucher-Etagen auch an Raucher vergeben würde, wenn keine Raucherzimmer mehr frei seien. Man wollte in diesem Haus anscheinend um keinen Preis auf einen Übernachtungsgast verzichten. War denn diesen geistigen Kanalarbeitern nicht klar, daß man den Gestank der Raucher nur äußerst schwer wieder aus einem Zimmer herausbekommt? Ein Nichtraucher mit einer einigermaßen normalen Nase stellt auch noch Tage später fest, daß in einem Zimmer geraucht worden ist.

Unser „neues" Zimmer roch nicht nach Rauch, es war nur ein wenig muffig. So weit ich das beurteilen konnte, glich die Ausstattung dem vorherigen Raucherzimmer wie ein Ei dem anderen.

„Sehen alle Zimmer gleich aus?" wollte ich von dem Boy wissen.

„Yes Sir, all rooms look like this one!"

Ich drückte ihm einen Zehner in die Hand. Er war freundlich gewesen und hatte sich redlich bemüht.

„Pack mal nicht zu viel aus, Denise! Ich hoffe, wir bleiben hier nicht allzu lange", versuchte ich Denise zu trösten. Nach der Suite im Westin St. Francis war diese Absteige ein echter Schocker. Die beiden Doppelbetten waren aus regelrechten Baumstämmen gezimmert. Das sollte wahrscheinlich rustikal sein, sah aber unmöglich aus. Das Bad war klein, aber sauber. Natürlich hatte ich nun endlich wieder einmal meinen heißgeliebten Duschvorhang. Wie ich diese Scheiß-Fetzen hasse.

Parallel zu dem Doppelbett an der Fensterseite hatte man eine Wand des Zimmers voll verspiegelt. Das machte den Raum wenigstens optisch größer, als er in Wirklichkeit war.

Als erstes bemühte ich wieder meine T-Card und rief Onkel Nick an. Es war nur der Anrufbeantworter an. Ich faßte mich kurz und bat um baldigen Rückruf.

„Ich würde vorschlagen, wir gehen möglichst bald zum Abendessen. Dann haben wir den Rest des Abends zur freien Verfügung, um mit der Suche nach der kleinen Brigitte Heinrich zu beginnen", wandte ich mich an Denise. Sie sah auch nicht besonders glücklich aus. Sie saß mit angezogenen Beinen auf einem der beiden Doppelbetten und bemühte sich mit der Fernbedienung den TV-Apparat in Gang zu bringen.

„Ja, ich glaube, das ist eine gute Idee. Ich bin auch ganz schön groggy", antwortete meine Kleine.

„Hoffentlich ist das Restaurant besser, als das, was wir bisher von dieser Absteige gesehen haben", versuchte ich noch einmal, sie aufzumuntern.

Das Hatuma Resort am Lake Tahoe verfügt über insgesamt drei Restaurants. Zwei davon hatten nicht mehr oder noch nicht geöffnet. Also blieb uns die Qual der Wahl erspart, und wir betraten das „Mountain Cafe". Das Restaurant sah billig aus, was die Einrichtung betraf. Es war billig vom Personal her, nur angelernte Kräfte. Und es war billig, was den Preis betraf. Aber mit Abstand das billigste war die Qualität des gebotenen Essens. Ich hatte „Chicken Wings" bestellt. Wahrscheinlich wäre ich besser gefahren, wenn ich mir ein Stück aus der Tischplatte herausgebrochen hätte. Der als Beilage mitgelieferte Salat war eine bodenlose Frechheit. Vor die Wahl gestellt, hätte ich jederzeit die billigen Plastikblumen aus der Tischvase vorgezogen. Das einzig gute und genießbare war meine Cola ohne Eiswürfel. Mehr schlecht als recht gesättigt, verließen wir die ungastliche Stätte und suchten wieder unser Zimmer auf.

Wir zogen uns um. Das nächste Mal bräuchten wir unsere guten Klamotten bestimmt gar nicht mehr. Für ein Abendessen der soeben genossenen Güteklasse, auf deutsch für so einen Fraß, braucht man sich ganz sicher nicht in Schale zu werfen. Hier waren Shorts und T-Shirt mehr als ausreichend.

Am Desk unten fragte ich nach dem „Little Digger's Nugget". Natürlich gab man vor, es nicht zu kennen. Aber bestimmt würde ich alle nur erdenklichen Spielmöglichkeiten und Automaten auch hier im Hatuma Resort finden. Ich bedankte mich freundlich und wandte mich zum Gehen.

„Arschloch!" entfuhr es mir dann doch noch. „Ich bin mir sicher, das blöde Luder wußte genau, wo ich das ,Little Digger's Nugget' finden würde", sagte ich mühsam beherrscht zu Denise.

Ich ließ mir meinen Lincoln bringen. Wir fuhren am See entlang, wieder zurück in Richtung Lake Tahoe. An der ersten Tankstelle, an der wir vorbeikamen, fragte ich erneut nach Johnys Spielhölle.

„Das ,Little Digger's Nugget' ist kurz vor Lake Tahoe, noch hier in Nevada, direkt an diesem Highway", erklärte mir eine nette, freundliche alte Dame, die in der Tankstelle die Kasse betreute. Sie war nicht mehr die jüngste, wollte sich das aber um keinen Preis der Welt eingestehen. Sie war strohblond, die Haare exakt frisiert, das Gesicht mit Make-Up zugekleistert. Kurz gesagt, erfüllte sie das Klischee von der älteren US-Amerikanerin absolut perfekt. Da ich noch kein Benzin brauchte, erstand ich noch eine Straßenkarte für die Umgebung des Lake Tahoe und je zwei 2-Liter-Flaschen Coke und Fanta Diet, um mich für die freundliche Erklärung erkenntlich zu zeigen.

„Die Kneipe soll direkt vor uns an dieser Straße liegen", teilte ich Denise mit, nachdem ich wieder in den Lincoln eingestiegen war.

„Aber dann hätten wir sie doch heute nachmittag schon sehen müssen. Wir sind doch auf dieser Route heute schon zum Hotel gefahren", gab Denise zu bedenken.

„Eigentlich schon", bestätigte ich. „Wahrscheinlich haben wir sie übersehen."

So war es in der Tat. Kaum eine halbe Stunde später fuhr ich auf den Parkplatz des „Little Digger's Nugget". Es war mittlerweile schon recht dämmrig, aber noch nicht richtig dunkel. Da stand keine heruntergekommene Kneipe, wie ich insgeheim erwartet hatte, ganz im Gegenteil. Die Spielhalle sah gediegen, gepflegt, ja sogar fast vornehm aus. Was man hier so von außen erkennen konnte, gab es nichts auszusetzen. Ich war wirklich überrascht. Das sah alles so aus, als ob ganz normale Leute hier ein- und ausgehen und ihr Spielchen machen würden. Das ermutigte mich, Denise anzubieten, „Willst du mit mir reingehen? Es sieht nicht so aus, als ob es gefährlich werden würde."

Wir mußten durch eine große, sich selbständig bewegende Drehtür. Wir standen dann in einem hohen, weiten Raum, der große Ähnlichkeit mit der Hotel-Lobby des Hatuma Resort aufwies. Der gesamte Saal war vollgestopft mit Tischen für Roulette, Baccara, Poker und sonstige Spielchen. Dazwischen standen überall Spielautomaten und Slot-Machines, sogenannte einarmige Banditen. Weit im Hintergrund konnte ich eine verspiegelte Wand erkennen. Dort schien sich die Bar zu befinden. Wir bahnten uns einen Weg durch all die Verrückten, die hier gar nicht schnell genug ihr Geld verlieren konnten. An der Bar angekommen, hob ich Denise auf einen freien Barhocker und wuchtete meine 230 Pfund auf den Hocker daneben. Ich bestellte mir eine Diet Coke ohne Eiswürfel und für meine Begleiterin einen Tomatensaft.

Ich ließ eine Viertelstunde verstreichen, bevor ich den Barkeeper fragte: „Ist Johny Cartwright da? Ich hätte ihn gerne etwas gefragt." „Dürfte ich erfahren, Sir, wer Sie sind und was Sie von Johny wollen?" erhielt ich postwendend die Gegenfrage, die ich schon erwartet hatte.

„Eigentlich möchte ich nur wissen, ob er vielleicht eine Ahnung hat, wo dieses Mädchen sein könnte." Ich zeigte meinem Gesprächspartner ein Farbfoto von Brigitte, das Onkel Nick von unserem Auftraggeber, von Dr. Heinrich, erhalten hatte.

„Wenn Sie sich bitte einen Augenblick gedulden würden, Sir, dann werde ich nachfragen, ob Johny vielleicht zufällig hier ist." Der Barkeeper flüsterte seinem Kollegen ein paar Worte ins Ohr und verschwand durch eine holzgetäfelte Tür im Hintergrund.

Natürlich wußte der Kerl, ob Johny im Hause war. Sicher wußte er sogar, wo sich Johny im Augenblick aufhielt. Mir war nicht mehr so ganz wohl. Meine Sinne waren voll gespannt. Ich beobachtete so unauffällig wie nur irgend möglich meine gesamte Umgebung. Die Spiegel an der Wand direkt vor mir erleichterten mir die Überwachung des Raumes um mich herum. Aber es tat sich nichts Auffälliges. Es erschien kein Schlägertrupp, es wurde nicht auf mich geschossen, niemand deutete auf mich. Nein, es blieb alles ruhig. Trotzdem ließ ich in meiner Aufmerksamkeit nicht nach und behielt alles im Blick.

Da öffnete sich die schwere, holzvertäfelte Tür im Hintergrund der Bar, durch welche der Barkeeper vor einigen Minuten verschwunden war. Aber nicht er kam zurück, sondern durch die Tür schritt eine Frau, eine gutaussehende Frau, in einem teuren Cocktail-Kleid. Sie ging um die Bartheke herum und kam auf mich zu.

„Guten Abend, ich bin Janet. Ich bin die Managerin. Das ‚Little Digger's Nugget' gehört mir. Mein Angestellter hat mir erzählt, daß Sie meinen ehemaligen Teilhaber suchen, Johny Cartwright. Dürfte ich wohl erfahren, wer Sie sind und was Sie von Johny wollen?"

Janet war keine Freundin von langen Reden. Sie kam ohne Umschweife auf den Punkt.

Ich stellte ihr Denise als meine Mitarbeiterin vor, erzählte ihr, wer ich war und weshalb ich nach Johny suchte.

„Johny Cartwright ist meine einzige Spur. Ich weiß nicht einmal, ob das gesuchte Mädchen überhaupt bei ihm ist. Aber vielleicht hat sie ihm geschrieben, oder er weiß sonst irgend etwas über ihren derzeitigen Aufenthaltsort. Wie schon gesagt, macht sich der Vater des Mädchens sehr große Sorgen um seine Tochter."

„Johny ist nicht hier. Er war hier, und das Mädchen, dessen Bild sie mir gezeigt haben, war bei ihm. Aber sie sind beide nicht mehr hier. Sie haben sie knapp verfehlt. Die beiden sind vorgestern abgereist. Ihre Abreise war etwas überstürzt. Ich hatte den Eindruck, als liefen die zwei vor irgend etwas oder irgend jemandem davon. Konnten Johny oder sein Mädchen, diese Brigitte, irgend etwas davon wissen, daß Sie nach ihnen suchen?"

„Das kann ich mir nicht vorstellen. Ich bin erst seit ein paar Tagen in den Staaten, und meine Mitarbeiterin war mit der gesamten Angelegenheit zuvor auch überhaupt nicht befaßt. Außer den MacGregors dürfte meiner Ansicht nach keine Seele hier in den USA wissen, daß ich nach dem Mädchen suche", entgegnete ich verwundert.

„Sie müssen wissen, ich möchte auf keinen Fall, daß Johny irgendwelche Schwierigkeiten bekommt. Johny ist für mich wie ein kleiner Bruder. Ich mag ihn sehr." Sie sagte das sehr überzeugend.

Ich dachte, daß jetzt wahrscheinlich nicht der richtige Zeitpunkt war, ihr mitzuteilen, daß „ihr Brüderchen" sich in Los Angeles damit gebrüstet hatte, ein Verhältnis zu haben mit seiner Geschäftspartnerin, die zudem noch erheblich älter sei als er. Sie war in der Tat älter als Johny, und zwar mehr als nur ein paar Jährchen. Ich schätzte sie so auf Ende dreißig, Anfang vierzig. Nichtsdestotrotz war sie eine faszinierende Frau. Sie war eine gepflegte Erscheinung und sah blendend aus. Sicher war sie nicht mehr die jüngste und konnte mit der jugendlichen Erscheinung und Unbekümmertheit meiner Denise nicht mehr konkurrieren. Aber die vornehme Aura, die sie ausstrahlte, ließ in Verbindung mit ihrem tadellosen Äußeren wohl keinen Mann kalt, egal in welcher Altersklasse er sich befand. Auf Herz und Nieren befragt, tendierte ich dazu, dem kleinen Angeber Johny nachträglich doch Glauben zu schenken, was das Verhältnis mit seiner Geschäftspartnerin betraf. Nachdem ich Janet nun persönlich kennengelernt hatte, mußte man es dem kleinen Scheißer aber noch wesentlich stärker ankreiden, daß er sich mit dieser Beziehung in aller Öffentlichkeit gebrüstet hatte. Das war mehr als unfein, das hatte Janet in meinen Augen nicht verdient. Ein Gentleman genießt und schweigt. Zu seinen Gunsten vermerkte ich in Gedanken, daß Janet nach wie vor noch viel von ihm zu halten schien.

„Sie brauchen sich keine Sorgen zu machen", versuchte ich sie zu beruhigen. „Ich will Johny nichts anhängen und ich will ihm auch keine Schwierigkeiten machen. Ich will lediglich das Mädchen, Brigitte Heinrich, finden. Auch dann, wenn ich sie gefunden haben sollte, will und werde ich sie nicht an ihren Haaren zu ihrem Daddy zurückschleppen. Ich werde ihr lediglich mitteilen, daß ihr Vater sich Sorgen macht und sie sich doch bitte bei ihm melden soll. Mehr kann ich nicht tun. Das Mädchen ist schließlich erwachsen, und ich bin ja auch kein Kidnapper."

„Das ist gut so. Sie hören sich ehrlich an, Mr., äh, Steiner", stellte Janet erleichtert fest. „Was ich so mitbekommen habe, möchte dieses Mädchen, diese Brigitte, nichts mehr mit ihrem Vater zu tun haben, ja nicht einmal mehr etwas von ihm hören. Ich glaube, da hat es einen ganz großen Krach gegeben. Sie hat mir gegenüber zwar nie davon gesprochen, aber sie scheint von ihrem Daddy maßlos enttäuscht zu sein. Ja, es war geradezu so, als habe sich ihre

Zuneigung in abgrundtiefen Haß verwandelt. Irgend etwas abscheuliches, gräßliches muß da vorgefallen sein."

Ich machte mir in Gedanken ein paar Notizen über das, was ich da gerade erfahren hatte, und versuchte dann vorsichtig, weiterzubohren.

„Janet, ich verspreche Ihnen, ich will den beiden nicht ans Leder. Wenn Sie auch nur die geringste Ahnung haben, wo die beiden sein könnten, sagen Sie es mir. Lassen Sie es mich wissen!" bat ich die Frau vor mir.

„Johnys ganze Familie ist im Yellowstone National Park zu Hause. Dort haben seine Eltern mehrere Läden und Souvenir-Shops, in denen auch sechs seiner sieben Brüder mitarbeiten. Johny ist der jüngste von acht Brüdern, das Nesthäkchen. Er wurde immer von allen verwöhnt, und deshalb ist er manchmal auch ein wenig schwierig im Umgang. Er kann ein furchtbarer Dickschädel sein und glaubt oft, es müsse alles nach seinem Kopf gehen. Aber im großen und ganzen ist er ein netter und guter Junge."

Janet war einwandfrei immer noch in das Bürschchen verliebt. Das war unüberseh- und unüberhörbar.

„Das einzige, was ich Ihnen sonst noch anbieten kann, ist eine andere Adresse hier in der Gegend", fuhr Janet fort. „Nicht weit von hier gibt es eine etwas verrufene Spelunke, ‚Chuck's Gold Mill'. Das ist kein Haus wie meines hier, sondern eine Spielhölle von echt zweifelhaftem Ruf." Stolz schwang in ihrer Stimme mit.

„Chuck und Johny haben sich beim Kartenspielen kennengelernt. Ich habe Johny immer vor Chuck gewarnt, denn Chuck ist nicht der richtige Umgang für meinen Johny. Wahrscheinlich waren es gerade meine gut gemeinten Ratschläge, die den Dickschädel in ‚Chuck's Gold Mill' trieben. Ein Mann wie er konnte doch seiner Ansicht nach keinen Rat von einer Frau wie mir annehmen." Die leichte Bitterkeit in ihrer Stimme war nicht zu überhören. „Probieren Sie es einmal bei Chuck. Vielleicht weiß er mehr über den Aufenthaltsort der beiden als ich. Aber seien Sie vorsichtig! ‚Chuck's Gold Mill' ist ein übler Laden mit noch überem Publikum. Nehmen Sie sich in acht."

„Vielen Dank, Janet. Sie waren sehr freundlich. Ich danke Ihnen aufrichtig und wünsche Ihnen für die Zukunft alles Gute."

Janet erklärte mir noch kurz, wo ich diese Kneipe namens „Chuck's Gold Mill" finden würde, und dann verabschiedeten wir uns.

„Wenn Sie diesen Dickschädel finden, grüßen Sie ihn von mir", waren ihre letzten Worte, bevor Denise und ich das Lokal verließen.

„Die gute Janet ist immer noch bis über beide Ohren in diesen Schlawiner verliebt", stellte Denise ganz sachlich fest, als wir wieder im Lincoln saßen.

„Der Kerl muß ja echt toll sein. Vielleicht sollte ich ihn auch einmal durchtesten, wenn wir ihn gefunden haben", schlug meine Kleine scherzhaft vor.

„Seltsame Art, um Prügel zu betteln!" Meine Stimme klang unheilvoll.

„Das traust du dich ja doch nicht!" Denise sah mich zweifelnd von der Seite an. „Du hast bestimmt noch nie eine Frau geschlagen!"

„Das stimmt, da hast du recht! Aber irgendwann ist immer das erste Mal", ging ich auf ihr Spiel ein.

„Aber zuerst müssen wir jetzt diese verrufene Spelunke ,Chuck's Gold Mill' finden."

Im nächsten Augenblick fuhr ich an einer demolierten Leuchtreklame vorbei, bei der höchstens noch die Hälfte der Glühbirnen funktionierte. In einer halben Meile sollten wir das gesuchte Lokal erreichen. Um ein Haar wäre ich vorbeigefahren. Von der Spelunke war von der Straße aus gar nichts zu sehen. Ein Wegweiser deutete auf eine Art Feldweg, der rechts vom Highway abzweigte. Nach einer knappen halben Meile fuhr ich auf den Parkplatz von „Chuck's Gold Mill". Was für ein Unterschied zum „Little Digger's Nugget". Janets Laden war im Vergleich zu dem hier ein richtiger Palast. Der Parkplatz war unbefestigt. Es gab jede Mengen Pfützen jeglicher Größenordnung. Rund zwei Dutzend Fahrzeuge, in der Hauptsache Pickups und Geländewagen, verteilten sich auf dem Gelände.

Kapitel 8

Chuck's Gold Mill

Ich stellte den Lincoln strategisch günstig ab. Die Schnauze des Wagens zeigte somit bereits in Richtung Ausfahrt. Der Weg dorthin war nahezu frei und unbehindert von anderen Fahrzeugen. Die Distanz vom Wagen zum Eingang der Spielhalle betrug so circa knapp zwanzig Meter. In einem Umkreis von rund fünf Metern stand kein anderes Fahrzeug oder Hindernis gleich welcher Art. Ich stieg aus und wies Denise an:

„Du bleibst im Wagen und verschließt alle Türen und Fenster. Du öffnest niemandem außer mir. Falls irgend jemand zudringlich werden sollte, drück auf die Hupe und zwar dreimal kurz, Pause, dreimal lang, Pause, und wieder dreimal kurz. Hast du das verstanden?"

Sie nickte kurz und wollte dann aber auch schon widersprechen. „Wäre es nicht besser, wenn ich doch mit reingehen würde und meinen Charme spielen lassen würde", schlug sie halbherzig vor.

„Nein, du bleibst im Wagen. Nichts gegen deinen Charme, Schatz, aber ich glaube, hier nützt er nicht viel mehr als bei den Kerlen im Lincoln Park in San Francisco."

Das hörte sich brutal an, war aber nur zu ihrem besten.

„Bleib hier im Auto und tu genau das, was ich dir gesagt habe!" befahl ich ihr noch einmal mit Nachdruck.

Ich schloß die Tür des Lincoln und hörte auch sofort das Schnappgeräusch der Zentralverriegelung. Ich wandte mich ab und ging auf den Eingang von „Chuck's Gold Mill" zu. Nach drei breiten, ausgetretenen Holzstufen, einer kleinen, schmalen Veranda und zwei überdimensionalen Schwingtüren wie in den alten Western-Saloons, stand ich in einer Spielhalle wie aus einem schlechten Film. Zuerst konnte ich nicht viel erkennen. Das Licht war schummrig und die Luft rauchgeschwängert. In diesem Raum hing ein derartiger Dunst und Mief, als ob die Leute hier zu einer zentralen Protestveranstaltung gegen die überaus strengen Anti-Raucher-Gesetze der USA zusammengekommen wären. Ich konnte nicht einmal die Größe des Raumes richtig abschätzen. Das einzige, was man einigermaßen deutlich erkennen konnte, waren zwei mittelgroße Lichtspots links und rechts vor mir. Dort war jeweils eine verchromte Metallstange auf einer kleinen Bühne aufgestellt, und um diese herum wand sich ein weibliches Wesen. Ich machte ein paar Schritte in den Raum hinein und sah mich aufmerksam um. Direkt vor mir, in vielleicht so etwa zehn Metern Entfernung schien sich die Bar zu befinden. Sie schien zentral positioniert zu sein, denn rechts und links von der Bar erstreckte sich der Saal noch weit nach hinten. Wie erwartet gab es auch hier jede Menge Spieltische und Slotmachines. Nicht erwartet hingegen hatte ich die tanzenden oder besser sich windenden Girls auf den beiden Mini-Bühnen. Zuerst dachte ich, sie seien vollkommen nackt, doch dann erkannte ich, daß sie lediglich oben ohne tanzten. Unten herum trugen sie so eine Art Mini-String-Tanga. Der Stoffetzen, aus denen so ein Tanga in der Hauptsache bestand, war bestimmt nur geringfügig größer als eine Briefmarke und wurde lediglich von zwei kräftigen Bindfäden um die Taille und zwischen den Schenkeln hindurch an Ort und Stelle gehalten.

Ich wollte mir gerade meinen Weg zu der Bar vor mir bahnen, als sich vor mir ein kleines Persönchen weiblichen Geschlechts aufbaute und mir Spielchips und Zigaretten verkaufen wollte. Das Mädchen – ich schätzte sie auf Anfang zwanzig – war höchstens einen Meter fünfundfünfzig groß. Ihr Gesicht war noch recht kindlich und wirklich nicht häßlich. Das herausragendste, im wahrsten Sinne des Wortes, war jedoch ihr Busen. Das waren echte Riesenmöpse, so groß wie zwei kleine Melonen. Sie standen richtig prall von ihrem zierlichen kleinen Körper ab. Das waren richtig große, schwere Dinger, Wunderwerke der modernen Silikon-Industrie in den Vereinigten Staaten.

Auf die Brustwarzen waren zwei goldene Sterne geklebt, an denen zwei Quasten hingen. Als Unschuld vom Lande konnte ich meine Blicke nicht so leicht von den beiden Ballons abwenden. Das fiel der Kleinen natürlich auf, und sie lächelte mich an.

„Für fünfzig Mäuse, Süßer, darfst du mit mir nach hinten kommen und sie massieren. Für hundert massier ich dir auch was. Und für zweihundertfünfzig wird die nächste Stunde die schönste sein, die du bisher erlebt hast, mein Großer."

„Danke, Süße, ich überleg's mir", unterbrach ich ihre Preisauflistung. „Aber zuerst möchte ich mir noch an der Bar einen Drink genehmigen."

„Bis später dann, mein Großer!" Sie wandte sich ab und suchte nach anderer Kundschaft.

Ich ging zur Bar und schnappte mir einen freien Hocker. Ich bestellte wie schon einmal an diesem Abend eine Coke light.

„Das ist eine Bar, mein Junge, und keine Milchshake-Bude. Hier gibt es nur Getränke für Männer. Wenn du 'ne Coke willst, dann geh zu McDonalds", teilte mir der Barkeeper „freundlich" mit.

„Ok, Mann, ist ja in Ordnung", entgegnete ich. „Dann gib mir 'nen doppelten Whisky von eurer Hausmarke."

Der Barkeeper knallte ein überdimensionales Schnapsglas vor mir auf die Theke und goß mir eine farblose, helle Flüssigkeit ein. Unnötig zu sagen, daß die Flasche, aus der er mir eingeschenkt hatte, kein Etikett trug. Ich hoffte nur, daß es sich bei dem Gebräu nicht um Methylalkohol oder Spiritus handelte, bei deren Genuß man Gefahr lief, sein Sehvermögen zu verlieren.

„Zwölf Dollar!" Anscheinend hielt mich der Barkeeper nicht für kreditwürdig. Oder befürchtete er, ich könnte den Drink nicht überleben? Ich gab ihm einen Zwanziger, um ihn wieder etwas milder zu stimmen.

„Stimmt so. Der Rest ist für Sie."

Er grunzte irgend etwas, das ich nicht verstand. Vielleicht sollte es „danke" heißen, vielleicht wollte er mir aber auch nur zu verstehen geben, daß ich von meinem Zwanziger sowieso nichts zurückbekommen hätte.

Ich nippte an meinem Glas. Es handelte sich zweifellos um Alkohol, und zwar um recht hochprozentigen Alkohol. Ich tippte auf mindestens sechzig Prozent, vielleicht sogar noch etwas mehr. Der kleine Schluck, den ich soeben probiert hatte, brannte mir nun gemütlich ein paar Löcher in die Speiseröhre, während ich mich unauffällig ein wenig umsah.

„Na, wie schmeckt Ihnen unsere Hausmarke?" wollte der Barkeeper von mir wissen.

„Zu schade zum Kippen, den muß man langsam genießen", ließ ich ihn an meiner Erfahrung teilhaben.

„Ja, das ist schon etwas anderes als dieses Limonaden-Gesöff." Er schien allen Ernstes stolz auf dieses „Putzmittel" zu sein. Ich ließ einige Minuten verstreichen und tat ab und zu so, als ob ich noch einmal einen kleinen Schluck zu mir nehmen würde. Dann winkte ich den Barkeeper zu mir heran.

„Sie haben ja noch gar nicht ausgetrunken!" stellte er mißmutig fest. Ich machte eine beschwichtigende Handbewegung und fragte ihn jetzt ohne weitere Umschweife.

„Sagen Sie mal, ist eigentlich Johny hier, Johny Cartwright?"

„Johny Cartwright? Nie gehört! Wer soll das denn sein?"

Er war kein guter Lügner. Natürlich wußte er, wer Johny Cartwright war.

„Ich habe erfahren, daß er öfter einmal hier ist für ein Spielchen", fuhr ich unbeirrt fort.

„Wer hat Ihnen das gesagt?" wollte er natürlich sofort wissen. „Von wem wollen Sie das erfahren haben?"

„Das tut nichts zur Sache!" Ich ließ mich nun nicht mehr abblocken. „Johny ist übrigens auch mit Ihrem Boß hier, mit Chuck, befreundet. Wissen Sie das denn nicht?" überrumpelte ich ihn. „Ist denn vielleicht Chuck da?"

Es hatte geklappt. Ich hatte ihn unsicher gemacht durch die Erwähnung seines Bosses.

„Ja, Chuck ist da. Ich könnte ihm was ausrichten lassen, wenn Sie unbedingt wollen", bot er an.

„Das ist ja prima. Sagen Sie ihm doch einfach, ein alter Freund von Johny sei da und wolle mit ihm sprechen."

Der Barkeeper ging ein paar Schritte nach links und griff hinter den Tresen. Ich behielt ihn genau im Blick. Seine rechte Hand erschien wieder mit einem Telefonhörer darin. Er sprach ein paar Worte in die Muschel und legte dann wieder auf. Leider hatte ich kein einziges Wort verstehen können.

„Warten Sie hier, Mister, Chuck wird jeden Moment herunterkommen. Er will sich mit Ihnen persönlich unterhalten." Der Barkeeper stellte noch ein kleines Bier vor mich hin. „Auf Kosten des Hauses. Wohl bekomm's!"

Der Barkeeper trollte sich zu den anderen durstigen Gästen, und ich nahm einen Schluck von dem Bier. Nach dem Rachenputzer, Marke „Pennerglück", war das Bier eine richtige Wohltat. Ich saß da so etliche Minuten an der Bar und beobachtete unauffällig, aber nichtsdestotrotz sehr aufmerksam meine Umgebung. Und plötzlich waren sie da. Ich weiß nicht woher sie gekommen waren. Sie waren zu dritt. Junge, kräftige Kerle in unauffälliger Kleidung. Sie bezogen Stellung in meinem Rücken, einer direkt hinter mir, vielleicht in so drei Meter Entfernung. Die beiden anderen standen rechts und links von ihm, auch so ungefähr drei Meter von mir entfernt. Der Kerl rechts hinter mir hatte sich als Baseballspieler getarnt. Er hatte eine Baseballmütze auf, natürlich mit dem Schild nach hinten, wie es jetzt modern ist. Was mich jedoch wesentlich mehr beunruhigte war der massive Baseball-Schläger, den er vollkommen unbefangen und lässig über der Schulter trug. Alle drei Figuren taten so, als ob sie absolut zufällig hier im Raum anwesend seien. Aber sie interessierten sich weder für die Spieltische und Slotmachines noch für die nackten Girls auf den Minibühnen. Ihre Bemühungen unbeteiligt zu wirken und auf keinen Fall zu mir herzusehen, waren beinahe rührend.

„Yeah, Mister!" Eine schwere Hand legte sich von hinten auf meine Schulter. „Ich bin Chuck. Wie ich höre, sind Sie ein alter Freund von Johny", stellte sich mir der Besitzer dieses gediegenen Etablissements vor.

Ich drehte mich auf meinem Barhocker herum.

Chuck war groß, beinahe so groß wie ich, höchstens ein paar Zentimeter kleiner. Aber er hatte seine besten Tage längst hinter sich. Ich schätzte ihn so auf Mitte vierzig. Er schob einen gigantischen Bierbauch vor sich her. Es sah so aus, als ob er im fünfzehnten Monat schwanger sei. Er wog bestimmt so um die achtzig Pfund mehr als ich, und ich bin ja wirklich auch kein Leichtgewicht. Sein Schädel war total kahl und erinnerte echt an eine Bowling-Kugel. Das sah zwar recht lustig aus, aber wenn er einen zu fassen kriegte, hatte man bestimmt nicht mehr allzuviel zu lachen.

„Alter Freund ist etwas übertrieben. Um ehrlich zu sein, kenne ich ihn nicht einmal. Es stimmt jedoch, daß ich mit ihm sprechen möchte. Und zwar möchte ich gerne von ihm wissen, ob er eine Ahnung hat, wo sich dieses Mädchen aufhalten könnte." Ich zog das Foto von Brigitte Heinrich aus meiner Brusttasche und hielt es Chuck hin. Chuck ignorierte das Foto vollkommen und hielt seinen Blick auf mich fixiert.

„Sind Sie ein Bulle?" Er ging überhaupt nicht auf meine Frage ein. „Oder ein Schnüffler?"

„Ich arbeite für den Vater des Mädchens. Und unsere einzige Spur zu dem Mädchen ist Johny." Mein Erklärungsversuch interessierte Chuck nicht im geringsten. Ich glaube, er hatte mir überhaupt nicht zugehört. Er machte einen kleinen Schritt nach links zur Seite und stand jetzt einen knappen Meter rechts von mir. Wahrscheinlich wollte er seinen Leuten nicht im Wege sein, wenn sie mir die Abreibung verpaßten, die er mir schon längst zugedacht hatte. Wahrscheinlich war er überhaupt nicht erschienen, um sich mit mir über Johny zu unterhalten, sondern nur um zu sehen, wie ich ordentlich Prügel bezog.

„Ein kleiner, mieser Schnüffler bist du also!" brüllte er mich an. „Glaubst du Arschloch wirklich, ich würde dir etwas von Johny erzählen? Johny ist mein Freund. Er ist für mich fast wie ein kleiner Bruder", schrie er. „Aber was viel schlimmer ist, du Hurensohn, ich hasse Schnüffler wie dich."

Abgesehen von der vollkommen ungerechtfertigten Beleidigung meiner Eltern, war es meiner Meinung nach langsam an der Zeit, dieses ungastliche Lokal wieder zu verlassen. Ich griff hinter mich nach meinem Whisky-Glas, als mich Chuck auch schon wieder anschrie.

„Hast du nicht verstanden, du Drecksack, du sollst abhauen! Aber ich glaube, wir müssen da ein bißchen nachhelfen."

„Austrinken wird man doch noch dürfen", gab ich von mir und schütte mir den Inhalt des Glases in den Mund. Gleichzeitig faßte ich mit meiner linken Hand in meine linke Hosentasche und ergriff mein massiv goldenes Feuerzeug, ein Geschenk von Tante Alex. Die drei Schläger, die ich schon vor geraumer Zeit im Spiegel der Bar hinter mir ausgemacht hatte, waren während der letzten Wutausbrüche von Chuck immer näher gekommen. Am nächsten, höchstens einen guten Meter links von mir, stand mein Freund mit dem Baseball-Schläger. Der Kerl auf der rechten Seite befand sich so knapp zwei Meter rechts hinter Chuck, der seine Position mir gegenüber beibehalten hatte. Der dritte Schläger stand gut drei Meter direkt vor mir und lehnte lässig mit der Hüfte an einem Spieltisch.

Jetzt, nachdem ich erkannt hatte, daß eine gewalttätige Auseinandersetzung unumgänglich war, ging alles rasend schnell. Ich griff an. Ich warf mit der Rechten mein leeres Schnapsglas in die Luft. Chuck und seine Männer mochten begeisterte Amateurschläger sein, aber Profis waren sie, zu meinem Glück, beileibe nicht. Wie zwei kleine Kinder schauten die beiden Helden links und rechts von mir dem Schnapsglas nach, wie es zur Decke flog. Ich nutzte das natürlich sofort aus. Ich schlug Chuck eine rechte Gerade in die Fresse, während ich gleichzeitig mit der linken das Feuerzeug aus der Tasche zog und bei gestrecktem Arm auflodern ließ. Ich prustete den gesamten, hochprozentigen Whisky, oder was immer das Gesöff auch sein sollte, über die hell flackernde Flamme meines Feuerzeugs dem Mann mit dem Baseball-Schläger voll ins Gesicht. Die Wirkung war echt toll, ein richtiger kleiner Flammenwerfer für den Hausgebrauch. Ich spie dem Kerl regelrecht Feuer in sein Gesicht. Seine Haare fingen Feuer. Er schrie gellend auf und ließ den Baseball-Schläger fallen. Ich fing ihn mit der Linken auf. Aus dem rechten Augenwinkel sah ich, daß Chuck sich gerade wieder aufrappelte. Mein Schlag von vorhin hatte ihm nicht viel geschadet. Ich hatte ihn auch nicht richtig getroffen. Ich hatte mich voll auf meine Feuer-Show konzentriert.

Einen Kerl wie Chuck konnte man mit so einem Klaps allenfalls kurz aus der Fassung bringen, aber nicht wirklich außer Gefecht setzen. Ich wechselte den Baseball-Schläger von der Linken in die Rechte, während Chuck einen weiteren Schritt auf mich zu machte. Anscheinend war ihm jedoch vollkommen entgangen, daß der Baseball-Schläger den Besitzer gewechselt hatte. Aus dem Handgelenk heraus zog ich ihm den Knüppel über seine fast kahle Rübe. Ich schlug kräftig zu, jedoch nicht allzu stark. Ich wollte Chuck k.o. schlagen. Aber ich wollte ihn nicht umbringen. Es klang, als ob man mit der Axt in einen morschen Baumstamm schlägt, als das Holz seinen Schädel traf. Chuck verdrehte die Augen und ging zu Boden. Der Schläger rechts von mir stand mittlerweile direkt hinter seinem Boß und versuchte jetzt ihn aufzufangen. Dabei mußte er sich leicht bücken. Das Angebot war so verlockend, daß ich nicht widerstehen konnte. Ich schlug auch ihm den Baseball-Schläger über sein geneigtes Haupt und schickte ihn so ins Reich der Träume. Er grunzte und brach über seinem Chef zusammen. Ich machte drei schnelle Schritte auf den dritten

Schläger zu, der direkt vor mir stand und dem Geschehen ungläubig mit offenem Mund folgte. Mit beiden Händen umfaßte ich den Holzknüppel und rammte ihn dem Kerl vor mir in den Bauch, der immer noch staunend dastand und keine Abwehrbewegung machte. Er klappte zusammen wie ein Schweizer Taschenmesser. Da traf mich ein wuchtiger Schlag in den Rücken. Ich taumelte drei, vier Schritte nach vorne, fing mich an einem der vielen Spieltische ab und drehte mich ruckartig um. Einer der Croupiers, oder wie die Leute an den Spieltischen hier hießen, hielt noch irgendwelche kümmerlichen Holzreste in den Händen. Anscheinend hatte er seine Sitzgelegenheit auf meinem Rücken zertrümmert. Aus den Augenwinkeln sah ich von beiden Seiten weitere Personen mit irgendwelchen Gegenständen in ihren Händen langsam auf mich zukommen. Ich drehte mich schnell um meine eigene Achse und wirbelte dabei den Baseball-Schläger in Brusthöhe vor mir her. Ich traf ein paar zum Schutz erhobene Hände und Arme, und dann hatte ich plötzlich freien Raum um mich. Ich drehte mich weiter um meine eigene Achse und hatte schon fast die gesamte Distanz bis zum Ausgang überwunden. Mir fehlten höchstens noch zwei bis drei Meter zu den Saloon-Schwingtüren, als ich plötzlich die Hupe hörte. Drei kurz, drei lang, drei kurz. Denise war in Schwierigkeiten. Jetzt war Schluß mit den Spielereien. Jetzt begann ich ärgerlich zu werden. Ich hielt mit meinen Drehbewegungen inne und sprang meinen Verfolgern drei, vier Schritte entgegen. Alles hatten sie wohl erwartet, nur das nicht. Ich hielt den Schläger nun mit beiden Händen und drosch mit gezielten, kräftigen Schlägen auf vier mit Stühlen bewaffnete Figuren ein. Zwei gingen wimmernd zu Boden und zwei sprangen schreiend davon.

Jetzt hatte ich Luft. Ich griff nach hinten und zog meine Pistole, die Glock 17, aus dem Gürtelhalfter. Ich schoß dreimal in die Decke. Die Meute wich weiter zurück. Ich jagte noch fünf weitere Schüsse über ihre Köpfe in die Spiegelfront hinter der Bar, die hinter Wolken von Scherben verschwand.

„Hört jetzt auf, bevor noch jemand echten Schaden erleidet!" rief ich in die Menge, drehte mich um und durchbrach die Schwingtüren. Mit einem Sprung überwand ich die drei Holzstufen und rannte auf den Lincoln zu.

Schon im Laufen erkannte ich zwei Schatten, die sich an meinem Lincoln zu schaffen machten. Vor der Fahrertür, die mir zugewandt war, stand einer in leicht gebückter Haltung herum. Er drehte mit den Rücken zu und schien sein Gesicht gegen die Scheibe zu drücken. Der zweite lag der Länge nach auf der Motorhaube meines Wagens und hatte sein Gesicht ebenfalls ganz nah an der Scheibe, in diesem Fall an der Windschutzscheibe. Ich kam rasch näher. Die beiden Idioten waren so vertieft darin, meiner kleinen Denise Angst einzujagen, daß sie von mir überhaupt keine Notiz nahmen. Jetzt konnte ich erkennen, daß der Kerl auf der Motorhaube mit weit herausgestreckter Zunge meine Windschutzscheibe abschleckte. „Mahlzeit!" dachte ich. „Das Schwein hat ja einen tollen Geschmack."

Der Kerl an der Fahrertür schrie irgend etwas, das ich nicht verstand. In diesem Augenblick erhob sich ein dritter Schatten auf der anderen Seite des Lincolns, den ich bisher noch gar nicht gesehen hatte, da er sich ebenfalls in gebückter Haltung an der Beifahrertür zu schaffen gemacht hatte. Ich war mittlerweile bis auf höchstens zwei Meter herangekommen. Ich hielt in der Linken noch meine Glock und in der Rechten den Baseball-Schläger. Ich war direkt hinter dem Kerl an der Fahrertür, der mir in gebückter Haltung mit leicht gegrätschten Beinen immer noch den Rücken zukehrte. Der Kerl, ihm direkt gegenüber auf der Beifahrerseite, der sich gerade zuvor aufgerichtet hatte, versuchte noch, ihn mit einem Schrei zu warnen. Aber es war schon zu spät. Ich war schon viel zu nah. Da das Angebot gar so verlockend war, schlug ich ihm meinen rechten Fuß voll zwischen die Schenkel. Über irgendwelche Fragen der Familienplanung brauchte der sich die nächsten Wochen bestimmt keine Sorgen mehr zu machen. Er schrie gellend auf und brach dann langsam in die Knie. Bevor seine Knie jedoch den Boden berührten, schlug ich bereits dem zweiten Kerl auf der Motorhaube den Baseball-Schläger ins Kreuz. Er schrie auf und wollte sich aufrichten. Ein weiterer Schlag mit dem Knüppel, wieder aus dem Handgelenk heraus, an seinen Hinterkopf zwang ihn jedoch wieder nieder. Sein Gesicht knallte an das Glas der Windschutzscheibe. Ein krachendes Geräusch zeigte mir an, daß er sich die Nase gebrochen hatte. Er heulte auf und versuchte, sich erneut aufzurichten. Ich stieß ihm den Knüppel in die Rippen, und er rutschte seitlich von der Motorhaube herunter. Sein Kumpel auf der Beifahrerseite fing ihn auf und hielt ihn unter den Armen gefaßt.

„Verschwindet, ihr Arschlöcher!" forderte ich sie nicht gerade fein auf und schoß zur Bekräftigung noch zwei Kugeln in den Nachthimmel. Während Nummer drei das Opfer meines Baseball-Schlägers vom Lincoln wegzog, kroch der Kerl mit den Matsch-Eiern aus eigener Kraft weg. Denise hatte die Situation erkannt und entriegelte mir nun die Türen. Ich riß die Fahrertür auf, warf mich hinters Lenkrad und ließ den Motor an. Mit kreischenden Reifen, die den Kies nur so nach hinten spritzten, kehrten wir „Chuck's Gold Mill" den Rücken zu.

„Was wollten die Kerle von dir?" fragte ich Denise, die recht gefaßt neben mir saß.

„Das übliche, nehme ich an", sagte sie trocken. „Ich glaube langsam, ich habe einen Magneten in mir, der diese geilen Säcke irgendwie magisch anzieht.

Ich habe ja grundsätzlich nichts gegen Sex. Nur möchte ich mir meinen Partner gefälligst selbst aussuchen dürfen!"

Meine kleine Denise schien sich bei der soeben erlebten Attacke bei weitem nicht mehr so gefürchtet zu haben wie noch vor ein paar Tagen im Lincoln-Park.

„Wo bist du überhaupt so lange gewesen?" wollte sie nun von mir wissen.

„Ich hatte auch ein paar kleine Schwierigkeiten, oder glaubst du etwa, ich laufe mit dem Baseball-Schläger und der Pistole in der Gegend herum, um kleine Kinder zu erschrecken", gab ich kurz angebunden zur Antwort.

„Entschuldige bitte, es war nicht als Vorwurf gemeint", lenkte Denise aber schon wieder ein. „Was ist da drin passiert?"

„Ich mußte wieder ein paar Fressen polieren", begann ich und gab ihr eine kurze Zusammenfassung der Geschehnisse in „Chuck's Gold Mill", wobei ich darauf achtete, meine heldenhafte Rolle ins rechte Licht zu rücken. Ich erzählte ihr dann auch noch von den Silicon Mountains, die ich an der kleinen Nutte in „Chuck's Gold Mill" erblickt hatte. „Das waren vielleicht Riesen-Möpse. Ich glaube, die Kleine muß Bleisohlen in den Schuhen tragen, damit ihre Möpse sie nicht vornüber ziehen."

„Jetzt sag nur noch, meine Bubbies sind dir zu klein", maulte Denise los. Doch dann erkannte sie, daß ich sie nur ein wenig aufzog und lachte. „Zur Strafe sollte ich sie niemals mehr für dich auspacken, du alter Macho."

Wir zogen uns noch gegenseitig ein wenig auf, bis wir endlich wieder das Hatuma Resort in Incline Village erreichten. Ich ließ den Wagen parken, und wir gingen auf unser Zimmer.

„Ich werde zuerst Onkel Nick und Tante Alex Bericht erstatten über den heutigen Abend. Anschließend können wir noch gemeinsam duschen, und dann geht's nichts wie ab ins Bett!" zeichnete ich den weiteren Verlauf des Abends vor.

Onkel Nick war sofort am Apparat, und ich erstattete ihm ausführlich Bericht. Ich erzählte von Janet und dem „Little Digger's Nugget", von unserer neuesten Spur in den Yellowstone National Park und von „Chuck's Gold Mill". Ich gab Onkelchen einen kurzen Abriß von meiner handfesten Unterhaltung mit Chuck und seinen Männern und bat ihn zum Abschluß, möglichst bald herauszufinden, ob die Spur nach Yellowstone verfolgt werden sollte oder nicht. Nach meiner Auseinandersetzung mit Chuck und seinen Kumpanen heute abend wollte ich nicht länger als unbedingt nötig hier am Lake Tahoe verweilen. Man muß in meiner Branche die Probleme nicht mit Gewalt herausfordern. Es gibt ohnehin immer mehr als genug davon.

Onkel Nick versprach mir definitiv für morgen abend weitere Weisungen und bat mich, vorsichtig zu sein und kein unnützes Risiko einzugehen.

Während meines Telefongesprächs mit Onkel Nick hatte sich Denise an den kleinen Schreibtisch in unserem Zimmer gesetzt. Als ich mein Gespräch jetzt beendet hatte, kam sie zu mir her. Ich hatte mich aufs Bett gesetzt und vom Apparat auf dem Nachtkästchen aus telefoniert.

Sie nahm nun vor mir Aufstellung und fragte herausfordernd: „Und die kleine Nutte in ‚Chucks Gold Mill' soll wirklich eine größere Oberweite gehabt haben als ich?" Sie strich sich verführerisch über die Rundungen unter ihrem T-Shirt. „Das kann ich mir irgendwie gar nicht vorstellen", zweifelte sie meine Ausführungen von vorhin an.

„Die Möpse der kleinen Hure waren prall wie Fußbälle", versicherte ich ihr erneut. „Ich tippe auf mindestens zehn Pfund Silikon. Es sah irgendwie aus, als ob ihre Möpse gar nicht mehr zu ihr gehörten", berichtete ich meiner kleinen Französin. „Das Mädchen in der Bar sah wirklich nicht schlecht aus, aber Sie sind natürlich noch bei weitem attraktiver, Mademoiselle Pierre!"

Ich lächelte Denise treuherzig an. Sie wußte nun nicht so recht, woran sie war, ob ich mich gerade über sie lustig machte, oder ob ich das, was ich gerade gesagt hatte, wirklich ernst meinte. Sie flüchtete sich deshalb in eine humorvolle Antwort. „Aber Monsieur Steiner, Sie sind ja ein richtiger Charmeur der alten Schule. Das hätte ich Ihnen ja gar nicht zugetraut." Bei diesen Worten streckte sie neckisch ihr Hinterteil heraus, so daß ihre Jeans noch enger wirkten, als sie ohnehin schon waren.

Denise war nun wieder einigermaßen zufriedengestellt und schmiegte sich eng an mich. Ich zog mich nun ebenfalls aus, und wir hüpften zusammen unter die Dusche. Leider hielt das Duschen hier im Hatuma Resort einem Vergleich mit dem Duschen im Westin St. Francis in keinster Weise stand. Während der eine sich wusch, mußte der andere den Duschvorhang nach außen drücken, damit er einem nicht immer am Körper klebte.

Danach schlüpften wir schnell unter die Bettdecke, da es im Zimmer nicht allzu warm war. Denise kuschelte sich eng an mich. Wir redeten noch ein bißchen, mußten aber schon bald beide recht herzhaft gähnen.

Der Tag war doch recht lang und anstrengend für uns beide gewesen. Schon bald übermannte uns die Müdigkeit, und wir versanken ins Reich der Träume.

Kapitel 9

Girls shoot out Guys

Es war unangenehm. Ich wußte nicht so recht, was es war, aber es war sehr unangenehm. Irgend etwas kitzelte mich ganz furchtbar im Gesicht, an der Nase. Ich versuchte, es wegzuwischen. Aber es half nichts. Ich drehte mich noch ganz schlaftrunken auf die Seite. Aber auch das half nichts. Ich öffnete die Augen. Was ich sah, war haarig, überaus haarig. Denise machte sich einen Spaß daraus, mich brutal mit ihrer Lockenpracht zu foltern. Ich fuhr mir zwei-, dreimal mit beiden Händen übers Gesicht.

„Na, wacht mein großer Langschläfer endlich auf?" drang eine bekannte Stimme, die Stimme von Denise, in mein Bewußtsein.

„Also, wer ist denn jetzt der Morgenmuffel?" wollte sie von mir wissen.

„Wenn ich dazu in der Lage gewesen wäre, hätte ich dich ins Badezimmer geschleppt und dort kalt abgeduscht."

Denise zeigte ihr grimmigstes Gesicht, hielt diese Grimasse aber nicht lange durch. Ich sah sie streng und vorwurfsvoll an. Das reizte sie jedoch nur zum Lachen. Ruckartig richtete ich mich auf.

„Man sollte dich übers Knie legen und dir ordentlich den Hintern versohlen, kleine Lady!" stieß ich mit gespielter Entrüstung hervor.

Denise kniete neben mir auf dem Bett. Sie trug ein flauschiges altes Männerhemd, das sie als Nachthemd benutzte.

„Von wem hast du eigentlich dieses verwaschene Männerhemd?" wollte ich wissen.

„Das hat einer meiner 276 verflossenen Liebhaber zurückgelassen", zog sie mich auf und versuchte lachend, meinem Griff zu entkommen.

„276 Liebhaber bedeuten 552 Schläge auf den Hintern, zwei pro Liebhaber", mimte ich den Entrüsteten und hielt sie weiter fest an ihren Handgelenken.

Sie versuchte, sich meinem Griff zu entwinden, hatte aber natürlich nicht den Hauch einer Chance. Ich zog sie zu mir herüber und legte sie mir über meine Knie. Sie strampelte wie wild drauflos.

„Nein, nein, ich habe gelogen", lachte sie. „Das Hemd stammt von meinem Großvater!"

Das konnte stimmen. Es war alt, verwaschen und mehrfach sorgfältig geflickt worden. Der Kragen hatte eine altertümliche Form, wie sie heute nicht mehr üblich ist.

„Erzähl mir von deinem Großvater!" forderte ich Denise auf. Sie blieb so liegen, wie ich sie vor mich hingelegt hatte, und begann langsam von ihrem Grandpère zu erzählen.

Er war vor etwas mehr als einem Jahr gestorben, und sie vermißte ihn sehr. Sie war seine unumstrittene Lieblings-Enkelin gewesen. Sie sprach von ihrem Großvater, erwähnte aber mit keinem Wort ihre Eltern. Sie schien nicht das beste Verhältnis zu ihren Eltern zu haben.

Ich unterbrach sie nicht. Ich ließ sie einfach erzählen und hörte ihr zu. Mir wurde immer klarer, ich mochte dieses Mädchen, und ich begann, mich immer mehr in sie zu verlieben. Während sie erzählte, streichelte ich sanft über ihren Po. Zum Abschluß gab ich ihr einen kleinen Klaps.

„So, das muß fürs erste genügen! Den Rest der 552 Schläge gibt es zu einem späteren Zeitpunkt. Im Augenblick haben wir dafür leider keine Zeit mehr."

Wir genossen erneut den fehlenden Komfort unserer Primitiv-Dusche, zogen uns an und gingen zum Frühstück ins Mountain Cafe. Sie hatten hier leider nichts dazugelernt. Das Frühstück war zwar nicht ganz so schlimm wie der ungenießbare Fraß von gestern abend. Für ein Fünf-Sterne-Hotel jedoch war die Verpflegung eine Unverschämtheit. Ich weiß bis heute nicht, wie dieses Haus je zu fünf Sternen kommen konnte und wo sie sich die hier verdient haben sollten. Die fünf Sterne mußten alle irgendwo auf der Toilette hängen.

Ich ließ mir den Lincoln bringen. Leider war mein „Freund" von unserer gestrigen Ankunft nicht im Dienst. Das soeben „genossene" Frühstück hatte mich in Stimmung gebracht. Ich hätte ihn liebend gern noch einmal zusammengestaucht.

Wir begannen unsere touristische See-Umrundung nach Süden in Richtung auf Lake Tahoe zu. Wir benutzten, wie bereits schon dreimal zuvor, wieder den Nevada State Highway Nr. 28, der mittlerweile mein vollstes Vertrauen genoß, wechselten dann auf den US-Highway NR. 50, dem wir dann bis über South Lake Tahoe hinaus folgten. Kurz vor Camp Richardson wechselte ich dann auf den California State Highway Nr. 89, der den größten Teil der kalifornischen Uferstraße des Lake Tahoe bildet. Ein paar Meilen nach Camp Richardson erreichten wir die Emerald Bay und den dazugehörigen Bay View. Es gibt hier einen netten kleinen Parkplatz für die Touristen. Ich stellte meinen Lincoln ab. Denise und ich brauchten nur ein paar Schritte zu gehen, und dann hatten wir einen wirklich herrlichen Blick auf die Emerald Bay.

Wir hatten heute auch echt Glück mit dem Wetter. Als wir vom Hotel abgefahren waren, war es noch bewölkt und diesig gewesen. Es hatte geregnet und

teilweise sogar leicht geschneit. Je weiter wir nach Süden am Lake Tahoe entlang vorgedrungen waren, desto besser war das Wetter geworden. Mittlerweile
schien die Sonne bei strahlend blauem Himmel. Die Temperatur hier am Emerald
Bay View lag vielleicht so um die zehn, zwölf Grad Celsius. Es war also noch
immer keineswegs sommerlich, dennoch waren wir glücklich über die Sonnenstrahlen, die wir hier genießen konnten.

Es waren auch nicht viele Leute, oder besser gesagt Touristen, unterwegs.
Ohne Gedränge führten wir uns diverse Tafeln zu Gemüte, auf denen Interessantes, Skurriles oder auch Geheimnisvolles über den Lake Tahoe im allgemei-
nen und die Emerald Bay im besonderen zu erfahren war. Obwohl es zum Beispiel sogar jetzt im Hochsommer noch recht frisch und ungemütlich war, sollte
der See das gesamte Jahr über nicht zufrieren. Während also am Ufer Tempera-
turen von minus 30 Grad Celsius im Winter keine Seltenheit sein sollten, würde
die Temperatur des Sees nie unter zwölf Grad Celsius abfallen.

Eine weitere Tafel berichtete von einer alten Lady, die eine glühende Vereh-
rerin Skandinaviens gewesen sein sollte. Da die Emerald Bay einem norwegi-
schen Fjord wirklich sehr ähnelte, und da es der Lady anscheinend nicht am
nötigen Kleingeld gemangelt haben mußte, hatte sie sich ein kleines Landschloß
ans Ufer der Emerald Bay bauen lassen. Das Gebäude besteht noch heute und
es war von unserem Standpunkt aus sogar mit bloßem Auge unschwer zu erkennen. Eine weitere Tafel berichtete von einem alten Seemann, der in einer
stürmischen Winternacht mit seinem Ruderboot untergegangen sein und heute
noch als Gespenst auf dem See und einer kleinen Insel in der Emerald Bay sein
Unwesen treiben sollte.

Denise und ich ließen uns Zeit und genossen den Ausblick. Bestimmt waren
wir von den anderen Touristen hier am Ort in keinster Weise zu unterscheiden.

Weiter ging es mit dem Lincoln auf dem State Highway Nr. 89 über Meeks
Bay, Chambers Lodge und Sunnyside nach Tahoe City. Da ich zu Hause im
Allgäu ja selbst einen AUDI Quattro fahre, fielen mir Fahrzeuge dieser Art
naturgemäß auch hier in den USA sofort auf. Nie mehr habe ich in den gesamten Vereinigten Staaten von Amerika eine derartige Anhäufung an AUDI Quattros
gesehen wie hier auf der kalifornischen Seite des Lake Tahoe, auf der Strecke
von der Emerald Bay nach Tahoe City. Daraus schloß ich, daß die Leute hier im
Winter recht ordentlich mit Schnee und Glatteis versorgt waren.

Die Gegend hier war wirklich nicht übel, für mich weniger fremd als für
Denise aus dem Süden Frankreichs. Allerdings fragte ich mich immer öfter,
wann die armen Schweine hier einmal Sommer hatten. Mitte Juni war bereits
vorüber, und es war für die Jahreszeit immer noch arschkalt. Unter Garantie

begann es hier in 2.500 Metern Höhe spätestens Ende September bereits wieder zu schneien. Der Sommer fand hier also voraussichtlich im Juli und August statt. Zwei Monate einigermaßen warm und zehn Monate mehr oder weniger Winter. Dieses Mißverhältnis war ja noch schlimmer als bei uns zu Hause im Allgäu.

Bei Tahoe City wechselte ich auf den State Highway Nr. 28, der ab hier am See entlang führte. Über Lake Forest, Carnelian Bay und King's Beach erreichten wir Crystal Bay und überschritten hier wieder die Staatsgrenze von Kalifornien nach Nevada.

Da es noch früh am Tag war, erst so circa 13.00 Uhr, beschloß ich über den Mt. Rose Paß noch nach Reno zu fahren. Die Straße stieg noch etliche hundert Meter an. Die Paßhöhe lag auf fast 3.000 Metern. Die Schneewehen und -mauern rechts und links von der Straße wurden immer größer. Die Straße jedoch war frei und trocken. Nach der Paßhöhe ging es in Dutzenden von Serpentinen und Hunderten von Kurven zügig abwärts. Wir hatten weit über 1.500 Höhenmeter zu überwinden, bevor wir auf die Ebene von Reno kamen. Wir sahen die Spielerstadt bestimmt schon über eine halbe Stunde, bevor wir auf einer gut ausgebauten Straße die Stadtgrenze erreichten. Reklametafeln und Leuchtschriften begleiteten uns auf beiden Seiten des Weges. Und bald schon erhoben sich die ersten Spieler-Paläste am Straßenrand.

Plötzlich las ich auf einer der Reklametafeln etwas von einer Shooting Range, Guest Shooting und so weiter. Bevor ich das ganze jedoch so richtig erfassen konnte, war ich natürlich schon an dem Schild vorbei. Erfreulicherweise wurde die Reklame jedoch schon ein paar Meilen weiter wiederholt. In 2,8 Meilen Entfernung sollte es einen „Gun & Pawn Shop" geben, der über eine eigene Schießanlage verfügen sollte, auf der jedermann mit eigenen oder gemieteten Waffen schießen könne.

Ich fand, das wäre eine gute Gelegenheit, um Denise, die angabegemäß noch nie in ihrem Leben eine Schußwaffe in Händen gehalten hatte, ein bißchen mit meiner Glock bzw. meiner Smith & Wesson vertraut zu machen. Ich teilte Denise meine Absicht mit, sie ein paar Schuß machen zu lassen, und sie hatte nichts dagegen. Um solche Situationen wie gestern abend auf dem Parkplatz von „Chuck's Gold Mill" zu verhindern oder für Denise zumindest weniger erschreckend zu machen, könnte ich ihr vielleicht in Zukunft eines meiner beiden Schießeisen überlassen. Aber hierfür war es natürlich nötig, daß sich meine Kleine vorher ausgiebig mit der Handhabung einer Schußwaffe vertraut machte. Die Möglichkeit, ein paar Schüsse auf der Shooting Range des Gun & Pawn Shops abzugeben, kam mir gerade recht. Noch während ich mit Denise darüber sprach, erreichten wir den Gun & Pawn Shop. Ich parkte den Lincoln direkt vor dem Laden. Gesegnetes Amerika! Jedes Geschäft hat seine Parkplätze. Nirgendwo wird man an ein Parkhaus am anderen Ende der Stadt verwiesen, wie es bei uns leider immer öfter der Fall ist. Wir betraten den Laden und wurden sofort freundlich begrüßt. Ich sagte dem gut aufgelegten Angestellten, daß wir gern ein paar Schüsse abgeben und deshalb eine Bahn auf seiner Shooting Range mieten wollten.

„Wir bräuchten dann noch je einhundert Schuß Munition, und zwar im Kaliber 9 mm Para und .357 Magnum. Haben Sie vielleicht auch noch eine Pistole im Kaliber 22lr da?"

„Selbstverständlich, Sir, Sie können sich eine davon aussuchen." Er wies auf drei Revolver im von mir gewünschten Kaliber.

„Ich nehme den Colt da und noch einmal 50 Schuß im Kaliber 22lr", erweiterte ich meine Bestellung.

Mein Gegenüber war Feuer und Flamme. Anscheinend roch er ein gutes Geschäft mit mir. Er wolle dann noch unsere Führerscheine, wegen der Versicherung, sagte er. Ich dachte schon, er wollte sich Kopien davon machen. Aber er legte sie nur zur Seite. Ich vermute, er wollte sie nur pro forma haben, um im Fall des Falles wenigstens zu wissen, wer hier wen erschossen hat.

Die Amis haben echt eine ganz andere, wesentlich unverkrampftere Einstellung zu Waffen als die Deutschen. Bei den Amis kann sich jeder unbescholtene Bürger bewaffnen, wenn ihm danach ist. In Deutschland gibt es hier jede Menge bürokratische Hemmnisse. Im Endeffekt läuft es darauf hinaus, daß in den USA jedermann bewaffnet ist. In Deutschland sind es nur die Gauner, da der Normalbürger legal praktisch nicht an Waffen kommen kann, den Kriminellen jedoch der gesamte ehemalige Ostblock offen steht.

Denise und ich betraten den Schießstand, ausgerüstet mit Schießbrillen, Ohrenschützern, unseren eigenen Waffen, dem gemieteten Colt, 250 Schuß Munition und einem Dutzend verschiedenen Schießscheiben.

Als erstes begann ich damit, Denise den 22lr Colt zu erklären. „Ein Revolver verfügt über eine Trommel, während eine Pistole ein Magazin hat. Naturgemäß ist die Kapazität, d. h. die Anzahl der Patronen, mit der eine Schußwaffe geladen werden kann, beim Revolver erheblich kleiner als bei einer Pistole. Dieser 22lr Colt z. B. kann mit maximal acht Patronen geladen werden. Bei meinem Revolver Smith & Wesson im Kaliber .357 Magnum sind es sogar nur sechs, da die einzelnen Patronen hier einen wesentlich größeren Durchmesser haben als im Kaliber 22lr. Bei einem Revolver gibt es grundsätzlich keine echte Sicherung. Die einzige Sicherung gegen eine ungewollte Schußabgabe besteht hier in dem sehr hohen Abzugswiderstand beim Drücken des Abzugs."

Ich zeigte ihr, wie die Waffe geladen wurde und wie man beim Zielen Kimme und Korn in eine Linie zu bringen hatte, wenn man sein Ziel treffen wollte. Ich ließ sie einen Schuß auf die bereits vorbereitete Zielscheibe in etwa zehn Meter Entfernung abgeben. Der Knall war, gedämpft durch unseren Gehörschutz, durchaus erträglich.

„Das habe ich mir schlimmer vorgestellt!" meinte Denise. „Vom Lärm her und vom Rückschlag, meine ich. Für den Abzug hingegen empfiehlt sich ein Body-Building-Training für den Zeigefinger."

„Für diesen harten Abzugs-Widerstand gibt es noch einen kleinen Trick", fuhr ich in meiner Belehrung fort. „Bei den meisten Revolvern und bei sehr vielen Pistolen kann man den Hahn vorspannen. Und zwar zieht man zu diesem Zweck den Hahn mit dem Daumen der Schießhand oder auch mit dem Daumen der anderen Hand ganz zurück, bis er hörbar einrastet. Wie du unschwer feststellen kannst, ist der Abzug nun auch schon weiter nach hinten gerückt. Wenn man ihn nun durchdrückt, dann geht das wesentlich leichter vor sich als zuvor. Achtung, der Weg, den man nun mit dem Abzugsfinger zurücklegen muß, ist natürlich auch viel kürzer. Also gib nun acht, daß dir der zweite Schuß nicht unabsichtlich abhaut."

„Ich möchte aber zuerst sehen, wohin ich mit dem ersten Schuß, den ich in meinem Leben bisher abgegeben habe, getroffen habe", beharrte Denise.

„Das war natürlich ein Blattschuß, genau ins Schwarze. Was denn sonst?" verulkte ich sie und drückte den Knopf, der die Zielscheibe zu uns an den Schießstand herfahren ließ.

„Jetzt bleibt mir aber doch die Luft weg. Das gibt es doch gar nicht. Das muß Zufall sein."

Ich war richtiggehend platt. Ein sauberer einwandfreier Blattschuß, mitten ins Schwarze. Eine Zehn auf der Zehnerscheibe. „Ein Hoch auf die Meisterschützin!" jubelte Denise. Sie strahlte wie ein Gummibärchen auf Abwegen.

„Hast du wirklich noch nie geschossen, oder bist du in Wirklichkeit Mitglied der französischen Olympia-Mannschaft im Kleinkaliber-Schießen?" wollte ich von ihr wissen.

„Ich schwöre bei allem, was mir heilig ist, daß dies der erste Schuß in meinem bisherigen Leben gewesen ist." Denise hörte überhaupt nicht mehr auf zu strahlen.

„Ok, dann laß mal sehen, ob die restlichen sieben Schuß in der Waffe auch solche Treffer der Extraklasse werden!" befahl ich. „Du kannst dabei ohne weiteres den Hahn vorspannen, wie ich es dir vorhin erklärt habe."

Gehorsam jagte Denise die verbliebenen sieben Patronen aus dem Trommel-Revolver. Es waren zwar nicht alles Blattschüsse wie der erste Schuß, aber es waren alles Treffer. Sieben der acht Schüsse lagen im schwarzen Bereich, d. h. es waren neuner und zehner. Nur ein Schuß war ein Ausreißer, war nur ein dreier. Zum Glück hatte meine Kleine diesen Ausreißer. Dann nur dem hatte ich es zu verdanken, daß ich mit meinen acht Schuß aus dem 221r Colt lumpige drei Ringe mehr zustande brachte als so eine blutige Anfängerin. Denise schien ein Naturtalent zu sein. Sie jagte Schuß um Schuß ins Zentrum der Scheibe.

„Jetzt wollen wir einmal das Kaliber wechseln", schlug ich vor. „Diese Smith & Wesson im Kaliber .357 Magnum funktioniert im Prinzip genauso wie der Colt. Der Hauptunterschied liegt im Krach, den der Schuß verursacht, im Rückschlag der Waffe und in der Wirkung des Projektils im Ziel. Mach dich darauf gefaßt, daß du den Schuß quasi körperlich hören und fühlen wirst. Es gibt einen mächtigen Bumms, und du wirst den Rückschlag deutlich in deiner Hand spüren."

Da ich bereits schon vorher mit einer .357er geschossen hatte, gab ich die ersten sechs Schuß in schneller Reihenfolge auf die Zielscheibe ab. Jetzt war meine Kleine doch ein wenig blaß um die Nase herum geworden. Es hatte recht ordentlich gerummst. Trotz Gehörschutz klangen mir die Ohren.

„Jetzt bist du dran!" Ich drückte Denise den Revolver in die Hand. Sie nahm tapfer Aufstellung, zielte und drückte ab. Aus meiner seitlichen Position heraus konnte ich sehen, daß ein Feuerstoß von ungefähr einem Meter Länge aus der Mündung der Smith & Wesson schoß, während die Waffe in der Hand meiner Kleinen nach oben zuckte.

Ich wollte gerade fragen, wie es ihr ging, als Denise auch schon den zweiten Schuß aus der Mündung jagte. Kurz hintereinander fielen noch vier weitere Schüsse. Denise sah mich triumphierend an.

„Da ist zwar schon mächtig was mehr los als bei dem Colt", stellte sie sachverständig fest. „Aber so schlimm war es dennoch nicht. Ich habe es mir schlimmer vorgestellt. Laß mal das Ergebnis sehen."

Ich holte unsere beiden Zielscheiben ein, und wir studierten sie eingehend. Denise war ein echtes Naturtalent. Sie schoß zum ersten Mal in ihrem Leben und dann auch noch so ein Monsterkaliber wie .357 Magnum und erreichte auf Anhieb ein wirklich anspruchsvolles Ergebnis.

Ich, der ich ja schon mit Waffen dieses oder sogar noch schwereren Kalibers geschossen hatte, hatte mit sechs Schüssen 56 Ringe erreicht. Das waren, verglichen mit ihr als blutiger Anfängerin, gerade jämmerliche fünf Ringe mehr als ihre 51 Ringe. Wir verschossen die Hälfte der erworbenen Munition, fast fünfzig Schuß, und es verdeutlichte sich immer mehr. Denise war ein Naturtalent. Sie schoß wie ein Profi.

Zum Abschluß erklärte ich ihr noch die Funktion der Glock 17. „In das Magazin hier passen 17 Patronen. Bevor man dann schießen kann, muß man die Pistole durchladen, d. h. man zieht den Schlitten hier an den senkrechten Rillen nach hinten und läßt ihn dann wieder nach vorne gleiten. Bei dieser Vorwärtsbewegung wird die oberste Patrone im Magazin aus diesem heraus und in den Lauf geschoben. Die Waffe ist nun schußbereit. Die meisten Pistolen haben nun noch sogenannte externe Sicherungen. Da muß man dann einen Knopf drücken oder einen Hebel umlegen. Das ist bei dieser Pistole hier jedoch nicht der Fall. Diese Glock 17 verfügt zwar sogar über drei voneinander unabhängige Sicherungen, um z. B. zu verhindern, daß sich ungewollt ein Schuß löst, wenn die Waffe auf den Boden fällt. Keine dieser drei Sicherungen muß bei der Glock 17 jedoch vom Schützen selbst betätigt oder gelöst werden. Es handelt sich um automatische Sicherungen. Dieses österreichische Produkt hat somit den Vorteil einer sofortigen, jederzeitigen Schußbereitschaft, verbunden mit hoher Magazin-Kapazität. Während man bei der Smith & Wesson z. B. nur über sechs Schuß verfügt, bevor man wieder laden muß, hat man bei der Glock 17 achtzehn Schuß zur Hand."

„Siebzehn Schuß, hast du vorhin gesagt", verbessere mich Denise aufmerksam.

„Sehr gut aufgepaßt!" lobte ich sie. „Siebzehn Schuß gehen in das Magazin. Aber insgesamt verfügt man über achtzehn Schuß. Wenn man nämlich für den ersten Schuß die Waffe durchgeladen hat, ist ja eine Patrone vom nach vorne gleitenden Schlitten aus dem Magazin in den Lauf transportiert worden. Man kann dann das Magazin wieder aus der Waffe herausnehmen und nochmals eine Patrone in das Magazin drücken. Man hat dann siebzehn Patronen im Magazin und eine im Lauf. Man spricht deshalb auch von einer Kapazität von 17 + 1."

„Nun aber noch zum Wichtigsten beim Pistolenschießen", fuhr ich fort. „Wenn du die Pistole im beidhändigen Anschlag hältst, leg auf keinen Fall den Daumen deiner linken Hand hinter den Schlitten auf deinen rechten Daumen. Wenn du das machst, bricht dir der Schlitten den linken Daumen."

Diese Möglichkeit gefiel meiner Denise überhaupt nicht. Nur widerwillig machte sie ein paar Schüsse aus der Glock und erklärte mir dann kategorisch:

„Diese Glock da gefällt mir überhaupt nicht. Ich bleibe bei der Smith & Wesson im Kaliber .357, wenn du nichts dagegen hast. Außerdem ist die nicht so häßlich schwarz, sondern glänzt so schön silbern."

Diese letzte Bemerkung war typisch Frau. Denise zog eine Waffe der anderen vor, da sie in ihren Augen besser aussah. Nur mühsam unterdrückte ich ein leicht süffisantes Lächeln, das sie mir bestimmt übel genommen hätte.

„Ist von meiner Seite aus in Ordnung", sagte ich. „Dann bekommst du in Zukunft die Smith & Wesson, und ich nehme die Glock 17."

Wir verließen den Schießstand, gaben den Colt-Revolver ab, und ich bezahlte an der Kasse mit meiner Kreditkarte.

„Na, wie hat es Ihnen gefallen?" wollte der freundliche Mann, der uns schon zuvor bedient hatte, nun von Denise wissen.

„Es hat mir ganz prima gefallen, vor allem, da ich noch nie zuvor in meinem Leben einen Schuß abgegeben hatte und trotzdem heute auf Anhieb sehr gut getroffen habe", strahlte ihn Denise an.

„Yeah, girls shoot out Guys!" stellte er vielsagend fest.

Ich erstand noch ein Fläschchen Waffenöl und ein paar Putz-Utensilien, bevor wir uns verabschiedeten und den Laden verließen. Da wir nun doch weit über eine Stunde mit Schießen verbracht hatten, fuhren wir nicht mehr weiter nach Reno hinein, sondern hielten wieder in Richtung auf den Lake Tahoe zu.

Der US-Highway Nr. 395 war noch gar nicht ganz fertig bzw. wurde gerade neu gebaut. Auf jeden Fall kam es zu leichten Behinderungen. Dennoch erreichten wir schon nach einer knappen halben Stunde Carson City, das, wie ich zu meiner Überraschung auf den Schildern lesen mußte, die Hauptstadt von Nevada darstellte. Kurz hinter Carson City ging es wieder steil bergan zum Lake Tahoe hinauf. Wir waren schon fast an unserem Hotel, als Denise plötzlich aufschrie und aufgeregt auf eine Leucht-Reklame deutete. „Swiss Fondue" stand dort in großen Leuchtbuchstaben. Ich legte eine Notbremsung der Extraklasse hin, nachdem ich einen flüchtigen Blick in den Rückspiegel geworfen und mich vergewissert hatte, daß mir nicht irgendein anderer Verkehrsteilnehmer am Heck klebte.

„Was ist los? Willst du etwa fremdgehen? Jetzt sag bloß noch, du hättest keine Lust mehr auf ein weiteres lukullisches Abendessen im Hatuma Resort?" Ich machte ein entsetztes Gesicht und sah meine Beifahrerin mit erschreckt geweiteten Augen an.

„Hör bloß auf! Dir hat es gestern abend genauso wenig geschmeckt wie mir. Was die uns da vorgesetzt haben, war doch der reinste Schweinefraß. Und ich wage sogar zu bezweifeln, ob es denen geschmeckt hätte", antwortete Denise leicht erbost.

„Ich sehe schon, Tante Alex und du, ihr werdet euch bestens verstehen. Denn Tantchen legt allergrößten Wert auf eine exzellente Küche. Sie ist wie du in keinster Weise bereit, ihren hungrigen Bauch mit zweitklassigen Nahrungsmitteln zu belasten."

Ich hatte mittlerweile bereits meinen Lincoln rückwärts in den direkt an der Straße liegenden Parkplatz manövriert.

„Laß uns also zuerst einmal auf die Speisekarte schauen, ob das Schild nicht nur zum Leute fangen aufgestellt worden ist."

Wir stiegen aus und gingen ein paar Stufen hinunter zur Eingangstür des Restaurants. In einem Fenster links von der Tür hing eine recht ansprechend gestaltete Speisekarte. Es gab verschiedene Arten von Fleisch-Fondues und zum Nachtisch ein Früchte- bzw. Schokoladen-Fondue. Die Speisekarte war recht klein. Ich hatte da doch schon wesentlich umfangreichere Karten gesehen. Das beste Fondue in meinem bisherigen Leben hatte ich zusammen mit Onkel Nick und Tante Alex in Colmar im Elsaß gegessen. Rein zufällig waren wir damals auf der Suche nach einem Restaurant fürs Abendessen auf eine kleine Wirtschaft gestoßen, die sich auf Fondues spezialisiert hatte. Es gab dort eine riesige Auswahl an Fleisch, Fondue-Soßen und Beilagen. Die Auswahl war wirklich so groß, daß jedermann etwas finden konnte, das ihm zusagte. Sogar für ausgefallene Geschmäcker wurde hier gesorgt.

„Na ja, schlimmer als im Mountain Cafe dort drüben kann es ja wahrscheinlich nicht werden", überlegte ich laut. „Also laß uns reingehen und sehen, was geboten wird."

Wir betraten das Lokal und wurden sofort von einem Kellner in mittlerem Alter und mit schütterem Haar begrüßt. Er war derart freundlich, daß ein leichter Verdacht in mir aufkeimte. Ich bin hierfür kein Spezialist. Aber um es mit den Worten eines ehemaligen Kollegen zu sagen: Es wurde schlagartig um fünf Grad wärmer im Raum. Später im Laufe des Abends erhärtete sich mein Verdacht immer mehr. Er war zu allen Gästen freundlich, zu Männern jedoch irgendwie anders als zu Frauen. Es war schwer zu beschreiben. Auf jeden Fall war der Kerl schwul, und zwar so schwul wie die Nacht schwarz. Grundsätzlich ist mir das vollkommen egal. Solange die Kerle mich in Ruhe lassen, ist es mir völlig gleichgültig, was sie machen. Meinetwegen können sie sich ihr Ding hinstecken, wo sie wollen, von mir aus sogar in den Moulinex-Küchenhäcksler.

„Der Kellner ist aber freundlich", stellte Denise nun auch fest, als er uns zu unserem Tisch begleitete und uns die Speisekarte in die Hand gedrückt hatte.

„Ja, für meinen Geschmack sogar ein wenig zu freundlich", entgegnete ich.

„Das ist nun mal endlich ein Mann, von dem du nichts zu befürchten hast."

„Wie meinst du das?"

„Der Kerl ist schwul! Merkst du nicht, wie warm es in diesem Raum plötzlich ist? Der Kerl will nichts von dir. Hier bin ich gefährdet. Hier steht meine Tugend auf dem Spiel", mimte ich vergnügt den Bedrängten und Furchtsamen. „Keine Angst, mein kleiner Liebling! Ich helfe dir natürlich. Ich werde dich natürlich bis zum letzten verteidigen", ging Denise auf meine Schauspielerei ein.

„Wenn er dir und deiner zweifellos nicht mehr vorhandenen Jungfräulichkeit zu nahe treten sollte, werde ich dich heldenhaft verteidigen. Ich werde ihm entgegentreten, mir die Bluse aufreißen und ihn mit meinem prallen Busen abwehren. Falls ihn dies noch nicht aus den Pantoffeln werfen sollte, werde ich meine beiden Lieblinge noch ein wenig wippeln lassen. Das gibt ihm dann mit Sicherheit den Rest. Dann will er unter Garantie nichts mehr von dir, sondern rennt nach Hause und weint sich bei seinem Mann aus."

Wir alberten noch ein wenig herum, während wir die Speisekarte studierten. Wir entschieden uns beide für so eine Art gemischtes Fondue, bestehend aus Rind-, Kalb- und Schweinefleisch, Leberstücken und Würfeln von durchwachsenem Speck. Als Beilage gab es leider nur Brot, Weißbrot.

Während wir bei einem Glas Mineralwasser auf unser Essen warteten, drangen plötzlich sehr vertraute Töne und Laute an mein Ohr. Im ersten Moment konnte ich es kaum glauben. Aber es war wirklich wahr. Weihnachtslieder, deutsche Weihnachtslieder kamen aus der Stereo-Anlage. Ich konnte es kaum fassen. Die Amis haben doch wahrhaft mehr als ein paar Schrauben locker. Die Besitzerin des Etablissements hatte mein Erstaunen bemerkt und kam an unseren Tisch. Ich sprach sie sogleich darauf an.

„Sie wissen schon, daß Sie hier Weihnachtslieder abspielen?" fragte ich sie ungläubig, „deutsche Weihnachtslieder?"

„Da Sie das erkannt haben, nehme ich an, daß Sie ebenfalls Deutscher sind", antwortete sie mir in meiner Muttersprache.

„Da liegen Sie nicht falsch", gab ich ihr recht. „Ich nehme an, das trifft auch für Sie zu. Woher kommen Sie?"

„Ich bin aus Hamburg. Ich bin aber schon fast zwanzig Jahre hier in den USA."

„Seien Sie mir nicht böse, aber ich wüßte trotzdem zu gern, warum Sie hier in Ihrem Lokal mitten im Juni Weihnachtslieder zum besten geben?"

„Ach diese Kassette habe ich ganz billig auf einem Flohmarkt zu Hause in Deutschland erstanden. Und da die Amis hier total abfahren auf deutsche Volksmusik, wozu sie hier auch unsere Weihnachtslieder zählen, kommt das bei meinen Gästen echt gut an", erklärte die Wirtin.

„Die Amis hier verstehen sowieso keinen Brocken deutsch. Da macht es überhaupt nichts aus, was für eine Musik aus der Stereo-Anlage kommt. Hauptsache ist, daß es sich irgendwie deutsch anhört und recht schnulzig klingt."

Sie mußte wieder zurück hinter die Theke. Der Kellner hatte sie gerufen. Ich übersetzte Denise kurz, was ich soeben erfahren hatte in bezug auf den amerikanischen Musikgeschmack.

Die Wirtin ließ doch wirklich die volle Palette erklingen. Von „Ihr Kinderlein kommet" über „Leise rieselt der Schnee" bis zu „Oh Tannenbaum" war alles vertreten, was im deutschen Weihnachts-Liedgut Rang und Namen hat. Weihnachtslieder mitten im Juni! Ich gebe ja zu, daß es wettermäßig nicht einmal schlecht paßte. Schließlich hatten wir ja auch Schnee mitten im Juni. Aber ich mußte mich doch trotzdem schon sehr wundern, auf was für abstruse Ideen die hier kamen. Einfach typisch USA.

Der Kellner brachte Teller, Besteck und alle sonstigen Utensilien, die für ein Fondue benötigt werden. Die Fleischportionen waren alles andere als reichhaltig. Ich hatte mich doch schon recht gut an amerikanische Fleischgrößen gewöhnt. An Soßen vermißte ich ebenfalls die reiche Auswahl der französischen, sprich elsäßischen Küche, die ich in Colmar kennengelernt hatte. Was jedoch heute abend wesentlich wichtiger war, das Essen war genießbar. Ganz im Gegenteil zu dem Fraß, den wir gestern abend im Mountain Cafe des Hatuma Resort vorgesetzt bekommen hatten, war dies hier insgesamt ein doch recht schmackhaftes Mahl. Ich nahm auch reichlich von dem Weißbrot, das leider die einzige Beilage darstellte, und war so recht gut gesättigt, als uns mein schwuler Freund noch nach unseren Wünschen für das Dessert fragte. Denise bestellte noch ein Schokoladenfondue, ich hingegen lehnte dankend ab. Mir war jetzt nicht mehr nach etwas Süßem.

Die Rechnung hielt sich erfreulicherweise im Rahmen, und so verließen wir das „Swiss Fondue" zufrieden wie zwei satte Säuglinge. Vom Parkplatz des Restaurants aus bis zu unserem Hotel waren es nicht einmal fünf Minuten zu fahren. Ich gab den Lincoln am Car Valet ab, und wir gingen auf unser Zimmer. Während Denise sich schon auszog und fürs Bett fertigmachte, rief ich als erstes Onkel Nick an. Er war sofort am Apparat.

„Also, Michael, Dr. Heinrich will, daß ihr die Spur in den Yellowstone National Park verfolgt. Da die Strecke unmöglich in einem Tag zu bewältigen ist, hat dir deine Tante in Salt Lake City, im Hilton, ein Zimmer reservieren lassen. Ich hoffe, ihr kommt gut hin. Vom Lake Tahoe aus bis nach Salt Lake City sind es fast tausend Kilometer. Geht heute abend also zeitig zu Bett und fahrt morgen früh nicht allzu spät ab."

„Jawohl, Papi!" zeigte ich ihm, daß ich mich schon für alt genug hielt, das selbst entscheiden zu können.

„Sollte nur ein guter Rat sein, aufmüpfiges Jungvolk, aufmüpfiges!" schimpfte

Onkel Nick scherzhaft. „Wie war denn nun euer Urlaubstag heute? Was habt ihr alles angestellt?"

Ich erzählte Onkel Nick kurz von unserer See-Umrundung, der Fahrt nach Reno und der Shooting Range im Gun & Pawn Shop. Als ich auf die Schießkünste von Denise zu sprechen kam, gestand er mir, daß Tante Alex auch schon des öfteren auf dem Schießplatz mehr Ringe erzielt hatte als er. Er wünschte uns noch eine gute Fahrt und forderte für morgen abend einen Telefonanruf aus Salt Lake City an.

Ich zog mich nun ebenfalls aus und hüpfte zu meiner kleinen Denise ins Bett, die mich schon unter der Decke erwartete. Ich gab ihr noch eine kurze Zusammenfassung meines Gesprächs mit Onkel Nick.

„Na, dann können wir wenigstens diese ungastliche Stätte hier wieder verlassen", stellte sie erleichtert fest. „Hier habe ich nämlich nichts gefunden, was mir gefallen hätte."

Ich mußte ihr recht geben. Das Hatuma Resort in Incline Village hatte auch bei mir absolut keinen positiven Eindruck hinterlassen. Angefangen bei der Unverschämtheit meines „Freundes" vom Car Valet über die Nichtraucherzimmer, die keine sind, bis hin zu den kulinarischen Analphabeten in der Küche des Mountain Cafes, hatte sich ein Fiasko an das andere gereiht.

Vielleicht hatten wir ja nur zufällig Pech gehabt. Wenn ich ehrlich war, glaubte ich das jedoch selbst nicht. Da war einfach zuviel nicht im Lot. Der ganze Laden war ein einziger Reinfall.

„Worüber denkst du nach?" unterbrach Denise meine Gedankengänge. Ich erzählte es ihr, und wir ließen beide noch einmal unserem Frust freien Lauf. Bald jedoch schon fanden wir erfreulichere Themen, über die wir uns noch lange unterhielten, bis uns endlich die Augen zufielen.

Kapitel 10

Der Truck

Warum nur müssen diese modernen Wecker alle so einen furchtbaren, widerlichen Ton haben? Soll man davon vielleicht schneller wach werden, oder soll einem nur der Tagesbeginn schon in aller Frühe nach allen Regeln der Kunst vermiest werden? Ich stellte den Wecker ab und sah auf meine Rolly. Es war halb sieben in der Frühe. Ich fühlte mich wie halb vier. Ich blieb noch ein paar Augenblicke liegen. Dann stand ich auf und marschierte ins Badezimmer. Aus langjähriger Erfahrung heraus wußte ich: da hilft nur eine erfrischende Dusche mit möglichst kaltem Wasser. Danach bin ich fit, durchgefroren, aber fit. So war es auch dieses Mal wieder. Ich klapperte zwar leicht mit den Zähnen, aber ich war topfit. Ich frottierte mich trocken und erledigte anschließend mein wichtigstes Morgengeschäft.

Als ich aus dem Bad wieder ins Schlafzimmer kam, räkelte sich Denise noch wohlig im Bett. Sie lag auf dem Bauch. Ich zog ihr die Decke weg, aber sie reagierte nicht darauf. Sie hatte ein Bein rechtwinklig abgewinkelt und ihren Kopf auf ihre Unterarme gebettet. Ich packte sie sanft, aber bestimmt an ihrer linken Schulter und rüttelte sie wach.

„Aufstehen, Denise! Wir haben heute noch eine Riesenstrecke vor uns."

Auch sie benötigte einige Augenblicke, bis sie richtig wach war. Dann krabbelte sie mühsam aus dem Bett.

Wir beeilten uns beide, und zwanzig Minuten später saßen wir schon im Mountain Cafe vor unserem Frühstück.

Die Köche hatten seit gestern früh leider nichts dazu gelernt. Die Eier waren wieder fast kalt, der Speck labbrig und die Kartoffeln halb roh. Aber den Vogel schoß heute der Kaffee ab. Er sah nicht nur beschissen aus, er schmeckte auch so.

„Hoffentlich haben die nicht aus dem Lincoln das Motoröl abgelassen!" sagte ich zu Denise und deutete auf meine Kaffeetasse. „Wie schmeckt dein Kakao?"

„Auch nicht viel besser! Wässrig, lauwarm und nicht gesüßt."

Ich bestellte dann, zur totalen Verwunderung der Bedienung, noch zwei Glas kalte Milch, da ich hoffte, da könnten die Terroristen in der Küche des Mountain Cafe nichts falsch machen. Natürlich wurde meine Hoffnung enttäuscht. Alles, was man sonst so zum Trinken bestellt, wird eiskalt serviert, meistens sogar noch mit einem Haufen Eiswürfeln drin, aber unsere Milch brachte man uns lauwarm. Sie schmeckte wie eingeschlafene Füße.

„Laß uns diesen ungastlichen Ort so schnell wie möglich verlassen!" schlug ich vor.

Ich verlangte an der Rezeption, sie sollten unsere Rechnung fertigmachen. Wir gingen zurück auf unser Zimmer, packten den noch verbliebenen Rest unserer Habseligkeiten zusammen und klingelten nach dem Gepäckträger. Am Desk unten in der Hotelhalle bezahlte ich unsere Rechnung wieder mit meiner Kreditkarte. Ich ließ meinen Lincoln holen. Das Gepäck stand schon vor dem Hoteleingang bereit.

Ich war doch sehr überrascht, als ich sah, wer mir meinen Lincoln brachte. Mein Freund vom Tag unserer Ankunft ließ sich nun wenigstens zu unserer Abreise noch einmal blicken. Er stellte den Wagen vor mir ab und wollte sich dann einfach wortlos verdrücken.

„He! Was ist mit unserem Gepäck?" rief ich ihm nach, so laut, daß er es unmöglich überhören konnte. Er drehte sich um und lud brav unsere Koffer ins Auto. Ein weiterer Angestellter vom Car Valet half ihm dabei. Ich drückte dem zweiten Boy einen Zehner in die dezent aufgehaltene Hand. Als er das sah, konnte mein Freund natürlich auch nicht mehr widerstehen. Er besaß doch wirklich die Unverfrorenheit, mir ebenfalls die Hand herzustrecken. Ich lächelte ihn kalt an.

„Dein Trinkgeld, mein Junge, hat der Regen bei unserer Ankunft weggeschwemmt!" Ich drehte mich um und stieg in den Lincoln ein. Ich gebe zu, es war eine billige Rache. Aber sie tat mir einfach gut. Es war für mich wie ein seelisches Fußbad, das ich in vollen Zügen genoß. Ich war ja sonst wirklich nicht kleinlich mit dem Trinkgeld, aber der Kerl war mir doch ganz barbarisch gegen den Strich gegangen. Er hatte es nicht anders verdient.

Und dann ging es los. Tausend Kilometer lagen vor uns. Als erstes galt es nun, den Interstate Highway Nr. 80 zu finden. Ich fuhr zuerst auf die Nevada State Highways Nr. 28 und 89 in Richtung auf Truckee zu. Das war nicht direkt die Richtung, in die wir eigentlich nach Salt Lake City fahren mußten, sondern ein kleiner Umweg. Nachdem ich die Hauptverbindung nach Reno jedoch schon kannte, konnte dieser Highway nur besser sein. Meine Wahl war goldrichtig, wie sich schon bald herausstellte. Nach einer knappen halben Stunde schon erreichten wir den Interstate Highway Nr. 80. In derselben Zeit hätten wir auf der Paßstraße nach Reno, die wir gestern gefahren waren, noch nicht einmal die Paßhöhe erreicht. Ich fädelte auf den Interstate High-

way ein, und schon bald begrüßten uns die ersten Reklametafeln für die Spielerparadiese in Reno.

Nun ging es stundenlang dahin. Ich hatte die meiste Zeit über, wo immer
es nur ging, die Speed-Control eingeschaltet, d. h. der Wagen hielt eine von
mir vorgegebene Geschwindigkeit automatisch ein. Tempomat heißt diese Einrichtung bei uns in Deutschland. Nur bei uns ist so etwas in meinen Augen
total für die Katz. Wann kann man denn bei uns schon einmal eine bestimmte
Geschwindigkeit über einen längeren Zeitraum einhalten? Auf unseren Autobahnen ist da doch einfach immer viel zu viel los. Hier auf den amerikanischen Highways ist die Speed-Control eine echt feine Sache. Ich erlaubte mir
meistens so in etwa zehn bis fünfzehn Meilen die Stunde mehr als eigentlich
offiziell erlaubt war. Auf dem Interstate Highway Nr. 80 waren z. B. fast
durchgehend 65 mph erlaubt. Ich hatte also meistens so zwischen 75 und 80
mph drauf.

Wir überholten eine ganze Reihe von Trucks. Manchmal wurden wir auch
selbst von einem Truck überholt, der es besonders eilig hatte. Immer wieder
staunten Denise und ich darüber, wie blitzblank die Trucks hier in den Staaten
von ihren Besitzern oder auch Fahrern gehalten wurden. Nirgendwo auf der
Welt hatten wir bisher ähnlich saubere Trucks gesehen. Die Amis legten anscheinend unheimlich viel Wert auf das äußere Erscheinungsbild ihrer chrom-
blitzenden Fahrzeuge.

Mit dem Wetter hatten wir echt Glück. Die Straßen waren überwiegend trok-
ken, obwohl der Himmel nahezu ständig mehr oder weniger stark bewölkt war.
Wir erlebten zwei kleinere, harmlose Gewitter und ernteten auch ab und zu ein
paar Sonnenstrahlen. Wir durchquerten atemberaubende Landschaften, atem-
beraubend in ihrer Kargheit, Leere und Weite. So weit das Auge reichte, öde
Wildnis, durch die sich das graue Band der Straße fraß, Meile um Meile.

Überhaupt waren es diese Weite und Größe, die mich am meisten faszinier-
ten. Die Fahrbahn verlief schnurgerade bis zum Horizont. Manchmal konnte
man eine Wegstrecke übersehen, für die man mit dem Wagen bei rund 80 mph
fast eine halbe Stunde brauchte. Für jemanden wir mich aus Good Old Germany,
der die ewige Enge und Dränglerei bei uns mehr als zur Genüge kennt, war
dieser Raum und Platz einfach unfaßbar. Es verschlug einem geradezu die Sprache, wenn man durch diese menschenleeren Weiten fuhr. Bei uns schreien die
Leute über den Landverbrauch der Straßen und Autobahnen, weil man keinen
Platz hat. Bei den Amis liegen des öfteren mehrere hundert Meter breite Strei-
fen Niemandsland zwischen den beiden drei- oder manchmal auch vierspuri-
gen Fahrbahnen des Highways.

Wir kamen sehr gut vorwärts. Wir passierten Lovelock, Winnemucca, Battle Mountain, Elko, Wells und überschritten bei Wendover die Staatsgrenze nach Utah. Hier erreichten wir auch die Great Salt Lake Desert. Bis nach Salt Lake City waren es noch weit über zweihundert Meilen.

Der Highway war hier in einem relativ schlechten Zustand. Die Teerdecke war vielfach ausgebessert und geflickt. Die Fahrbahn lag ungefähr vier bis sechs Meter über dem Niveau der Salzebene. Was ich hier so sah, war doch recht beeindruckend. Die einzige Vegetation, die hier hatte Fuß fassen können, gab es an den zu einem Damm aufgeschütteten Flanken des Highways. So weit das Auge sonst reichte, sah man überall nur salzglitzernde Sumpflandschaft. Die einzigen Erhebungen waren in den Sumpf getriebene Pfähle und Telegrafen-Masten.

Wenn man sich vorstellte, wie die Pioniere sich hier über eine Entfernung von über zweihundert Meilen mit ihrer ganzen Familie auf Ochsenkarren oder auch zu Fuß vorangequält haben mußten, erfaßte einen noch heute ein Schaudern. Die hatten damals echt Mumm in den Knochen.

Wir waren auf dem Weg von Lake Tahoe hierher schon mehrfach durch unfruchtbare, wüste Gegenden gekommen, wo es außer Steinen und Felsen nicht viel anderes zu geben schien, aber die Salzwüste, durch die wir hier fuhren, übertraf doch wirklich alles, was ich bisher an unwirtlichen Gegenden gesehen hatte.

Unser Benzinvorrat im Tank hätte eigentlich locker bis nach Salt Lake City reichen müssen. Da ich aber nicht wußte, wie lange wir noch bis zu unserem Hotel in Salt Lake City zu fahren hätten, beschloß ich, noch vor der Hauptstadt von Utah zu tanken, falls sich eine gute Möglichkeit ergeben sollte. Das stellte sich jedoch als gar nicht so einfach heraus, da es hier in der Great Salt Lake Desert keine Ortschaften und auch keine Tankstellen zu geben schien. Laut Karte begann die zivilisierte Welt erst wieder so knapp dreißig Meilen vor Salt Lake City. Und wirklich, nach meiner Berechnung waren es noch rund vierzig Meilen bis nach Salt Lake City, als uns eine Tankstelle in drei Meilen avisiert wurde. Obwohl es sich allem Anschein nach um keine Marken-Tankstelle zu handeln schien, fuhr ich an der fraglichen Ausfahrt doch vom Highway herunter.

Die Tankstelle war nicht unbedingt auf den ersten Blick als solche zu erkennen. Es gab hier lediglich drei mehr oder weniger baufällige Bruchbuden aus unverputzten Betonsteinen und von der Sonne ausgedörrten Brettern. Davor standen zwei total vergammelte Zapfsäulen unter einem roh zusammen gezimmerten Holzdach, von dem man befürchten mußte, daß es jeden Augenblick herunterfallen würde. Etwas abseits, links von den Bretterverschlägen, rosteten noch ein paar verbeulte Pickups und alte Limousinen vor sich hin.

Rechts von den völlig heruntergekommenen Hütten, etwa in Höhe der Zapfsäulen, stand so eine Art Wohnmobil. Es schien ehemals ein Truck gewesen zu sein, den sein Besitzer mit viel Liebe zum Detail zu einem mobilen Heim umgebaut hatte.

Wenn ich den Yellowstone National Park damals schon gekannt hätte, wäre mir natürlich sofort aufgefallen, daß ein Gemälde, das die ganze linke Seite des Trucks in Anspruch nahm, ein Detail aus dem National Park zeigte. Jeder, der diesen Anblick bereits in natura genossen hatte, hätte das Bild sofort erkannt.

Das Kunstwerk zeigte die Lower Falls des Yellowstone Canyons, gesehen vom Artist Point aus. Dieser Blick war weltberühmt und unverwechselbar. Aber zu dem Zeitpunkt kannte ich diesen Artist Point ja noch nicht.

Ich stand deshalb mit Denise zusammen staunend und bewundernd vor der Breitseite des Trucks. Die Bemalung war echt profimäßig ausgeführt, mit Spritzpistole, oder wie es neudeutsch heißt, in Airbrush-Technik. Schattierungen und Metallic-Effekte verliehen dem Werk eine eigene, ganz besondere Note.

Der Kerl, der das gemacht hatte, verstand sein Handwerk. Das konnte sogar ein Laie wie ich erkennen.

„Gefällt Ihnen unser Recreation Van?" Eine junge Frau in einer Art Wildleder-Kostüm mit Fransen, Applikationen und geometrischen Verzierungen stand plötzlich hinter uns. Die Frau war eine echte Schönheit, mit langen, fast ebenholzschwarzen Haaren, die bis weit auf den Rücken herunter reichten. Ihr Gesicht wies einen fein gebräunten Teint auf. Ihre Nase war schmal und zierlich. Die Augen strahlten dunkel und geheimnisvoll. Sie war in etwa so groß wie Denise. Ihre Figur schien mir jedoch noch zierlicher zu sein. Und auf keinen Fall konnte sie eine so prachtvolle Oberweite ihr eigen nennen wie meine Begleiterin.

An der Hand hielt sie ein kleines Mädchen von etwa fünf Jahren. Das Kind hatte ebenfalls ein Wildleder-Kostüm an. Wenn man ein bißchen genauer hinsah, erkannte man, daß es dem Kostüm seiner Mutter glich wie ein Ei dem anderen. Es war nur alles noch viel zierlicher und feiner gearbeitet. Die Kleine sah echt süß aus. Mit ihren langen schwarzen Zöpfen, dem bunten Stirnband und ihrem Leder-Kostüm wirkte sie wie eine richtige kleine Squaw. Sie erinnerte mich an Marie Versini, die Schwester von Winnetou aus den Karl May Filmen. Sie war N'Tschotschi in Miniaturausgabe.

„Aber ja doch, sicher gefällt mir der Truck. Die Malerei auf dem Wagen ist wunderschön!" beeilte ich mich zu antworten, um nicht wie ein ungehobelter Hackstock in der Gegend herumzustehen.

„Das ist wundervoll!" stimmte Denise in meine Lobeshymne ein. „Ist das ein Traumgebilde oder eine reale, irgendwo existierende Landschaft?"

„Das ist der berühmte Yellowstone Canyon im gleichnamigen Nationalpark in Wyoming. Im Hintergrund können Sie die Lower Falls erkennen, einen von mehreren berühmten Wasserfällen im Park. Diesen Blick hat man nur von einem bestimmten Punkt im Canyon aus, und zwar von dem sogenannten „Artist Point". Er heißt so, weil im letzten Jahrhundert, als der Park noch ganz jung war, ein berühmter Künstler an diesem Punkt ein nicht weniger berühmtes und bekanntes Bild gemalt hat. Dieses Bild war übrigens für mich auch die Grundlage des Gemäldes auf dem Truck. Ich habe mich natürlich nicht sklavisch an die Vorlage gehalten. Dennoch haben das Original und die vor Ihnen stehende Kopie doch sehr viel Ähnlichkeit miteinander."

Die junge Frau im Lederkostüm sprach sehr selbstbewußt und mit viel Sachverstand. Das war keine Indianerin aus dem Reservat. Das war eine moderne, gebildete Frau, die wahrscheinlich sogar an einer Universität studiert hatte.

„Wollen Sie damit sagen, daß Sie die Schöpferin dieses Kunstwerks sind?" fragte ich doch ein wenig zweifelnd.

„Ja, das will ich damit sagen!" Die junge Frau lachte. „Trauen Sie mir das etwa nicht zu?"

„Ich wollte Sie nicht beleidigen!" verteidigte ich mich schnell. „Ich bin nur total überrascht."

Mittlerweile war mir auch aufgefallen, daß Denise gar nichts mehr sagte, und ich drehte mich deshalb zu ihr um. Sie musterte unser Gegenüber sehr sorgfältig. Plötzlich huschte ein Lächeln über ihr Gesicht, und sie sagte: „Sie sind Marie de la Foret, Tochter des Waldes, stimmt's?"

Jetzt lag die Überraschung auf Seiten unserer neuen Bekannten. Ihre Augen hatten sich regelrecht geweitet vor Erstaunen, daß sie mitten in der Salt Lake Desert auf jemanden gestoßen war, der ihren Namen kannte.

„Sie kennen meinen Namen? Sie wissen, wer ich bin?"

Die Ungläubigkeit in ihrer Stimme war nicht zu überhören.

„Sie haben in Paris eine Ausstellung gemacht mit Gemälden, Bildhauer-Arbeiten und auch ein paar Werken in dieser modernen Spritz-Technik, die Sie auch hier auf dem Truck angewandt haben. Ich bin auf dieser Ausstellung gewesen. Ich muß zugeben, ich war eigentlich nur zufällig dort, aber ich habe Ihre Werke gesehen." Denise war ganz aufgeregt.

„Ja, das stimmt. Ich bin Marie de la Foret. Das ist mein Künstlername bzw. die Übersetzung meines indianischen Namens", stellte die junge Künstlerin fest.

„Dann sind Sie also Französin", wechselte Marie nun sofort ins französische, und ich verstand so gut wie kein Wort mehr von dem, was sich die Damen nun zu erzählen hatten.

Nun plapperte plötzlich auch noch die kleine Squaw munter auf französisch drauflos. Denise beugte sich zu ihr hinunter, ging in die Knie und begann auf die Kleine einzureden.

Marie de la Foret wandte sich wieder mir zu, stellte dann aber schon nach zwei Sätzen aufgrund meines Gesichtsausdrucks fest, daß ich wieder einmal nur Bahnhof und Bratkartoffeln verstand.

„Sie sind kein Franzose?" Es war mehr eine Feststellung als eine Frage.

„So ist es! Nein, ich bin Deutscher, um genau zu sein, ein Bayer aus dem Allgäu."

„Na, Marie, willst du mich den Herrschaften nicht vorstellen?" ertönte eine dunkle, wohlklingende Stimme hinter uns, die uns beide herumfahren ließ. Vor uns stand ein mittelgroßer Mann, ebenfalls im Indianer-Look. Er trug eine Hose aus Wildleder, eine Weste aus demselben Material und weiche Mokassins. Unter der Weste trug er nur seine Haut zu Markte, das heißt, sein Oberkörper war nackt. Er sah richtig dunkelhäutig aus, war aber nichtsdestotrotz auf keinen Fall ein echter Indianer. Seine dunkelblonden Haare, die ihm bis auf die Schultern fielen, sein hellblonder, gepflegter Vollbart und vor allem seine strahlend blauen Terence-Hill-Augen verrieten ihn als Angehörigen der weißen Rasse.

Er war ein wirklich gutaussehender, netter Mann von so vielleicht zwei- oder dreiunddreißig Jahren, den man so, wie er hier stand, jederzeit als Reserve-Christus nach Oberammergau hätte vermitteln können. Er war ein gutes Stück kleiner als ich. Ich schätzte ihn so auf 1,78 Meter, maximal 1,80 Meter. Er war zierlicher gebaut als ich, aber trotzdem muskulös und kräftig. Ich schätzte ihn auf 160, höchstens 170 Pfund Körpergewicht.

„Darf ich vorstellen! Das ist mein Mann Joshua", deutete Marie de la Foret auf den Neuankömmling.

„Joshua, das ist Mr. äh ..."

„Steiner, Michael Steiner!" half ich Marie weiter und streckte Joshua meine rechte Hand entgegen.

„Und das ist Miss Pierre, Denise Pierre!" Ich deutete auf Denise, die sich immer noch ganz aufgeregt mit ihrer neuen kleinen Freundin unterhielt. Denise erhob sich und reichte Joshua die Hand.

„Freut mich, Sie kennenzulernen, Sir!"

„Stell dir vor, Joshua, Denise kommt aus Frankreich und war sogar auf meiner Ausstellung im letzten Herbst in Paris."

„Das ist aber ein Zufall!" Joshua schien ebenfalls erstaunt zu sein, hier mitten in der Wüste auf eine Pariserin zu treffen.

„Sie müssen wissen, Denise, wir haben fast fünf Jahre in Paris gelebt, bevor wir vor einem guten halben Jahr wieder hierher zurück in die Staaten gekommen sind."

Er fuhr nun ebenfalls auf französisch fort, und somit war ich von dem Gespräch abgemeldet. Ein paar Sätze später wechselten jedoch alle wieder auf englisch, mir zuliebe. Natürlich drehte sich die Unterhaltung nun um Paris, den Truck, die kleine Squaw, die besser französisch als englisch sprach und um den Yellowstone National Park. Denise erzählte, daß wir auch in den Park wollten, schwieg aber dank eines kurzen Winks meinerseits über meinen Auftrag.

Wir unterhielten uns bestimmt schon über eine halbe Stunde, als ich das Gespräch abbrach.

„Es tut mir zwar furchtbar leid, aber ich sollte jetzt tanken, und dann müssen wir weiter nach Salt Lake City. Wir haben dort im Hilton ein Zimmer reservieren lassen. Aber das Hilton müssen wir erst noch finden."

„Da haben wir es besser. Wir haben unser Heim immer dabei. Wo es uns gefällt, wo wir ein wenig bleiben wollen, da stelle ich den Truck ab. Wir sind völlig unabhängig, solange wir Sprit, Gas und Wasser haben." Joshua deutete stolz auf sein mobiles Heim.

Ich verabschiedete mich von Marie de la Foret, ihrem Mann Joshua und der süßen kleinen Stephanie. Während ich den Lincoln im Self Service volltankte, stand Denise immer noch bei unseren neuen Freunden. Die kleine Squaw Stephanie wollte ihre neue, französisch sprechende Bekanntschaft anscheinend überhaupt nicht mehr loslassen. Ich ging in die mittlere Bretterbude, über deren windschiefer Tür ein Schild mit der verblaßten Aufschrift „GAS" hing. Ein kleiner, schmächtiger Mann stand hinter dem Tresen. Er sah aus, als habe ihm die Sonne zuviel Wasser entzogen. Sein Gesicht erinnerte an eine Dörrpflaume.

Als ich gerade den Preis von knapp fünfzehn Dollar in meinem Geldbeutel zusammensuchte, hörte ich, wie ein Fahrzeug auf den staubigen Hof der Tankstelle fuhr. Ich kümmerte mich nicht weiter darum und zählte der lebenden Mumie vor mir die Dollars auf den Tisch des Hauses. Ich wollte gerade meinen Geldbeutel wieder verstauen, als ich plötzlich von draußen laute Stimmen und Geschrei vernahm. Mit zwei, drei schnellen Schritten stand ich unter der windschiefen Tür.

Neben dem Truck von Joshua stand nun ein alter rostiger Pickup. Mindestens sechs staubige Figuren in dreckigen T-Shirts mit großen Schwitzflecken verdeckten mir die Sicht auf Denise und unsere neuen Freunde. Noch während ich auf die Meute zuging, kam plötzlich Bewegung in die Kerle. Zwei Männer auf der rechten Seite stürzten zu Boden. Nein, sie wurden zu Boden gerissen. So wie es aussah, hatte Joshua die Kerle angesprungen und von den Beinen gerissen.

Ich beschleunigte meine Schritte. Joshua kniete auf dem linken der beiden Kerle, die er umgerissen hatte, und würgte ihm soeben eine volle Rechte rein. Zwei andere verschwitzte Halbaffen rissen ihn von seinem Opfer, als die Bande in meine Reichweite kam. Zwei der Idioten lagen noch auf dem Boden. Einer davon, derjenige, dem Joshua vor ein paar Sekunden die Faust in die Fresse geschlagen hatte, hielt sich mit beiden Händen sein Gesicht. Joshua mußte mit seinem Schlag hier ziemlichen Schaden angerichtet haben.

Der andere, der von Joshua angesprungen worden war, ein Blondschopf, war gerade dabei, sich wieder aufzurappeln. Zwei weitere Ganoven hielten Joshua fest, zwei hatten Denise und Marie de la Foret gepackt, und der siebte baute sich jetzt vor Joshua auf, um ihn mit seinen Fäusten zu bearbeiten. Kein Schwanz kümmerte sich um mich. Nur Denise sah mich über die Schulter des Kerls hinweg, der sie an den Oberarmen festhielt. Irgendwie signalisierte mir ihr Blick Vertrauen. Ich hatte wieder einmal Glück und das Überraschungsmoment voll auf meiner Seite. Warum mich der Schläger, der gerade Joshua in die Mangel nehmen wollte, nicht sah, ist mir bis heute ein Rätsel. War er so vertieft in seine Schlägertätigkeit, hielt er mich aus den Augenwinkeln heraus für einen seiner Kumpane, oder war er schlicht und einfach nur doof. Ich werde es wohl nie erfahren.

Hingegen werde ich nie das Geräusch vergessen, mit dem sein Bein brach, als ich ihm einen gezielten Tritt mit meinem rechten Fuß seitlich an sein linkes Knie verpaßte. Es war ein echt häßliches Geräusch. Ein kleiner Schritt zur Seite, eine Vierteldrehung nach rechts zum Schwung holen und dann sofort eine gute halbe Drehung nach links. Mein rechter Fußballen landete genau in der linken Kniekehle des Blondschopfes, der sich soeben wieder für einen Augenblick in der Senkrechten befand. Seine aufrechte Haltung war schon wieder beendet, bevor er es richtig mitbekam. Sein linkes Knie knickte unter ihm weg, und er fiel mir regelrecht entgegen. Ich fing ihn jedoch nicht auf. Ganz im Gegenteil. Ich empfing sein näherkommendes Kinn mit einem schönen, rechten Aufwärtshaken, der ihn nach hinten warf. Er fiel schwer auf seinen Kumpanen, der immer noch mit den Händen im Gesicht auf dem Boden lag, und begrub ihn unter sich.

Die beiden waren fürs erste versorgt. Eine schnelle halbe Drehung nach links rückte die anderen wieder in mein Blickfeld. Der Kerl mit dem gebrochenen

Bein saß schreiend auf dem Boden und umklammerte mit beiden Händen sein linkes Knie. Auch von ihm ging keine Gefahr mehr aus.

Joshua wand sich im Griff der beiden kräftigen Männer, die ihn an seinen Armen gepackt hielten. Er warf sich hin und her, zog die Beine an und trat mit den Füßen nach seinen Gegnern. Ich war vielleicht noch knapp zwei Meter von den drei Männern entfernt, als es Joshua gelang, den Kerl zu seiner rechten, einen kahlgeschorenen Glatzkopf, abzuschütteln. Dieser taumelte zwei, drei Schritte zurück, direkt vor meine Füße. Er drehte mir den Rücken zu. Ich empfing ihn mit einem satten linken Schwinger in die Nieren. Er schrie auf, drückte sein Kreuz nach vorne durch und machte eine kleine Drehung auf mich zu. Ich fand, das war sehr freundlich von ihm. Seine Bewegung brachte ihn nämlich genau in die richtige Position für einen sauberen rechten Schwinger in die Magengrube. Zischend verließ die Atemluft seinen Körper, und er klappte zusammen. Ein weiterer Faustschlag mit der Linken seitlich an seinen kahlen Schädel beschleunigte seinen Niedergang.

Aus den Augenwinkeln heraus sah ich, daß sich Joshua nunmehr intensiv mit dem Kerl zu seiner Linken beschäftigte. Ich vertraute darauf, daß Joshua diese Unterhaltung zu seinen Gunsten beenden würde und wandte mich den beiden Frauen zu, die von zwei dunkelhäutigen Figuren festgehalten wurden. Weder Denise noch Marie de la Foret machten den beiden ihre Aufgabe leicht. Ähnlich wie Joshua wanden sie sich, traten nach ihren Peinigern, zogen die Beine an und ließen sich fallen.

Marie de la Foret war ungefähr drei Meter weg. Sie wurde von einem großen, kräftigen Mischling mit auffallend platter Nase festgehalten. Der Mann sah, daß ich auf ihn zukam. Er stieß Marie zur Seite. Das heißt, er wollte sie zur Seite stoßen. Aber als er ihren linken Arm losließ, zog sie ihm ihre spitzen Fingernägel quer durch sein häßliches Gesicht. Der Kerl heulte auf wie ein geprügelter Hund. Er verschwendete keinen einzigen Gedanken mehr an mich. Er hatte nur noch einen Wunsch, der Frau, die ihn gerade so verletzt hatte, diese Schmerzen heimzuzahlen. Er drehte sich nach rechts zu Marie de la Foret und streckte beide Hände nach ihr aus. Er war wohl nicht der Hellsten einer und geistig nicht sehr beweglich. Erst im letzten Augenblick fiel ihm ein, wer hier wahrscheinlich der gefährlichere Gegner war. Er drehte sich wieder zu mir herum. Aber es war schon zu spät, viel zu spät. Eine linke Gerade von mir durchbrach seine zur Deckung emporgehobenen Arme wie ein Blatt Zeitungspapier. Sie landete genau auf seiner ohnehin schon platten Nase. Er hob beide Hände vors Gesicht und versuchte laut jammernd das Blut zu stoppen, das aus seiner zweifellos erneut gebrochenen Nase und den frischen Kratzwunden in seinem

Gesicht hervortrat. Ein rechter Haken in die kurzen Rippen brachte seine Hände wieder nach unten und machte den Weg frei für einen linken Schwinger an sein Kinn. Ich hatte eigentlich erwartet, daß er jetzt bedient wäre, aber da hatte ich mich getäuscht. Der Kerl stand immer noch aufrecht und versuchte nun sogar noch, nach mir zu schlagen. Der Idiot konnte in der Tat ganz nett was einstecken. Wahrscheinlich war in seinem Schädel nichts, das durch meine Schläge irgendwie Schaden genommen haben könnte.

Ich blockte seine dilettantisch geschlagene Rechte mit meinem linken Unterarm ab und schenkte ihm noch einen meiner allseits beliebten rechten Aufwärtshaken ein. Das war nun doch auch für ihn zuviel. Er verdrehte die Augen und ging langsam zu Boden. Ich wandte mich nun dem letzten der Mohikaner zu, der immer noch Denise von hinten an den Oberarmen gepackt hielt. Der Kerl wollte jedoch nichts mehr von mir. Was er soeben erlebt hatte, hatte seinen Übermut erheblich abgekühlt. Er stieß Denise von sich weg. Sie taumelte in meine Richtung, und ich fing sie auf, bevor sie zu Boden stürzen konnte. So halb und halb hatte ich erwartet, daß er diese Situation ausnützen würde, um sich auf mich zu stürzen, da ich durch das Auffangen meiner Kleinen für einen Augenblick ja ziemlich wehrlos war. Aber der Kerl hatte keinerlei Pläne mehr in dieser Richtung. Er wollte nur weg von diesem unfreundlichen Ort, an dem es so ausgiebig Prügel setzte. Der Feigling war so auf mich fixiert, daß er keinen Gedanken mehr an Joshua verschwendet hatte. Das mußte er jedoch nun bitter büßen. Er kam höchstens fünf Meter weit. Joshua hatte seinen Gegner mittlerweile ins Reich der Träume geschickt und war auf dem Weg zu uns anderen. Der Held lief ihm genau vor die Fäuste. Joshua empfing ihn mit einem Schlag in die Magengegend. Drei, vier weitere kräftige Fausthiebe, schnell und präzise geschlagen, und die Auseinandersetzung war beendet.

„Los, verzieht euch!" brüllte ich den traurigen Haufen an. Langsam, nach und nach kamen drei der Meute wieder auf die Beine. Sie halfen den anderen vieren auf die Ladepritsche des Pickups. Ich rechnete eigentlich schon fast noch mit irgendeiner Gemeinheit der traurigen Schar und hatte deshalb zur Vorsicht meine rechte Hand bereits hinter meinem Rücken am Griffstück meiner Glock 17. Aber meine Besorgnis war zum Glück unbegründet. Die Bande hatte die Schnauze wirklich gestrichen voll. Die Kerle hatten genug Prügel bezogen. Ohne weitere Zwischenfälle verließ der Pickup den Hof der Tankstelle.

„Wo hast du so kämpfen gelernt, mein Freund?" Joshua atmete tief und heftig.

„Ich bin ein Naturtalent!" Auch mein Atem ging etwas schneller. „Und außerdem habe ich auch beruflich immer wieder einmal mit solchen Arschlöchern zu tun, die keine andere Sprache verstehen."

„Beruflich hast du mit solchen Schweinen zu tun? Bist du ein Cop?" Joshua war ein wenig neugierig geworden.

„Nein, ein Cop bin ich sicherlich nicht. Aber ich arbeite bei uns zu Hause in Deutschland in einem Sicherheitsunternehmen."

„Bist du hier beruflich oder machst du nur Urlaub in den USA?"

Jetzt war es endlich doch soweit gekommen, daß Joshua fragte, was ich hier wollte. Bei unseren ganzen Gesprächen bisher hatte ich mich so bemüht, das Thema zu vermeiden, um nicht nach meinem Auftrag gefragt zu werden. Und jetzt war es doch passiert.

„Na, so halb und halb", gab ich deshalb ausweichend zur Antwort. „Es handelt sich um einen reinen Routine-Auftrag. Wir suchen nach irgend so einer verzogenen Göre eines reichen Vaters, die von zu Hause abgehauen ist. Also wirklich nichts besonderes." Ich glaube, Joshua spürte irgendwie, daß ich das Thema nicht weiter vertiefen wollte. Jedenfalls fragte er nicht weiter nach, und ich war ihm dankbar dafür. Er ersparte es mir so, ihn anlügen zu müssen.

„Was war eigentlich los?" wechselte ich nun auch sofort das Thema. „Ich habe eigentlich nur mitbekommen, daß du zwei der Figuren angesprungen hast. Aber was war denn eigentlich der Grund dafür?"

„Ich glaube, die Kerle hatten etwas gegen Indianer!" Marie de la Foret kam ihrem Mann mit der Antwort auf meine Frage zuvor.

„Und von den weiblichen Wesen der Schöpfung wollten sie natürlich wieder einmal das übliche. Aber das kennt man ja nun schon zur Genüge." Die Stimme von Denise triefte richtiggehend vor Sarkasmus.

„Hast du etwas ähnliches etwa schon einmal erlebt?" wollte Marie nun von Denise wissen.

„Michael und ich haben etwas ähnliches erlebt, als wir uns kennengelernt haben. Das ist noch gar nicht lange her. Michael hat mich gerettet, als mir gerade ein paar Kerl an die Wäsche wollten. Aber es ist, glaube ich, besser, wir vergessen diese unerfreulichen Ereignisse."

Ich hatte schon eine leicht boshafte Bemerkung auf den Lippen. Aber da es unsere neuen Freunde ja wirklich nichts anging, schluckte ich sie hinunter. Die Kerle hätten ihr an die Wäsche gewollt, hatte meine Kleine soeben behauptet. Das war, gelinde gesagt, maßlos übertrieben. Als ich Denise das erste Mal gesehen hatte, hatte sie keinen Faden am Leib, geschweige denn irgendein Wäschestück.

„Ja, vergessen wir das ganze!" pflichtete ich Denise sofort bei. „Das ist in so einem Fall, glaube ich, wirklich das Beste."

„Jawohl, verlassen wir diesen häßlichen Ort!" ließ sich nun auch noch Joshua vernehmen. „Wir werden noch ein paar Meilen hinter uns bringen und uns dann irgendwo auf der Strecke nach Idaho einen netten Rastplatz zur Übernachtung suchen."

„Ja, da habt ihr es besser als wir. Ihr seid unabhängig. Aber dafür haben wir es nicht mehr so weit. Wir müssen nur noch nach Salt Lake City. Ich hoffe, wir finden unser Hotel ohne allzu große Probleme."

Ich streckte Marie de la Foret meine Rechte entgegen, die sie mit ihrer Linken ergriff, da sie auf dem rechten Arm bereits wieder die kleine Squaw trug, die von der gerade erlebten Schlägerei zum Glück recht unbeeindruckt geblieben war.

„Vielleicht treffen wir uns ja sogar am Artist Point im Yellowstone National Park", scherzte ich, während ich ihre schlanke Hand drückte.

„Man kann nie wissen!" Joshua reichte Denise die Hand. Dann umarmte er mich. „Nochmals vielen Dank, mein Freund. Ich stehe in deiner Schuld."

„Ach was!" Mit einer lässigen Handbewegung bedeutete ich Joshua, daß ich das nicht so ernst sah.

„Nein, nein, es würde mich freuen, wenn ich einmal die Gelegenheit hätte, dir helfen zu können." Joshua war es wirklich ernst damit.

Jetzt war es Zeit, in den Lincoln zu steigen und abzufahren, bevor die Situation begann, peinlich zu werden. Wir winkten noch durch die geöffneten Seitenscheiben zurück, als wir die Tankstelle verließen. Im Rückspiegel sah ich, wie uns unsere neu gewonnenen Freunde nachwinkten.

Kapitel 11

Salt Lake City

Ich fuhr wieder auf den Highway Nr. 80 auf, und schon bald hatte ich erneut meine übliche Reisegeschwindigkeit erreicht, zehn bis fünfzehn Meilen über dem erlaubten Limit.

„Das war ja jetzt wieder ein Erlebnis!" Denise schüttelte leicht ihren Lokkenkopf.

„Ich hätte doch damals in Paris in dieser Ausstellung von Marie de la Foret niemals auch nur ansatzweise daran gedacht, daß ich diese Frau je in meinem Leben noch einmal sehen würde. Und dann trifft man sich mitten in der Salzwüste in den Vereinigten Staaten wieder."

Denise konnte es anscheinend immer noch nicht ganz glauben.

„Tja, die Welt ist ein Dorf. Man kann es manchmal wirklich fast nicht glauben", stimmte ich ihr zu.

„Zum Glück war ich diesmal nicht allein", wechselte Denise das Thema.

„Die Kerle diesmal wollten wenigstens nicht nur mir an die Wäsche, sondern auch Marie de la Foret. Das tröstet mich ein wenig. Denn das ist nun doch schon das dritte Mal, daß mir irgendwelche Aasgeier an die Wäsche wollten. Und dabei bin ich doch wirklich noch gar nicht lange in den Vereinigten Staaten."

„Du bist einfach viel zu attraktiv", witzelte ich. „Du verdrehst den Kerlen reihenweise die Köpfe."

„Ach Quatsch! Ich bin hier auch nicht attraktiver als zu Hause. Ich bin auch nicht anders oder aufreizender angezogen als zu Hause. Und da ist mir dergleichen noch nie passiert. Nicht einmal in Paris wurde ich auch nur annähernd so belästigt wie hier. Ich verstehe das einfach nicht."

Denise schüttelte abermals ihr Lockenhaupt und schaute mich fragend an.

„Verstehst du das?"

„Ich finde, du siehst einfach sehr gut aus. Und ich nehme an, daß darin auch der Hauptgrund für diese Halbintelligenzler bestand, sich an dir vergreifen zu wollen", versuchte ich sie zu beruhigen.

„Na, das hat ja wieder gedauert, bis ich zu den Komplimenten gekommen bin, die mir zustehen." Denise hatte sich bereits wieder erkennbar gefangen.

„Trotzdem vielen Dank, mein Schatz. Ich höre es doch immer wieder gern."

Sie streichelte meinen rechten Oberschenkel, fuhr mir dann zärtlich durchs Haar und legte ihren Kopf an meinen rechten Oberarm.

„Stört das beim Fahren, oder geht es einigermaßen?" Ihr Mund befand sich so nahe bei meinem Ohr, daß ich die geflüsterten Worte problemlos verstand.

„Kurzfristig geht das schon in Ordnung, so lange die Straßenverhältnisse nicht schlechter werden. Wirf mal einen Blick nach vorne!"

Seit geraumer Zeit, schon etliche Meilen vor unserem Zwischenstop an der Tankstelle, konnte man schemenhaft am Horizont die Gebirgszüge erkennen, die sich direkt hinter Salt Lake City erheben. Die massigen Verwerfungen, die sich über den gesamten Horizont erstreckten, waren mit jeder Meile näher gekommen und ständig deutlicher geworden. Während sie anfangs jedoch in einer Art milchigem Dunst zu stecken schienen, wurden sie jetzt immer dunkler, schwärzer und bedrohlicher. Ich hatte diese Entwicklung ohne Schwierigkeiten verfolgen können, da die Straße direkt auf diese schwarze Höllenwand zuführte.

„Oh Gott, was ist denn da los?" Das Entsetzen, das in der Stimme von Denise mitschwang, war echt, nicht gespielt. „Das sieht ja fürchterlich aus. Ich glaube, dort vorne geht die Welt unter. Dort schüttet es bestimmt wie aus Eimern, oder vielleicht hagelt es sogar. Sag bloß, wir müssen dahin!"

„So, wie die Straße schon seit ein paar Meilen verläuft, fürchte ich fast, daß wir direkt auf dieses schwarze Loch zuhalten müssen. Es sieht für mich so aus, als müßten wir da mitten rein." Bestimmt hörte man es meiner Stimme an, und zwar mehr als mir recht war, daß mir, genau wie meiner Kleinen, auch nicht mehr ganz wohl in meiner Haut war. Aufmerksam versuchte ich herauszufinden, ob die anderen Reisenden in Richtung Salt Lake City irgendwelche Vorsichtsmaßnahmen trafen, weiterfuhren, anhielten oder vielleicht sogar nach einer Unterstell-Möglichkeit suchten. Aber ich konnte nichts dergleichen entdecken. Die anderen Autos fuhren auf dieses Unwetter zu, als ob nichts wäre. Die Leute hier mußten sich ja auskennen. Es würde also voraussichtlich, oder hoffentlich, nicht so schlimm werden, wie es aussah.

Ich habe schon oft Gewitter erlebt, auch draußen auf dem Wasser und sogar im Gebirge. Es waren unangenehme und überaus feuchte Erfahrungen gewesen. Aber so etwas wie hier hatten meine Augen bisher noch nicht erblickt. Diese Gewitterwand übertraf an Höhe und Ausdehnung wirklich alles, was ich in dieser Richtung bisher je erlebt hatte. Wahrscheinlich täuschte ich mich, aber diese schwarze Wand hatte nicht nur etwas Bedrohliches. Sie wirkte geradezu unwirklich. Sie schien ihre Farbe nicht durch Lichtmangel erhalten zu haben. Sie schien mir vielmehr alles ehemals vorhandene Licht aufgesaugt, absorbiert zu haben. Es herrschte hier kein Mangel an Helligkeit. Es war vielmehr eine totale Abwesenheit von Licht.

Zuerst war es nur ein leises Lüftchen. Doch schon Sekunden später blies ein kräftiger Wind. Da wir direkt auf diese Erscheinung zufuhren, wurde schon Augenblicke später ein richtiger Sturm daraus. Die Wassermassen trafen uns plötzlich und unvorbereitet wie aus Eimern. Man glaubte, es würden ganze Badewannen auf einmal über einem ausgeschüttet. Derartige Wassermengen auf einen Satz hatte ich doch noch nie erlebt. Der Highway verwandelte sich innerhalb von Sekunden in einen reißenden Fluß. Infolge des starken Windes wurde mir das Wasser auf der Fahrbahn in regelrechten Wellen entgegen geweht.

Ich hatte mit dem Lincoln nicht mehr gegen Aquaplaning zu kämpfen, nein, ich hatte zu kämpfen, daß ich nicht von der Straße geschwemmt wurde. Meine Geschwindigkeit betrug keine zwanzig Meilen mehr. Trotzdem heulte die schwere, 210 PS starke Maschine meines Lincolns immer wieder auf, wenn die Antriebsräder gleichzeitig aufschwammen und ins Leere griffen. Meine Scheibenwischer huschten bereits in der dritten Stufe mit höchstmöglicher Geschwindigkeit über die Windschutzscheibe. Aber all ihre Anstrengungen waren vergeblich. Sie konnten der Wassermassen, die auf uns herunterstürzten, nicht im geringsten Herr werden. Die Sichtweite betrug keine zwanzig Meter, obwohl ich schon lange das Licht eingeschaltet hatte. Zu meinem Glück war die Straße frei, und es tauchten keine überraschenden Hindernisse auf dem Highway auf.

Plötzlich wurden wir beschossen. Die Kugeln schlugen nur so auf den Lincoln ein. Im ersten Moment hatte ich wirklich gedacht, wir würden mit Schrotgarben eingedeckt. Doch dann erkannte ich kleine weiße Kügelchen. Hagel! Aber nur von der kleinen Sorte. Die Hagelkörner hatten höchstens einen Durchmesser von einem halben oder einem Zentimeter. Der Geräuschpegel im Lincoln war dennoch so hoch, daß Denise und ich uns anschreien mußten, wenn wir einander etwas sagen wollten. Die Hagelkörner fielen mit einer derartigen Wucht über meinen armen Lincoln her, daß mir ganz und gar nicht mehr wohl war.

„Wenn das nicht bald wieder ein wenig nachläßt oder wir eine Brücke oder was anderes zum Unterstellen finden, dann haben wir bald ein echtes Problem", schrie ich Denise zu. „So wie sich das anhört, müssen wir jederzeit mit eingeschlagenen Scheiben rechnen."

Denise war mittlerweile ganz blaß geworden und saß mucksmäuschenstill auf ihrem Platz. Immer öfter drehten nun die Räder des Lincoln durch, da die Reifen im Wasser aufschwammen. Die Gegend hatte sich in wenigen Augenblicken in die reinste Flußlandschaft verwandelt. Nur mit allergrößter Mühe konnte ich die Fahrbahn ausmachen. Ich mußte höllisch aufpassen, um nicht seitlich auf das Bankett zu geraten. Der Lincoln hörte nicht auf zu schlingern, obwohl ich schon lange keine zwanzig Meilen mehr drauf hatte. Immer mehr Autos waren jetzt auch an den Fahrbahnrändern zu erkennen. Den Leuten war anscheinend auch nicht wohler als mir. Sie hatten einfach ihren Wagen an die Seite gefahren und warteten nun wieder auf besseres Wetter.

Ich liebäugelte nun auch immer mehr mit diesem Gedanken und wollte gerade ebenfalls auf die Seite fahren und anhalten, als plötzlich der Hagel aufhörte und der Regen nachließ. In nicht einmal zehn Sekunden war der gesamte Spuk vorbei. Wie mit dem Messer abgeschnitten, wurde die Fahrbahn innerhalb von etwa fünfzig bis hundert Metern sogar wieder trocken. Wir hatten es überstanden. Denise und ich, wir sahen uns gegenseitig in die erschreckten Gesichter und mußten herzhaft lachen, nachdem wir dieses Unwetter nun heil überstanden hatten. Beiden steckte uns der Schock noch deutlich in den Gliedern.

„Das war nie und nimmer ein normales Gewitter!" sagte ich mit aller Überzeugung, derer ich fähig war. „Ich weiß nicht, was das war, aber ein normales Gewitter war das auch für die hiesigen Landstriche nicht. Da bin ich mir sicher."

„Hauptsache ist doch, wir haben es überstanden!" Denise war blaß. Ihre Gesichtsfarbe konnte es mit jedem Leichentuch aufnehmen. „Da laß ich mir doch noch lieber auf die nackten Möpse schauen, als noch einmal so etwas zu erleben. Ich habe uns schon mit gesplitterten Fensterscheiben, demoliertem Wagen und drecknasser Kleidung auf der Straße gesehen." Denise atmete tief durch. „Puh, das will ich doch wirklich nicht noch einmal erleben. Einmal hat mir doch echt gereicht."

Zwanzig Minuten später durchfuhren wir die ersten Vororte von Salt Lake City, der Hauptstadt des Mormonenstaates Utah.

Ich verließ noch einmal kurz den Highway und kaufte an einer riesigen Texaco-Service-Station einen Stadtplan von Salt Lake City. Bevor ich wieder in den Lincoln einstieg, unterzog ich ihn einer kurzen Sichtprüfung. Der arme Lincoln hatte etliche kleine Dellen abbekommen. Es war nicht besonders schlimm, aber der Hagel hatte eindeutige Spuren hinterlassen.

Der Stadtplan, den ich gekauft hatte, war für unsere Zwecke leider denkbar ungünstig. Die Namen und Bezeichnungen der Straßen waren so sehr ineinander gezwängt, daß es für Denise extrem schwierig war, mich zu lotsen. Wenn sie endlich nach langwieriger Suche gefunden hatte, wo wir uns gerade befanden und die Stelle mit dem Finger markierte, dann kam bestimmt innerhalb kürzester Zeit irgendeine Bodenwelle, ein Fahrbahnschaden oder ein Kanaldeckel, der den Wagen so stark erschütterte, daß sie mit ihrem Merk-Finger auf der Karte verrutschte und unsere Position wieder verlor. Da ich ja trotzdem weiterfahren mußte, war die Positionsbestimmung dann natürlich wieder extrem schwierig und langwierig.

Das Ganze war echt nicht einfach. Aber Denise löste ihre Aufgabe bravourös, und gegen 18.30 Uhr Ortszeit fuhr ich auf den Parkplatz des Hilton in Salt Lake City ein.

Sofort wurden wir von einem Portier begrüßt, der uns fragte, ob wir einchecken wollten. Auf meine zustimmende Antwort hin rief er sofort einen Kofferträger und einen Boy vom Car Valet. Fünf Minuten und fünfzehn Dollar Trinkgeld später standen wir schon mit unserem Gepäck um uns herum am Desk und füllten ein Anmeldeformular aus. Das Hilton in Salt Lake City war zwar nur ein Drei-Sterne-Hotel, aber der Service war vorzüglich. Freundlich, schnell und aufmerksam waren wir hier in einer Art und Weise empfangen worden, von der das Hatuma Resort, ein Haus mit angeblich fünf Sternen, wirklich noch sehr viel lernen konnte.

Mit einem massiven Messingschlüssel bewaffnet, fuhren wir mit dem Aufzug in den vierten Stock, eine Nichtraucher-Etage. Unser Zimmer lag nur wenige Schritte von den Liften entfernt. Wir hatten die Räumlichkeiten gerade erst betreten, als auch schon das Gepäck geliefert wurde. Der Service war echt Spitze. Fünf weitere Dollar für den Gepäckträger, einen schmächtigen Mann in mittlerem Alter, war mir das selbstverständlich wert. Da wir nur eine Nacht hierbleiben würden, brauchten wir nicht viel von unseren Koffern und Taschen auszupacken.

Wir hatten für 20.00 Uhr Ortszeit einen Tisch im hoteleigenen Restaurant reservieren lassen. Bis dahin hatten wir noch genügend Zeit. Wir brauchten nicht zu hetzen. Als erstes schmiß ich nun Onkel Nick zu Hause aus dem Bett und meldete ihm, daß wir gut angekommen waren. Ich berichtete auch in Kurzform von der Auseinandersetzung an der Wüsten-Tankstelle und von dem saftigen Gewitter, das wir erlebt hatten.

„Was gibt es Neues in bezug auf meinen Auftrag?" wollte ich dann noch von ihm wissen.

„Ich weiß nicht, irgendwie hab ich in letzter Zeit ein bißchen ein ungutes Gefühl bei der ganzen Sache." Solche Töne war ich von Onkel Nick nun wirklich nicht gewöhnt.

„Wie meinst du das? Stimmt irgend etwas nicht, oder ist irgend etwas vorgefallen?" Er hatte mich neugierig gemacht.

„Ich habe gestern erfahren, daß Franz, also Dr. Heinrich, unser Auftraggeber, schon seit mehreren Wochen nicht mehr praktiziert. Stell dir vor, er hat seine Praxis, allem Anschein nach eine wahre Goldgrube, geschlossen. Er soll in den letzten Wochen sehr viel unterwegs gewesen sein. Wo überall konnte ich bisher noch nicht herausfinden. Als ich ihn neulich dezent darauf angesprochen habe, ist er mir zuerst ausgewichen und hat irgendwelche fadenscheinigen Ausreden daher gebracht. Er wollte mir weismachen, er könne nicht mehr praktizieren, da er sich so große Sorgen um sein einziges Kind machen würde. Das nahm ich ihm aber nicht ab und das sagte ich ihm auch unverblümt ins Gesicht. Und als ich mich damit nicht so recht zufrieden geben wollte und weiter nachhakte, wurde er ärgerlich, ja geradezu ausfallend und schrie mich an, ich solle mich nicht um solche Dinge kümmern, sondern gefälligst meinen Job erledigen. Ich solle meine Nase aus seinem Privatleben heraushalten und mich lieber ein bißchen mehr anstrengen und seine Tochter finden. Daraufhin stellte ich ihn vor die Wahl: entweder er würde das sofort zurücknehmen, oder ich würde ihm seinen Auftrag und seine Anzahlung abzüglich bereits entstandener Kosten vor die Füße schmeißen.

Das brachte ihn wieder ein wenig zurück auf den Boden der Tatsachen. Er entschuldigte sich sogar wirklich bei mir und führte sein Verhalten auf die Sorge um seine einzige Tochter zurück."

Dieser Kurzbericht von Onkel Nick überraschte mich nun doch ziemlich, und ich wollte deshalb auf jeden Fall noch ein paar nähere Einzelheiten wissen.

„Das ist ja echt komisch. Glaubst du, er hat dir die Wahrheit gesagt, oder steckt da irgend etwas anderes dahinter?"

„Wenn ich das wüßte, mein Junge. Ich habe plötzlich ein sehr ungutes Gefühl bei der ganzen Sache. Sein Wutanfall paßte irgendwie überhaupt nicht zu dem Franz, den ich bisher kannte. Dieser Wutanfall war auch nicht gespielt, der war echt. Seine Entschuldigung hingegen war reines Schmierentheater. Es war ihm vom Hintern weg nicht ernst damit. Ich weiß nicht, war es kühle Berechnung, weil er uns noch braucht, um seine Tochter zu finden, oder war es nur die Aussicht, eine anständige gefeuert zu bekommen, was ihn zu seinem wortgewandten Rückzug bewogen hat."

„Ja, aber was soll denn sonst hinter der Suche nach seiner Tochter Brigitte stecken? Denn bisher paßt eigentlich alles recht gut zu den Angaben, die er uns gegenüber gemacht hat. Ich bin hier eindeutig auf der Spur eines jungen Mädchens, das seine Tochter zu sein scheint."

„Ich sehe, du machst dir auch so deine Gedanken", fuhr Onkel Nick fort. „Wie schon gesagt, ich habe urplötzlich ein ungutes Gefühl bei der ganzen Sache. Und das schlimmste dabei ist, ich kann dir nicht erklären, woher es kommt, oder warum ich es habe. Ich glaube dem sauberen Franz einfach nicht mehr."

„Was sollen wir denn nun tun? Was schlägst du vor?"

Onkel Nicks Gefühl beunruhigte mich mehr, als ich mir eingestehen wollte. Denn sein Gefühl hat ihn bisher nur äußerst selten getrogen. In den meisten Fällen war irgend etwas dran, manchmal sogar wesentlich mehr als uns beiden lieb war.

„Ich werde heute im Laufe des kommenden Tages, am besten gleich am frühen Vormittag, dem Hause Dr. Heinrich einen Besuch abstatten. Und zwar möchte ich mit Frau Heinrich, Brigittes Mutter, eine kleine Unterhaltung führen. Ich möchte von ihr erfahren, was sie von der ganzen Geschichte weiß. Ich werde schon herausfinden, was da faul ist im Hause Dr. Heinrich."

„Das ist eine prima Idee!" pflichtete ich Onkel Nick bei. „Laß mich sobald als möglich wissen, was du in Erfahrung gebracht hast. Wir beide, Denise und ich, werden ja schon morgen früh weiterfahren zum Yellowstone National Park. Ich weiß noch nicht, wie es dort mit den Möglichkeiten zum Telefonieren steht. Ich werde mich aber melden, sobald es mir möglich ist."

„Mensch Junge, gut, daß du davon anfängst. Ich muß dir ja noch deine Reservierung im Park mitteilen, die deine Tante für euch beide gemacht hat", unterbrach mich Onkel Nick. „Es muß auf jeden Fall eine Mordssache gewesen sein, überhaupt noch irgendeine Unterkunft für euch beide in diesem Nationalpark aufzutreiben. Dort ist nämlich zur Zeit absolute Hochsaison. Es hieß, die Unterkünfte seien alle total ausgebucht. Aber nach mehr als einem Dutzend Telefongesprächen und Faxen ist es deiner Tante gelungen, euch für vier Übernachtungen in der Lake Lodge unterzubringen. Wo das genau ist, müßt ihr selbst herausfinden. Das steht hier nicht auf dem Zettel, den mir meine liebe Gattin für dich mitgegeben hat. Und extra wecken will ich sie auch nicht, zumal ich vermute, daß sie auch nicht mehr weiß, als sie mir hier aufgeschrieben hat."

„Das ist kein Problem, das finden wir schon!" beruhigte ich Onkel Nick. „Du bist also der Meinung, ich soll meine Spur weiterverfolgen. Hab ich dich da richtig verstanden?"

„Ich würde sagen, das ist im Augenblick wohl das vernünftigste. Du hast eine mehr oder weniger heiße Spur, die Vorauszahlung reicht ebenfalls noch, und mein Gefühl, daß irgend etwas faul ist an der ganzen Sache, ist leider nicht beweiskräftig", faßte Onkel Nick die Tatsachen noch einmal kurz zusammen.

„Bleib also an der Sache dran, aber sei bitte vorsichtig! Ich werde morgen früh, d. h. heute früh, versuchen, mit der Mutter von Brigitte Kontakt aufzunehmen. Vielleicht kann ich aus ihr ein paar neue Ansatzpunkte herauskitzeln. Ruf mich deshalb sofort an, wenn ihr eure Bleibe in der Lake Lodge erreicht habt. Ich hoffe doch, daß die dort Telefon haben."

„Geht in Ordnung, Boß! Also dann bis morgen, und grüß Tante Alex von mir. Sag ihr, daß die heutige Reservierung im Hilton in Salt Lake City ein echter Glückstreffer zu sein scheint. Der Service ist bisher auf jeden Fall perfekt. Und die Küche werden wir jetzt dann gleich im Anschluß an unser Gespräch einem ausgiebigen Test unterziehen", verabschiedete ich mich.

Denise hatte unserem Gespräch zugehört, aber natürlich kein einziges Wort davon verstanden. Dennoch kannte sie mich zwischenzeitlich doch schon so gut, daß sie gemerkt hatte, daß irgend etwas nicht stimmte.

„Gibt es irgendwelche Probleme? Dein Gesichtsausdruck sagt mir, daß irgend etwas vorgefallen ist. Was ist passiert?" überfiel sie mich, sobald ich den Hörer aufgelegt hatte.

Ich gab ihr einen ausführlichen Überblick über das, was ich selbst gerade erst von Onkel Nick erfahren hatte.

„An unseren Plänen ändert das vorerst nichts. Wir fahren morgen früh los zum Yellowstone National Park, quartieren uns dort in dieser Lake Lodge ein und warten auf neue Anweisungen von Onkel Nick", schloß ich meine Ausführungen.

„Gut, dann mache ich mich jetzt ein wenig frisch, und dann gehen wir nachher zum Abendessen. Ich habe einen Mordshunger. Ich könnte einen Bären verschlingen." Denise dachte wenigstens praktisch. Sie zog sich ihr T-Shirt über den Kopf. Als sie sah, daß meine Augen nicht von ihren Bubbies lassen konnten, wackelte sie kurz mit ihnen und lachte mich an.

„Mach vorwärts!" Meine Stimme klang streng. Ich machte ein grimmiges Gesicht dazu und wies mit dem rechten Arm gebieterisch auf das Badezimmer. „Ich will mich schließlich auch noch kurz frisch machen."

Denise wackelte nun kurz mit ihrem süßen, runden Hintern, der von einem weißen Tanga mit Blümchenmuster nur sehr unvollständig bedeckt wurde, und verschwand im Badezimmer.

Ich öffnete die Schiebetür zu dem kleinen Balkon, der sich außerhalb der großen Glasfront befand, und ging hinaus. Die letzten Sonnenstrahlen des Tages verliehen den Bergen am Horizont ein fahles, unwirkliches Aussehen.

Obwohl Salt Lake City ja auch schon auf einer Höhe von rund 4.200 Fuß über dem Meer lag, war leicht zu erkennen, daß die Gebirgszüge links und rechts von meinem Standpunkt noch etliche tausend Fuß anstiegen.

Salt Lake City und der Große Salzsee lagen am Rande einer riesigen Hochebene. Von meinem Balkon aus hatte ich einen sehr schönen Überblick über große Teile der Stadt. Das Stadtzentrum und den heiligen Tempelbezirk der Mormonen konnte ich jedoch nirgends erkennen. Sie mußten sich auf der anderen Seite des Hotels befinden. Die Temperatur hier in der Hauptstadt der Mormonen war recht angenehm. Kein Vergleich zu den zwei bis fünf Grad Celsius vom Lake Tahoe.

Ich genoß die ruhigen Minuten hier auf dem kleinen Balkon und ließ meine Gedanken schweifen. Alles mögliche ging mir durch den Kopf: Denise, meine Gefühle für sie, Onkel Nick und Tante Alex, mein Auftrag, Brigitte, Dr. Heinrich, die kleine Squaw und ihre Eltern, die Fahrt nach Yellowstone und so weiter. Ich war noch ganz in Gedanken versunken, als sich plötzlich eine Hand sanft auf meinen Rücken legte.

„An was denkst du denn gerade, mon Chéri?" Denise hatte ihr Aktivitäten im Badezimmer beendet und war zu mir heraus auf den kleinen Balkon gekommen. Sie faßte mich mit ihrer Rechten um meine Taille, legte ihren Kopf an meinen Oberarm und griff nach meiner linken Hand.

„Ach, mir ist soeben alles mögliche durch den Kopf gegangen", antwortete ich ihr leise. „Unter anderem auch die Sache mit uns beiden. Wie soll es denn mit uns beiden weitergehen. Wie hast du dir das denn vorgestellt? Du bist Französin, Studentin in Paris, und ich bin Deutscher und habe einen Job in Bayern, den ich wirklich gerne mache. Hast du dir schon einmal Gedanken gemacht, wie wir das unter einen Hut bringen können? Du weißt, mein kleiner Liebling, ich habe dich wirklich sehr gerne, und ich glaube, wir passen auch ganz gut zusammen und …"

„Ich weiß, was du sagen möchtest, mon Chéri", unterbrach Denise meine tiefschürfenden Ausführungen. „Und ich glaube, ich weiß auch, was dir Sorgen macht. Du denkst darüber nach, was wir machen sollen, falls dein Auftrag morgen oder übermorgen erledigt sein sollte. Glaub mir, ich habe mir darüber ebenfalls bereits den Kopf zerbrochen. Ich hatte gehofft, du würdest es uns beiden dann mit einer kleinen Frage etwas leichter machen. Aber ich sehe schon, so ein harter Mann wie du, der tut sich da naturgemäß etwas schwer, und deshalb werde ich die Sache jetzt in die Hand nehmen."

Meine kleine Denise hatte das Gesetz des Handelns ganz undamenhaft an sich gerissen. Sie hob ihre Arme, nahm meinen Kopf zwischen ihre Hände, drehte mich zu sich herum und zog meinen Kopf zu sich herunter. Sie drückte ihren Mund auf den meinen, öffnete ihre Lippen, und ihre Zunge suchte nach der meinigen. Ich umarmte sie und preßte sie an mich. Es wurde ein langer, inniger Kuß, den Denise beendete, indem sie meinen Kopf, den sie immer noch zwischen ihren Händen hielt, ein paar Zentimeter von sich wegschob.

Sie sah mir tief in die Augen. „Willst du mich heiraten, lieben und in Ehren halten?"

Ich hatte es fast erwartet und war deshalb jetzt doch ein wenig beschämt, daß ich mich nicht zu dieser Frage hatte durchringen können. Denn eigentlich wäre das ja nun einmal nach gängigem Rollenverständnis mein Job gewesen. Ich beeilte mich deshalb zu antworten.

„Ja, ich will, mein kleiner Liebling!"

Wir hielten einander fest umschlungen, bis Denise die Stille unterbrach.

„Wenn ich jetzt nicht bald etwas zu essen bekomme, wirst du allerdings nicht lange Freude an mir haben. Dann bin ich nämlich verhungert."

„Nur noch ein paar Minuten, mein Schatz. Ich mach mich nur auch noch schnell ein wenig frisch, und dann können wir ins Restaurant gehen und uns den Bauch vollschlagen. Ich hoffe, daß die Küche des Hauses von ähnlicher Qualität ist wie der Service, den wir hier bisher erlebt haben."

Ich beeilte mich so gut ich konnte, und schon eine Viertelstunde später saßen wir an unserem reservierten Tisch und studierten die Speisekarte.

Denise nahm ein Boeuf Mignon, und ich entschied mich für ein New Yorker Steak nach Art des Hauses. Laut dem Kellner, den ich befragt hatte, bestand die Art des Hauses in einer Art Kräuter- und Gewürzkruste, von der das Steak umhüllt sein sollte. Zur Feier des Tages bestellte ich für uns beide noch eine Flasche kalifornischen Champagners.

Wenn im reichhaltigen Arsenal meiner Begabungen überhaupt etwas fehlen sollte, dann waren es Kenntnisse im Bereich der Weine und Champagner. Normalerweise trinke ich so gut wie keinen Alkohol. Ich mache mir überhaupt nichts daraus. Mir schmeckt das Zeug einfach nicht. Ich mag nicht einmal Bier. Das ist mir zu bitter. Am liebsten trinke ich eine Cola oder ein Spezi. In feinen Restaurants kann man das nur leider nie bestellen. Die Kellner schauen einen an, als sei man ein kulinarischer Amokläufer und klären einen dann in ihrer blasierten, überheblichen Art darüber auf, daß man derartiges leider nicht vorrätig habe.

Der vom Kellner gereichte Champagner war teuer, sehr teuer. Für meinen Geschmack war er den Preis nicht wert. Aber wie schon gesagt, verstehe ich nichts davon.

Mein New Yorker Steak nach Art des Hauses hingegen war eine echte Spitzenleistung. Der Kräuter- und Gewürzmantel war eine Delikatesse. Es war das bisher beste Steak während meines gesamten Aufenthaltes in den Vereinigten Staaten. Auch Denise lobte ihr Boeuf Mignon in den höchsten Tönen. Das Abendessen war dem Anlaß angemessen.

„Auf uns beide und eine schöne Zukunft!"

Denises Trinkspruch war nicht unbedingt der besten einer. Aber mir wäre im Augenblick auch nichts besseres eingefallen. Wir erhoben die Sektgläser und prosteten einander zu.

„Auf uns, und daß wir diesen Augenblick nie vergessen mögen!"

Wir gingen zurück auf unser Zimmer. Wir zogen uns aus und hüpften nackt unter die Bettdecke. Anfangs hielten wir uns nur fest umschlungen und streichelten uns gegenseitig. Doch dann feierten wir Verlobung, nach allen Regeln der Kunst.

Denise und ich paßten wirklich sehr gut zusammen, auch was das Körperliche, Sexuelle betraf.

Als wir zwei Stunden später eng aneinander geschmiegt einschliefen, schwebte ich zwar im siebten Himmel, war aber auch ziemlich ausgelaugt und fertig.

Kapitel 12

Lake Lodge

Ich hörte Stimmen, nicht allzu laut. Aber es waren eindeutig Stimmen. Stimmen von Männern und Frauen. Sie sprachen englisch. Es dauerte ein wenig, bis mir aufging, daß ich gestern abend den mit einer Weckfunktion gekoppelten Fernsehapparat in unserem Zimmer auf 6.30 Uhr gestellt hatte. Es war einmal etwas anderes, von einem Fernsehapparat geweckt zu werden als von dem widerlichen Weckton meines kleinen Reiseweckers. Genaugenommen bin ich bisher noch nie mittels TV-Gerät geweckt worden, von einem Radiowecker schon. Zu Hause werde ich immer von Bayern 3 geweckt. Die lokalen TV-Nachrichten von Salt Lake City waren da doch ein Novum für mich.

Ich richtete mich auf, stopfte mir mein Kopfkissen hinters Kreuz und lehnte mich an die Holzvertäfelung am Kopfende meines Bettes. Der Fernsehapparat befand sich nun genau in meiner Blickrichtung, vielleicht so etwa fünf Meter vor mir, auf der anderen Seite des Zimmers.

Zwei Personen, eine Frau und ein Mann, führten eine Unterhaltung oder diskutierten miteinander. Ich achtete nicht so sehr darauf. Meine gesamte Aufmerksamkeit wurde von einem blauen Band mit gelber Schrift in Anspruch genommen, das auf dem unteren Teil des Bildschirms circa 10 Zentimeter hoch von links nach rechts durchlief. Ich bemühte mich zu erkennen und zu verstehen, was da zu lesen war. Es handelte sich um eine Art lokalen Nachrichtenüberblick. Was mich daran fesselte, war das Wort Tornado, das immer wieder erschien. Es dauerte ein paar Augenblicke, bis mir klar wurde, was das zu bedeuten hatte.

Wir waren gestern durch einen Tornado gefahren. Das erklärte natürlich einiges. Die Hagelkörner, die ja von eher unterdurchschnittlicher Größe gewesen waren, hatten meinem Lincoln so arg zugesetzt, da sie nicht einfach vom Himmel gefallen waren, sondern vom Tornado eine phantastische Geschwindigkeit verliehen bekommen hatten. Auch die Wassermassen und das plötzliche Ende des Unwetters erschienen jetzt natürlich in einem völlig neuen Licht.

„Was ist denn los?" Denise schaute mich mit total verschlafenen Augen von unten her an. Anscheinend hatten die Stimmen es nun doch auch geschafft, in ihr Unterbewußtsein vorzudringen.

„Was gibt es denn Interessantes, daß schon in aller Frühe der Fernseher laufen muß?"

„Was wir gestern auf der Fahrt hierher kurz vor Salt Lake City erlebt haben, war ein Tornado, oder zumindest ein Ausläufer davon", ließ ich sie an meinen neuesten Erkenntnissen teilhaben. „Komm her!" Ich streckte beide Arme nach ihr aus und zog sie zu mir herauf. Ich drehte sie um und setzte sie direkt vor mir zwischen meine gespreizten Schenkel. So konnte sie sich rückwärts an meine Brust anlehnen. Sie zog sich die Bettdecke bis an ihren Bauch hoch und sah dann ebenfalls zum Fernsehgerät hinüber. Da sie wesentlich kleiner war als ich, konnte ich problemlos über ihren Kopf hinweg das Schriftband weiter verfolgen. Im Moment liefen gerade Ratschläge über den Bildschirm, wie man sich verhalten solle, falls man auf freiem Feld ohne Unterstellmöglichkeit von dem Tornado überrascht werden sollte. Von dem Ratschlag, sich in einer Erdmulde auf den Bauch zu legen und die Hände hinter dem Kopf zu verschränken, um diesen zu schützen, hielt ich allerdings nach dem gestrigen Erlebnis wirklich nicht allzu viel.

„Warum sagen sie nicht gleich, man solle sich ein Blatt Zeitungspapier über den Schädel halten?" Denise war da anscheinend ganz meiner Meinung.

„Glaubst du wirklich, daß wir gestern diesen Tornado erwischt haben, von dem da die Rede ist?"

„Doch, ich denke schon", gab ich zur Antwort. „Laß uns noch ein wenig zusehen. Vielleicht kommt ja noch eine genauere Ortsangabe."

Ich hatte die Arme um den Leib meines Mädchens geschlungen, und gemeinsam sahen wir uns nun die Morgennachrichten an. Plötzlich schrie Denise auf.

„Schau, sie beschreiben gerade den Entstehungsort unseres Tornados und den Weg, den er seitdem genommen hat."

Sie hatte recht. Der Sturm war fern im Süden Utahs entstanden und hatte sich dann immer weiter nach Norden bewegt. Gestern, am späten Nachmittag, war er dann, westlich von Salt Lake City, weiter auf den Großen Salzsee zu nach Norden weitergezogen.

„Das stimmt dann einwandfrei!" Ich war mir nun absolut sicher. „Wir haben gestern einen Tornado miterlebt. Für mich war es der erste Tornado in meinem Leben."

„Für mich schon auch!" gestand Denise. „Aber wenn mich nicht alles täuscht, besteht eine Chance für die Wiederholung eines anderen Naturereignisses, das ich schon gestern abend genießen durfte."

Wir feierten unsere gestrige Verlobung noch einmal ausgiebig nach. Es war erneut ein unvergeßliches Erlebnis, das wir beide in vollen Zügen genossen. Danach blieben wir noch etliche Minuten liegen, glücklich, aber auch leicht erschöpft. Leider war die Dusche zu klein für ein gemeinsames Duscherlebnis, und wir konnten sie nur nacheinander benutzen.

Beim Frühstück waren wir zwar relativ früh dran, aber leider nicht die ersten. Eine ganze Busladung älterer Touristen belagerte bereits das Frühstücksbuffet. Es waren typische Amerikaner, nette alte Leute im Freizeitdress. Manche von ihnen hatten Sachen an, mit denen ihre Altersgenossen in Deutschland nicht einmal ins Bett gehen, geschweige denn in der Öffentlichkeit gesehen werden wollten. Es war ein Bild für die Götter. Denise und ich mußten uns immer wieder einmal zusammenreißen, wenn ein besonders farbenfrohes und chic gekleidetes Exemplar an unserem Frühstückstisch vorbeikam, den wir, strategisch günstig gelegen, nicht weit vom Eingang entfernt, gefunden hatten. Es war ein kleiner Tisch, nur für uns zwei beide allein. Das Frühstücksbuffet stand dem im Westin St. Francis in San Francisco fast in nichts nach. Auf jeden Fall jedoch lag es um mehrere Klassen über dem des angeblichen Fünf-Sterne-Hotels Hatuma Resort in Incline Village.

Den Gesprächen der Bustouristen konnte man unschwer entnehmen, daß sie ebenfalls auf dem Weg in den Yellowstone National Park waren. Ich begann zu verstehen, warum Tante Alex derartige Schwierigkeiten gehabt hatte, eine Unterkunft für uns beide im Park zu arrangieren. Wir gingen nach dem Frühstück am Desk vorbei und baten, unsere Rechnung vorzubereiten. Da wir nicht viel ausgepackt hatten von unserem Gepäck, waren wir schnell wieder bereit für die Abreise. Ich verteilte noch schnell ein paar Fünf-Dollar-Scheine auf meine Hemd- und Hosentaschen, um für die weit geöffneten Trinkgeld-Hände gewappnet zu sein.

Dann verließen wir unser Zimmer, in dem wir in den vergangenen Stunden so schöne Dinge erlebt hatten, zahlten unsere Rechnung am Desk mittels Firmen-Kreditkarte und ließen uns den Lincoln bringen.

Laut Karte war das Hilton gar nicht weit vom Utah-State-Highway Nr. 89 entfernt. Und in der Tat, wir hatten wieder einmal Glück. Schon nach einer halben Meile erreichten wir die Auffahrt. Es war Sonntag heute und noch recht früh am Vormittag, der Highway dementsprechend frei von Verkehr. Auf gut ausgebauten, freien Straßen mit extrem wenig Verkehrsaufkommen ging die Fahrt dahin. Ich genoß diese traumhaften Verkehrsverhältnisse, die einem leidgeprüften deutschen Autofahrer wie mir geradezu paradiesisch erschienen. Von dieser Größe und Weite hatten mir Onkel Nick und Tante Alex schon vor Jahren die Ohren vollgeschwärmt. Ich verstand die beiden immer besser, je länger ich in diesem weiten Land unterwegs war.

Die Amis wissen gar nicht, wie glücklich sie sich schätzen können mit der

Größe und Weite ihres Landes und auch mit den Freiheiten, die sie genießen. Die Leute in den USA wissen nicht, wie es in anderen Ländern zugeht. Sie regen sich auf über die Allmacht und Überlegenheit der Zentralregierung in Washington. Die Politiker würden ihnen alles vorschreiben und den einzelnen in seinen von der Verfassung garantierten Rechten beschneiden. Die Bewohner fühlen sich oft gegängelt und reglementiert. Die Amis haben keine Ahnung, wie gut sie es gerade in dieser Hinsicht haben. Die sollten einmal nach Europa kommen, speziell nach Good Old Germany. Da würden ihnen die Augen übergehen. Da würden sie staunen. Denn erst bei uns in Deutschland erkennt man, für was sich alles Reglementierungen finden lassen. In Deutschland gibt es einen Wust an Gesetzen, Vorschriften, Durchführungsbestimmungen, Verordnungen und wie das ganze Zeug auch im einzelnen heißt, daß es einem richtiggehend schlecht werden könnte dabei. Und was das schlimmste ist bei uns, ist unsere Akribie, unsere schon sprichwörtlich gewordene deutsche Genauigkeit, mit der wir uns dann an unsere Gesetze und Vorschriften halten. Diese wiederum können dabei so unsinnig oder kontraproduktiv sein wie sie nur wollen. Das stört einen Deutschen, der mit der Überwachung ihrer Einhaltung beauftragt ist, in keinster Weise.

In allen nur denkbaren Teilbereichen des menschlichen Lebens, ja des ganz gewöhnlichen Alltags, werden wir von dieser typisch deutschen Reglementierungswut geradezu erstickt. Ich könnte hier seitenweise Beispiele aufführen, vom Parlament bis hinunter zur kleinen Kommune, von Bestimmungen im Rahmen der europäischen Gemeinschaft über die Sitzfläche bei Traktoren bis hinunter zur kommunalen Vorschrift über die Form und Farbe von Dachziegeln bei der Genehmigung eines Bauplanes. Und das alles noch im Zusammenhang mit der schon sprichwörtlichen deutschen Gründlichkeit. Diese bringt es naturgemäß mit sich, daß EG-weit gültige Regelungen und Vorschriften oft nur in Deutschland Beachtung finden. In den anderen Ländern der europäischen Gemeinschaft wurden sie zwar auch erlassen, aber kein Schwanz kümmert sich um ihre Einhaltung. Der größte Teil des gesetzlichen Unsinns ist bei uns in Deutschland jedoch wirklich hausgemacht.

Um beim Beispiel Straßenverkehr zu bleiben, sei nur an folgendes erinnert. In den USA, aber auch schon im europäischen Ausland, z. B. in Großbritannien, steht vor einer gefährlichen Stelle einer Straße ein schönes großes Schild „SLOW". Manchmal vielleicht, aber bestimmt nicht immer, findet man noch ein einziges Zusatzschild, das die Art der Gefahr verdeutlicht, wie z. B. Einmündung, Kuppe, Kurve, Kühe und so weiter. Das ist dann aber wirklich auch schon das Ende sämtlicher Hinweise und Vorschriften.

Was macht man bei uns in Deutschland in so einem Fall? Da sind wir Deutschen natürlich um Längen gründlicher. Wir brauchen hier z. B. im Falle einer gefährlichen Kurve als Mindestausstattung Schilder für Tempo 80, Tempo 60, Tempo 40, mindestens drei bis vier rot-weiße Warnbaken, zwei bis drei schwarzweiße Warnbaken, eine Überholverbot-Ankündigung mit Entfernungsangabe, ein Überholverbot und eine Warnung vor Schleudergefahr.

Da man den Deutschen im eigenen Land und ganz besonders den Autofahrern natürlich auch nicht über den Weg trauen darf, wird das ganze dann noch gewürzt mit einer versteckten Radar-Kontoll-Einrichtung. So hält man die Leute an der Kandare und füllt gleichzeitig noch den immerwährend leeren Staatssäckel.

Ja, die Amis wissen gar nicht, was sie für Freiheiten genießen. Natürlich gibt es auch bei ihnen viele Dinge, die wirklich verbesserungsbedürftig sind, sei es der Sozialbereich, die Rechtsprechung oder auch die bestehende Kriminalität. Der letzte Punkt jedoch wird oft viel zu einseitig dargestellt. Sicher, die Vereinigten Staaten haben eine hohe Kriminalitätsrate, besonders in Ballungsräumen. Aber so sicher, wie es uns unsere Obrigen immer vorgaukeln möchten, sind wir in Deutschland schon lange nicht mehr. Hier sei mir nur der Hinweis auf die Öffnung des ehemaligen Ostblocks erlaubt, mit Russenmafia, rumänischen Tresorknackerbanden und so weiter.

Während es hier bei uns in Deutschland für jeden potentiellen Straftäter, Einbrecher oder Räuber praktisch vollkommen gefahrlos ist, einen Bürger in einer einsamen Straße zu bedrohen, ihm sein Geld abzunehmen, ihn mit einem Messer zu verletzen oder ihm eins überzubraten, heimlich in sein Haus oder seine Wohnung einzudringen, ja sogar ihn dort zu überfallen und zu quälen, ist das bei den Amis, aber auch bei den Österreichern und den Schweizern mit einem wesentlich höheren Risiko verbunden. Es ist z. B. weithin unbekannt, daß in Österreich jeder unbescholtene Bürger einen Rechtsanspruch auf den Erwerb einer Waffe hat. Wenn nichts gegen ihn vorliegt, muß ihm die Behörde einen Berechtigungsschein für den Kauf einer Waffe ausstellen, die er dann zu Hause in seinen Wohnräumen verwahren darf. Er kann sich dann in jedem Waffengeschäft der Alpenrepublik eine Waffe zulegen, die anschließend von der Behörde registriert wird. Das Waffengesetz ist in dem kleinen Alpenstaat also ähnlich liberal wie in den Vereinigten Staaten. Die Politiker, und leider auch die Medien, sprechen jedoch, wenn es um Waffen geht, regelmäßig nur von den Verhältnissen in den USA mit ihrer hohen Kriminalitätsrate, die ja wohl kein vernünftiger Mensch haben wolle. Niemand fragt, ob man Verhältnisse wie in Österreich haben will. Denn dort lebt man als Normalbürger wohl mindestens so sicher wie bei uns in der Bundesrepublik Deutschland, ich würde sogar sagen, eher sicherer.

Das Risiko für einen potentiellen Einbrecher z. B. in Österreich auf einen abwehrbereiten, da bewaffneten Bürger zu treffen, ist jedoch ungleich höher als in Deutschland.

In den Vereinigten Staaten von Amerika wird in diesem sensiblen Bereich sogar wieder der Weg zurück beschritten. Immer mehr Bundesstaaten räumen ihren Bürgern ein Recht auf das Tragen, nicht nur den Besitz oder den Erwerb einer Faustfeuerwaffe ein. Der Rückgang der Straftaten in der einschlägigen Statistik scheint den Befürwortern dieses „Rückschritts" recht zu geben. Bei uns in Deutschland gelingt es dem Staat immer weniger, sein Gewaltmonopol aufrechtzuerhalten. Auch ich bin der festen Überzeugung, daß die ursprüngliche Idee eines staatlichen Gewalt-Monopols mit allen erforderlichen Kontrollen eines Rechtsstaates das Non-Plus-Ultra, das einzig wünschenswerte wäre. Aber leider muß der Bürger immer öfter erfahren, daß die Gauner alle bewaffnet sind, oft sogar besser als die Polizei, die ihn aufgrund ihrer immer vielfältiger und schwieriger werdenden Aufgaben nicht, oder nicht mehr in erforderlichem Umfang, schützen kann. Der einzige ohne Waffen ist der normale Bürger! Bei irgendwelchen Chaos-Tagen gewaltbereiter Gruppierungen in einer deutschen Stadt z. B. wurde Bürgern, die per Telefon um Hilfe baten, von den Sicherheitskräften unseres Staates geraten, sie sollten sich ruhig verhalten und sich erforderlichen Falles verbarrikadieren, da die Polizei leider keine Kräfte mehr frei habe, um ihnen den angeforderten Schutz zu gewähren. Soviel zum Gewalt-Monopol des Staates. Eine derartige Entwicklung darf einfach nicht sein. Ich finde das einfach nicht richtig, obwohl ich der Ehrlichkeit halber zugeben muß, daß Onkel Nick und ich, d. h. eigentlich unser gesamtes Sicherheitsunternehmen bestens von dieser Entwicklung leben. Die Leute fühlen sich immer unsicherer, immer mehr von Vater Staat im Stich gelassen, und sie können sich nicht wehren.

Unsere Firma macht mittlerweile einen beachtlichen Teil ihres Umsatzes mit der Angst des Normalbürgers vor Verbrechern und ihren Untaten. Die Installation von Alarmanlagen und Einbruch-Meldeanlagen, deren Wartung und Betreuung im Falle eines Alarms, Kontrollgänge, Überwachung von Firmengrundstücken, Fabriken, Geschäften und auch Privathäusern sowie auch immer mehr der Einsatz von Personenschützern lassen in unserem Gewerbe die Kassen hell erklingen.

Im Bereich des Straßenverkehrs haben es die Amis jedoch eindeutig ganz einfach allein schon deshalb besser als die Europäer, weil sie Platz haben, Platz im Überfluß. Die kennen das Gedränge, Geschiebe und die Stauerei auf deutschen Straßen einfach nicht, von ein paar Ausnahmen in Ballungsgebieten einmal abgesehen.

Heute morgen auf jeden Fall war der Highway erfreulich leer. Das sanfte Schaukeln im Lincoln bei Tempo 80 war richtiggehend angenehm. Wir fuhren direkt Richtung Norden. Zur Rechten begleiteten uns die hohen Gebirgszüge, die wir gestern vor dem Tornado zum ersten Mal erblickt hatten. Zur Linken lag milchigweißer Dunst über der Ebene, wahrscheinlich direkt über dem Großen Salzsee.

Wir passierten Layton und Clearfield und erreichten kurz vor Ogden den Interstate-Highway Nr. 84. Langsam, aber sicher füllten sich die Straßen. Auffällig viele Wagen zogen Anhänger mit Booten, Jetskis oder Surfbrettern hinter sich her. Irgendwo in der Umgebung mußte es eine Möglichkeit für Wassersport geben.

„Ob die wohl zum Großen Salzsee wollen?" Denise hatte die gleichen Gedanken wie ich.

„Keine Ahnung!" gab ich zur Antwort. „Ich glaube eigentlich eher nicht, daß sich der Große Salzsee für Wassersport eignet, aber ich weiß es nicht sicher."

Wir passierten Brigham City, benannt nach dem großen Führer der Mormonen, den sie noch heute wie einen Heiligen verehren, und wechselten bei Tremonton auf den Interstate-Highway Nr. 15, der uns Richtung Idaho führte.

Wir kamen sehr gut voran. Noch im Laufe des Vormittags fuhren wir an Pocatello vorbei und erreichten Idaho Falls. Hier mußte ich auf den lokalen Highway Nr. 20 wechseln, der uns nun bereits direkt auf den Yellowstone National Park zuführte. Die Gegend wurde immer waldreicher und gebirgiger. Leider wurde auch der Verkehr immer stärker. Jetzt zeigte sich, daß die Amis am Sonntag gern ins Grüne fahren. Aber trotz des zunehmend stärkeren Verkehrsaufkommens kamen wir immer noch erfreulich gut voran.

Wir überquerten den Targhee-Paß mit einer Höhe von 7.072 Fuß schon kurz nach 1.00 Uhr Mittag. Über die kleine Ortschaft West Yellowstone erreichten wir den Westeingang des Yellowstone National Parks. Der Parkranger, bei dem wir die Eintrittskarte lösten, teilte uns mit, daß zur Zeit leider umfangreiche Straßenreparaturarbeiten im Gange seien und deshalb auf einzelnen Strecken mit erheblichen Behinderungen, Staus und Wartezeiten zu rechnen sei.

Die ersten Meilen über war von diesen Behinderungen noch nichts zu sehen. An der Madison Junction teilte sich die Straße. Links ging es in den Nordteil des Parks und rechts in den südlichen Teil. Zur Lake Lodge, wo wir hinwollten, war es laut Karte praktisch egal, welche Route wir einschlagen würden. Der südliche Teil bot wesentlich mehr an Sehenswürdigkeiten, und da wir es noch früh am Tag hatten, beschloß ich, auf der Süd-Route zum Yellowstone-Lake zu fahren. Aber schon ein paar Meilen weiter stellte sich heraus, daß das ganz und gar keine gute Idee gewesen war.

Wir waren gerade am „Lower Geyser Basin" vorbeigefahren und befanden uns in etwa in Höhe des „Midway Geyser Basin", als ich vor mir eine lange Reihe von Autos sah. Bald hatte ich das Ende der Schlange erreicht. Die Autos vor mir standen wenigstens nicht, aber sie fuhren auch nicht mit normaler Geschwindigkeit. In Höhe des Biscuit Basin war es dann endlich soweit. Wir hatten unsere erste Straßenbaustelle im Yellowstone National Park aufgegabelt. Zuerst war es noch ein recht guter Schotterweg, aber schon bald wurden die Straßenverhältnisse erheblich schlechter. Mit schlammigen Wasserpfützen gefüllte Schlaglöcher überzogen die Fahrbahn soweit das Auge reichte. Besonders die Limousinen versuchten, diesen Fallgruben auszuweichen, so gut es nur irgend möglich war. Direkt vor mir fuhr ein großer Four-Wheel Drive, der es natürlich nicht nötig hatte, den Schlaglöchern auszuweichen. Er fuhr einfach durch sie hindurch. Da er genug Bodenfreiheit hatte, konnte er sich das problemlos erlauben. Anhand seines „Eintauchens" in die Schlaglöcher und der Schüttelbewegungen, die seine ganze Karosserie anschließend vollführte, konnte ich in etwa die Tiefe und das Ausmaß der Pfützen abschätzen, die direkt vor mir lagen. Es war ein ständiges Abwägen über Durchfahren oder Ausweichen. Manchmal wäre ich gerne ausgewichen, konnte das aber aufgrund des Gegenverkehrs nicht durchführen. Ein paar Mal hielt ich deshalb an, ein paarmal probierte ich es trotz meiner Zweifel mit Durchfahren. Zweimal hörten und spürten wir deutlich, wie der Boden des Lincoln mit dem Dreck darunter in mehr oder weniger unsanfte Berührung kam. Mir tat mein Lincoln richtig leid. Wie alles bei den Amis, so war es auch hier mit dieser Baustelle. Sie war riesig. Wir mußten bestimmt so an die 15 Meilen auf dieser Schaukelpiste zurücklegen, bevor wir endlich wenigstens wieder eine gleichmäßig geschotterte Fahrbahn unter den Reifen hatten.

Wir kamen vorbei am „Upper Geyser Basin" und am „Black Sand Basin", aber ich hatte keine Lust, auf die entsprechenden Parkplätze rauszufahren. Die sahen nämlich auch nicht viel besser aus als diese Schlagloch-Piste, auf der wir gerade unterwegs waren.

Zu allem Überfluß hatte es nach etwa der Hälfte der Baustelle auch noch angefangen zu nieseln. Das Nieseln war nun in einen ausdauernden Schnürchen-Regen übergegangen, und ab und zu war auch schon eine Schneeflocke darunter. Der Schlaglochweg war zwar bereits von Anfang an feucht gewesen, die zusätzliche Nässe von oben verwandelte ihn nun jedoch endgültig in eine perfekte Schlammwüste. Ich atmete deshalb wirklich erleichtert auf, als wir kurz vor dem „Old Faithful Geyser" und dem dazugehörigen „Old Faithful Inn", einem romantischen, ganz aus Holz gebauten und bereits mehr als hundert Jahren alten Hotel, endlich wieder auf eine geteerte Fahrbahn stießen.

Den „Old Faithful Geyser" wollte ich zwar unbedingt einmal in Natura in action sehen, aber das mußte noch ein wenig warten. Die Baustelle hatte meinen schönen Zeitplan ein wenig durcheinander gebracht. Wenn da noch ein paar von dieser Sorte kamen, würde es reichlich spät werden, bis wir unser Domizil in der Lake Lodge erreichen würden. Ich fuhr deshalb auch an dieser wohl berühmtesten Sehenswürdigkeit des Yellowstone National Parks vorbei. Wir überquerten den Craig Paß. Große Schilder wiesen uns darauf hin, daß wir soeben eine kontinentale Wasserscheide überquerten. Nach Westen floß das Wasser ab in den Pazifik, nach Osten in den Atlantischen Ozean. Aber auch dafür fehlte mir im Augenblick der richtige Sinn, denn mittlerweile hatte sich der Schneefall verstärkt, und die weiße Pracht begann auf der Fahrbahn liegenzubleiben. Zum Glück ging es schon bald danach wieder abwärts, hinunter zum Yellowstone Lake. Plötzlich sah ich einen Wegweiser, der zum „Lake" nach links deutete, weg von der Hauptstraße. Ohne jegliche Vorwarnung, erkennbar wirklich erst im letzten Augenblick, hatten diese verkehrspolitischen Ignoranten mitten in die Wildnis eine Kreuzung gesetzt. Mit einem mittelprächtigen Notmanöver schaffte ich es gerade noch in die Abzweigung. Gott sei Dank bauen die Amis nicht nur ihre Highways recht großzügig, sondern auch ihre Kreuzungen, und zum Glück war in diesem Augenblick außer mir niemand hier in der Gegend.

Die Straße folgte dem Seeufer. Fast zwanzig Meilen fuhren wir dahin, bis wieder eine Kreuzung angekündigt wurde, angekündigt, wie es sich gehörte, durch einen Wegweiser und einen „Xing"-Hinweis auf der Fahrbahn. Zum Lake Hotel und zur Lake Lodge ging es rechts weg, näher an den See. Das Lake Hotel war ein Riesenkasten, vielleicht so vier bis fünf Stockwerke hoch und mindestens zweihundert Meter lang. Es war ganz aus Holz gebaut. Es sah gut aus, mit seiner gelb-weißen Fassade und dem mit Säulen geschmückten Eingangsportal. Bestimmt war es auch nicht gerade billig. Angesichts meines strapazierfähigen Spesenkontos wäre mir das jedoch gleichgültig gewesen. Nur hatte Tante Alex ja leider hier in diesem Hotel kein Zimmer mehr bekommen können. Unsere Reservierung lautete ja bekanntlich auf die Lake Lodge.

„Wo das Lake Hotel war, da konnte die Lake Lodge ja auch nicht weit weg sein", dachte ich mir. Ich fuhr deshalb einfach einmal weiter, und wirklich, keine 500 Meter später lag schon linker Hand die langersehnte Lake Lodge. Ich bog nach links ein und hielt vor einem mittelprächtigen Gebäude aus Holzbalken mit der Aufschrift „Lake Lodge Reception".

„So wie das hier aussieht, werden wir wohl keine Probleme mit Valet Parking haben", stellte ich fest, während Denise und ich aus dem Lincoln kletterten.

„So wie das hier aussieht, müssen wir froh sein, wenn wir nicht unsere Betten selbst machen müssen", setzte Denise noch eins obendrauf.

Über drei Stufen erreichten wir die aus rohen Brettern zusammengezimmerte Veranda. Von hier aus ging es durch zwei knarrende Holztüren in einen großen, leeren Raum. An der Wand gegenüber hing ein Schild mit der protzigen Aufschrift „Reception". Der gesamte Raum war aus mächtigen, dicken und entrindeten Baumstämmen gezimmert, wie eine riesige Blockhütte. Er sollte wahrscheinlich eine Art Lobby darstellen. Linker Hand hatte man ein paar Telefonapparate an die Baumstämme genagelt. Schräg links vor uns hing eine windige Tür schief in ihren Angeln. Wahrscheinlich mußte man hier hindurch, um hinter den Desk zu gelangen.

An der sogenannten Rezeption standen zwei junge Mädchen, die gerade von zwei anderen Gästen in Beschlag genommen wurden. Aber sogar hier, in dieser Bruchbude, achtete man bei den Amis auf „Privacy". Ein gelber, nur noch unvollständig vorhandener Strich auf dem Fußboden und eine kleine Tafel an einem dürren Ast deuteten an, wo man stehen bleiben sollte, um die Privatsphäre desjenigen zu respektieren, der vor einem an der Reihe war. Im Westin St. Francis in San Francisco hatte ich das ja noch irgendwie eingesehen, aber hier hielt ich es doch fast ein wenig für übertrieben. In dieser Zurück-zur-Natur-Lodge sahen einem doch bestimmt sogar die Tiere des Waldes beim Baden zu.

Ich sagte zu Denise, sie möge doch unseren Platz besetzt halten, während ich selbst mich ein wenig weiter umsehen wollte. Rechter Hand ging es über ein paar breite Stufen in einen weiteren großen Raum. Soweit ich es von hier erkennen konnte, standen dort Tische und Stühle. Ich betrat den Raum, und mein erster Eindruck bestätigte sich. Es handelte sich um eine Art Cafeteria oder Snackbar. Links im Hintergrund waren eine Anzahl von Selbstbedienungs-Theken. Die meisten waren im Augenblick jedoch ziemlich leer und ausgeräumt. Nur an einer gab es Kaffee, Tee und Plundergebäck. Die Auswahl war allerdings alles andere als vielversprechend. Der Raum hatte zwar einen anderen Zuschnitt als die Lobby, war aber mindestens ebenso groß. Mächtige, über einen Meter dicke Baumstämme dienten als Säulen, welche die Dachkonstruktion trugen, die man deutlich von unten her erkennen konnte.

„Michael!" Denise rief nach mir. Wir waren dran. Ein paar schnelle Schritte brachten mich zurück in die Lobby. Denise stand schon vor einem der Mädchen.

„Sie müssen eine Reservierung aus Deutschland für zwei Personen auf den Namen Steiner haben", eröffnete ich der Kleinen unsere Wünsche.

„Ja, das ist richtig!" Sie nahm zwei Zettel in die Hand, die ganz oben auf einem besonderen Stapel lagen. Wie in einem richtigen Hotel mußten wir unsere Pässe und die Kreditkarte vorlegen sowie ein Anmeldeformular ausfüllen.

„Frag doch gleich, wo man hier etwas zu essen bekommt!" Denise war schon wieder um die Füllung ihres süßen kleinen Bäuchleins besorgt.

Von 18.00 Uhr bis 20.00 Uhr abends könnte man in ihrer Snackbar eine Kleinigkeit bekommen. Ansonsten gäbe es noch zwei Restaurants in der Ortschaft Lake, etwa fünf Meilen von hier.

„Können Sie mir auch einen Tisch im Lake Hotel reservieren?" fragte ich das Mädchen. Das Angebot der Snackbar hatte meiner kulinarisch doch recht verwöhnten Begleiterin nur ein düsteres Runzeln ihrer schön geschwungenen Augenbrauen abringen können.

„Natürlich, Sir, selbstverständlich kann ich das machen." In ihrer Stimme schwang deutlich Verwunderung mit. Anscheinend war es ihr noch nicht häufig passiert, daß ein Gast der Lake Lodge nicht in ihrer Snackbar zu Abend essen wollte, sondern in dem zweifellos wesentlich vornehmeren und dementsprechend kostspieligeren Restaurant des Lake Hotels.

Sie hatte schon Schwierigkeiten, die richtige Telefonnummer zu finden. Dann mußte sie sich noch mehrmals weiter verbinden lassen, bis sie endlich den richtigen Ansprechpartner fürs Restaurant an der Strippe hatte.

„Um wieviel Uhr möchten Sie denn zu Abend essen, Sir? Das Restaurant könnte Ihnen noch einen Tisch anbieten für 19.30 Uhr, 20.30 Uhr und 22.00 Uhr."

„So früh wie möglich!" gab ich nach kurzer Beratschlagung mit Denise zur Antwort. „Wir nehmen also dann den Tisch um 19.30 Uhr."

Das Mädchen bestätigte ihrem Gesprächspartner unseren Reservierungswunsch. Dann händigte sie uns verschiedene Prospekte, einen Durchschlag unserer Anmeldung und den Zimmerschlüssel aus. Zum Abschluß nahm sie noch so eine Art Plan von einem Stapel und erklärte uns, wie wir zu unserem „Cottage" kämen.

„Na, das kann ja heiter werden!" entfuhr es mir, als mir aufging, daß wir in einer Berghütte untergebracht werden sollten.

„Ich dachte, deine Tante Alex legt immer so großen Wert auf eine feudale Unterkunft", schlug Denise in die gleiche Kerbe.

„Das tut sie auch. Aber ich fürchte, bei dem Betrieb, der hier im Park herrscht, wie wir ja selbst schon ausgiebig feststellen konnten, müssen wir froh sein, daß wir überhaupt ein Dach über dem Kopf haben werden. Tante Alex hat ja bereits zugegeben, daß die Zimmersuche alles andere als einfach war. Und wir selbst sind doch auch an mehreren Campingplätzen vorbeigefahren, an denen ein Schild verkündete, daß sie leider voll belegt seien. Kannst du dich nicht mehr erinnern?"

„Ja, schon, aber trotzdem wäre mir jetzt doch sehr nach einer schönen Unterkunft mit einem feinen Essen", maulte meine Kleine vor sich hin.

„Na, jetzt laß uns erst einmal unser Cottage anschauen. Das heißt, zuerst einmal müssen wir es finden."

Wir verließen die Rezeption der Lake Lodge und stiegen wieder in unseren Lincoln ein. Die Karte war zum Glück leicht verständlich. Direkt hinter dem Gebäude, das wir gerade wieder verlassen hatten, führte ein gut geschotterter Weg den Hügel hinauf. Bald schon erschienen links und rechts vom Weg kleine Blockhütten unter Bäumen. Nach unserer Karte mußten wir den Weg bis zum bitteren Ende fahren. Unser Cottage mußte das mittlere der drei letzten sein. Ich fand es ohne Probleme. Wenigstens gab es genügend Platz vor der Hütte, um den Lincoln abzustellen.

„Laß das Gepäck noch einmal im Wagen. Wir wollen uns zuerst unser Heim für die nächsten Tage ansehen."

Denise war einverstanden und folgte mir. Ich schloß die Tür auf, ein billiges Machwerk aus Preßspanplatten und dünnen Brettern, und wir betraten das Cottage.

Wir waren beide überrascht. Es sah wesentlich weniger schlimm aus, als wir befürchtet hatten. Direkt neben der Eingangstür ging es rechts zur Toilette. Daneben befand sich ein Extra-Abteil für die Dusche. Es gab Warm- und Kaltwasser, ausreichend Hand- und Badetücher und sogar die hotelüblichen Kleinpackungen an Seife, Shampoo und Kleenex-Tüchern.

Im Wohn- und Schlafraum befand sich ein Waschbecken von geradezu überdimensionalen Ausmaßen mit beleuchtetem Spiegel, Anschluß für einen Elektrorasierer und weiteren Handtüchern. Ein großer runder Tisch mit drei massiven, aus kleinen Baumstämmen gezimmerten Stühlen stand an der Wand gegenüber dem Waschbecken. Zwei große Doppelbetten kennzeichneten den Schlafbereich unseres neuen Domizils. Die gesamte Einrichtung war einfach, aber zweckmäßig und vor allem sauber.

„Sieht insgesamt wesentlich besser aus, als ich befürchtet hatte", ließ sich meine kleine Kritikerin vernehmen.

„Ich glaube fast, da haben wir noch eine Luxus-Ausführung an Cottage abgestaubt. Ist dir übrigens aufgefallen, daß die Hütten in den letzten drei oder vier Reihen, also auch unsere hier, größer waren als die in den unteren Reihen?"

„Sie sehen etwas anders aus in der Ausführung. Ob sie wirklich größer sind, möchte ich dahingestellt sein lassen. Da möchte ich keinen Eid drauf schwören. Aber das soll uns im Endeffekt auch egal sein. Hauptsache, wir haben eine einigermaßen anständige Unterkunft für die nächsten Tage", stellte ich fest. „Nun laß uns unser Zeug holen. Dann packen wir ein wenig aus, machen uns frisch, und dann ist es sowieso schon fast Zeit, zum Lake Hotel zu fahren."

„Apropos frischmachen! Ich finde, hier drinnen ist es lausig kalt. Hast du so etwas ähnliches wie eine Heizung gesehen?" Denise schlang zur Bekräftigung die Arme um ihren schmalen Körper und untermalte ihre Frage mit einem leichten Zähneklappern.

„Heizung direkt nicht!" Ich ging zur Wand gegenüber der Eingangstür. „Hier unter dem Fenster dürfte es sich meiner Meinung nach um einen in die Wand fest installierten Heizungslüfter handeln." Mit einem Knopfdruck schmiß ich das Ding an, schob den Schiebeschalter auf maximale Heizwirkung, und schon ein paar Sekunden später trieb uns heiße, aber auch sehr trockene Luft um die Ohren.

„Ich würde sagen, wir lassen ihn ein wenig an, bis wir uns frischgemacht haben, und wenn wir dann zum Abendessen ins Lake Hotel gehen, machen wir ihn wieder aus. Das Gebläse wirbelt nämlich auch den Staub und den Dreck auf", schlug ich vor.

Bald schon waren wir abmarschbereit. Hungrig wie die Löwen fuhren wir zum Lake Hotel. Da wir noch zu früh dran waren, streunten wir noch ein wenig durch die Hotel-Lobby und den Souvenir-Shop. Anschließend schlenderten wir dann noch ein wenig auf die Terrasse. Man hatte von hier aus einen herrlichen Blick auf den Yellowstone-See. Das Hotel befand sich ganz nahe am Ufer. Bis zum Wasser waren es höchstenfalls fünfzig oder sechzig Meter. Es war eine herrliche Abendstimmung. Klare Luft, blaues Wasser, weiße Berge und grüne Wälder. Wir standen auf der Terrasse und genossen die Aussicht.

Denise hatte ihren linken Arm um meine Hüfte gelegt, und ich hatte meinen rechten Arm unter dem ihrigen durchgesteckt. Meine rechte Hand lag sanft halb auf ihrer Hüfte, halb auf ihrem hungrigen Bauch. Man sah uns das Verliebtsein bestimmt auf hundert Meter an. Aber das war mir im Augenblick vollkommen egal. Ich genoß die Minuten in vollen Zügen.

„An was denkst du gerade, mon Chéri?"

„Wenn ich ehrlich bin, an nichts, mein kleiner Liebling. Ich genieße nur gerade die Aussicht und das Zusammensein mit dir. Im Moment bin ich richtiggehend zufrieden mit mir und der Welt. Leider kommt das nicht allzu oft vor. Im Moment geht es mir einfach gut, mit dir in meinem Arm." Ich tätschelte ihren Bauch, und sie drückte meine Seite.

Mittlerweile war es soweit, sich um unseren Tisch zu kümmern. Natürlich mußten wir auch hier wieder anstehen, da diese amerikanische Unsitte des „Wait to be seated" hier leider bis zum Exzeß gepflegt wurde. Obwohl unsere Reservierung für 19.30 Uhr von der zuständigen Dame bestätigt wurde, mußten wir doch noch eine Viertelstunde warten, bevor wir an unseren Tisch geführt wurden.

Das Ambiente war echt in Ordnung, die Bedienung freundlich, wie es sich für ein Hotel-Restaurant dieser Güteklasse gehörte. Die Preise fielen ebenfalls nicht aus dem Rahmen. Jetzt warteten wir nur noch gespannt auf die Güte der Küche und das Können der Köche. Ich wählte aus der Vorspeisenkarte ein Stück American Pizza. Denise entschied sich für einen Salat. Als Hauptmahlzeit bestellten wir beide ein schönes Steak, full cut für mich und small cut für Denise. Bereits das kleine Stück hatte mindestens die doppelten Ausmaße eines europäischen Steaks. Mein full cut-Exemplar sprengte, wie bei den Amis üblich, wieder jeden Rahmen. Als Tischwein bestellten wir einen kalifornischen Zinfandel, einen Rosé. Ich mache mir normalerweise ja absolut nichts aus Weinen, aber dieser Zinfandel sagte sogar mir zu. Er war lieblich süß und traf auch den Geschmack meiner französischen Feinschmeckerin. Wir beschlossen unser wirklich feudales Mahl mit einem Tee und einer Auswahl vom Kuchen-Buffet.

Wohlgesättigt und zufrieden gingen wir zum Ausgang des Restaurants des Lake Hotels. Bei der für Reservierungen im Restaurant zuständigen Dame ließ ich mich sofort für den nächsten Abend vormerken, und zwar so früh wie möglich, um 18.00 Uhr.

Es war nun richtig dunkel, als wir auf dem Parkplatz in unseren Lincoln stiegen. Weder Mond noch Sterne erhellten die Umgebung. Es herrschte absolute Dunkelheit. Die Scheinwerfer meines Lincoln stanzten helle Flecken aus der nächtlichen Schwärze. Wir erreichten unser Cottage ohne Probleme.

Natürlich hatte sich die Temperatur in der Hütte bereits wieder merklich abgekühlt. Draußen hatte es laut Auto-Thermometer glatte fünf Grad Celsius. In der Hütte herrschten vielleicht so um die acht oder zehn Grad Celsius. Es war also nicht unbedingt eiskalt, aber natürlich auch nicht gerade warm. So schnell wir nur irgend konnten, machten wir uns bettfertig und huschten unter die Decke.

Natürlich brauchten wir wieder nur ein Bett. Denise klapperte reichlich unrhythmisch mit ihren Zähnen und drängte ihren nackten Körper ganz an mich heran. Wir versuchten, uns gegenseitig zu wärmen und hielten uns eng umschlungen. Nach einer guten halben Stunde hatten wir es ganz angenehm warm unter unseren Decken, und Denise begann endlich warme Füße zu bekommen. Wir redeten noch geraume Zeit miteinander, über Gott und die Welt, bevor wir einschliefen.

Kapitel 13

Rätsel

Ich wachte auf, weil mir kalt war. Mein rechter Arm und meine rechte Schulter waren im Freien. Denise hatte mir im Laufe der Nacht im Schlaf die Decke weggezogen. Sie hatte wirklich ein sehr einnehmendes Wesen. Behutsam versuchte ich wieder unter die Decken zu schlüpfen. Das war jedoch gar nicht so einfach. Ich wollte Denise nicht aufwecken. Sie hatte sich jedoch derartig in die Decken eingerollt, daß ich nur ganz langsam, Zentimeter für Zentimeter meinen Teil der Decken von ihr loseisen konnte. Aber es gelang mir, wieder zu ihr unter die Decke zu schlüpfen, ohne daß sie aufwachte. Sie fühlte sich herrlich warm an, richtig schlafwarm. Ich mußte meinen kalten rechten Arm zuerst an meinem eigenen Körper wieder einigermaßen aufwärmen, bevor ich ihn um sie legen konnte. Sie wäre sonst unter Garantie hochgeschreckt, als hätte man sie mit einem Eiszapfen geweckt. Meine Rolly zeigte 6.00 Uhr morgens. Draußen war es noch recht dunkel. Ich versuchte die Zeit zu nutzen und dachte über die weitere Entwicklung meines Auftrages nach.

Anscheinend waren meine Gedanken nicht besonders fesselnd gewesen, denn das nächste, was ich dann weiß, waren Zähne, die zärtlich an meinem Ohr knabberten, und eine süße Stimme, die mir ins Ohr flüsterte: „Aufwachen, mon Chéri! Es ist schon fast 8.00 Uhr morgens. Aufwachen, mein Liebling! Wir haben heute doch wieder einiges zu erledigen."

„Wie spät ist es?" fragte ich noch schlaftrunken und gab mir dann gleich selbst die Antwort. „Ist es wirklich schon fast 8.00 Uhr?"

„Noch nicht ganz, aber es fehlt auch nicht mehr viel." Denise kraulte in meinen Brusthaaren.

„Na, dann wollen wir doch wohl oder übel aufstehen. Für irgendwelche anderen morgendlichen Tätigkeiten ist es, glaube ich, heute morgen in diesem Zimmer zu kalt." Zur Bekräftigung meiner Feststellung hauchte ich kräftig aus. Mein Atem bildete eine richtige kleine Kondenswolke.

„Puh, ist das kalt hier drinnen!" Denise schnatterte und zitterte schon allein bei dem Gedanken, das warme Bett verlassen zu müssen.

„Du kannst noch ein wenig liegenbleiben!" bot ich ihr an. „Ich werde aufstehen und den Heizlüfter einschalten. Am Waschbecken hat sowieso nur einer Platz, und während ich meine Katzenwäsche hinter mich bringe und meine sonstigen morgendlichen Erledigungen durchführe, kannst du ohne weiteres noch ein wenig liegen bleiben. Ist das ein Vorschlag, mein Schatz?"

„Der Vorschlag wird dankend angenommen. Mir wird schon wieder ganz kalt, wenn ich nur daran denke, aufzustehen."

Ich kletterte aus dem Bett, stellte den Heizlüfter auf Full Power und zog sofort meine Sachen an. Als ich wieder von der Toilette kam, hatte der Heizlüfter den Raum mittlerweile doch so weit erwärmt, daß ich mich wieder ausziehen konnte, um mich zu waschen.

„So, ich bin fertig. Jetzt bist du dran! Keine Angst, meine Kleine, es ist jetzt doch schon wesentlich wärmer als vorher, als wir aufgewacht sind, und außerdem haben wir Sommer. Es geht auf Ende Juni zu. Stellen Sie sich also nicht so an, Mademoiselle Pierre", schlug ich einen heiteren Befehlston an.

Denise schlüpfte schnell unter den Decken hervor und kramte sofort nach ihrer Unterwäsche. Sie versuchte sich nun immer möglichst in Reichweite des Warmluft-Gebläses zu halten. Während sie sich wusch und sich fertig machte, sah ich die Unterlagen durch, die man uns gestern an der sogenannten Rezeption der Lake Lodge mitgegeben hatte. Es waren einige Prospekte und Zettel mit Verhaltensmaßregeln im Falle der Begegnung mit einem Bison oder gar einem Bären. Sichtungen von Bären sollten z. B. zwingend sofort der nächsten Ranger-Station gemeldet werden, um möglichen Zwischenfällen vorzubeugen. Es war auch eine Werbung dabei für einen General-Store am Yellowstone Lake. Sie versprach eine große Auswahl an Souvenirs und nützlichen Gerätschaften. Besonders stellte sie den freundlichen Service durch die Mitglieder der Eigentümer-Familie Cartwright heraus.

Es dürfte also nicht allzu schwierig werden, mit Familie Cartwright Verbindung aufzunehmen. Ob der liebe Johny ebenfalls so einfach zu finden sein würde, stand natürlich auf einem ganz anderen Blatt.

Eine nette kleine Karte mit den wichtigsten Sehenswürdigkeiten vervollständigte das Material, das man uns gestern in die Hand gedrückt hatte. Ich hatte mich gerade erst ein paar Minuten in diese Karte vertieft, als Denise meldete, daß sie fertig und darüber hinaus auch hungrig sei.

Wir fuhren hinunter zur Rezeption und Snackbar der Lake Lodge. Parkplätze waren noch genügend frei, und so konnte ich ziemlich nahe am Eingang parken. Das war recht erfreulich. Denn natürlich regnete es bereits wieder. Überflüssig zu erwähnen, daß es immer noch arschkalt war.

Das Angebot in der Snackbar war vielfältiger als wir erwartet hatten. Denise freute sich besonders über eine kleine Theke mit frischen Früchten, die nach ihrem Urteil durchaus genießbar waren. Die Eierspeisen und die Schinkenauswahl interessierten mich jedoch wesentlich mehr. Es war nicht berückend, aber durchaus akzeptabel. Das Frühstück hier konnte auf jeden Fall mit dem im Mountain Cafe des Hatuma Resort am Lake Tahoe konkurrieren. Ich würde sogar behaupten, daß es besser war. Die Preise waren auf jeden Fall volksnah. Da konnte man wirklich nicht klagen.

Als ich mein Frühstück beendet hatte, schlug ich Denise vor, sie sollte noch ein wenig sitzen bleiben. Ich wollte von der Baumstamm-Lobby aus versuchen, Onkel Nick zu erreichen. Es klappte wider Erwarten auf Anhieb.

„Hi, ich bin's Onkel Nick, was gibt's Neues? Wir sind gestern abend gut angekommen. Die Fahrt war problemlos. Die Unterkunft hingegen ist etwas gewöhnungsbedürftig. Es handelt sich um so eine Art Luxus-Berghütte, ziemlich weit oberhalb vom Lake Yellowstone. Es ist also nicht der gewohnte Standard, aber wir kommen schon klar. Wir haben natürlich kein Telefon in unserer Hütte. Ich telefoniere deshalb im Augenblick von der Lobby der Lake Lodge aus. Hier gibt es ein paar öffentliche Apparate zum Mithören für jedermann."

Der letzte Satz war als Hinweis für Onkel Nick gedacht für den Fall, daß es etwas Vertrauliches zu besprechen geben sollte. In so einem Fall vermeiden wir jede Art von Namensnennung und verwenden bestimmte Code-Ausdrücke und -Redewendungen.

„Ist in Ordnung, ich hab verstanden", begann Onkel Nick. „Das ist aber, so glaube ich, im Moment unser geringstes Problem. Also hör zu! Ich hab dir ja bereits gesagt, daß ich heute die Ehefrau von Y aufsuchen wollte, um die Geschichte einmal von einer anderen Seite zu hören. Ich habe es ein paarmal telefonisch versucht, aber es ging niemand ran, auch Y nicht. Dann bin ich schon am Vormittag dreimal hingefahren, aber es war niemand da, oder man hat mir zumindest die Tür nicht aufgemacht. Auch in seiner Praxis habe ich es telefonisch und auch persönlich versucht. Auch hier war kein Schwanz da. Hier trieb ich dann aber wenigstens den Hausmeister der Anlage auf, und der sagte mir, daß er Y schon seit bestimmt zwei Wochen nicht mehr gesehen habe. Die Praxis sei ja auch schon länger zu.

Nachmittags versuchte ich es dann erneut bei ihm zu Hause. Wieder Fehlanzeige! Dann hoffte ich, von den Nachbarn etwas zu erkunden. Rund zwei Stunden lang habe ich die Häuser rund um sein Anwesen abgeklappert. Viel Neues habe ich dabei zwar nicht erfahren, aber es war auch nicht ganz umsonst. Übereinstimmend wurde mir z. B. bestätigt, daß es in seiner Ehe barbarisch gekriselt haben muß, und zwar schon länger. Von einer verschwundenen Tochter wußte keiner was. Ein Nachbar behauptete, daß Y in den letzten Wochen sehr viel verreist sei, meist nach Übersee in die USA. Ein anderer behauptete steif und fest, Y sei in finanziellen Schwierigkeiten, er habe Anlagepapiere erheblich unter Wert verkauft.

Was davon wahr ist oder ob überhaupt etwas davon stimmt, kann ich noch nicht sagen. Das werde ich noch überprüfen lassen. Das Interessanteste erfuhr ich von einer alten Dame aus dem Haus gegenüber von Y. Sie ist stark gehbehindert, und ihre Lieblingsbeschäftigung besteht darin, aus dem Fenster zu schauen und zu beobachten, was die Leute so machen. Sie behauptete mit absoluter Sicherheit, daß Y vor drei Tagen abgereist sei. Ihren Angaben nach müßte das kurz nach meiner Auseinandersetzung mit ihm gewesen sein. Er müßte somit praktisch einen Tag, nachdem ich ihm von deiner Spur in den Yellowstone National Park erzählt hatte, abgereist sein. Natürlich hatte die alte Dame keine Ahnung, wohin er gefahren sein könnte. Sie wußte lediglich, daß er relativ viel Gepäck, mindestens vier Koffer und ein paar Taschen, in seinen dicken Mercedes geworfen habe. Darüber hinaus war sie sich auch noch absolut sicher, daß er allein, ohne seine Ehefrau, gefahren sei. Die alte Dame hatte übrigens Frau Y ebenfalls seit etlichen Wochen nicht mehr gesehen.

Ich forschte dann noch bei ein paar anderen Leuten nach. Dabei wurden die Angaben der alten Dame mehr oder weniger bestätigt. Keiner der Befragten hat Y ab dem genannten Zeitpunkt mehr gesehen. Aufgrund des umfangreichen Gepäcks, das Y mit sich herumschleppen soll, tippe ich auf eine Fernreise. Ich habe deshalb vor etwa zwei Stunden zwei unserer Leute, Hoffmann und König, zu den Flughäfen Stuttgart und München geschickt. Sie sollen sich dort umsehen, ob sie den Mercedes von Y finden. Die beiden müßten jetzt schon vor Ort und bei der Arbeit sein. Wenn du morgen früh, respektive heute nacht, d. h. für dich heute abend, mein Gott ist das ein Scheiß mit dieser Zeitverschiebung!" Onkel Nick begann Nerven zu zeigen. „Also, wenn du wieder anrufst, weiß ich hoffentlich mehr. Falls Hoffmann oder König den Wagen von Y gefunden haben sollten, haben sie natürlich den Auftrag herauszufinden, wohin Y geflogen ist. Ich habe da so meinen Verdacht, aber davon bei deinem nächsten Anruf mehr."

„Ich glaube, ich weiß, was du meinst", ging ich auf seine Gedankenspiele ein. „Ich kann mir zwar nicht vorstellen, was Y damit bezwecken sollte, aber am besten ist wohl, wir warten es einfach ab."

„Nun noch kurz zu meiner Tagesplanung", fuhr ich fort. „Ich werde als erstes jetzt dann einen der General Stores aufsuchen, die der Familie von Z gehören. Ich werde dort nach Z fragen und auch nach X, der Tochter von Y. Ich bin gespannt, ob ich da eine anständige Antwort bekommen werde. Aber davon auch später. Also dann bis in so circa zehn bis zwölf Stunden. Dann werde ich dich wieder anrufen. Gruß an Tante Alex, und viel Erfolg an der Heimatfront."

„Dir auch viel Glück und viel Erfolg! Und sei vorsichtig! Irgend etwas stinkt bei der ganzen Sache fürchterlich. Ich blick bloß noch nicht richtig durch. Sieh dich also vor."

Onkel Nick schien echt besorgt zu sein. Das war nett von ihm, aber auch irgendwie beunruhigend. Denn wie ich schon öfter festgestellt hatte, waren seine Ahnungen nie so ganz ohne Hintergrund.

Denise hatte mittlerweile ihren Kakao ausgetrunken und war zu mir ans Telefon heruntergekommen. Wir gingen zu den Mädchen an der Rezeption, und ich erkundigte mich dort nach dem nächstgelegenen General Store der Familie Cartwright.

„Der nächste General Store ist gleich hier um die Ecke, höchstens zwei Meilen zu fahren", gab mir ein schwarzer Lockenkopf von vielleicht fünfzehn oder sechzehn Jahren Auskunft. „Ob der Store allerdings der Familie Cartwright gehört, das weiß ich nicht, Sir. Ich bin nicht von hier, müssen Sie wissen, ich mache hier nur eine Ferienarbeit."

„Alle General Stores hier im Yellowstone National Park gehören der Familie Cartwright, Schätzchen", wurde sie jedoch von ihrer blonden Kollegin belehrt.

„Ich bin Conny, ich bin Studentin aus Arizona. Kann ich Ihnen sonst noch irgendwie behilflich sein, Sir?" kam die kleine Blonde schnell zur Sache.

„Nein danke, das genügt uns, mehr wollten wir nicht wissen." Denise hatte schon geantwortet, bevor ich noch auf diesen offensichtlichen Annäherungsversuch eingehen konnte. Sie hakte mich unter und zischte.

„Laß dich ja nicht noch einmal beim Flirten erwischen, mein Liebling. Die kleine blonde Schlampe hinter dem Tresen ist zwar scharf auf dich und darüber hinaus auch spitz wie Nachbars Lumpi, aber das ist nichts für dich, mein Lieber. Denk dran, du bist nicht nur versprochen, du bist so gut wie vergeben, du alter Schwerenöter."

Denise spielte die Entrüstete fast ein wenig zu gut. Da war doch wesentlich mehr Ernst bei der Sache, als sie sich selbst eingestehen wollte.

Wir verließen beide die Lake Lodge und stiegen in meinen Lincoln. Im Auto gab ich ihr einen kurzen Überblick über das, was ich gerade erfahren hatte. Ich hatte kaum geendet, da kamen wir schon am Wegweiser zum General Store am Lake Yellowstone vorbei. Wir mußten nach links abbiegen, zum Seeufer hinunter. Keine zwei Meilen später fuhren wir auf den kleinen Parkplatz des General Store am Lake Yellowstone.

Wir betraten den Laden. Es war noch nicht viel los. Außer uns beiden standen nur noch vier Touristen zwischen den Regalen, die mit allerlei Krimskrams,

Nippes und Souvenirs gefüllt waren. Ich sah mich ein wenig um. Das Angebot unterschied sich durch nichts von dem anderer Souvenirläden in anderen Touristen-Zentren. Es gab anscheinend kein Verkaufspersonal. Nur hinter der Kasse stand ein netter junger Mann. Ich ging auf ihn zu, und er lächelte mich an.

„Kann ich Ihnen irgendwie helfen, Sir?"

„Ja, ich glaube schon, daß Sie das können. Ich suche einen gewissen Mr. Cartwright, Johny Cartwright."

Er war absolut kein guter Schauspieler, der junge Kerl hinter der Kasse. Sein Lächeln verschwand wie weggewischt. Er wurde blaß. Er öffnete den Mund, nur um ihn gleich wieder zu schließen. Er schluckte und versuchte wieder ein Lächeln aufzusetzen, aber es mißlang ihm gründlich. Es wurde ein dümmliches Grinsen daraus. Er versuchte zu antworten, aber die Worte wollten nicht heraus.

„Ca... Ca... Cartwright, Johny Cartwright, sagen Sie", stotterte er dann endlich hervor. „Kenne ich nicht, habe ich noch nie gehört."

Der arme Junge war so verstört, daß ihm wirklich nichts Dümmeres einfiel.

„Aber, mein Junge, das ist ja wohl kaum möglich. Die ganzen General Stores hier im Yellowstone National Park gehören den Cartwrights. Die Cartwrights sind deine Arbeitgeber, mein Junge. Und da willst du mir weismachen, du kennst niemanden mit diesem Namen. Das glaubst du doch selbst nicht. Also denk doch noch einmal genau nach. Vielleicht fällt es dir ja wieder ein, wo ich Johny Cartwright finden könnte."

Meine Stimme klang freundlich, und ich lächelte ihn an. Das gab ihm anscheinend wieder etwas von seinem arg gebeutelten Selbstvertrauen zurück.

„Ach so, die Cartwrights meinen Sie. Jetzt verstehe ich Sie erst richtig. Und Sie möchten mit Johny, dem jüngsten der Brüder sprechen. Jetzt verstehe ich Sie." Der arme Junge hatte sich wieder merklich gefangen.

„Ja, genau nach diesem Johny habe ich Sie gefragt. Wo könnte ich ihn wohl finden?"

„Wenn ich mich recht erinnere, soll er seinen Brüdern in unserem General Store an den ‚Tower Falls' im Norden des Parks bei irgend etwas helfen. Ja, jetzt bin ich mir fast sicher. Dort oben müßten sie ihn eigentlich antreffen."

„Na sehen Sie, mein Junge, jetzt haben Sie mir doch wirklich noch sehr schön weiterhelfen können. Ich bedanke mich recht herzlich für Ihre freundliche Auskunft. Ich werde mich gleich auf den Weg dorthin machen."

Freundlicher und höflicher als ich konnte kein Mensch sein. Ich war sogar so freundlich, daß mein Gegenüber wieder zunehmend selbstbewußter wurde. Dem konnte ich jedoch abhelfen.

„Falls ich Johny dort oben an den Tower Falls wider Erwarten nicht vorfinden sollte, komme ich wieder!" sagte ich leise. „Und dann werden wir uns noch einmal intensiv und ausführlich über ein paar Dinge unterhalten."

Sein mühsam wieder zusammengekratztes Selbstvertrauen stürzte ein wie ein Kartenhaus. Er wurde erneut blaß, und der Schrecken stand noch deutlich in seinen Augen, als ich mich umdrehte und den General Store wieder verließ.

„Der Kerl hat doch gelogen!" stellte Denise sachverständig fest. „Dem würde ich kein Wort glauben."

„Da hast du vollkommen recht, mein Liebling. Er weiß ganz genau, wo sich der kleine Johny verborgen hält. Aber ich konnte jetzt schlecht hier mitten im Laden die Wahrheit aus ihm herausprügeln. Was mich jedoch wesentlich mehr beunruhigt, ist die Tatsache, daß er auf uns, oder besser gesagt auf mich, vorbereitet war. Der Junge wußte, wer ich bin. Irgend jemand hat ihm gesagt, daß da ein Kerl wie ein Schrank kommen wird, der nach Johny Cartwright fragen wird. Wer hat Johny gewarnt? Wer weiß denn schon, daß ich seine Spur bis in den Yellowstone National Park verfolge? Wer außer Tante Alex und Onkel Nick, außer dir und mir, weiß denn schon von dieser Spur? Mir fallen da nur noch Dr. Heinrich, unser mysteriöser Auftraggeber, und Janet aus dem ‚Little Digger's Nugget' ein. Dr. Heinrich, so würde ich sagen, können wir streichen. Er wird ja wohl kaum Johny von uns suchen lassen, nur um ihn dann vor mir zu warnen. Also bleibt eigentlich nur noch Janet. Na ja, sie war schon noch immer in den kleinen Johny verknallt. Andererseits war sie aber auch ordentlich sauer auf ihn, weil er ihr wegen der jüngeren Brigitte den Laufpaß gegeben hatte. Vielleicht hofft sie aber auch, daß ich die beiden wieder auseinander bringe. Vielleicht liegt ja wirklich hier das Motiv für ihre Warnung an Johny. Denn ich kann es mir nicht anders erklären, als daß Janet ihren Johny von meinem Kommen unterrichtet hat. Andererseits hätte sie mir den Tip mit dem Yellowstone Park ja auch gar nicht zu geben brauchen."

Meine Selbstgespräche und laut vorgetragenen Problemanalysen hatten mich nun auch nicht weiter gebracht. Ich forderte deshalb Denise auf: „Komm, du kleiner Sherlock Holmes im Taschenformat, was meinst du zu dem Problem? Wie du ja unschwer erkannt hast, bin ich mit meinem Latein ziemlich am Ende."

„Ich habe mir bei deinen Überlegungen ebenfalls den Kopf zerbrochen. Aber ich komme auch auf kein anderes Ergebnis als du. Was ich im Augenblick aber überhaupt nicht verstehe, ist, warum wir jetzt zu diesen Tower Falls fahren, obwohl du dir doch absolut sicher bist, daß dich dieser Junge in dem Laden angelogen hat."

„Ich bin neugierig und möchte wissen, warum die Cartwright-Sippe mich unbedingt dort oben haben möchte. Schließlich haben sie in wesentlich näherer Umgebung ja auch ihre Läden. Warum nur soll ich zu den Tower Falls gelockt werden. Um das herauszufinden, müssen wir wohl oder übel dorthin fahren. Also schnapp dir die Karte und lotse mich zu den Tower Falls. Das dürften so um die vierzig bis fünfzig Meilen sein."

„Aber wenn du schon der Ansicht bist, daß die Cartwrights dir dort oben an den Tower Falls eine Falle stellen wollen, warum nur um Gottes Willen fährst du dann dorthin?"

In ihrer Stimme war ganz deutlich Besorgnis zu hören.

„Keine Angst, mein Liebling. Eine Falle, die man erkannt hat, ist schon keine mehr. Ich werde mich dort auf keinen Fall in einen dunklen Hinterhalt locken lassen, sondern immer fein säuberlich darauf achten, daß jede Menge Touristen um mich herum sind. Ich glaube nicht, daß die Cartwrights mich einfach so abknallen wollen. Schließlich will ich ja keinen von ihrer Familie umbringen, sondern nur mit Johny, respektive Brigitte eine kleine Unterhaltung führen."

Meine Versicherung hatte meine Begleiterin wieder ein wenig beruhigt, und sie vertiefte sich nun folgsam in die Karte, um mich zu den Tower Falls zu lotsen.

Wir kamen an etlichen Touristen-Attraktionen vorbei wie Mud Volcano, Dragon's Mouth und Hayden Valley. Ich hatte jedoch dafür im Augenblick nicht den richtigen Nerv. Falls wir nach unserem Besuch des General Stores bei den Tower Falls noch genügend Zeit übrig haben sollten, könnten wir meinetwegen noch ein wenig Touristen spielen und uns ein paar der vielen Sehenswürdigkeiten zu Gemüte führen. Aber jetzt war dafür keine Zeit. Das Wetter war bisher leider nicht besser geworden. Im Gegenteil, in der Gegend des Hayden Valley begann es wieder richtiggehend zu schneien. Große, dicke weiße Flocken fielen langsam und majestätisch vom Himmel. Das Außenthermometer meines Lincoln zeigte 1 Grad, in Worten ein Grad Celsius an. Und das in der zweiten Junihälfte. Es war einfach unglaublich.

Wir waren laut Wegeiser nur noch ein paar Meilen von den berühmten Wasserfällen des Yellowstone River entfernt, den Upper Falls und den Lower Falls, als wir ihnen begegneten. Es war eine weite, grüne, von Wasserläufen durchzogene Ebene, auf der ein leichter Dunst oder Nebel hing. Dutzende von Bisons standen friedlich grasend auf den Wiesen und Weiden. Ich verlangsamte meine Fahrt, um auch etwas von diesen gigantischen Wiederkäuern zu sehen. Links und rechts der Straße, oft keine zwanzig Meter entfernt, standen die Riesen in ihrem zotteligen Fell. Anscheinend bekamen sie gerade eben erst ihr Sommerfell.

Ob sich das noch lohnte, jetzt erst das Fellkleid zu wechseln, wagte ich insgeheim zu bezweifeln. Aber es war schon wirklich so, daß die Tiere gerade erst ihr Winterfell verloren. Bei manchen der Büffel löste es sich in dicken, großen Büscheln.

Plötzlich erschien ein mächtiger Bison am linken Straßenrand. Er war aus der Senke heraus auf die Höhe der Straße heraufgekommen. Ohne auch nur eine Sekunde anzuhalten, trottete er langsam und würdevoll keine drei Meter vor der Kühlerhaube meines Lincoln auf die Fahrbahn.

„Mann, Denise, schau dir das an!"

Denise, die ihre gesamte Aufmerksamkeit auf die Flußlandschaft zur rechten gerichtet hatte, sah nach vorn und stieß einen kleinen Überraschungsschrei aus.

„Oh Gott, wo kommt der denn her? Mann, ist das ein Koloß. Was mag so ein Fleischberg wohl wiegen?"

„Ich weiß es nicht. Aber ich schätze mal so mindestens eine Tonne, vielleicht sogar mehr. Aber er kommt ja gleich bei dir am Fenster vorbei. Laß die Scheibe runter und frag ihn!" schlug ich vor.

„Das kannst du selber machen. Meine Scheibe bleibt zu."

Schräg hinter dem Riesenbüffel kamen noch drei weitere auf die Fahrbahn herauf und überquerten sie ebenfalls. Die Autos vor und hinter mir und auch der Gegenverkehr, alle hielten an. Manche fotografierten oder filmten aus den Autos heraus. Aber alle hielten brav ihren Wagen an und gewährten den Büffeln den Vortritt.

„Ist doch echt komisch, wie jeder den Bisons die Vorfahrt läßt", spottete ich.

„Da will eben keiner ein Risiko eingehen", dachte Denise laut.

„In den Verkehrsregeln für den Park steht zwar auch eindeutig drin, daß die Tiere hier Vorfahrt haben, aber ich glaube, die meisten haben einfach Angst um ihr schönes Auto. Ich vermute, daß so ein Bison, wenn ihn der Rappel packt, aus einer Limousine wie z. B. dem Lincoln, einen fahruntüchtigen Schrotthaufen machen kann. Sieh dir nur diesen Brustkorb und diesen Schädel an." Ich deutete rechts aus dem Fenster. Der Bison, der direkt vor unserem Wagen die Straße überquert hatte, stand nun keine drei Meter entfernt neben uns und graste friedlich am Straßenrand. Ich fuhr langsam weiter, aber die Büffel interessierten sich in keinster Weise für die Autos und die Menschen darin. Sie ließen sich überhaupt nicht stören.

Kurz danach fuhr ich an dem Rundkurs vorbei, der einen zu den berühmten Wasserfällen führt.

„Michael, schau! Da geht's zu diesem Artist Point. Du weißt schon, dem Aussichtspunkt, den Marie de la Foret auf ihren Truck gemalt hat", rief Denise ganz aufgeregt.

„Ja, ich habe das Schild auch gesehen, mein Schatz. Vielleicht haben wir ja auf dem Rückweg noch Zeit, und falls nicht, ist es auch nicht so schlimm. Wir sind ja aller Voraussicht nach noch ein paar Tage im Yellowstone National Park. Jetzt möchte ich allerdings nicht dahin fahren. Sei mir nicht böse. Ich möchte zuerst meinen Job erledigen. Zuerst die Arbeit, dann das Vergnügen. Vielleicht haben wir sogar Glück, und das Wetter wird endlich ein bißchen besser. Es kann ja hier nicht ewig schneien. Irgendwann einmal muß es doch sogar auch hier Sommer werden."

Die Straße führte nun ständig bergauf. Der Nebel wurde dichter. Der Schneefall hingegen ließ zum Glück nach. Plötzlich stießen wir sogar durch den Nebel hindurch und befanden uns von einem Moment auf den anderen im hellen Sonnenschein.

Wir fuhren nun bereits in einer Höhe von über 2.700 Metern über dem Meeresspiegel, als es endlich wieder abwärts ging. Nach etlichen Meilen auf kurvenreicher Bergstraße kündete plötzlich eine große Tafel von den Tower Falls. Schon kurz danach fuhr ich auf einen mittelgroßen Parkplatz, der zu meiner Überraschung schon sehr gut besetzt war. Da standen mindestens 100 Wagen jeglicher Größenordnung. Ich hatte Mühe, für den Lincoln noch ein Plätzchen zu finden. Wir stiegen aus und sahen uns ein wenig um.

„Laß uns zuerst einmal dem Gros der Leute folgen", schlug ich vor. „Da fallen wir am wenigsten auf."

Rechts am General Store vorbei führte ein ausgetretener Fußweg laut Beschilderung zu den Tower Falls. Nach ungefähr fünfzig Metern gab es eine Aussichtsplattform, von der aus man von oben einen herrlichen Blick auf die Tower Falls hatte. In einem halbstündigen Fußmarsch konnte man die Fälle auch von unten anschauen. Dazu hatte ich jedoch keine Zeit und auch keine Lust. Wir gingen zurück zum General Store und begutachteten den Laden zuerst einmal von außen. Mir fiel nichts Verdächtiges auf. Ich konnte niemanden erkennen, der nach uns Ausschau zu halten schien. Alles kam mir absolut normal und unverfänglich vor. Wir betraten den Laden, und wie all die anderen Touristen auch, schlenderten wir ziellos durch die Auslagen. Ich sah ein paar schöne, handgearbeitete Handschuhe aus Hirschleder, einem hellbraunen, sehr weichen und angenehm zu tragenden Material. Leider waren die größten Handschuhe, die sie vorrätig hatten, für meine Pranken immer noch zu klein. Da sie mir aber so gut gefielen, nahm ich trotzdem ein Paar in der größten Größe mit.

Onkel Nick müßten sie eigentlich passen. Das war einmal ein anderes Mitbringsel als das übliche Souvenirzeug.

Denise hatte einen schönen mittelgroßen Glaskrug mit Motiven aus dem Yellowstone National Park gefunden, der ihr sehr zusagte. Wir stellten uns mit unseren Errungenschaften an der Kasse an. Hier waren gleich zwei Frauen an der Arbeit. Die jüngere von beiden war vielleicht so knapp zwanzig, hatte brünette Haare, ein freundliches Gesicht mit vielen Sommersprossen und mindestens vierzig Pfund zuviel auf den Hüften.

Die ältere stand ebenfalls gut im Futter, hatte hochtoupierte graue Haare, eine strenge Nickelbrille und eine piepsige Stimme, die überhaupt nicht zu ihrer gesamten Erscheinung passen wollte. Bevor ich Piepsi meine Kreditkarte hinüberschob, überraschte ich sie mit meiner altbekannten Frage.

„Ist Johny Cartwright hier? Ich hätte gerne mit ihm gesprochen."

Die Alte blieb total cool. Entweder sie war wirklich nicht eingeweiht oder sie war eine tolle Schauspielerin, die beste, die ich hier bisher getroffen hatte. Sie verzog auf jeden Fall keine Miene, als sie mir antwortete.

„Ja, Sir, Johny müßte eigentlich da sein. Heute morgen war er zumindest noch hier. Da habe ich ihn gesehen. Das weiß ich mit Sicherheit. Aber bestimmt weiß sein Bruder mehr."

Sie hob ihre Hand und fuchtelte damit in der Luft herum, während sie gleichzeitig rief: „Mr. Cartwright! Mr. Cartwright! Würden Sie bitte einmal zu mir kommen."

Ich drehte mich um und sah, daß sie einem Mann von ungefähr vierzig, fünfundvierzig Jahren gewunken hatte. Er trug eine dunkelblaue Jeans, Cowboystiefel, ein kariertes Hemd und darüber eine Lederweste. Das Leder schien für einen Laien wie mich dasselbe zu sein, aus dem auch die von mir soeben erworbenen Handschuhe hergestellt worden waren. Vervollständigt wurde seine Garderobe noch durch eine der für die USA typischen Bändel-Krawatten, die auf mich immer wieder den Eindruck machten, der Besitzer habe sich seine Schnürsenkel um den Hals gebunden.

Währen der Gerufene langsam zu uns herüber kam, konnte ich sein Gesicht näher studieren. Irgend etwas daran oder darin kam mir irgendwie bekannt vor. Ein komisches Gefühl des Déjàvu bemächtigte sich unwillkürlich meiner. Irgendwie erinnerte er mich an irgend jemanden. Ich konnte nur nicht sagen, an wen. Ich mußte meine Nachdenktätigkeit jedoch einstellen. Er stand nun mittlerweile vor mir. Bevor er jedoch etwas sagen konnte, plapperte schon Piepsi drauflos.

„Mr. Cartwright, der Gentleman hier würde sich gerne mit Ihrem Bruder Johny unterhalten."

„Hi, ich bin Charly Cartwright. Mir wem habe ich die Ehre?"

„Hi, mein Name ist Steiner, Michael Steiner. Ich komme aus Deutschland und ich bin auf der Suche nach einem jungen Mädchen namens Brigitte Heinrich. Sie ist Studentin und hat bis vor wenigen Wochen an der Universität von Kalifornien in Los Angeles studiert. Nun haben ihre Eltern leider den Kontakt zu ihr verloren. Sie machen sich Sorgen um sie. Deshalb haben sie mich beauftragt, nach ihr zu suchen. Nun habe ich Informationen erhalten, daß sie mit Ihrem Bruder Johny befreundet sei. Und das ist auch der einzige Grund, warum ich mich mit Ihrem Bruder ein wenig unterhalten möchte. Vielleicht weiß er ja etwas von ihr oder kennt ihren Aufenthaltsort. Oder vielleicht ist sie ja sogar bei ihm."

Charly hatte seine Gesichtszüge wesentlich besser in der Gewalt als der Kleine im General Store am Lake Yellowstone. Denn anders als bei der älteren Verkäuferin hier im Laden, war ich mir absolut sicher, daß Charly von mir wußte, daß er auf mein Kommen vorbereitet war. Aber er ließ sich nichts anmerken und ging im Gegenteil sofort zu einer Gegenfrage über.

„Nun, Mr. äh ... Steiner, wer hat Ihnen denn gesagt, daß mein Bruder Johny ihre Brigitte kennt, und woher haben Sie Johnys Adresse?"

„Meine Quellen und Informanten sind absolut vertraulich, das werden Sie verstehen, Mr. äh ... Cartwright."

Auch ich konnte so tun, als ob ich mir seinen Namen nicht merken könnte. „Aber seien Sie versichert, Mr. äh ... Cartwright, Sie sind absolut zuverlässig."

Charly hatte verstanden, daß ich nicht so leicht einzuschüchtern war. Wieder kam mir dabei meine Statur und meine Körpergröße zugute. Ich war bestimmt vierzig bis fünfzig Pfund schwerer und mindestens zwanzig Zentimeter größer. Es ist einfach etwas schwieriger, jemanden einzuschüchtern, wenn man vor ihm steht und zu ihm aufschauen muß. Aber trotzdem gab Charly zu schnell nach. Er war ja nicht direkt in Gefahr. Ich hätte ihm wohl kaum vor zwei oder drei Dutzend Zeugen die Daumenschrauben angelegt oder ihm den Schädel eingeschlagen. Nein, er gab einfach zu schnell nach. Da stimmte wieder etwas nicht. Da war etwas faul im Staate Cartwright.

„Nun, zufälligerweise ist Johny wirklich mit diesem Mädchen befreundet, einem sehr netten Mädchen übrigens. Nur sind die beiden zur Zeit leider nicht hier. Johny ist für unser Geschäft unterwegs nach West Yellowstone. Wenn mich nicht alles täuscht, ist seine Freundin, die kleine Deutsche, bei ihm. Wenn Sie wollen, kann ich den beiden etwas ausrichten."

Charly war richtiggehend auskunftsfreudig. Dabei war er noch die Höflichkeit in Person. Auch ein Blinder mit Krückstock hätte bemerkt, daß hier etwas oberfaul war.

„Ich hätte gerne persönlich mit dem Mädchen, mit Brigitte Heinrich, gesprochen." Ich blieb hart und gab nicht nach.

„Aber das läßt sich bestimmt auch einrichten, Sir. Wo sind Sie denn hier im Park untergekommen? Ich sage meinem Bruder und seiner Freundin, sie sollen mit Ihnen Verbindung aufnehmen."

Mir blieb nun doch fast die Luft weg. Diese Zuvorkommenheit hatte ich nicht erwartet. Was hatten die Kerle nur vor?

„Wir sind in der Lake Lodge abgestiegen", antwortete ich ihm, da er es sowieso herausbekommen hätte. Schließlich war er hier zu Hause und hatte dementsprechende Verbindungen.

„Leider gibt es dort kein Telefon auf dem Zimmer. Aber wir haben für heute abend im Lake Hotel einen Tisch reservieren lassen. Vielleicht könnten wir uns da irgendwie treffen", schlug ich vor.

„Das wird sich bestimmt einrichten lassen."

Charlys Entgegenkommen und seine Höflichkeit grenzten nun schon fast an Unverschämtheit.

„Wann würde es Ihnen passen, Sir? Um welche Uhrzeit sollen die beiden am Lake Hotel sein?"

Ich ging auf sein Spielchen ein. Ich hätte zwar zu gerne gewußt, was die Bande im Schilde führte, aber ich ließ mir nichts anmerken.

„So um 19.30 Uhr bis 20.00 Uhr würde ich sagen. Das wäre für mich ein recht angenehmer Termin. Glauben Sie, dieser Termin paßt den beiden?"

„Aber selbstverständlich, Sir. Also um halb acht bis acht Uhr abends, vor dem Lake Hotel. Falls es nicht klappen sollte, werde ich an der Rezeption des Hotels eine Nachricht für Sie hinterlegen lassen. Aber ich denke schon, daß das klappt."

„Ich bedanke mich recht herzlich, Mr. Cartwright. Sie waren sehr freundlich und Sie haben mir sehr geholfen, mehr als Sie sich wahrscheinlich vorstellen können."

Ich verabschiedete mich und verließ mit Denise zusammen das Ladenlokal. In den spiegelnden Fensterscheiben des General Store konnte ich erkennen, daß Charly mittlerweile zum Telefonhörer gegriffen hatte. Ich nahm an, daß er jetzt Johny und Brigitte von meinem Auftauchen berichtete.

„Glaubst du wirklich, die beiden kommen heute abend tatsächlich zum Lake Hotel?" Der Stimme von Denise war der Zweifel deutlich anzuhören.

„Ich weiß es nicht! Ich habe wirklich keine Ahnung, ob die beiden kommen. Aber ich komme auch ansonsten nicht so ganz mit, was das alles soll", sinnierte ich.

„Da läßt z.B. das Mädchen wochenlang nichts mehr von sich hören. Man könnte fast sagen, sie versteckt sich bei ihrem Freund Johny. Dann komme ich, suche nach ihr, finde eine Spur zum Lake Tahoe, und einen Tag bevor ich dort eintreffe, laufen die beiden rein zufällig davon und fliehen in den Yellowstone National Park. Hier will mir einer zuerst weismachen, daß er Johny, den jüngsten Sproß seines Chefs nicht kennt. Dann schickt er mich vierzig oder fünfzig Meilen durch die Gegend, nur um mir dann von einem anderen Familienmitglied überaus freundlich einen Termin für ein Treffen vorschlagen zu lassen. Ich weiß jetzt wirklich nicht, wollen die Kerle nur Zeit gewinnen? Wenn ja, wofür? Wenn sie weglaufen wollten, hätten sie das auch gleich können. Wollen sie mir eine Falle stellen? Auch eher unwahrscheinlich. Da gab es unter Garantie wesentlich geeignetere Plätze im Park als das Lake Hotel. Kurz gesagt: Ich steh augenblicklich ein wenig auf dem Schlauch."

Denise hatte meinem Selbstgespräch aufmerksam zugehört.

„Das beste wird wohl sein, wir warten einfach einmal ab, was sich heute abend tut. Ob die beiden heute abend erscheinen und falls ja, was sie zu sagen haben."

„Du hast recht! Alle anderen Überlegungen, Mutmaßungen und Vermutungen werden uns kaum weiterhelfen!" gab ich meiner Kleinen recht.

Wir stiegen wieder in unseren Lincoln ein, und ich bat Denise, mir die Karte für den Yellowstone National Park zu geben. Nach kurzem Studium schlug ich vor, die große Nordschleife auszufahren, und zwar bis zum Westeingang, durch welchen wir gestern den Park betreten hatten. Dann wollte ich noch einmal durch das Baustellen-Desaster zum Old Faithful Geyser fahren, dem wohl berühmtesten Geysir des ganzen Parks.

Kapitel 14

Der Schatten

Es war eine reizvolle Gegend, durch die wir jetzt fuhren. Sanfte Hügel, dunkelgrüne Wiesen und viel Wald erinnerten mich in schon fast unheimlicher Weise an meine Heimat, das Allgäu. Immer wieder kamen wir jedoch auch an mehr oder weniger ausgedehnten Brandstellen vorbei. Schwarze, düstere Baumstämme, vollkommen abgestorben, aber immer noch aufrecht stehend, erzählten wie mit mahnendem Zeigefinger von den ungeheuerlichen Bränden, die Mitte der achtziger Jahre über Monate hinweg im Yellowstone National Park gewütet hatten, immer wieder aufgelodert waren und Hunderte von Quadratkilometern dieser herrlichen Landschaft verwüstet hatten.

Manche Brandflecken hatten lediglich einen Durchmesser von wenigen Metern, andere hingegen eine Ausdehnung von mehreren Kilometern. Aber eines hatten sie alle gemeinsam. Die Natur eroberte sich ihr Terrain zurück. Der Erdboden war überall übersät mit frischem, jungem Grün, mit Blumen und mit kleinen Baumschößlingen. Nur noch die verbrannten Stämme der Bäume, freistehend, ineinander verkeilt oder auch schon umgestürzt und auf dem Boden liegend, erzählten von der bisher größten Brandkatastrophe seit Menschengedenken im Park.

Monatelang hatten Hunderte von Feuerwehrleuten, unterstützt von militärischen Einheiten, versucht, die Brände einzudämmen. Ihre Bemühungen waren aber leider nicht von allzu großem Erfolg gekrönt. Zwar gelang es den vereinten Anstrengungen der Brandbekämpfer, verschiedene Gebäude vor den Flammen zu bewahren, u. a. auch das schon erwähnte Old Faithful Inn, das nur aus Holz gezimmerte älteste Hotel im Park, aber insgesamt gesehen, waren die Erfolge der Feuerlöschtruppen eher ernüchternd. Zu groß waren die Naturgewalten des Feuers, und zu ungleich waren die Karten des Wetterglücks verteilt. Wochenlange Trockenheit mit viel Wind ließ das Feuer immer wieder an anderen Orten im Park neu erstehen. Erst die herbstlichen Schnee- und Regenfälle waren in der Lage, die Brandherde endgültig zu löschen.

Während man zu Beginn der Brandkatastrophe noch von einem nationalen Unglück sprach, fanden später die Stimmen von Experten immer mehr Beachtung, die schon von Anfang an behauptet hatten, die wütenden Brände hätten auch ihr Gutes. Diese Fachleute waren der festen Überzeugung, die Vegetation, ja die gesamte Natur im Yellowstone National Park sei zu ihrer Verjüngung geradezu auf Feuer angewiesen. Anfangs noch vielfach sehr konträr diskutiert, hat sich diese Verjüngungs-Theorie später in weiten Teilen der Fachwelt als weitgehend richtig durchgesetzt.

Heute, knapp zehn Jahre nach diesem Jahrhundertbrand, kann jedermann die Richtigkeit dieser Theorie mit eigenen Augen bestaunen. Der Yellowstone National Park ist auf dem besten Weg, wieder zu dem grünen Wunder zu werden, das er bis zu der Katastrophe von damals gewesen ist.

Wir waren etwa knapp zwanzig Meilen gefahren seit unserem Stop an den Tower Falls, als am Berghang gegenüber, noch weit entfernt, aber doch schon deutlich erkennbar, eine weitere große Attraktion des Nationalparks sichtbar wurde, die Sinter-Terrassen von Mammoth Hot Springs. Wie weiße Kreidefelsen im grünen Meer des sie umgebenden Waldes, leuchteten sie im hellen Sonnenlicht dem Besucher entgegen. Mit jeder Meile, die wir näher kamen, wurden die Ausmaße der Terrassen gewaltiger. Als wir das kleine Nest Mammoth Hot Springs, direkt am Fuß dieses Touristenmagneten, erreicht hatten, sah man, daß sich diese Kalkstein-Formationen bestimmt über rund zweihundert Höhenmeter erstreckten.

Wie bei den Amis üblich, durchzogen eine ganze Reihe von Holzstegen, perfekt angelegt mit Stufen und Geländern, die Sinter-Terrassen. Die Holzstege dienen dazu, die Besucherströme auf festgelegten Wegen zu halten, um Schäden an diesen Wundern der Natur so gut wie nur irgend möglich zu verhindern. Die Amis machen sich hier wirklich sehr viel Mühe. In meinen Augen sind diese Stege vorbildlicher Naturschutz. Gleichzeitig wird so vielen Tausenden von Besuchern die Möglichkeit geboten, die Naturwunder der USA persönlich und aus nächster Nähe zu erleben. Laut Karte führte eine Straße direkt oberhalb der Sinter-Terrassen entlang. Wir fanden sie problemlos. Die Parkplätze waren jedoch schon recht gut besetzt. Da wir aber in den USA und nicht zu Hause in Deutschland waren, fand ich trotzdem noch einen Parkplatz für meinen Kleinwagen von 5,56 Metern Länge und 1,95 Meter Breite. Die Amis hatten sich doch echt die Mühe gemacht und überall, wo es das Gelände zuließ, zwischen den Felsen eine Abstellmöglichkeit geschaffen.

Bei uns zu Hause in Deutschland hätte man das Problem auf andere Weise gelöst. Man hätte ein Dutzend oder mehr Parkverbots- und Halteverbotsschilder in die Botanik gestellt und als Krönung dieses Besucher-Services dann zwei oder drei schreibfreudige Damen mit Strafzettel-Blöcken auf den Weg geschickt. So behebt man bei uns in Deutschland ein Parkplatzproblem. Man gängelt die Besucher, kann seine Macht und Autorität zeigen und als erfreuliche Zugabe auch noch etwas gegen die ewig leeren Kassen unternehmen.

Kein Volk außer uns Deutschen läßt sich so etwas ständig und auch noch ungestraft gefallen. Die Regierenden in Deutschland wissen gar nicht, was für ein braves und dummes Volk sie da haben, das sie regieren und bevormunden dürfen, mit dem sie anstellen können, was sie wollen, und das in jeglicher Hinsicht, nicht nur im Straßenverkehr.

Keine zwanzig Meter von meinem Parkplatz entfernt, befand sich eine hölzerne Aussichtsplattform, die über zehn, zwölf Stufen bequem zu erreichen war. Von hier aus zweigen mehrere der bereits erwähnten Holzpfade oder Holzstege ab. Sie leiten den Besucher quer durch das fast achtzig Hektar große Gelände zu den einzelnen Highlights der Sinter-Terrassen wie Minerva Terrace, Canary Springs und wie die heißen Quellen alle genannt werden. Die obersten Flächen der Terrassen bieten sich dem Besucher enttäuschend farblos dar, da hier keine heißen Quellen mehr entspringen und der Kalkstein deshalb durch natürliche Verunreinigungen und Verwitterung, aber auch durch die in der Atmosphäre vorhandene Luftverschmutzung eine mehr oder weniger hellgraue Färbung angenommen hat. Nähert man sich hingegen den Abschnitten der Sinter-Terrassen, die zur Zeit heiße Quellen aufweisen und von dampfenden, klaren Wasserläufen durchzogen werden wie z. B. Minerva Terrace oder Canary Springs, dann bietet sich dem Besucher ein Anblick, den er so schnell nicht wieder vergessen wird. Aus mehr als sechzig Quellen strömt kristallklares, bis zu rund 70 Grad Celsius heißes Wasser über bizarr geformte Felsgebilde und zauberhafte, im Laufe der Jahrtausende entstandene Kalkstein-Terrassen.

Die Natur ist hier weiterhin ununterbrochen in Bewegung. Ständig entstehen neue Quellen und alte versiegen. Immer wieder sucht sich das heiße Wasser einen neuen Weg. Unterhalb Minerva Terrace z. B. war unser Holzsteg, auf dem wir bis hierher gekommen waren, plötzlich gesperrt. Eine heiße Quelle hatte sich einen neuen Weg für ihr Wasser gebahnt. Die Holzsäulen, auf denen der Weg ursprünglich verlaufen war, werden heute von heißem Wasser umspült.

Noch deutlicher wird der ständige Wandel an den heißen Wassern von Canary Springs, die mir persönlich mit am besten gefallen haben. Mitten aus dem glatten Kalkstein heraus, umspült von heißem Wasser, ragen mehrere Stämme abgestorbener Bäume. Als diese Bäume aus irgendeinem Samen heraus entstanden sind, konnte hier unmöglich schon heißes Wasser aus den Quellen geströmt sein. Manche Bäume, Zeugen dieses Wandels, sollen schon vor über fünfhundert Jahren infolge des heißen Wassers abgestorben sein.

Je jünger die heiße Quelle ist, desto reiner und weißer sind die Kalkformationen um sie herum. Es gibt jedoch auch einzelne Quellen, die schon von

Beginn an aufgrund ihres mineralhaltigen heißen Wassers farbige Kalkgebilde erzeugen. In der Regel überwiegen hier warme Braun- und Gelbtöne. Es kommen aber auch rote Schattierungen und sogar Färbungen ins Grüne vor. Während die Rotfärbung des Kalks auf eisenhaltiges Wasser hinweist, wird das Grün durch Algen verursacht, die eine Möglichkeit entwickelt haben, in heißem Wasser zu überleben. Denise und ich spielten Touristen in Reinkultur. Weit über zwei Stunden durchstreiften wir das für uns so fremdartige Gelände, fotografierten, filmten und genossen den Tag.

Der Aufstieg zum sogenannten Upper Terrace Drive vom Fuße der Sinter-Terrassen aus war anstrengender, als ich zunächst vermutet hatte. Irgendwie unterschätzt man doch die dünne Luft in 2.500 Metern Höhe über dem Meer. Als Abschluß unserer Besichtigung der Sinter-Terrassen fuhren wir mit dem Lincoln noch den Upper Terrace Drive aus. Deutlich erkannte man hier, daß die geothermischen Aktivitäten, die wir so ausgiebig bestaunt hatten, hier schon vor Jahrhunderten zum Erliegen gekommen waren. Irgendwann einmal in grauer Vorzeit hatte es auch hier heiße Quellen gegeben.

Unser Weg führte uns nun wieder durch eine hochalpine Landschaft. Vorbei am Golden Gate passierten wir das Sheapeater Cliff und den Indian Creek, das Obsidian Cliff und den Roaring Mountain. Wir erreichten Norris, eine kleine Ortschaft, in der sich die Straße teilte. Nach links ging es wieder zum Artist Point. Geradeaus führte der Weg zum Westeingang und auch zum südlichen Teil des Parks.

Da ich ja unbedingt noch den Old Faithful Geyser in Aktion erleben wollte, hielt ich mich in Richtung Süden. Mir war klar, daß ich somit auch noch einmal das zweifelhafte Vergnügen haben würde, die unendlichen Baustellen auf dieser Route zu genießen. Aber wenn ich zum Old Faithful Geyser wollte, war das eindeutig der kürzeste und trotz der Baustellen wahrscheinlich auch der schnellste Weg, um dorthin zu gelangen.

Sie waren wirklich wieder so schlimm, wie ich sie in Erinnerung hatte, meine heißgeliebten Baustellen. Die Schlaglöcher waren eher noch tiefer, die Fahrbahnen eher noch schlimmer. Aber es war deutlich weniger Verkehr. Ich schätzte das Verkehrsaufkommen auf höchstens 20 % des Vortages. Das machte die Quälerei doch schon wesentlich erträglicher.

Wir erreichten das Old Faithful Inn und fuhren auf den geräumigen Parkplatz. Jetzt wußte ich, wo die ganzen Autos hingekommen waren. Die waren alle hier auf dem Parkplatz. Zwischen ein paar windschiefen Bäumen hindurch konnte ich ihn plötzlich sehen, meinen Old Faithful Geyser. Er lag gerade in den letzten Zügen eines seiner regelmäßigen Ausbrüche. Wir waren leider ein paar Minuten zu spät gekommen. Andererseits hatte das aber auch wieder etwas Gutes. Die ersten Besucher kamen schon wieder auf den Parkplatz, um zur nächsten Attraktion des Parks weiterzufahren. Ich brauchte nur ein paar Minuten zu warten, bis direkt vor meiner Nase ein schöner, geräumiger Parkplatz frei wurde.

„Als erstes würde ich sagen, sollten wir uns nach dem Zeitpunkt des nächsten Ausbruchs erkundigen", schlug ich vor.

Wir gingen zum Geysir hinüber, der in einem weiten Halbrund von diversen Sitzgelegenheiten umgeben war. Dahinter schloß sich reichlich Platz an, auf dem man dem Naturereignis des Ausbruchs im Stehen zusehen konnte. Denise und ich liefen ein wenig auf dem gekiesten Halbrund umher, bis wir einen Parkranger entdeckten. Ich fragte ihn nach dem Zeitpunkt des nächsten Ausbruchs. Er murmelte etwas in seinen Bart, das ich nicht verstand und deutete auf eine hölzerne Uhr. Die Zeiger standen auf 15.20 Uhr. Wir hatten gerade 14.25 Uhr. Das hieß also, daß wir fast eine Stunde Zeit vertrödeln mußten bis zum nächsten Ausbruch. Wir beschlossen, uns noch ein wenig die Beine zu vertreten und uns das Old Faithfull Inn ein wenig näher anzuschauen. Hier war regelrecht die Hölle los. Jede Menge Leute standen herum und versuchten, genau wie wir, die Zeit bis zum nächsten Ausbruch totzuschlagen.

Wir schlenderten ein wenig durch die Räumlichkeiten. Es war alles da, was man als Amerikaner so braucht. Es gab eine Snackbar, einen Coffee-Shop, einen Tea-Room und sogar ein Restaurant. Am besten besucht waren jedoch die Toiletten. Hier herrschte ein reges Kommen und Gehen. Denise und ich waren froh, daß wir im Moment kein menschliches Rühren verspürten. Die Toilettenanlagen dünkten mich doch ein wenig überfrequentiert. Allein schon der Geruch drängte einem diese Vorstellung auf.

Ich kaufte mir eine Coke Light. Denise hatte keinen richtigen Durst und war deshalb mit einem Schluck aus meinem Pappbecher schon zufrieden. Ich konnte zwei leere Korbstühle an einem mäßig besetzten Tisch ergattern, und wir nahmen Platz.

Wir hatten erst rund zwanzig Minuten überstanden und somit noch eine knappe halbe Stunde Wartens vor uns. Ich begann meine Umgebung ein wenig zu studieren, sah mir die Leute ein wenig genauer an, schnappte Gesprächsfetzen in englisch und auch in deutsch auf. Vielleicht verging die Wartezeit so ein wenig schneller. Wenn im Arsenal meiner reichhaltigen Begabungen eine Fähigkeit fehlen sollte, so ist es, das „Warten können". Man kann nicht sagen, ich hätte keine Geduld. Ganz im Gegenteil. Geduldsspiele wie Puzzle oder auch Basteln, seien sie auch noch so diffizil und zeitraubend, machen mir überhaupt nichts aus. Aber Warten bringt mich fast um. Es gibt für mich nichts schlimmeres, als auf einen Bus zu warten, im Wartezimmer eines Arztes zu sitzen oder auf jemanden zu warten, der seinen Termin nicht einhält. Da könnte ich regelrecht ausrasten.

Wenn mir im Augenblick nicht so furchtbar langweilig gewesen wäre, hatte ich ihn bestimmt nie entdeckt. Er machte seine Sache wirklich gut. Kein Zweifel, er war ein Profi.

Er war schlank und durchtrainiert, mindestens so groß wie ich, vielleicht sogar noch zwei oder drei Zentimeter größer. Dann hörten die Ähnlichkeiten aber auch schon auf. Sein Körperbau war erheblich feiner und zartgliedriger. Im Vergleich zu mir wirkte er wesentlich beweglicher. In der Tat war er es auch, wie sich später herausstellen sollte. Ich bin im Schulter- und Kreuzbereich mindestens zehn, wahrscheinlich sogar fünfzehn Zentimeter breiter als er. Ich schätzte ihn auf mindestens fünfzig Pfund leichter als mich. Er könnte mir bestimmt jederzeit davonlaufen, wenn er es wollte. Wenn ich ihn hingegen in einer Ecke stellen konnte, rechnete ich ihm keine großen Chancen aus.

Er hatte eine lange, blonde Haarmähne, die in Wellen bis auf seine Schultern fiel. Bekleidet war er mit einer dunkelbraunen Bundfaltenhose, einem weißen Hemd mit schwarzer Lederkrawatte und einer sportlich geschnittenen Jacke aus feinem schwarzen Leder. Seine Füße steckten in leichten Slippern, die recht teuer aussahen. Ich weiß nicht mehr, was mir zuerst aufgefallen war, was mich als erstes hatte mißtrauisch werden lassen. War es seine betont uninteressierte Haltung? Lag es daran, daß er krampfhaft versuchte, nicht in unsere Richtung zu schauen, oder stieß mir seine Kleidung auf? Er war beileibe nicht der einzige in guter Kleidung mit Krawatte. Nein, wirklich nicht! Aber alle anderen in dieser Art von Freizeitkleidung gehörten einer anderen Altersklasse an. Ich schätzte ihn auf höchstens 25 Jahre, also ein wenig jünger als ich selbst es bin.

Ich an seiner Stelle hätte mir was zu lesen besorgt. Nicht gerade eine Zeitung, hinter der man eine halbe Fußballmannschaft verstecken könnte, aber ein kleiner Reiseführer, eine Zeitschrift oder eine kleinere Übersichtskarte hätten es ihm ermöglicht, seine Aufmerksamkeit auf eine vollkommen unverfängliche Sache zu richten. Sein mühevolles Nicht-zu-uns-herschauen wäre ihm so erspart geblieben.

Nichtsdestotrotz machte er seine Sache im Grunde genommen sehr gut. Ich bezweifle, daß er mir aufgefallen wäre, wenn mir nicht so langweilig gewesen wäre. Er hatte zwar ein paar Leichtsinnsfehler gemacht, aber keiner davon hätte mich, für sich betrachtet, mißtrauisch gemacht. Nachdem ich ihn jetzt entdeckt hatte, war es besser, ihn das noch nicht wissen zu lassen. Sein Auftraggeber würde ihn sonst nur abziehen und durch einen anderen ersetzen, den ich womöglich nicht oder nur zu spät als das erkennen würde, was er war. Ein entdeckter Schatten hingegen kann einem überaus nützlich sein. Ich wußte nicht, wie gut Denise schauspielern konnte und beschloß deshalb, ihr gegenüber nichts von meiner soeben gemachten Entdeckung zu erwähnen.

Mein Bewacher mit den langen blonden Haaren hatte keinerlei Ähnlichkeit mit den beiden Brüdern des Cartwright-Clans, die ich bisher in natura wie Charly oder doch zumindest auf dem Photo wie Johny gesehen hatte. Ich nahm mit absoluter Sicherheit an, daß er mich im Auftrag der Cartwrights beschattete. Vermutlich war er kein Familienmitglied, sondern ein käuflicher Profi, dessen Hilfe sich die Cartwrights versichert hatten. Ich wußte nicht, warum sie eine derartige Investition für notwendig erachteten, da ich mich ja wirklich nur mit Brigitte ein wenig unterhalten wollte.

Leider war das jedoch nicht der einzige Punkt, der mir nicht so ganz einleuchten wollte. Wenn ich damals gewußt hätte, was ich heute weiß, hätte ich mir und anderen Menschen viel Leid ersparen können, wenn ich diesem sadistischen Schwein vor mir auf der Stelle eine Kugel in den Schädel gejagt hätte. Auch für ihn wäre es ein leichterer Tod gewesen, zugegeben ein zu leichter Tod, den er nicht verdient hatte.

Mittlerweile waren es nur noch knapp zehn Minuten bis zum angegebenen Zeitpunkt des nächsten Ausbruchs meines Old Faithful. Denise und ich verließen das Old Faithful Inn und stellten uns nicht weit davon entfernt auf. Mit meiner Videokamera konnte ich die rund 100 bis 150 Meter bis zum Geysir problemlos überbrücken. Man sah von hier aus auch einwandfrei über die Köpfe derjenigen hinweg, die sich im Halbrund des gekiesten Aufstellungsterrains drängten. Bestimmt hatten dort viele Leute einen wesentlich schlechteren Blick auf den Old Faithful als wir, da ihnen die direkt vor ihnen stehende Menschenmenge die Sicht verdeckte.

Ich nutzte meine Videokamera, eine Sharp mit LCD-Bildschirm als Sucher und zugleich als Bildschirm zum sofortigen Anschauen, nun auch für Blondy. Da man diese Art von Videokamera mit beiden Händen vor seinen Bauch hält und dabei nur mit der rechen Hand das Objektiv bedient, fällt den meisten Leuten überhaupt nicht auf, daß sie gerade gefilmt werden.

Auch für Blondy war diese Technik anscheinend noch neu. Er sah volle Suppe zu mir her, da ich ja den Kopf gesenkt hatte. Er ermöglichte mir somit ein paar Bilder von ihm in Portrait-Qualität.

Endlich war es soweit. Mit einem zischenden Geräusch schoß heißer Dampf meterhoch aus dem Geysir. Man hörte ein fernes Rumpeln und Rumoren, bevor das siedende Wasser, vermischt mit kochendem weißen Dampf aus der Mitte des Old Faithful schoß. Die Fontäne aus strahlendem Weiß erreichte mühelos eine Höhe von zwanzig oder mehr Metern, fiel in sich zusammen und baute sich erneut auf. Oft hatte das Wasser des vorhergehenden Ausbruchs im Fallen noch nicht einmal wieder den Boden erreicht, da jagte der Geysir schon die nächste Fontäne in den Himmel. So verstrichen etliche Minuten, bevor die Aktivitäten des Old Faithful merklich schwächer wurden und letztendlich ganz zum Erliegen kamen.

„Na, das war doch hoffentlich das Warten wert!" sagte ich wesentlich fröhlicher, als mir eigentlich zumute war, da ich in Gedanken natürlich bei unserem Schatten weilte.

„Ja, das war wirklich nicht schlecht!" gab mir meine Kleine recht. „Aber jetzt laß uns möglichst schnell zum Auto zurückgehen, bevor all diese Horden ihren Wagen erreichen und dann die Ausfahrt versperren, da sie alle gleichzeitig vom Parkplatz weg wollen."

Da hatte meine Denise nicht unrecht. Glücklicherweise hatte ich meinen Wagen strategisch günstig, nicht weit von der Ausfahrt des Parkplatzes, abgestellt. Wir beeilten uns, zu unserem Wagen zu kommen. Damit hatte unser Schatten irgendwie nicht gerechnet. Wahrscheinlich hatte er auch aufgrund des Publikumandrangs weiter weg parken müssen. Ich wußte ja nicht, wie lange er schon hinter uns her war oder ob er uns erst hier am Old Faithful Geyser aufgegabelt hatte.

Auf jeden Fall brachte ihn unser eiliger Aufbruch in nicht zu übersehende Schwierigkeiten. Ich konnte mir ein zufriedenes Lächeln nicht verkneifen. Sein Spurt in eine völlig andere Abteilung des Parkplatzes war olympiaverdächtig. Daraus schloß ich, daß er allein war und daß er seinen Wagen doch ziemlich weit weg abgestellt haben mußte. Falls er von den Cartwrights bezahlt wurde, sollte er sich sein Geld auch redlich verdienen. Ich wollte ihm seine Aufgabe nicht zu leicht machen. Deshalb verließ ich den Parkplatz auf dem schnellsten Weg und fuhr zügig weiter in Richtung Craig Paß.

Bald schon hatte ich gefunden, wonach ich in den letzten Minuten Ausschau gehalten hatte. Rechts vor mir zweigte ein Forstweg ab, der schon nach ein paar Metern so dicht überwuchert war, daß er meinen Lincoln vollkommen verbarg. Von der Straße her konnte man ihn bestimmt sogar von einem langsam fahrenden Auto aus nicht mehr erkennen. Und ich rechnete damit, daß unser Verfolger alles andere als langsam unterwegs war.

„Was soll das, warum fährst du hier herein?" meldete sich Denise zu Wort.

„Wir werden verfolgt. Ich versuche, unseren Schatten abzuhängen. Komm mit, schnell, aber bleib in Deckung!"

Ich riß die Tür auf und stürzte aus dem Wagen. Denise folgte mir dichtauf. Wir versteckten uns hinter einem mächtigen Baumstamm. Keinen Moment zu früh! Wir hörten ihn schon, noch bevor wir ihn sahen. Der Sound einer schweren, mächtigen Acht-Zylinder-Maschine war unverkennbar. Ein großer Dodge-Geländewagen schleuderte zu unserer Linken in die Kurve. Im Nu war er in unserer Höhe. Ich konnte nur einen kurzen Blick auf den Fahrer werfen, dann war der Wagen schon an uns vorbei. Es bestand kein Zweifel. Am Steuer des rasenden Dogde war der Blondschopf gesessen, der mir vor einer guten halben Stunde in der Halle des Old Faithful Inn zum ersten Mal aufgefallen war.

Wir gingen zurück zum Lincoln, und Denise wollte nun natürlich in aller Ausführlichkeit wissen, was da nun vorgegangen war.

„Mir ist überhaupt nichts aufgefallen. Ich habe überhaupt nichts Auffälliges oder Ungewöhnliches bemerkt", gestand sie ein wenig fassungslos ein.

„Das habe ich gemerkt, mein kleiner Schnarchzapfen!" zog ich sie lächelnd auf. „Nein, Spaß beiseite! Der Kerl ist ein Profi. Wenn mir beim Warten auf den Ausbruch des Old Faithful Geyser nicht so unsagbar langweilig gewesen wäre, hätte ich ihn wahrscheinlich auch nicht entdeckt", gab ich ehrlich zu. „Mich würde jetzt natürlich brennend interessieren, für wen Blondy arbeitet, wer seine Schecks ausschreibt. Ich dachte zwar zuerst, die Cartwrights hätten ihn engagiert. Aber in diesem Fall hätte er uns nicht derartig hinterherrasen müssen, sondern hätte uns in aller Gemütsruhe zur Lake Lodge folgen können. Schließlich und endlich habe ich Charly Cartwright ja erst vor ein paar Stunden klar und deutlich gesagt, daß wir in der Lake Lodge abgestiegen sind. Die ganze Angelegenheit wird irgendwie immer verzwickter und undurchsichtiger. Plötzlich sind wir nicht mehr nur die Verfolger, sondern zugleich auch die Verfolgten. Irgendwie blicke ich da nicht mehr ganz durch. Und ich habe immer stärker den Verdacht, daß des Rätsels Lösung gar nicht unbedingt hier im Yellowstone National Park liegt. Oder zumindest liegt sie nicht hier allein. Nein, ich glaube vielmehr, daß der Schlüssel, oder zumindest ein Teil der Lösung, zu Hause bei Dr. Heinrich zu finden ist. Ich bin gespannt, was Onkel Nick heute abend an Neuigkeiten zu bieten hat."

Wir waren mittlerweile wieder in unseren Lincoln eingestiegen, und ich fuhr vorsichtig rückwärts zurück auf die Teerstraße. In gemächlichem Touristentempo erklommen wir nun ein weiteres Mal den Craig Paß und fuhren wieder hinunter zum Yellowstone Lake. Da ich ja nun inzwischen vorgewarnt war, schaffte ich die Abzweigung zum See, die mich gestern abend so stark ins Straucheln gebracht hatte, heute bravourös, so als ob ich sie schon Dutzende Male gefahren wäre.

Obwohl wir beide aufpaßten wie die Schießhunde, ich den Towncar eher bedächtig als forsch fuhr und wir in jede Abzweigung und jeden Feld- oder Waldweg hineinspähten, konnten wir keine Spur von dem rasenden Dogde oder auch von Blondy erkennen. Ich vermutete, daß Blondy an meiner Lieblingskreuzung geradeaus weitergefahren war.

Ich hatte mich zu früh gefreut. Stevenson Island im Lake Yellowstone tauchte gerade rechts voraus in unserem Blickfeld auf, als einer meiner prüfenden Blicke in den Rückspiegel doch noch von zweifelhaftem Erfolg gekrönt wurde. Im ersten Augenblick war ich mir nicht ganz sicher. Ich hatte irgend etwas Rotes hinter uns gesehen. Natürlich mußte ich sofort an den Dodge denken, in dem Blondy hinter uns hergejagt war. Aber das konnte man ja problemlos überprüfen.

Auf der nächsten kurzen Geraden beschleunigte ich voll, um die nächste Kurve in etwa 300 Metern bereits hinter mir zu haben, wenn Blondy gerade aus der vorhergehenden herauskam. Erfahrungsgemäß stellt sich beim Verfolger dann nämlich sofort die Angst ein, er könnte sein Zielobjekt verlieren, wenn er um eine Kurve biegt und feststellen muß, daß der Verfolgte nicht mehr zu sehen ist. Unweigerlich drückt man als Schatten dann das Gaspedal voll durch, um wieder Anschluß zu gewinnen. Ich weiß, wovon ich rede, denn ich weiß schon gar nicht mehr, wie oft ich schon das zweifelhafte Vergnügen hatte, ein fahrendes Auto zu observieren.

Blondy war zweifelsfrei ein Profi, wie ich auch. Aber diese Angst, den Verfolgten wieder zu verlieren, vor allem, wenn einem das wie Blondy kurz vorher schon einmal passiert ist, also diese Angst überfällt jeden. Blondy bildete hier bestimmt keine Ausnahme.

Zu seiner Ehrenrettung muß ich gestehen, daß es mir damals an seiner Stelle wahrscheinlich auch nicht viel anders ergangen wäre.

Als Abschluß meiner Beschleunigungstour hatte ich sofort nach der Kurve, die uns den Blicken unseres Verfolgers entzogen hatte, meine Geschwindigkeit wieder drastisch vermindert. Ich glaubte, ich hätte Blondy genug Platz zum Abbremsen gelassen. Aber anscheinend hatte ich seine Angst unterschätzt. Blondy kam mit einem derartigen Zahn um die Kurve geschleudert, daß er alle Hände voll zu tun hatte, um seinen Dodge einigermaßen anständig hinter uns abzubremsen. Im Rückspiegel, in dem ich die Geschehnisse aufmerksam verfolgte, sah es für einen kurzen Augenblick so aus, als würde der rote Dodge uns voll ins Heck unseres Lincoln rauschen.

Ich fuhr nun wieder zügig weiter, ohne irgendeinen erneuten Versuch zu starten, unseren Schatten abzuhängen. Blondy hielt auch brav Abstand. Mit

Sicherheit war ihm aufgegangen, daß ich ihn entdeckt oder zumindest Verdacht geschöpft hatte. Wir erreichten die Gegend von Lake Village ohne weitere Zwischenfälle.

An der Kreuzung, an der die Hauptstraße geradeaus weiterführte, ich jedoch nach rechts zum See hinunter abbiegen mußte, fuhr der Dodge geradeaus weiter, so, als ob er überhaupt nichts mit uns zu tun haben wollte.

Ich fuhr langsam am Lake Hotel vorbei. Der rote Dodge kam nicht mehr in Sichtweite. Auf dem Parkplatz des Lake Hotels war auch nichts Ungewöhnliches zu sehen. Kein Fahrzeug verließ den Platz, um sich an uns anzuhängen. Ich konnte absolut nichts Verdächtiges erkennen. Auch das Gelände der Lake Lodge erschien mir zu 100 % Dodge-frei zu sein. Ich fuhr ganz langsam den Berg hinauf zu unserer Western Cabin. Aber niemand folgte uns, niemand schien uns auch nur im geringsten zu beachten.

Unsere Western Cabin war ordnungsgemäß abgeschlossen, wie es sich gehörte. Vorsorglich hatte ich im Wagen meine Glock 17 aus dem Halfter genommen und sie in meine rechte Jackentasche gesteckt. Während ich mit der linken die Tür öffnete, umschloß meine rechte den Griff der durchgeladenen, schußbereiten Waffe. Meine Vorsichtsmaßnahmen waren zum Glück unnötig. Keiner wartete auf uns, keiner wollte etwas von uns.

Erleichtert zogen Denise und ich uns unsere bequemen Klamotten aus, um uns frisch zu machen und fürs Abendessen umzuziehen.

Während Denise nach Art aller weiblichen Wesen als erste das Waschbecken blockierte, waren meine Gedanken wieder bei unserem Schatten.

In tendierte immer mehr zu der Ansicht, daß es da noch eine dritte Partei außer den Cartwrights und Brigitte Heinrich auf der einen Seite sowie mir und Denise auf der anderen Seite gab. Aber wer konnte das sein? Irgendwie gab das ganze keinen Sinn. Wollte mein Schatten mir ans Leder, oder hoffte er nur, über mich an Brigitte Heinrich heranzukommen? Wollte er Brigitte Heinrich beschützen, oder wollte er ihr das Fell über die Ohren ziehen? War mein Schatten am Ende gar nicht so allein, wie es heute den Eindruck gemacht hatte? Gab es mehrere Schatten? Wenn ja, wie viele und was wollten sie von mir, respektive von Brigitte? Fragen über Fragen, und keine einzige befriedigende Antwort. Ich beschloß, Onkel Nick heute abend in dieses undurchsichtige Fragen-Labyrinth einzuladen. Vielleicht hatte er ja mittlerweile eine Lösung dieses Rätsels gefunden oder er konnte sich wenigstens auf einen Teil dieser merkwürdigen Geschehnisse einen Reim machen. Ich erwartete nicht, daß er bereits eine Lösung dieses Puzzles parat hatte. Aber vielleicht konnte er ein wenig Licht in die Dunkelheit bringen.

Denise war mittlerweile fertig. Sie hatte sich in Schale geschmissen und verrieb nur noch ein paar Tropfen Parfum an ihren Handgelenken. Sie trug eine luftig leichte Bundfaltenhose aus hellem Leinen und eine cremefarbene Seidenbluse, die ihre ansehnliche Oberweite vorteilhaft zur Geltung brachte.

Ich machte mich auch kurz frisch und war schon ein paar Minuten später ebenfalls wieder angezogen, fertig zum Abendessen im Lake Hotel. Da ich beabsichtigte, im Restaurant nur im Hemd zu sitzen, also auf ein Sakko verzichten wollte, konnte ich schlecht mein Gürtelholster anlegen. Das wäre doch sogar für US-amerikanische Verhältnisse ein wenig zu dick aufgetragen gewesen. Ich steckte meine Glock 17 deshalb in meine Handgelenk-Tasche, in der sich im Normalfall nur meine Brieftasche und ein paar nützliche Dinge wie Papiertaschentücher, Sagrotan-Tücher, Taschenlampe, diverses Einbruchswerkzeug und ein Wurfmesser befinden. Wir verließen die Western Cabin und fuhren zum Lake Hotel. Hier war schon ganz nett was los. Direkt vor dem Hotel war nicht ein Parkplatz mehr frei. Ich mußte fast hundert Meter weiter weg, auf einem Seitenparkplatz, meinen Lincoln abstellen.

Die elende Unsitte des „Wait to be seated!" kostete uns heute nur zehn Minuten, bevor wir endlich an einem Tisch Platz nehmen durften. Zum Ausgleich war es heute ein sehr schöner Tisch. Wir hatten einen herrlichen Blick auf den Lake Yellowstone, dessen dunkle Oberfläche sich im hellen Licht der Abendsonne spiegelte.

„Ich laß die Vorspeise heute weg!" beschied ich Denise. „Ich möchte mich heute nicht überfressen. Wer weiß, was die Unterredung mit Johny Cartwright heute abend noch alles mit sich bringt. Da ist ein voller Bauch unter Umständen nur hinderlich."

„Rechnest du mit Ärger?" Denise klang besorgt.

„Ich weiß es nicht. Ich kann es wirklich nicht sagen. Lassen wir uns überraschen", gab ich zur Antwort. „Aber jetzt laß uns unsere Steaks genießen. Was mit Johny und Brigitte ist, werden wir ja hoffentlich nachher erfahren."

Mein Steak war, wie bereits gewohnt, wieder von olympischen Ausmaßen und heute auch sehr gut gewürzt. Ich aß mit großem Appetit. Denise schien es nicht so toll zu schmecken. Ich glaube, sie war mit ihren Gedanken schon bei unserem anschließenden Treffen mit Johny Cartwright.

Das habe ich mir zum Glück schon lange abgewöhnt, daß ich mir über etwas große Sorgen mache, das ich selbst überhaupt nicht oder zumindest im Augenblick nicht beeinflussen kann.

Als wir unsere Riesensteaks vertilgt hatten, bestellten wir zum Nachtisch Tee. Denise genehmigte sich noch ein Stück Kuchen. Mich machte etwas Süßes im Moment jedoch überhaupt nicht an, und so trank ich nur zwei große Tassen Tee. Während dieser Zeremonie konnte ich mich unauffällig ein wenig in der Gegend umsehen. Aufmerksam musterte ich die Gäste um uns herum. Ich habe in dieser Art der Beobachtung mittlerweile soviel Übung, daß ich ohne Übertreibung behaupten kann, daß wohl keiner der anwesenden Gäste im Speisesaal des Lake Hotels auch nur im geringsten etwas davon bemerkte, daß ich ihn einer eingehenden Prüfung unterzog.

Ich konnte nichts Auffälliges oder gar Verdächtiges erkennen. Alles schien mir ganz normal zu sein. Auch von den Personen um uns herum kam mir keine einzige bekannt oder gar gefährlich vor. Wenn ich tief in meinem Inneren geglaubt hatte, ich würde vielleicht Blondy hier wieder antreffen oder gar einen der Gebrüder Cartwright, so wurde ich leider enttäuscht.

Als wir unser Abendessen beendet hatten und den Speisesaal verließen, war es halb acht Uhr abends und noch sehr schön hell.

Kapitel 15

Die Gebrüder Cartwright

Wir verließen das Lake Hotel und wollten unseren Lincoln holen, den wir auf dem kleinen Seitenparkplatz abgestellt hatten, der in Richtung auf die Tourist Cabins lag. Da sah ich Johny, der in Begleitung von ein paar anderen Männern langsam vom Hauptparkplatz her auf uns zukam. Sie mußten auf uns in einem oder mehreren der geparkten Autos gewartet haben und sofort ausgestiegen sein, als sie mich erkannt hatten.

„Geh zum Lincoln vor, setz dich rein und sperr die Türen ab!" raunte ich Denise zu. Sie wollte wie üblich wieder einmal widersprechen, aber der Ton in meiner Stimme belehrte sie dann doch eines besseren. Zögernd lenkte sie ihre Schritte auf den Towncar zu. Ich warf ihr nur einen kurzen Blick hinterher, um zu sehen, ob nicht etwa am Towncar auch noch irgendwelche Figuren warteten. Das schien nicht der Fall zu sein, und dann hatte ich keine Zeit mehr für sie.

Johny und die Männer waren nun so bis auf zwanzig Meter herangekommen, und ich konnte mir die Kerle ein bißchen näher ansehen. Es waren insgesamt sechs Figuren. Sie sahen alle nicht schwächlich aus, ganz im Gegenteil. Größer und kräftiger als ich dünkte mich hingegen auch keiner zu sein. Das einzige Problem sah ich im Moment darin, daß es für den Anfang doch ein bißchen viele von ihnen waren.

„Sie suchen mich, hat mir mein Bruder berichtet", eröffnete Johny das Gespräch. Gleichzeitig teilten sich die Männer ein wenig auf. Johnys Bruder Charly, den ich an den Tower Falls nach ihm gefragt hatte, postierte sich zu meiner Rechten, fast auf meiner Höhe und knapp zwei Meter entfernt.

„Das hier sind übrigens alles Brüder von mir. Charly haben Sie ja schon kennengelernt", versuchte Johny den Talkmaster zu spielen.

„Das ist Henry", deutete er mit einem Kopfnicken auf einen Mann mit einer Baseballmütze, der von mir aus gesehen direkt links neben ihm stand.

„Dann kommen Walther, Stewy und Jimmy", fuhr er fort und deutete mit einer lässigen Handbewegung auf die restlichen drei Männer, die sich noch links von Henry aufgebaut hatten. Dabei standen Stewy und Jimmy, ähnlich wie Charly, auf meiner rechten Seite, links von mir in etwa auf meiner Höhe, hielten aber einen etwas größeren Abstand ein, vielleicht so knapp drei Meter.

Die Kerle waren schwer einzuschätzen. Stewy und Jimmy schienen nach Johny die jüngsten im Sextett zu sein. Sie waren höchstens vier- oder fünfundzwanzig Jahre alt, vielleicht sogar noch etwas jünger. Charly schien der Senior zu sein, Walther und Henry befanden sich altersmäßig irgendwo dazwischen.

„Und du bist so ein kleiner, mieser Schnüffler, der hinter mir her schnüffelt", fuhr Johny fort und kam langsam auf mich zu. Den höflichen und gepflegten Teil der Unterhaltung hatten wir anscheinend schon hinter uns.

„Was willst du von mir?" Er stand mittlerweile direkt vor mir. Er war rund 20 Zentimeter kleiner und etliche Pfund leichter als ich. Weil er so nahe herangekommen war, mußte er sogar den Kopf leicht nach hinten biegen, um mir in die Augen schauen zu können. Ja, eine gewisse Größe ist meist nicht von Nachteil. Wie schon gesagt, wirke ich eher wie ein Kleiderschrank als wie ein flotter Sprinter. Die meisten Leute halten mich im ersten Augenblick für nicht allzu beweglich. Das ist ein grober, dreckiger Fehler, und davon habe ich schon des öfteren profitiert.

„Ich suche Miss Brigitte Heinrich. Ihr Vater macht sich Sorgen um sie und möchte, daß ich sie finde und wenn möglich, wieder zu ihm bringe", antwortete ich ruhig.

„Du willst sie also mit Gewalt wieder zu ihrem Vater zurückbringen, damit er das Geld wieder aus ihr herausprügeln kann? Ist es nicht so? Aber daraus wird nichts, mein Freundchen, laß dir das gesagt sein."

Ich registrierte, was er gesagt hatte mit erheblichem Befremden. Ich konnte damit im Moment überhaupt nichts anfangen, hatte aber auch gerade keine Zeit, mich näher damit zu befassen. Meine gesamte Aufmerksamkeit galt den Figuren in meiner Nähe, und ich wollte mich nicht ablenken lassen.

„Blödsinn, er macht sich Sorgen um sie, das ist alles. Sie ist ja schließlich seine Tochter."

„So, das Schwein macht sich Sorgen. Ha ha! Sag ihm, er soll sie in Ruhe lassen, sonst passiert ihm dasselbe wie dir."

Aus den Augenwinkeln sah ich, daß Charly zu meiner Rechten und Stewy zu meiner Linken einen kleinen Schritt auf mich zu machten. Gleichzeitig schlug mir Johny einen ansatzlosen rechten Schwinger in die Magengegend.

Meine Bauchmuskeln sind wirklich in Ordnung. Von Natur aus überdurchschnittlich kräftig, hatte ich mit gezieltem Training meiner Bauchmuskulatur eine erstaunliche Stabilität verliehen. Wenn er nicht gerade von Myke Tyson kam, konnte ein Schwinger in die Magengegend mir im Normalfall nicht allzuviel anhaben. Johny war kein Schläger, und so blieb sein schöner, ansatzlos geschlagener Fausthieb ohne sichtbare Wirkung. Ich hingegen reagierte sofort und hart. Ich packte Johny mit der rechten Hand am Hosenbund und mit der linken vorn am Kragen seiner Lederjacke, riß ihn vom Boden hoch und warf ihn mit Schmackes Stewy und Jimmy entgegen. Die drei gingen zu Boden wie die berühmten Mehlsäcke. Das sah ich jedoch schon nur noch aus dem Augenwinkel, denn ich machte bereits einen Sprung zurück auf Charly zu. Leider hatte ich jedoch die Entfernung nicht ganz richtig eingeschätzt. Denn als ich kurz vor Ende meines Sprungs mein rechtes Bein ruckartig durchstreckte, traf ich zwar wie beabsichtigt sein linkes Knie, und er gab auch einen keuchenden Schmerzenslaut von sich, aber es fehlte das charakteristische Knacken von brechenden Knochen, das anzeigte, daß der Besitzer des Knies fürs erste wirklich außer Gefecht gesetzt war.

Ich wirbelte um 180 Grad herum und konnte gerade noch mit dem linken Unterarm einen Schlag abwehren, mit dem Walther mir eins an die Rübe donnern wollte. Henry wollte mir mit beiden Händen an den Kragen. Für eine derartige Schlägerei, wie wir sie im Moment gerade abzogen, ist das jedoch eine vollkommen irrsinnige Taktik, da mit viel zu viel Körperkontakt verbunden. Hier zählten nur kurze, brutale Schläge. Henrys zu Klauen geformte Hände waren höchstens noch einen halben Meter von meinem Hals entfernt. Deshalb nutzte ich gleich meine von der Abblockbewegung gegenüber Walther noch erhobene Linke und schlug sie Henry in einer schnellen, harten Abwärtsbewegung an seinen linken Unterkiefer. Henry wurde merklich kleiner, blieb aber noch stehen.

Leider hatte der Schlag mit meiner Linken, mit der ich Henry eine verpaßt hatte, für Walther nun den Weg frei gemacht. Meine linke Deckung stand für einen Augenblick offen wie das sprichwörtliche Scheunentor, und Walther nutzte das natürlich aus. Zu meinem Glück waren all die Kerle keine echt trainierten Schläger. Für eine Kirmes-Rauferei oder eine Wirtshaus-Schlägerei reichten ihre Kenntnisse allemal, aber es hatte sie anscheinend noch nie jemand richtig trainiert und ihnen auch die faulen Tricks gezeigt. Wenn mir Walther in diesem Augenblick einen gezielten Tritt verpaßt hätte, wäre die ganze Sache gelaufen gewesen. Aber wie schon gesagt, es waren Amateure, wenn auch begeistert bei der Arbeit.

Walther hatte nichts gelernt aus dem absolut wirkungslosen Schlag seines Bruders Johny. Auch er versuchte mit einem Schwinger, einem linken Schwinger in meine Magengrube, Wirkung zu erzielen. Der Schlag hatte zwar deutlich mehr Power als der von Johny, war aber auch nicht wirklich schmerzhaft oder gar unerträglich. Das ließ mir genug Zeit, um Henry, der gerade aus seiner leicht gebückten Haltung wieder ein wenig nach oben kam, mit einem wirklich satten rechten Aufwärtshaken zu bedienen. Zur Verstärkung des Schlages war ich zuvor mit dem rechten Knie noch leicht eingeknickt und benutzte die Streckwirkung beim Wiederaufrichten als zusätzlichen Kick. Die Wirkung war dementsprechend phänomenal. Henry hob richtiggehend vom Boden ab und wurde nach hinten geschleudert.

So manchem Mann hätte ein Schlag dieser Güte unter Umständen das Genick gebrochen. Ich verließ mich aber darauf, daß diese Naturburschen mit ihrer angeborenen Rauflust so etwas schon wegstecken konnten.

In der Abwärtsbewegung des Schlages, der gerade Henry in den Staub geschickt hatte, knickte ich mit dem linken Knie voll ein, stieß mich mit dem rechten Fuß ab und leitete so eine schnelle Drehbewegung ein. Mit dem gestreckten rechten Bein fegte ich nun Walther, der direkt vor mir stand, seine Beine unter dem Leib weg. Walther war total überrascht, als es ihm die Beine wegriß. Er schrie laut auf und griff mit beiden Händen ins Leere.

Ich vollendete meine Drehbewegung und richtete mich wieder zu meiner vollen Größe auf. Ich kam gerade rechtzeitig, um zu sehen, wie Walther, mit dem Hintern zuerst, direkt vor mir hart auf dem Boden aufschlug.

Ein kleiner, schneller Rundblick zeigte mir, daß ich bis jetzt noch ganz gut im Rennen lag.

Charly kniete im Staub und umklammerte sein Knie.

Henry lag flach auf seinem Rücken, ungefähr fünf Meter entfernt, und rührte sich nicht mehr.

Walther saß mit ausgestreckten Beinen auf dem Boden und stöhnte. Wahrscheinlich hatte er sich noch nie in seinem Leben so ruckartig und schnell auf seinen Hintern gesetzt.

Aber Johny, Stewy und Jimmy waren mittlerweile wieder auf die Beine gekommen. Anscheinend hatten sie zumindest teilweise mitbekommen, was mit ihren Brüdern passiert war, und das hatte ihrer Rauflust doch einen erheblichen Dämpfer versetzt. Jedenfalls näherten sie sich nur langsam und sehr vorsichtig. Ich gab mich jedoch keinen Illusionen hin. Bisher hatte ich Glück gehabt, und der Kampf war noch lange nicht entschieden. Denn so richtig außer Gefecht gesetzt waren eigentlich nur Henry und mit gewissen Abstrichen auch Charly.

Ich wollte gerade den mittleren der drei Brüder Stewy, Johny und Jimmy mit einem gezielten Sprungtritt vor die Brust von den Beinen fegen, als eine laute Stimme in englisch befahl:

„Schluß jetzt, hört auf damit!"

Ich blickte mich schnell um und sah Denise in Begleitung eines bärtigen

Mannes. Im ersten Augenblick dachte ich schon, ein weiteres Brüderchen des sauberen Familienclans benutze sie als Druckmittel. Doch dann sah ich, daß sie freiwillig und vollkommen ungezwungen neben dem Mann stand. Und jetzt erkannte ich ihn auch. Ohne seine lederne Indianer-Montur hatte ich ihn nicht sofort erkannt, mit seinen langen blonden Haaren und seinem Vollbart. Es war unser Indianer-Freund von der Tankstelle vor Salt Lake City, der Vater der süßen kleinen Indianerin.

„Michael, ich möchte dich bitten, meinen Brüdern nicht noch mehr Kostproben deines Könnens zu geben. Ich glaube, sie haben auch so schon genug. Meine Gratulation Michael, das war wieder echt sehenswert. Ich hatte zwar schon einmal das Vergnügen, eine Probe deines Könnens genießen zu dürfen. Aber erst jetzt, als Unbeteiligter, erkenne ich, was du wirklich drauf hast, Michael."

Er lächelte und kam mit ausgestreckter Hand auf mich zu. Ich ergriff seine Rechte erfreut, aber auch leicht verwirrt.

„Ich hoffe doch, wir können alle Freunde werden, Michael."

Dann wandte er sich an seine Brüder, die mit Ausnahme von Henry ganz belämmert aus der Wäsche schauten. Henry lag immer noch flach. Sein Geist war noch auf Urlaub.

„Jungs, das ist der Mann, von dem ich euch erzählt hatte. Ihr wißt schon, der Mann, der mir in der Wüste zu Hilfe gekommen ist. Ich schlage vor, wir fahren nach Hause zu Mom und Dad und unterhalten uns ein wenig."

Dann wandte er sich wieder an mich. „Dürfte ich dich und Denise ebenfalls dazu einladen, Michael?"

Ich nickte und klopfte mir den Staub von den Hosen. „Danke für die Einladung, wir kommen gerne mit."

Stewy und Jimmy kümmerten sich mittlerweile um Henry und versuchten, ihn wieder zum Leben zu erwecken, was ihnen mit ein paar sanften Ohrfeigen auch gelang.

„Wenn du nichts dagegen hast, zeige ich euch den Weg. Fahr einfach hinter mir her. Ich bitte dich, das Verhalten meiner Brüder zu entschuldigen. Sie sind nicht schlecht, nur rauh und ungehobelt. Ich weiß auch gar nicht so recht, um was es bei der ganzen Sache nun im Endeffckt denn wirklich geht. Abei ich nehme an, wir werden die Angelegenheit klären können und wir werden auch einen Weg finden, der allen gerecht wird."

Joshua ging zu seinem Pickup, und die anderen Brüder wankten zu ihren Wagen, wobei Henry von zweien seiner Brüder gestützt werden mußte, während Charly und Walther alleine humpeln konnten. Ich nahm Denise bei der Hand und ging mit ihr zu unserem Lincoln.

„Ich war schon im Auto und hatte den Motor angeworfen, als ich plötzlich Joshua auf dem Parkplatz sah. Ich dachte, er könnte dir helfen. Ich konnte ja nicht wissen, daß er auch ein Bruder von Johny ist", sagte Denise.

„Das geht schon in Ordnung", entgegnete ich, während ich den Lincoln anließ. Ich fuhr direkt hinter Joshua auf die Parkstraße und folgte ihm nach Lake Village.

„Wo hast du das nur gelernt, so zu kämpfen?" fragte Denise. „Ich glaube, du hättest sie alle niedergemacht. Ich habe dich ja jetzt doch schon dreimal zuvor im Kampf gesehen, und trotzdem war es auch heute wieder ein Erlebnis, das einem keiner glaubt, wenn man es ihm erzählt. Als Joshua eingriff, warst du praktisch schon fast fertig mit den sauberen Brüdern Cartwright." Irgendwie wirkte meine kleine Denise überraschenderweise fast ein wenig schockiert.

„Alles eine Sache der Ausbildung und des Trainings. Und wenn man von Natur aus schon groß und kräftig ist, hilft das natürlich auch."

„Daß du groß und kräftig bist, kann ich bestätigen", flüsterte sie mir nun zu, „und ich hoffe, ich darf das heute abend noch einmal überprüfen." Sie legte ihren Wuschelkopf an meine Schulter.

„Die Aussichten dafür, mein Schatz, sind nicht schlecht, um nicht zu sagen, überdurchschnittlich gut sogar."

Wir erreichten den General Store von Lake Village direkt hinter Joshua und stiegen aus.

Joshua führte uns ins Haus, wo wir von seiner Mom und seinem Dad, seiner Frau, Marie de la Foret, und unserer kleinen Indianer-Freundin begrüßt wurden.

Kapitel 16

Die Wende

Wir wurden in einen großen, geräumigen Raum geführt, der augenscheinlich zugleich als Küche und Wohnzimmer diente. Die Brüder schnappten sich jeder einen soliden alten Holzstuhl mit schön geschwungener Rückenlehne, die von gedrechselten Stäben gehalten wurde. Joshua bedeutete Denise und mir, wir sollten uns auch einen Stuhl nehmen und uns mit den anderen zusammen um einen riesigen, ovalen Eichentisch versammeln. Denise war schon nicht mehr allein. Unsere kleine Indianer-Freundin hatte sie sogleich mit Beschlag belegt und wollte ihr anscheinend eine Neuerwerbung in Sachen Puppenfamilie zeigen. Ohne jegliche Scheu krabbelte sie Denise auf den Schoß und streckte ihr ein geschnitztes Holzpüppchen entgegen.

Dad ging zu einem großen, mannshohen Eisschrank in der Ecke des Raumes, entnahm ihm zwei Sixpacks Budweiser und stellte sie auf den ovalen Eichentisch.

„Also, Jungs, nun erzählt schon, was ist passiert? Habt ihr den Schnüffler gefunden? Und Joshua, wer sind die Fremden, die du mitgebracht hast?" fragte der alte Mann. „Zumindest meine kleine Enkelin scheint sie ja schon ganz gut zu kennen."

„Der Fremde ist der Mann von der Tankstelle bei Salt Lake City, von dem ich euch erzählt habe", begann Joshua einen Teil der Frage zu beantworten. „Und er ist zugleich der Mann, der unseren Bruder Johny und seine Brigitte sucht. Und darüber müssen wir jetzt reden."

„Bist du noch rechtzeitig gekommen, bevor deine Brüder ihn sich vorknöpfen konnten?" wollte der alte Mann jedoch noch unbedingt wissen.

„Yeah...", wollte Joshua gerade zu einer erklärenden Antwort ansetzen, als Charly ihn unterbrach.

„Das hättest du sehen sollen, Dad. Michael, so heißt unser Gast, war gerade dabei, den vierten von uns von den Beinen zu holen. Er hatte nämlich soeben zu einem Sprung angesetzt, der unseren Johny genauso aus dem Verkehr gezogen hätte, wie er es ein paar Augenblicke zuvor bereits mit mir, Henry und Walther gemacht hatte. Ich konnte zwar sehr schön das Geschehen verfolgen, wegen meines immer noch lädierten Knies, aber leider nicht mehr eingreifen. Als Joshua schrie, wir sollten aufhören, war der Kampf, den Johny mit einem Schwinger begonnen hatte, höchstens lumpige 15 Sekunden alt. Ich hatte ein Knie, das mich nicht mehr tragen wollte, Henry lag fünf Meter weiter weg im Staub und rührte sich nicht mehr, und Walther saß auf dem Boden und hatte sich allem Anschein nach den Hintern verbogen."

Charly lachte glucksend. Er schien es mir in keinster Weise zu verübeln, daß ich ihm vor einer knappen halbe Stunde um ein Haar sein Bein gebrochen hätte.

Ein kleiner Rundblick zeigte mir, daß auch die anderen Brüder die nur kurz zurückliegende Schlägerei, bei der sie so schlecht ausgesehen hatten, von der sportlichen Seite sahen. Diese Haltung war typisch US-amerikanisch und für einen Mitteleuropäer nur sehr schwer zu verstehen. Mir kam sie jedoch sehr entgegen.

„Der Fremde hat uns fertiggemacht nach allen Regeln der Kunst", fuhr Charly fort. „Du hättest das sehen sollen, Dad."

Ich war wirklich froh zu sehen, daß die Brüder ihre Niederlage so gelassen aufnahmen und nicht einer Art von falschem Ehrgeiz nachhingen. Um diese Entwicklung noch ein wenig zu fördern und auch weil ich neugierig war auf Johnys Bemerkung direkt vor dem Kampf, wechselte ich jetzt sofort das Thema, indem ich Johny ansprach.

„Sie haben direkt vor unserer kleinen Auseinandersetzung irgend etwas erzählt von ‚Geld' und ‚aus Brigitte rausprügeln' oder so ähnlich. Was haben Sie damit gemeint?"

Da Johny nicht sofort antwortete, fuhr ich fort.

„Ich versichere Ihnen nochmals, mein Auftrag besteht einzig und allein darin, Brigitte zu finden, weil sich ihr Vater Sorgen um sie macht. Wenn möglich, soll ich sie mit nach Hause bringen, nach Deutschland. Aber wenn sie nicht will, kann und werde ich auch nichts dagegen unternehmen. Schließlich und endlich ist sie eine erwachsene Frau und volljährig."

„Falls das wirklich die Wahrheit ist, dann hat Sie mein Vater ganz barbarisch angelogen", ertönte eine helle, mädchenhafte Stimme in deutsch hinter meinem Rücken.

Ich drehte mich um und sah Brigitte, die das eben Gesagte noch einmal auf englisch für die anderen am Tisch wiederholte. Das Mädchen sah aus wie auf den Photos, nur die Haare waren etwas kürzer und pflegeleichter geworden.

„Setz dich her zu uns und erzähl unserem Gast, was du uns auch erzählt hast!" forderte Dad sie auf und deutete auf einen Stuhl zu seiner Linken.

Brigitte setzte sich, atmete ein paarmal tief durch und sah sich in der Runde um, bevor sie leise zu erzählen begann.

„Paps ist ein sehr erfolgreicher Facharzt in meinem Heimatstädtchen. Er ist Fachmann für Lungenkrankheiten, Spezialist für Schadstoffbelastungen, Umweltverträglichkeit und so weiter. Er ist darüber hinaus sehr wohlhabend", begann Brigitte ihre Geschichte. Damit erzählte sich mir allerdings nichts Neues. Das wußte ich bereits.

„Er hat wahrscheinlich auch ein paar Sachen gemacht, die nicht ganz astrein waren. Auf jeden Fall hat er Geld wie Heu und weiß überhaupt nicht mehr wohin damit. Er ist an Immobilien quer durch Deutschland beteiligt, auch in den sogenannten neuen Bundesländern, hat Eigentumswohnungen und Häuser im Ausland und so weiter. So besitzt er u. a. hier in den USA eine schöne Villa in Florida, eine Eigentumswohnung in Vail, das ist so eine Nobel-Ski-Gegend in den Rockies, und er ist oder war sogar irgendwie an einer Spielhölle in Las Vegas beteiligt. Wie, weiß ich leider nicht genau", führte Brigitte aus. „Vor etwas über einem halben Jahr kam ich nun nach Kalifornien an die UCLA University, um hier zu studieren. Ich wollte weg von zu Hause, heraus aus der Enge, weg von den dauernden Reglementierungen und Bevormundungen, weg auch von den dauernden Streitereien meiner Eltern.

Ich wollte ins Ausland, andere Leute kennenlernen und meinen Horizont erweitern. Die USA erschienen mir hierfür ideal, da ich sie schon anläßlich von Urlaubsreisen kennengelernt hatte. Während dieser vergangenen sechs Monate muß nun irgend etwas Besonderes, etwas Schlimmes, vorgefallen sein. Ich weiß nicht, was es war. Auf jeden Fall hat Mam am Telefon öfter einmal geweint. Sie wollte zuerst nie so recht heraus mit der Sprache, was denn los sei. Ich dachte zunächst, Paps hätte wieder einmal ein kleines Verhältnis mit irgend so einer jungen Nutte, wie es in der Vergangenheit leider schon mehr als einmal der Fall gewesen ist. Aber das war dieses Mal nicht das Problem. Irgendwann dann, ich hatte erneut schwer und nachhaltig insistiert, erzählte Mam dann doch endlich von ihren Sorgen. Paps wollte alles aufgeben. Alles, was er sich in den letzten zwanzig Jahren aufgebaut hatte, wollte er aufgeben. Mam konnte jedoch von ihm nicht die Wahrheit erfahren, warum er das vorhatte. Immer, wenn sie ihn fragte, bekam sie irgendwelche nichtssagenden Floskeln zu hören, wie, es sei an der Zeit, wieder einmal et was Neues zu tun, neue Erfahrungen zu machen, sich neue Horizonte zu suchen. Man müsse sich neue Ziele setzen und dürfe sich nicht nur einfach bequem zurücklehnen. Man dürfe sich nicht einfach damit zufrieden geben, auf das Erreichte zurückzublicken. Das war natürlich alles Quatsch. Aber die wahren Beweggründe für sein unmögliches Verhalten kenne ich leider bis heute noch nicht." Brigitte sprach leise und stockend. Es fiel ihr allem Anschein nach noch immer nicht leicht, vor fremden Leuten über ihre familiären Probleme zu sprechen.

„Paps hat dann anscheinend in den folgenden Wochen alles, was er an Immobilien, Gesellschaftsanteilen und was er sonst noch an Vermögenswerten besaß, zu Geld gemacht. Teilweise muß er dabei sogar erhebliche Verluste eingefahren haben. Sogar unsere Villa zu Hause wollte er verkaufen, allerdings erst ganz zum Schluß, um unnötiges Aufsehen zu vermeiden, wie er es ausdrückte.

Kurze Zeit später mußte er angeblich auf einen Kongreß eines großen Pharmacie-Konzerns nach London. Mam nutzte diese Zeit, um seine immer wieder vorgebrachten Behauptungen hinsichtlich seines Vermögens zu überprüfen.

Sie mußte feststellen, daß die Angaben stimmten. Paps hatte fast das ganze Familienvermögen flüssig gemacht und auch bereits irgendwohin verschoben. Durch einen zufälligen Anruf eines Reisebüros – sie hatten Paps irrtümlicherweise ein paar Mark zuviel berechnet und wollten sich dafür entschuldigen – erfuhr Mam, daß Paps einen Flug nach Las Vegas gebucht hatte. Die Konferenz in London war eine Lüge gewesen.

Mam rief mich in Los Angeles an, erzählte mir, was vorgefallen war und wies mich darauf hin, daß es ja auch um mein Zuhause und, da ich ihr einziges Kind bin, im Endeffekt auch um mein Erbe gehe.

Da Mam aufgrund des Fehlers des Reisebüros sogar den Namen des Hotels wußte, in dem Paps in Las Vegas abgestiegen war, beschloß ich, ihn aufzusuchen und mit ihm zu reden."

Sie stockte ein wenig und nahm einen Schluck Bier aus Johnys Dose, der neben ihr saß und ihr liebevoll den Arm um die Schultern gelegt hatte. Die beiden gaben ein nettes Paar ab, und sie schienen sich wirklich zu mögen.

„Naiv wie ich war, dachte ich, ich könnte Paps mit einem überraschenden Besuch vielleicht dazu bewegen, seinen Plan wieder zu verwerfen, alles aufzugeben und nochmals neu anzufangen. Die Überraschung sollte mir voll gelingen. Ich hatte bei der Rezeption des Mirage, des Hotels, in dem Paps laut meiner Mutter abgestiegen war, einer verständnisvollen Angestellten meinen Wunsch erklärt, meinen Paps zu überraschen. Zuerst wollte sie nicht so recht mitmachen, als ich ihr aber meinen Ausweis, meinen Studentenausweis und auch meine Kreditkarte, die unter Umständen in Bälde sowieso nichts mehr wert sein würde, da sie bisher von Paps gefüttert worden war, als Pfand hinterließ, codierte sie mir so ein Plastik-Schlüssel-Kärtchen für die Tür zur Suite meines Vaters.

Ich schlich mich in die Suite. Es war niemand da, sie war leer. Ich sah mich ein wenig um und erkannte, daß sie wirklich von meinem Vater bewohnt wurde.

Ich beschloß, auf Paps zu warten, nahm mir ein Perrier aus dem Kühlschrank und setzte mich auf einen Hocker an der Bar, die in einer Nische des Wohnzimmers der Suite halb verborgen war. Ich mußte gar nicht lange warten, dann hörte ich schon die Stimme von Paps. Es gab gar keinen Zweifel, das war er. Ich wollte gerade schon auf den Rundbogen zugehen, der diesen Teil der Suite von den anderen Räumlichkeiten trennte, als ich plötzlich auch noch andere Stimmen hörte, die Stimmen einer Frau und von zwei Männern.

Schnell verdrückte ich mich hinter den Bartresen in Deckung. Keinen Augenblick zu früh, denn schon kam Paps in einem leichten Freizeitanzug und mit einem Aktenköfferchen in der Hand in den Raum. Seine Begleiter konnte ich noch nicht sehen, sie standen anscheinend noch im Flur der Garderobe. Paps sah sich hektisch um, so, als ob er verfolgt oder beobachtet würde, hob das Mittelpolster der Couch an, verstaute seinen Aktenkoffer in einer dort befindlichen Vertiefung und legte dann ganz schnell das Mittelpolster wieder an seinen Platz zurück. Mit schnellen Schritten wandte er sich in Richtung Flur, um zu sehen, ob er von seinen Begleitern beobachtet worden war. Aber das konnte eigentlich nicht sein, denn ich hätte die Leute von meiner Position aus sonst ebenfalls sehen müssen. Befriedigt ging Paps in Richtung Balkon, wohin ihm auch bald seine Begleiter folgten. Da saß ich nun in meinem Versteck und traute mich nicht hervor", resümierte Brigitte und sah uns alle in der Runde an.

„Ist es nun nicht langsam Zeit für meine kleine Enkelin, ins Bett zu gehen?" fragte Dad die kleine Indianerin, die immer noch bei Denise auf dem Schoß saß. Anscheinend hatte er die Geschichte mit ihren pikanten Einzelheiten bereits gehört. Ohne jeglichen Widerspruch, ganz anders als ich das von Kindern in diesem Alter kannte, verabschiedete sich das Mädchen, sagte Gute Nacht und verschwand mit seiner Mutter aus dem Raum.

„Jetzt kannst du weiter erzählen", sagte Johny zu Brigitte und strich ihr tröstend über ihr blondes Haar.

„Die Männer und die Frau unterhielten sich fast eine Viertelstunde lang mit meinem Paps. Leider konnte ich nicht hören, über was sie redeten. Ab und zu sah ich im Spiegel für einen Moment Paps oder einen der beiden anderen Männer, wie sie auf dem Balkon hin- und hergingen. Sie gestikulierten wild mit den Händen und schienen des öfteren absolut nicht einer Meinung zu sein.

Dann endlich verließen die beiden Männer die Suite. Ich konnte sie jedoch leider nicht richtig erkennen, da ich mich wieder hinter den Tresen der Bar ducken mußte.

Die Frau blieb zurück. Sie ging ins Bad. Währenddessen legte Paps sein Sakko und seine Krawatte ab. Dann, nach einem kurzen, sichernden Rundblick, daß er unbeobachtet war, hob er noch einmal kurz das Mittelpolster der Couch an und schaute nach seinem Aktenkoffer.

Als die Frau wieder aus dem Bad kam, ging sie zu Paps, zog ihn von der Couch hoch, umarmte ihn und sagte:

„Nachdem ich schon auf dich aufpassen muß, mein Süßer, können wir die Zeit doch auch gleich ein bißchen besser nutzen."

Dabei knöpfte sie meinem Paps das Hemd auf. Zu seiner Ehrenrettung muß ich hier noch gestehen, daß er sich wenigstens ein bißchen zierte und die Initiative eindeutig von der kleinen wasserstoffblonden Hure ausging. Andererseits wehrte Paps sie aber auch nicht ab, wie es sich für einen treuen Ehemann gehört hätte.

Aber wie gesagt, hat mein Paps ja schon mehr als einmal ein kleines Verhältnis gehabt. Er sieht ja zugegebenermaßen auch heute noch recht attraktiv aus für sein Alter. Und darüber hinaus ist er dem weiblichen Geschlecht nach wie vor sehr zugetan. Nachdem die kleine Nutte meinem Paps das Hemd ausgezogen und selbst ihr Kleid zu Boden fallen gelassen hatte, verschwanden die beiden im Schlafzimmer."

Das Mädchen machte eine kleine Pause und nahm einen Schluck Budweiser aus Johnys Dose.

„Die Geräusche, die ich dann hören mußte, waren eindeutig", fuhr Brigitte fort. „Ich durfte gerade den Beischlaf meines Vaters anhören, mit einer fremden Frau, einer kleinen, billigen Nutte. Ich wartete ungefähr zehn Minuten, bis es wieder ruhig wurde, und spähte dann vorsichtig durch den Rundbogen ins Schlafzimmer hinüber. Ich wollte, wenn irgend möglich, die Suite unbemerkt wieder verlassen und meinen Vater zu einem späteren, günstigeren Zeitpunkt wieder aufsuchen, wenn er dann nicht mehr so beschäftigt war."

Brigittes Stimme triefte im Augenblick vor Sarkasmus.

„Ich konnte die beiden voll sehen, als ich mich vorsichtig in Richtung auf die Tür zubewegte. Beide waren völlig nackt. Die Frau lag auf dem Rücken, halb aufgerichtet auf ihren Ellenbogen. Paps lag auf ihr und drehte mir deshalb den Rücken zu. Ich wollte gerade an dem zwei, vielleicht drei Meter breiten Rundbogen zum Schlafzimmer vorbeihuschen, als mich die Hure im Spiegel des Schlafzimmerschranks gesehen haben muß. Sie schrie plötzlich laut auf. Mein Paps hob seinen Kopf und schaute erschreckt zu mir herüber. Zuerst wurde er blaß, dann wurde er rot, und dann schrie er mich an, was mir denn einfalle, einfach so in sein Zimmer einzudringen.

Er sprang auf und kam auf mich zu. Ich schrie zurück, wie er so etwas nur tun könne. Ob er sich denn überhaupt nicht schäme, sich in seinem Alter so aufzuführen. Ich weiß nicht mehr so recht, was ich ihm sonst noch alles an den Kopf warf, aber ich war außer mir vor Enttäuschung, Abscheu, Ekel und auch Wut. Aber irgend etwas brachte dann plötzlich das Faß zum Überlaufen. Denn plötzlich versetzte mir mein Paps, der mir zwar schon früher ab und zu aus erzieherischen Gründen, wie er es nannte, den Hintern versohlt hatte, einen Schlag mit der offenen Hand. Es war keine Ohrfeige im herkömmlichen Sinn, sondern ein richtiger Schlag. Auf jeden Fall riß mich der Schlag von den Beinen. Ich schlug mir den Kopf am Nachttisch an und verlor die Besinnung. Als ich wieder aufwachte, war ich allein im Zimmer.

Mein Kopf schmerzte fürchterlich, und als ich ihn anfassen wollte, registrierte ich einen Verband. Ich hörte eine laute Stimme und brauchte ein paar Augenblicke, bis ich erkannte, daß es Paps war, den ich schreien hörte. Den Gesprächsfetzen nach telefonierte er anscheinend gerade mit Mam in Deutschland.

„Warum hast du Brigitte geschickt, um hinter mir her zu schnüffeln? Glaubst du wirklich, du könntest noch irgend etwas ändern oder verhindern? Was mußt du das Kind auch noch in meine Probleme mit hineinziehen? Damit hilfst du mir doch in keinster Weise. Ganz im Gegenteil, du gefährdest nur unsere Tochter noch zusätzlich. Wie konnte Brigitte überhaupt wissen, wo ich bin? Du bringst uns alle nur noch zusätzlich in Schwierigkeiten."

Wutentbrannt knallte er den Hörer auf die Gabel.

Ich hörte, daß er zu mir herüber kam und stellte mich schlafend. Er zog mir das linke Augenlid ein wenig hoch und sagte dann:

„Du kannst die Augen ruhig aufmachen, Brigitte. Ich weiß, daß du wieder bei Besinnung bist. Vergiß bitte nicht, ich bin Arzt. Du kannst mich nicht täuschen."

Ich schlug die Augen auf und sah ihm direkt in seine Augen.

„Du hast mich geschlagen", schleuderte ich ihm entgegen.

„Sehr richtig, und du hast es verdient. Das mit deinem Kopf tut mir leid, das wollte ich nicht, aber die Ohrfeige hast du mehr als verdient. Wahrscheinlich hätte ich euch beide, dir und deiner Mutter schon viel früher zeigen sollen, wer der Herr im Haus ist. Aber dazu ist es jetzt zu spät. Jetzt beginnt für uns alle ein neues Leben. Wir werden Deutschland verlassen und irgendwo anders vollkommen neu beginnen."

„Und was ist, wenn wir das nicht wollen, wenn uns unser bisheriges Leben gefallen hat, so wie es war? Was ist dann?" brüllte ich ihn an.

„Dann kann ich euch beiden leider auch nicht mehr helfen!"

Er sah dabei für einen Augenblick fast ein wenig traurig aus, aber nur für einen kurzen Augenblick, dann wurde sein Gesichtsausdruck wieder entschlossen und hart.

„Keine Angst, meine Kleine, ihr werdet schon wollen. Euch bleibt nämlich gar nichts anderes übrig, wenn ihr nicht am Hungertuch nagen wollt", lächelte er mich an.

„Ich gehe jetzt duschen und danach verbinde ich dir deine Wunde neu. Bleib solange ruhig liegen."

Meine Armbanduhr verriet mir, daß ich ungefähr eine knappe halbe Stunde ohnmächtig gewesen sein mußte. Ich lag auf der Couch des Wohnzimmers. Die Wasserstoffblonde, die mein Paps gerade gebumst hatte, schien nicht mehr in der Suite zu sein. Vorsichtig stand ich auf und suchte nach ihr, aber sie war wirklich nicht mehr da. Aus der Dusche hörte ich das Geräusch von fließendem Wasser, als ich plötzlich eine irrsinnige Idee hatte. Ich schlich zur Couch, hob das Mittelpolster hoch, nahm den Aktenkoffer heraus, der sich darunter befand, legte das Mittelpolster wieder zurück und den Aktenkoffer auf die Couch. Ich versuchte, den Aktenkoffer zu öffnen, nicht ohne mich noch schnell über meine Schulter hinweg zu versichern, daß Paps noch in der Dusche war. Der Aktenkoffer war nicht verschlossen, und ich öffnete den Deckel. Ein Dutzend oder mehr Bündel von Geldscheinen, Dollar, DM und Schweizer Franken lagen darin. Darunter befand sich noch ein Haufen Papiere. Ich atmete tief durch, verschloß den Aktenkoffer wieder und schlich damit ganz vorsichtig zur Ausgangstür. Es gelang mir, die Tür geräuschlos zu öffnen und hinter mir wieder zu verschließen. Ein Hoch auf diese elektrischen Code-Türschlösser. So schnell wie es mir nur möglich war, lief ich zu den Aufzügen und fuhr in die Lobby hinunter. Die nette Dame an der Rezeption hatte zum Glück noch Dienst, und ich konnte den Plastikschlüssel wieder gegen meine Ausweise und meine Kreditkarte zurücktauschen. Ich bedankte mich noch einmal bei ihr und versicherte ihr, daß meine Überraschung voll gelungen sei. Zum Glück war mir im Spiegel des Aufzugs noch mein Kopfverband aufgefallen. Ich hatte ihn runtergerissen und die blutverkrustete Stelle hinter einer Haarlocke versteckt. Andernfalls hätte mir die Lady an der Rezeption meine Geschichte wohl kaum abgekauft.

Ich ging hinaus zum Car Valet und gab mein Parkticket ab. Ich drückte dem Zuständigen einen Zehner in die Hand und sagte, daß ich es sehr, sehr eilig hätte. Der Tip tat das seinige, und nur ein paar Minuten später saß ich in meinem Golf Cabrio und verließ das „Mirage" in Richtung Highway. Ich fuhr einfach drauflos, und erst als ich schon etliche Meilen hinter mir hatte, begann ich zu überlegen, wo ich eigentlich hin wollte oder sollte.

Ich hatte gerade meinen Paps um einen anscheinend nicht unerheblichen Betrag erleichtert und brauchte jetzt dringend einen Platz, an dem er mich nicht so leicht finden würde. Ich war nun mittlerweile schon in Boulder-City in der Nähe des Lake Mead. Ich fuhr auf den Parkplatz des Information Centers, schaltete den Motor ab und fing an, etwas nachzudenken. Es schien mir das Klügste zu sein, wenn ich zu Johny nach Reno fahren würde. Dort würde Paps mich sicherlich nie entdecken. Er kannte Johny nicht und wußte auch nicht, daß er in Reno lebte. Das schien mir im Augenblick die beste Lösung meines Problems zu sein. Reno lag genau in der anderen Richtung, aber das machte nichts. Ich verließ Boulder-City wieder und fuhr auf den Highway auf.

Ja, das ist so ziemlich das Wichtigste, was ich zu erzählen habe", schloß Brigitte ihre ausführliche Geschichte.

„Ich habe Brigitte dann später gefragt, ob es irgendeine Spur zu mir nach Reno geben könnte", mischte sich jetzt Johny noch kurz ein.

„Ja, leider fiel mir erst viele Tage später ein, daß meine ehemalige Zimmerkameradin vom UCLA-Campus, Sharon, von Johny und Reno wußte", fiel Brigitte ihrem Johny wieder ins Wort. „Als ich sie dann bei ihren Eltern in San Francisco telefonisch erreichte, war es leider schon zu spät."

Sie deutete ganz unfein mit dem Zeigefinger auf mich.

„Sie hatten das Haus ungefähr eine Stunde vorher wieder verlassen, und Sharon hatte ihnen alles von Johny und mir erzählt, was sie gewußt hatte."

„Mir war natürlich sofort klar, daß wir jetzt, nachdem man unsere Spur gefunden hatte, in Reno nicht mehr sicher waren. Ich beschloß deshalb, zurück in meine Heimat, den Yellowstone zu gehen. Ich wußte, hier waren wir nicht allein. Meine Brüder würden mich nicht im Stich lassen. Und hier war meiner Meinung nach auch der beste Platz, um einen Schnüffler in Empfang zu nehmen. Ich versuchte deshalb gar nicht erst lange, unsere Spuren zu verwischen."

Ganz sachlich hatte Johny die Geschichte seiner kleinen deutschen Freundin ergänzt.

„Yeah, jetzt wissen Sie so ziemlich alles, was es zu wissen gibt", stellte er dann abschließend fest.

„Ich muß zugeben, die ganze Sache hat eine dramatische, für mich völlig überraschende Wende genommen", meldete ich mich wieder zu Wort. „Ich sollte jetzt dringend ein paar Telefongespräche führen. Könnte ich wohl einmal Ihren Apparat benutzen? Keine Angst, es werden Ihnen keine Kosten entstehen. Ich lasse die Gespräche über meine Kreditkarte abrechnen."

Die nächste halbe Stunde über glühten die Telefondrähte zwischen meinem Heimatstädtchen und dem Yellowstone National Park. Zum Glück war Onkel Nick gleich am Apparat, und ich sagte ihm, er solle das Gespräch für spätere schriftliche Berichte am besten gleich mitschneiden. Onkel Nick war bei weitem nicht so überrascht wie ich. Er unterbrach mich nur ab und zu für eine kurze Erläuterung oder Zusatzangabe, aber ansonsten ließ er mich voll durchgehend reden. Er war viel zu sehr Profi, als daß er die Geschichte vorab in Zweifel gezogen hätte.

„Hör zu, Michael!" sagte er, nachdem ich meinen Kurzbericht beendet hatte, „ich werde das ganze Zeug umgehend überprüfen. Ich setze drei unserer Leute darauf an, Hoffmann, König und Jekosch. Langsam, aber sicher kommt ein wenig Helligkeit in die ganze Geschichte. So nach und nach wird aus dem Puzzle ein Bild."

„Ich habe den Eindruck, du scheinst über diese neue Entwicklung der Dinge gar nicht so überrascht zu sein", faßte ich nach.

„Da liegst du richtig, mein Junge. Ich hab dir doch erzählt, daß ich von den Nachbarn unseres sauberen Mandanten so einiges erfahren habe, unter anderem, daß er vor gut drei Tagen eine Fernreise angetreten haben soll. Daraufhin habe ich doch zwei unserer Männer, König und Hoffmann, darauf angesetzt, seinen Wagen zu suchen. Nun, die beiden sind fündig geworden. Sie haben sein 500er SL Cabrio in Stuttgart in der Flughafen-Garage gefunden.

Weiterhin konnten sie in Erfahrung bringen, daß er via London mit British Airways über Chicago nach Las Vegas geflogen ist." Onkel Nick machte eine vielsagende Künstlerpause.

„Das ist doch noch nicht alles, was hast du noch herausgefunden?"

„Ja, mein Junge, halt dich fest. Über den Buchungs-Computer von United Airlines konnte ich feststellen, daß ein Dr. Heinrich gestern vormittag um 9.26 Uhr ein Flugzeug nach Salt Lake City bestiegen hat."

„Gestern vormittag!" entfuhr es mir. „Verflucht, das heißt, er kann seit gestern abend hier im Yellowstone Park sein. Verdammt noch einmal, das erklärt natürlich meinen Schatten von heute nachmittag."

„Deinen Schatten! Du bist verfolgt worden?"

„Ja!" antwortete ich. „Und zwar eindeutig von einem Profi."

Ich gab Onkel Nick einen kurzen Überblick über unser heutiges Schatten-Erlebnis. Ich erklärte ihm auch, daß ich ihn anfangs für einen Mitarbeiter des Cartwright-Clans hielt, später aufgrund seines Verhaltens davon aber wieder abrückte. Bis vor ein paar Minuten hatte ich noch keine Ahnung, in welche Ecke er gehörte. Aber nun war mir klar, von wem er bezahlt wurde.

Der treusorgende Paps Dr. Heinrich hatte eine dritte Partei ins Spiel gebracht.

„Gib mir noch deine Telefonnummer, unter der ich dich die nächste Zeit über erreichen kann bzw. dir eine Nachricht hinterlassen kann. Du hörst so bald wie möglich wieder von mir. Ich werde mich gleich heute morgen um eine Hausdurchsuchung bei unserem ehrenwerten Dr. Heinrich bemühen. Ich hege nämlich echte Befürchtungen in bezug auf seine Frau, Brigittes Mutter. Da sie seit Wochen nicht mehr gesehen worden ist und er jetzt allem Anschein nach mit Verstärkung hinter seiner Tochter her ist, die ihm einen Haufen Geld geklaut hat, ahne ich Schlimmes. Ich hoffe, meine Verdachtsmomente reichen dem Untersuchungsrichter als Grund für eine Hausdurchsuchung."

Onkel Nick stockte ein wenig und fuhr dann fort.

„Und ähh, Michael, sei bitte vorsichtig! Das ganze entwickelt sich extrem ungut. Versuch doch noch herauszufinden, wieviel Geld Brigitte ihrem Vater geklaut hat und was da noch für Papiere waren, die da anscheinend noch in dem Geldköfferchen mit drin waren."

Onkel Nick klang aufrichtig besorgt. Hätte ich mich doch nur ein wenig von seiner Besorgnis und seinen Vorahnungen anstecken lassen.

„Paß auf dich und deine Denise auf! Bis später!"

Damit war das Gespräch abgeschlossen. Ich war mehr als nachdenklich geworden und teilte den Brüdern mit:

„Mein Boß kümmert sich um die Angelegenheit und meldet sich wieder hier bei euch am Telefon. In meiner Western Cabin ist ja leider kein Telefonanschluß vorhanden."

Ich sah mich in der Runde um und fuhr dann fort.

„Denise und ich wurden heute im Park verfolgt. Vom Old Faithful Geyser aus bis fast zum Lake Hotel wurden wir von einem roten Dodge-Pickup verfolgt."

Ich ließ meine Worte wirken und faßte dann direkt Charly, den Senior der Cartwright-Brüder, ins Auge.

„Habt ihr irgend etwas damit zu tun? War der Mann von euch beauftragt?"

„Also von mir hat niemand einen Auftrag erhalten!" stellte Charly unmißverständlich fest.

„Hat irgendeiner von euch einen Spitzel mit in die Sache hineingezogen? Hast du noch woanders Hilfe gesucht?"

Die letzten Worte waren an Johny gerichtet. Der jedoch wies die Verdächtigung ebenfalls sofort entrüstet von sich.

„Also, du siehst, Michael, wir haben dich nicht beschatten lassen."

„In Ordnung, ich glaube und vertraue euch. Aber vielleicht kennt ja irgendeiner von euch meinen Schatten."

Ich wandte mich an Denise. „Schatz, sei so nett und hol meine Videokamera aus dem Wagen."

„Könnten vielleicht zwei von euch sie begleiten?" wandte ich mich dann noch an die Brüder.

Stewy und Jimmy sprangen sofort auf. Für meinen Geschmack waren sie viel zu eifrig dabei, meine Denise zu begleiten. Meine Kleine verfehlte ihre Wirkung nicht auf die beiden jüngsten Mitglieder des Cartwright-Clans. Zu einem anderen Zeitpunkt hätte ich mich wahrscheinlich herrlich darüber amüsiert. Aber im Moment war die Lage zu ernst, um sich an der spätpubertären Geilheit der beiden zu erfreuen, die sie da so offenkundig vor sich her trugen.

„Ich habe meinen Schatten heute nachmittag am Old Faithful Geyser mit meiner Videokamera aufgenommen. Da es sich um so eine neuartige Kamera mit eigenem LCD-Bildschirm handelt, die man nicht vors Auge, sondern vor seinen Bauch hält, glaube ich nicht, daß er bemerkt hat, daß ich ihn gefilmt habe. Andererseits ermöglicht mir diese Technik aber, euch den Kerl zu zeigen. Ich wage es zwar zu bezweifeln, aber vielleicht kennt ihn ja doch irgendeiner von euch."

„Warum hast du Denise, dein Mädchen, begleiten lassen?"

Charly war scheinbar der einzige, der sich bei meiner Bitte etwas gedacht hatte.

„Hast du von deinem Boß irgend etwas erfahren, was wir auch wissen sollten?" fuhr er fort. Charly war nicht umsonst der Kopf der Familie.

„So ist es!" bestätigte ich. „Keine Angst, ich will euch nichts vorenthalten. Ich werde euch alles erzählen, was für euch wichtig ist."

Mittlerweile war Denise mit meiner Kameratasche in der Hand und den beiden Brüdern eng an ihrer Seite wieder im Raum erschienen. Sie stellte mir die Tasche auf den Tisch, während Stewy sich eifrig bemühte, ihr den Stuhl zurechtzurücken. Ich nahm die Kamera heraus, schaltete sie ein und begann die entsprechende Stelle mittels schnellem Rücklauf zu suchen. Da der Old Faithful Geyser das letzte war, was ich heute aufgenommen hatte, dauerte es nicht lange, bis ich den Anfang von Blondys Star-Auftritt erreicht hatte.

„Seht euch den Kerl genau an!" forderte ich die Brüder auf.

Alle drängten sich um mich und den kleinen LCD-Bildschirm. Leider schrie keiner überrascht auf. Ich hatte das aber auch nicht mehr erwartet, da ich nach meinem Gespräch mit Onkel Nick ja nun wußte, daß da noch eine andere Partei mit im Spiel war.

„Also, ich kenne ihn nicht! Ich hab den Kerl noch nie gesehen", meldete sich Charly wieder als erster der Brüder zu Wort. Das allgemeine, unverständliche Gebrummel seiner Brüder ließ erkennen, daß es ihnen nicht anders ging.

„Ja, das habe ich schon fast befürchtet", gab ich zu. „Und jetzt kommen wir zu einer weiteren Neuigkeit, die ich euch allen mitteilen muß."

Ich machte eine kleine Pause, um die Aufmerksamkeit aller auf mich zu lenken. Dann sah ich speziell Brigitte an und fuhr fort.

„Brigitte, mein Boß hat mir vorhin am Telefon mitgeteilt, daß Ihr Vater seit ungefähr drei Tagen verschwunden ist. Unsere Nachforschungen, d. h. die Ermittlungen meines Chefs, haben ergeben, daß Ihr Vater über Stuttgart, London und Chicago nach Las Vegas geflogen ist. Und gestern morgen, bitte halten Sie sich fest, hat er ein Flugzeug nach Salt Lake City bestiegen."

Ich machte erneut eine kurze Pause, um allen im Raum die Möglichkeit zu geben, geistig zu überreißen, was das für uns alle bedeutete.

„Das heißt also", fuhr ich fort, „er kann seit gestern abend hier im Yellowstone National Park sein. Und ich fresse einen Besen, daß das auch der Fall ist. Ich bin vollkommen überzeugt, daß Ihr Vater bereits hier im Park ist."

Ich ließ meine Worte ein wenig wirken. Sie wirkten gut. Brigitte war weiß wie eine frisch gekalkte Wand. In ihren Augen stand Schrecken, Angst, ja geradezu Panik. Ihre blutleeren Lippen zitterten. Johny legte seinen Arm um sie. Er mußte sie regelrecht stützen, sonst wäre sie wahrscheinlich zusammengebrochen.

„Ich gehe jede Wette ein, daß mein Schatten für Ihren Vater arbeitet. Und nun kommen wir zu ein paar weiteren Fragen."

Ich holte tief Luft und sah Brigitte fest in ihre himmelblauen Augen, die vor Schreck immer noch weit offen standen.

„Wie war es Ihrem Vater möglich, in einer derartig kurzen Zeit einen Profi auf mich anzusetzen? Was hat Ihr Vater für Verbindungen hier in den USA, oder speziell in Las Vegas? Wem gehört die Spielhölle, an der Ihr Vater – laut Ihren Angaben – beteiligt sein soll? Warum ist er derartig scharf darauf, Sie zu finden, Brigitte? Wieviel Geld haben Sie ihm damals in seiner Suite im Mirage abgenommen? War es wirklich sein Geld? Was waren da noch für Papiere in dem Koffer?"

Brigitte hatte sich noch nicht richtig wieder gefangen. Sie war immer noch aschfahl im Gesicht. Aber sie zitterte nicht mehr. Sie atmete ein paarmal tief durch, und dann kam sogar wieder ein bißchen Farbe in ihr Gesicht.

„Zehn Millionen! Ich hab ihm zehn Millionen Dollar geklaut!" stammelte Brigitte.

Ich konnte vor lauter Staunen ein deutliches Ausatmen nicht vermeiden. Bevor ich jedoch noch etwas sagen konnte, mischte sich bereits Johny ein. „Mindestens zehn Millionen! Aber wahrscheinlich sind es sogar noch erheblich mehr. In dem Koffer befanden sich drei Millionen Dollar, zwei Millionen Deutsche Mark, etliche hunderttausend Schweizer Franken und ein Haufen Inhaber-Schuldverschreibungen in mehreren Währungen. Der Gesamtwert beträgt umgerechnet mindestens zehn Millionen Dollar. Darüber hinaus befand sich jedoch auch noch ein kleiner Leinenbeutel in dem Koffer."

Johny machte eine bedeutungsschwere Pause, um seine Worte richtig wirken zu lassen. Ich wollte ihn nicht unterbrechen und schwieg deshalb. Ich konnte mir aber auch so bereits denken, was sie in dem kleinen Leinenbeutel wohl gefunden hatten.

„In diesem Beutel", fuhr Johny fort, „haben wir eine größere Anzahl von Diamanten in allen möglichen Größen gefunden. Wir haben sie noch niemandem gezeigt, d. h. also wir haben sie auch noch nicht schätzen lassen. Wir wissen somit nicht, was diese Steine wert sind, vermuten aber, daß sie auch noch einmal ein paar Millionen bringen werden."

Ich pfiff leise durch meine Vorderzähne, während ich mich zugleich ein wenig über seine Naivität wunderte. Aller Wahrscheinlichkeit nach betrug der Wert der Steine nochmals zehn bis fünfzehn Millionen Dollar.

Ich sah zuerst Johny an und dann Brigitte.

„Und da wundern Sie sich wirklich, daß Ihr Vater Himmel und Hölle in Bewegung setzt, um wieder an sein Geld zu kommen?" Ich atmete erneut tief durch.

„Nachdem Ihr Vater alles zu Geld gemacht hat, was er je besessen hatte, ist es Ihnen gelungen, ihm zumindest einen Großteil davon wegzunehmen. Ich nehme nicht an, daß Sie alles behalten wollen."

„Nein, das will ich auf keinen Fall. Ich möchte nur soviel behalten, wie Mam und mir zusteht. Er soll uns das lassen, was Mam im Falle einer Scheidung zugesprochen bzw. mir als Erbteil zustehen würde. Nachdem Paps mir ja aber damals in Las Vegas gesagt hatte, daß wir froh sein sollten, wenn wir nicht noch am Hungertuch nagen müßten, daß wir einmal erleben sollten, was es heißt mittellos zu sein, möchte ich das Geld, das ich ihm zugegebenermaßen wirklich geklaut habe, als Druckmittel verwenden."

„Das ist verständlich, wenn auch juristisch wohl kaum einwandfrei", ergriff ich wieder das Wort.

„Ich denke, wir kennen jetzt den Grund, warum Ihr Herr Vater so hartnäckig hinter Ihnen her ist. Zehn bis fünfzehn Millionen Dollar und etliche Diamanten sind gute Gründe, seiner Tochter einen Privatdetektiv hinterher zu jagen."

Hier unterlief mir nun mein bisher schwerwiegendster Fehler. Ein zweistelliger Millionenbetrag in Dollar war für mich einfach soviel Geld, daß ich das ohne jeden Zweifel als einzigen Beweggrund für die Jagd nach Brigitte akzeptierte. Ich verschwendete keinen einzigen Gedanken mehr an die Papiere, die sich ja aussagegemäß auch noch in dem Koffer befunden haben sollten. Es war dies nun beileibe nicht mein einziger Fehler bei diesem Auftrag, aber wohl der folgenreichste. Hätte ich auch nur einen einzigen kurzen Blick auf diese verdammten Papiere geworfen, dann hätte ich sofort gewußt, mit wem wir uns hier anlegten, um was es hier wirklich ging. Mit ein bißchen mehr Überlegung und ein wenig mehr Phantasie hätte aber auch Brigitte erkennen müssen, um was sich hier im Endeffekt wirklich alles drehte. Aber ich konnte ihr eigentlich keinen Vorwurf machen. Schließlich und endlich war ich der Profi und nicht sie! Ich hatte versagt, nicht sie! Und so verlor ich mich nun in Nachforschungen, die absolut nichts brachten.

„Jetzt wissen wir zwar mit ziemlicher Sicherheit, warum Ihr Vater so hartnäckig hinter Ihnen her ist, Brigitte, aber meine anderen Fragen sind damit leider noch nicht geklärt."

Brigitte sah mich mit großen Augen an. „Ich verstehe Sie nicht, Michael, was wollen Sie damit sagen?"

„Haben Sie vielleicht irgendeine Erklärung dafür, wie es Ihrem Vater so schnell gelingen konnte, auf mich einen Profi anzusetzen? Glauben Sie, daß das Geld wirklich alles Ihrem Vater gehört? Wie ist er an die Diamanten gekommen? Warum ist er zuerst nach Las Vegas geflogen und nicht direkt nach Salt Lake City? Ist Blondy, der mich heute beschattet hat, seine einzige Unterstützung, oder sind noch mehr Männer bei ihm?"

Ich machte eine kleine Pause. Brigitte schüttelte nachdenklich ihren Kopf und versuchte dann, auf meine Fragen zu antworten.

„Ich weiß es nicht, Michael!" begann sie. „Wir waren zwar immer sehr wohlhabend und konnten uns praktisch alles leisten, was wir wollten. Aber die zehn oder noch mehr Millionen Dollar und vor allem die Diamanten sind meiner Meinung nach doch mehr als wir, respektive Paps, je besessen haben. Um eine weitere Ihrer Fragen zu beantworten. Ich habe nicht die geringste Ahnung, woher Paps diese Diamanten haben könnte."

Sie stockte ein wenig, dachte kurz nach und fuhr dann fort.

„Wie Sie wissen, habe ich Paps das ganze Zeug im Mirage in Las Vegas abgenommen. Ich weiß es nicht, aber ich könnte mir vorstellen, daß Paps dort irgendwelche Kontakte hat. Leider weiß ich darüber nichts."

Das Mädchen bemühte sich redlich, war mir aber leider keine große Hilfe.

„Ja, das nützt jetzt im Augenblick wahrscheinlich alles nicht viel. Wir müssen versuchen, mit Ihrem Vater in Verbindung zu treten. Da wir aber nicht wissen, wie gefährlich das im Endeffekt unter Umständen werden kann, möchte ich vorschlagen, dabei äußerst vorsichtig vorzugehen."

„Wie meinen Sie das?" meldete sich Charly wieder einmal zu Wort.

„Nun, da Dr. Heinrich, Brigittes Vater, ja nicht wissen kann, daß seine Tochter bereit ist, ihm den Großteil seines entwendeten Vermögens freiwillig wieder zurückzugeben, müssen wir davon ausgehen, daß er unter Umständen bereit ist, zur Erreichung seines Zieles Gewalt anzuwenden. Für diese Theorie spricht meines Erachtens die Tatsache, daß sich Dr. Heinrich der Hilfe eines Profis wie Blondy bedient. Vielleicht aber hat er sich sogar die Unterstützung von mehreren Männern gesichert."

„Was schlagen Sie also vor?" unterbrach mich Johny.

„Eins nach dem anderen, Johny!" wies ich ihn etwas barsch ab, da er mich in meinen Gedankengängen unterbrochen hatte.

„Ich schlage als erstes vor, daß sich Brigitte zusammen mit dem Geld-Koffer ihres Vaters irgendwo hier im Park versteckt, irgendwo, wo sie von einem ortsunkundigen praktisch nicht gefunden werden kann. Johny, Sie und vielleicht noch einer ihrer Brüder sollten zu ihrem Schutz bei ihr bleiben."

„Da weiß ich den idealen Ort!" ließ sich Joshua zum ersten Mal seit langer Zeit wieder einmal vernehmen.

„Ihr versteckt euch bei unserer alten Hütte am Pelikan Creek!"

„Aber die ist doch schon halb verfallen. Da kann man doch nicht mehr wohnen!" wandte Johny lautstark ein.

„Ich sagte bei, nicht in der Hütte, Bruderherz. Wie ihr ja alle wißt, ist der alte Forstweg nur die erste Meile über in einem echt beschissenen Zustand. Dann aber ist er eine einwandfreie Schotterpiste, auf der ich problemlos mit meinem Truck fahren kann. In meinem Truck ist alles vorhanden, was sich der moderne Mensch von heute nur wünschen kann. Brigitte würde dann nicht nur von Johny und meiner Wenigkeit beschützt, sondern hätte in meiner Frau, Marie de la Foret, und meiner kleinen Tochter auch gleich noch zwei weibliche Ansprechpartner."

„Joshua, das ist eine echt prima Idee!" Charly war begeistert.

Auch Johny konnte sich allem Anschein nach mit diesem Gedanken immer mehr befreunden.

„Prima, das erste Problem hätten wir somit gelöst", unterbrach ich die Begeisterung. Ich sah mich in der Runde um, bevor ich fortfuhr.

„Nun kommen wir zum Punkt Kontaktaufnahme mit Dr. Heinrich bzw. seinen Leuten."

Alle hingen wie gebannt an meinen Lippen und harrten meiner weiteren Vorschläge.

„Können sich zwei von euch für morgen frei nehmen? Ich dachte dabei eigentlich in erster Linie an euch beide." Ich blickte zu Stewy und Jimmy.

„Ich werde morgen zusammen mit Denise eine weitere Besichtigung des Yellowstone National Parks in Angriff nehmen und dabei den Lockvogel spielen. Ich hoffe, auf diese Weise Dr. Heinrich, Blondy oder irgendwelche anderen Typen aus ihren Verstecken zu locken. Da ich ja nicht weiß, mit wievielen Geiern wir es insgesamt zu tun haben, möchte ich euch beide bitten, mir unauffällig Rückendeckung zu geben. Ich würde vorschlagen, ihr fahrt, in lockerem Abstand zu mir, in zwei neutralen Wagen hinter oder auch einmal vor mir her. Wenn euch irgend etwas auffallen sollte, versucht ihr es, getarnt als jugendliche Verehrer, Denise mitzuteilen, die es dann wiederum an mich weiterleitet."

Die beiden waren sofort mit Feuer und Flamme auf meiner Seite. Ich beschloß deshalb, ihrem jugendlichen Übermut doch noch einen kleinen Dämpfer zu versetzen, damit sie nicht vergaßen, daß die ganze Angelegenheit kein Spiel war.

„Falls es zu einer gewalttätigen Auseinandersetzung kommen sollte, wäre ich für eure Hilfe dankbar. Das wichtigste ist jedoch, daß ihr euch in so einem Fall um Denise kümmert."

Ich machte eine kleine Pause und sah die beiden intensiv an.

„Habt ihr mich verstanden? Kann ich mich auf euch verlassen?"

Die beiden waren schon ganz aufgeregt und signalisierten eifrig ihre Zustimmung.

„So, ich glaube, wir haben jetzt so weit das Wichtigste alles besprochen."

Ich hätte zwar noch gern den einen oder anderen Punkt ein wenig näher erläutert, aber meine Zuhörer dünkten mich nicht mehr sehr aufnahmefähig. Es war deshalb mit Sicherheit klüger, die Sitzung für beendet zu erklären.

„Es ist ja auch schon irre spät. Ich plädiere deshalb dafür, die Besprechung für heute zu beenden."

Ich sah mich erneut in der Runde um und fragte:

„Oder hat irgendeiner von euch noch einen guten Vorschlag oder eine wichtige Frage?"

Meine Blicke trafen jedoch nur auf müde Augen und Gesichter.

„Ich würde auch sagen, für heute lassen wir es gut sein, gehen ins Bett und hauen uns aufs Ohr!" stimmte mir Charly zu.

„Es ist schließlich und endlich schon fast Mitternacht. Ich würde vorschlagen, daß wir uns morgen vormittag so gegen 10.00 Uhr hier wieder treffen. Seid ihr damit einverstanden?"

Ich sah mich ein letztes Mal für heute abend in der Runde um, ohne zu wissen, daß ich einige Mitglieder dieses Treffens nie mehr lebend zu Gesicht bekommen sollte.

Alle waren dafür, und so verabschiedeten Denise und ich uns. Wir fuhren mit unserem Lincoln zurück zur Lake Lodge, zu unserer spartanischen Western Cabin.

Ich duschte noch schnell, putzte mir die Zähne und schlüpfte dann zu Denise unter die Bettdecke, wo sie mich schon schnatternd erwartete. Es war wieder recht frostig heute nacht, mitten im Juni. Aber wir wärmten unsere nackten Körper aneinander. Es dauerte nicht allzu lange, und wir hatten es ganz mollig warm unter unseren Decken. Wir sprachen noch ein wenig über die Ereignisse des heutigen Abends, konnten aber schon bald das eine oder andere herzhafte Gähnen nicht mehr so richtig unterdrücken. Kurz darauf war ich auch schon fest eingeschlafen.

Kapitel 17

Der Lockvogel

Ich schlief so schlecht wie selten. Normalerweise schlafe ich tief und traumlos. Angeblich soll ja jeder Mensch träumen. Ich, für meine Person, kann mich so gut wie nie an irgendwelche Träume erinnern. Doch diese Nacht war keine normale Nacht. Ich weiß heute nicht mehr bis in jede Einzelheit alles, wovon ich geträumt habe. Ich weiß nur noch, es war fremdartig, schrecklich, furchterregend. Der Traum handelte von Gewalt, Schmerzen und Blut. Er bestand aus unzusammenhängenden Episoden. Alles hatte etwas Irreales, Angsteinflößendes, das ich im wachen Zustand nicht richtig in Worte kleiden konnte. Personen aus meiner nächsten Umgebung kamen darin vor, aber auch Leute, die ich noch nie gesehen hatte.

Ganz besonders klar im Gedächtnis geblieben ist mir eine Szene. Ich befand mich in einem engen Gebirgstal. Die Gegend war mir total unbekannt. Ich war hier noch nie gewesen. Es hätte sich hier problemlos um eine Region in den Alpen, am Lake Tahoe oder auch hier im Yellowstone National Park handeln können. Ich hörte Tante Alex schreien und rannte in die Richtung, aus der ihre Stimme kam. Ich erreichte eine Lichtung, auf der ein paar Autos standen. Darunter befand sich der rote Dodge, der uns heute nachmittag verfolgt hatte und der weiße AUDI A8 von Onkel Nick.

Tante Alex wurde von zwei Kerlen festgehalten, und Onkel Nick kämpfte mit einem Riesen von mindestens 2,30 Metern Körpergröße. Onkel Nick hatte keine Chance gegen ihn, das sah ich sofort. Ich rannte los, ohne nachzudenken, direkt auf die Lichtung. Es war eine Falle. Ich war noch keine zehn Meter weit gekommen, als ich aus den Augenwinkeln sah, daß Blondy mit einer Pumpgun auf mich zielte. Ich schlug sofort Haken wie ein Hase auf der Flucht, während Blondy mir Schuß um Schuß hinterherjagte. Merkwürdigerweise traf er mich nicht, obwohl er mich aus dieser Entfernung mit einer Schrotflinte eigentlich überhaupt nicht verfehlen konnte. Plötzlich hörten die Schüsse auf. Ich warf einen Blick über meine Schulter. Blondy war nicht mehr da. Er war wie vom Erdboden verschwunden.

Ich rannte weiter, um Onkel Nick zu Hilfe zu kommen. Aber der Riese und er waren auf einmal viel weiter weg, als es vorhin vom Rand der Lichtung aus den Eindruck gemacht hatte. Ich rannte weiter, etliche Sekunden, aber ich kam den beiden nicht näher. Ich verdoppelte meine Anstrengungen, aber der Abstand zu den Kämpfenden verringerte sich nur unmerklich.

Tante Alex hatte sich von ihren Peinigern losgerissen und kam auf mich zugelaufen. Sie kam schnell näher. Ich konnte bereits die Angst und Panik in ihren Augen lesen, als plötzlich ein Schuß krachte. Sie warf die Arme in die Höhe, ihre Beine versagten den Dienst, und sie fiel nach vorne ins Gras. Ich lief die paar Meter zu ihr hin und drehte sie vorsichtig auf den Rücken. Ein eiskalter Schauer durchzuckte mich. Vor mir lag nicht Tante Alex. Es war Denise, die ich in den Armen hielt. Sie sah mich aus leblosen Augen an. Ein wahnsinniger, von Agonie erfüllter Schrei entrang sich meiner Brust. Ich brüllte meinen Schmerz in die Landschaft hinaus. Ich erhob mich und wollte auf den Todesschützen losstürmen. Aber er war nicht mehr da.

Vor mir stand lediglich der Riese, mit dem Onkel Nick gekämpft hatte. Er hielt Onkel Nicks leblosen Körper mit einer Hand, so als wiege der nicht seine zwei Zentner, sondern nur ein paar Pfund. Der Riese warf mir Onkel Nick vor die Füße und lachte. In diesem Augenblick fürchtete ich, meinen Verstand vollständig zu verlieren. Was der Schmerz über die Toten nicht fertiggebracht hatte, schaffte ein Blick in das Gesicht des Riesen. Es war mein Gesicht.

Ich wachte auf. Im ersten Augenblick wußte ich nicht so recht, wo ich mich befand. Ich lag auf dem Rücken und war schweißgebadet. Meine Bettdecke war halb zur Seite geschlagen. Es war eiskalt in dem ungeheizten Raum. Dennoch standen Schweißperlen auf meiner Stirn. Mein Haaransatz mit der leichten Neigung zu Geheimratsecken war feucht. Die Haare in meinem Nacken waren regelrecht schweißdurchtränkt.

Denise lag ruhig atmend neben mir. Sie schlief tief. Anscheinend hatte ich mich trotz meiner Alpträume doch noch einigermaßen ruhig verhalten. Wenn ich mich herumgewälzt hätte, wäre sie bestimmt auch aufgewacht. Ich atmete noch ein paarmal tief durch und stand dann vorsichtig auf, immer darauf bedacht, meine Kleine nicht zu wecken. Ich ging ans Waschbecken und wusch mir Gesicht, Arme und Oberkörper mit kaltem Wasser. Das tat gut, aber nur kurzfristig. Sofort begann ich ein wenig zu frösteln, da es nach wie vor arschkalt war im Raum. Vorsichtig schlüpfte ich wieder unter die Bettdecke und versuchte meine Gedanken wieder zu ordnen.

Wie schon gesagt, ich träume fast nie, beziehungsweise weiß ich praktisch so gut wie nie mehr etwas von meinen Träumen. Die Situation war für mich deshalb extrem ungewohnt. Ich wußte überhaupt nicht, was ich von dieser ganzen Träumerei halten sollte. Leider konnte ich diese Träume unmöglich Denise erzählen, da sie sich von ihnen aller Voraussicht nach stark beeinflussen und beunruhigen lassen würde.

Wenn ich ganz ehrlich war, mußte ich mir eingestehen, daß meine Träume mich auch nicht ganz kalt ließen. Ich habe bisher nicht an Träume geglaubt, möchte aber auch nicht ausschließen, daß es wesentlich mehr gibt zwischen Himmel und Erde, als man so landläufig annimmt. Es gibt immer wieder Phänomene, die sich mit den normalen Wissenschaften nicht erklären lassen.

Während ich so meinen mehr oder weniger unerfreulichen Gedanken nachhing, übermannte mich wieder die Müdigkeit. Ich muß wohl irgendwann wieder eingeschlafen sein. Dieses Mal wurde ich glücklicherweise nicht mehr von irgendwelchen Alpträumen gepeinigt.

Als ich wieder aufwachte, dieses Mal ohne Schweißperlen am Kopf, war es noch dunkel im Zimmer. Allerdings, so fiel mir ein, hatten wir auch teilweise als Sichtschutz die Jalousien heruntergelassen. Ich sah auf meine Rolex. Es war 7.00 Uhr in der Frühe. Ich verdrängte jeden Gedanken an die unseligen Träume von heute nacht. Ich hatte keine Zeit für eine Analyse. Ich hatte Besseres und Wichtigeres zu erledigen.

Denise lag links neben mir auf dem Bauch, den Kopf in der Armbeuge vergraben, und schlief noch selig wie ein satter Säugling. Ich gab ihr einen Kuß ins Genick, dann stand ich auf. Es war affenkalt in dieser Gefriertruhe. Ich warf sofort das Heizgebläse an. Trockene Luft hin oder her. Man fror sich hier ja den Hintern oder gar noch wertvollere Dinge ab. Ich machte mich frisch und zog mich schnell an. Durch meine Geschäftigkeit war Denise mittlerweile auch wach geworden. Das Heizgebläse hatte die größte Kälte nun vertrieben, und Denise begann ebenfalls mit ihrer Morgentoilette. Obwohl man wirklich nicht sagen kann, daß sie trödelt, braucht sie morgens doch erheblich länger als ich, bis sie ausgehfertig ist. Na ja, sie ist eben eine Frau. Während dieser Zeit rief ich mir die gestrigen Ereignisse noch einmal ins Gedächtnis zurück, machte mir Notizen und sprach ein paar Memos auf mein Diktiergerät.

Dann war Denise auch soweit, und wir fuhren mit dem Lincoln wie üblich zum Frühstück in die Lake Lodge. Das Frühstück war in der Zwischenzeit zwar nicht besser geworden, aber der Kakao war heiß und durchaus trinkbar. Eine halbe Stunde später waren wir schon am General Store in Yellowstone Village und wurden von Stewy begrüßt, der gerade den Laden aufschloß. Er führte uns in den Raum, den wir schon von gestern kannten, und überreichte mir einen kleinen Zettel, auf dem in englisch stand, daß ich sofort meinen Boß zurückrufen sollte. Zu Hause war es jetzt so gegen 16.00 Uhr nachmittags. Das Telefon läutete nur zweimal, dann war Onkel Nick auch schon dran.

„Na, gut geschlafen, mein Junge?"

Onkel Nick konnte doch unmöglich etwas von meinem Alptraum heute nacht wissen. Das war doch ganz und gar unmöglich!

„Na ja, nicht so besonders!" gab ich zur Antwort. Ich wollte auch mit ihm nicht über meine Träume philosophieren.

„Aber das ist im Augenblick auch nicht von Bedeutung. Laß dir lieber noch erzählen, was es an Neuigkeiten gibt. Du wolltest doch wissen, wieviel Brigitte ihrem Vater geklaut hat, stimmt's?"

Ich machte eine kleine Pause, um die Spannung zu steigern.

„Halt dich fest! Das Mädchen hat ihrem Daddy die Kleinigkeit von mindestens zehn Millionen Dollar geklaut. Zusätzlich hat sie auch noch einen kleinen Leinenbeutel mit Diamanten mitgehen lassen, von denen wir aber leider nicht wissen, wieviel sie wert sind."

Ich hörte deutlich wie Onkel Nick am anderen Ende der Leitung tief durchatmete. Aber im Gegensatz zu mir, dem großen Profi, ließ er sich von der ungeheuren Summe nicht blenden.

„Mann, Junge, wir hätten bei meinem alten Schulkameraden die Gebühren- und Spesensätze verdreifachen sollen."

Er lachte kurz auf und fragte dann sofort ganz ernst.

„Und die Papiere, was sind das für Papiere, die da auch noch in dem Aktenköfferchen gewesen sein sollen?"

„Scheiße!" entfuhr es mir. „An die hab ich überhaupt nicht mehr gedacht. Aber Moment mal, ich schau gleich mal nach."

„Stewy!" rief ich zu dem großen Tisch hinüber, an dem sich der jüngste der Cartwright-Brüder gerade ein Glas Eistee eingoß.

„Stewy! Wissen Sie, wo der Aktenkoffer mit dem Geld ist, den Brigitte ihrem Vater geklaut hat?"

„Den haben sie mitgenommen, soviel ich weiß, als sie heute morgen in aller Frühe mit Joshua in seinem Truck zum Pelikan Creek gefahren sind."

„Tut mir leid, Onkel Nick, aber den haben sie mit in ihr Versteck genommen, auf das wir uns gestern nacht geeinigt hatten. Ich habe nämlich gestern nach vorgeschlagen, daß Brigitte und ihr Johny fürs erste einmal untertauchen sollten. Und zwar sollen sie sich solange verborgen halten, bis ich mit Dr. Heinrich Kontakt aufgenommen und geklärt habe, wie es weitergehen soll."

„Schade, ich habe so ein unbestimmtes Gefühl, als ob des Rätsels Lösung nicht nur das viele Geld ist, sondern in der Hauptsache sogar in den Papieren liegt, die sich in dem Aktenkoffer befinden."

Er überlegte kurz und fuhr dann fort.

„Aber das macht jetzt auch nichts mehr. Über kurz oder lang ist das Rätsel sowieso gelöst. Ich bin nämlich heute den lieben langen Tag von Pontius zu Pilatus gesprungen, um endlich einen Hausdurchsuchungsbefehl für Dr. Heinrichs Villa zu erwirken. Zum Glück haben wir da in Frau Dr. Steinleitner eine verläßliche Verbündete bei Gericht. In einer knappen Stunde soll es losgehen. Ich treffe mich mit ihr und Kommissar Stephan mit seinen Leuten um 17.00 Uhr bei der Villa unseres sauberen Mandanten. Dank unserer guten Beziehungen zu Polizei und Justiz hier am Ort, darf ich bei der Durchsuchung sozusagen als neutraler Beobachter mit dabei sein."

Er machte erneut eine kleine Pause, bevor er weitersprach.

„Ich habe irgendwie ein mieses Gefühl bei der Sache. Ich hoffe, Frau Heinrich, Brigittes Mutter, ist wohlauf."

„Ja, das wäre der kleinen Brigitte zu wünschen!" unterbrach ich Onkel Nicks Gedankengänge.

„Also, dann werde ich jetzt einmal den Lockvogel für unseren Dr. Heinrich und seine Hilfstruppen spielen. Ich werde mit Denise zum Artist Point fahren und dabei den harmlosen Touristen geben."

„In Ordnung, mein Junge, tu das! Aber sei vorsichtig! Geh kein unnötiges Risiko ein!"

„Keine Angst, Onkel Nick, Stewy und Jimmy, zwei Brüder aus dem Cartwright-Clan, werden mir unauffällig folgen und ein wachsames Auge auf Denise und mich haben."

„Das ist gut! Aber erwarte dir keine Wunderdinge von den beiden. Nach deinen gestrigen Erzählungen sind die beiden zwar nette Kerle, aber keine Profis, die es gelernt haben, Rückendeckung zu geben."

Onkel Nick war einfach ein Meister darin, wenn es darum ging, den Finger auf den wunden Punkt eines schönen Planes zu legen.

„Ich muß jetzt Schluß machen, Michael. Ich muß zu dieser Hausdurchsuchung. Wenn irgendwie möglich, versuch, so in etwa drei bis vier Stunden wieder anzurufen. Mit ein bißchen Glück weiß ich dann schon ein paar Neuigkeiten."

Ich sagte ihm den Anruf zu und legte den Hörer zurück auf die Gabel.

Mittlerweile waren Charly, Jimmy und ihr Dad erschienen und hatten sich alle bei einem erfrischenden Glas Eistee an dem ovalen Tisch niedergelassen.

„Wie geht es Ihrem Knie?" fragte ich Charly teilnahmsvoll. Schließlich hatte er sein Humpeln mir zu verdanken.

„Das wird schon wieder!" winkte er großzügig ab. „Es tut manchmal noch weh beim Laufen, aber das wird schon wieder."

Charly nahm das zum Glück nicht allzu ernst.

Ich erzählte noch kurz, daß bei Brigitte zu Hause in Kürze eine Hausdurchsuchung durch die Staatsanwaltschaft stattfinden würde und wandte mich dann direkt an Stewy und Jimmy.

„Seid ihr beide soweit? Wenn ja, dann kann es meinetwegen losgehen."

Die beiden erhoben sich sofort, um ihre Bereitschaft zu signalisieren, und ich mußte sie deshalb noch einmal kurz abbremsen.

„Versucht einen möglichst lockeren Abstand zu mir zu halten, damit ihr nicht als meine Schatten auffallt. Was habt ihr eigentlich für Autos? Ich sollte ja doch wissen, in was für Autos ihr fahrt."

„Ich fahre einen dunkelblauen Chrysler-Pickup", erklärte Stewy, „und Jimmy fährt in Dads altem schwarzen Chrysler New Yorker."

„Also, dann laßt uns starten!" schlug ich vor. „Am besten, ihr beide fahrt voraus und wartet irgendwo unterwegs auf der Strecke zum Artist Point. Keiner soll sehen, wie wir zusammen durch die Ortschaft fahren. Ihr könnt auf der Strecke auf mich warten und euch dann vor oder hinter mir einreihen."

Wir verabschiedeten uns von Charly und Dad, als wir das Haus verließen.

Die Strecke nach Artist Point hinauf war mir ja mittlerweile nicht mehr fremd. Ich fuhr mit meinem Lincoln gemütlich dahin. Ab und zu sah ich im Rückspiegel den dunkelblauen Pickup, in dem Stewy saß. Jimmy war vorausgefahren. Als ersten Halt hatten wir Mud Volcano ausgewählt. Wir erreichten den schlamm-spuckenden Geysir schon nach guten zwanzig Minuten Fahrzeit. Der Parkplatz war großzügig und noch wenig besucht. Jimmys New Yorker stand mit vielleicht zwei Dutzend anderen Wagen locker verteilt in der Gegend herum.

Denise und ich hatten vielleicht fünfzig Meter auf den wieder einmal exzellent angelegten Holzstegen zurückgelegt, als auch schon Stewy mit seinem Pickup aufkreuzte.

Stewy machte seine Sache sehr gut. Während Jimmy den interessierten Touristen fast so gut mimte wie Denise und ich, nahm Stewy einen Handwerkerkasten von der Ladefläche seines Pickups und begann geschäftig, die Holzstege zu überprüfen. Ich muß gestehen, sie machten ihre Sache beide recht ordentlich. Besonders Stewy hatte mich jetzt doch sehr angenehm überrascht.

Denise und ich ließen uns Zeit. Wir schlenderten vom Mud Volcano zum Dragon's Mouth, unterhielten uns, fotografierten und filmten. Anschließend schlenderten wir noch zur Sulphur Caldron auf der anderen Straßenseite hinüber. Ich konnte nichts Verdächtiges ausmachen, und deshalb gingen wir wieder zurück zum Lincoln. Wir trödelten ein wenig mit der Karte herum, bevor wir abfuhren, um Stewy Gelegenheit zu geben, seine Arbeiten einigermaßen anständig zu Ende zu bringen.

Wir hatten schon fast die Gegend des Artist Points erreicht, und mir war noch immer nichts Verdächtiges aufgefallen. Ich erreichte die Abzweigung zum Artist Point und bog in die ebenfalls sauber geteerte Nebenstraße ein. Es herrschte noch kaum Verkehr. Mir begegneten lediglich zwei Limousinen, die schon wieder auf dem Rückweg waren.

„Michael, schau mal!"

Denise deutete nach rechts auf eine kleine Lichtung. Hier standen genüßlich grasend ein halbes Dutzend Büffel im Regen. Wie wir es bereits schon gestern bei ihren Artgenossen gesehen hatten, hing auch ihnen das abgestoßene Winterfell in wüsten Zotteln von den massigen Körpern herunter. Das verstärkte in meinen Augen noch das Bedrohliche ihrer Erscheinung.

Ich fuhr langsam weiter und warf dabei ab und zu einen schnellen Blick zu diesen muskelstrotzenden Ungetümen. Keine 500 Meter vom Parkplatz des Artist Point entfernt rupfte ein weiterer dieser wandelnden Fleischberge direkt neben der Straße das Gras vom Boden. Als ich langsam und vorsichtig an ihm vorbeifuhr, hatte ich höchstens einen Abstand von einem Meter zu dem friedlichen Riesen.

Auf dem Parkplatz des Artist Point standen etwa dreißig oder vierzig Autos aller Marken und Größen. Ich suchte mir einen schönen freien Parkplatz, wobei ich darauf achtete, daß links und rechts von mir noch je ein freier Platz war. Zum Artist Point waren es keine hundert Meter zu Fuß. Die Amis sind nun einmal keine großen Fans von Beinarbeit.

Es gibt hier mehrere Aussichtspunkte, von denen man bereits einen herrlichen Blick auf den Yellowstone River tief unter sich hat. Aber den mit Abstand schönsten Blick auf die Lower Falls und die reißenden Wasser des Yellowstone River am tiefsten Punkt der V-förmigen Schlucht hat man ohne jeden Zweifel vom berühmten Artist Point aus. Die Felswände der steil abfallenden Flanken der Schlucht weisen alle nur möglichen Gelb- und Brauntöne auf. Nur ganz selten ist es einem Busch oder sogar einem Nadelbaum gelungen, sich in dem weichen Gestein festzukrallen.

„Genau wie auf Joshuas Truck!" stellte Denise ergriffen fest.

Sie hatte recht. Der Anblick war unverwechselbar, unvergleichlich und traumhaft schön. Wer einmal hier auf dieser Kanzel des Artist Point gestanden hat und seine Augen über dieses herrliche Naturschauspiel hat wandern lassen, der wird das sein ganzes Leben lang nicht mehr vergessen.

Um das Erlebnis endgültig vollkommen unvergeßlich zu machen, hatte es vor ein paar Minuten aufgehört zu regnen, und während Denise und ich noch ganz versunken in diesen wundervollen Anblick dastanden, brach plötzlich die Sonne mit hellen, leuchtenden Strahlen durch die Wolkendecke. Man konnte die Sonnenstrahlen als schnurgerade Vektoren vom Erdboden bis zu dem Loch in den Wolken verfolgen, aus dem sie austraten. Die Wolken brachen immer weiter auf. Die Strahlen wurden zu Bündeln und erhellten die Landschaft immer mehr. Schon nach ein paar Minuten war fast das gesamte Tal, soweit wir es überblicken konnten, in strahlend helles Licht getaucht. Der Anblick war wirklich absolut unvergeßlich.

Wir wollten uns gerade umdrehen und den Artist Point wieder verlassen, als ein Park-Ranger auf der Bildfläche erschien. Er hatte ein Stativ und ein überdimensioniertes Fernrohr dabei. Mit ein paar geschickten Handgriffen hatte er das Monsterfernglas auf das Stativ montiert. Denise und ich sahen ihm interessiert zu.

„Wollen Sie das Nest eines Fischadlers sehen?" fragte er Denise.

Natürlich wollte sie. Was für eine Frage. Als hätte es je schon einmal eine Frau gegeben, die nicht neugierig gewesen wäre. Denise stieß einen entzückten Schrei aus.

„Man kann das Nest ganz deutlich erkennen. Ein Fischadler befindet sich gerade darin. Das mußt du dir auch anschauen, Michael!"

Also sah ich ebenfalls durch das Fernrohr. Der Ranger mußte einen wahnsinnigen Vergrößerungsfaktor in seinem Glas haben. Denn obwohl meine Augen überdurchschnittlich gut sind, konnte ich selbst jetzt, nachdem ich wußte, wonach ich zu suchen hatte und wo sich das Nest befand, mit bloßem Auge nichts ausmachen. Mit Hilfe des Fernglases jedoch waren der Adlerhorst und der darin befindliche Adler einwandfrei zu erkennen. Wir bedankten uns bei dem freundlichen Ranger und machten Platz für andere Touristen, die schon ganz begierig darauf waren, ebenfalls einen Blick auf den Adlerhorst zu werfen. Für einen kurzen, glücklichen Augenblick hatte ich ganz vergessen, daß ich kein Adler, sondern ein kleiner Lockvogel war.

Unauffällig, aber nichtsdestotrotz aufmerksam, sah ich mich um und musterte die Leute auf dem Artist Point. Aber wie schon zuvor, konnte ich nichts Verdächtiges erkennen.

Langsam schlenderten Denise und ich zurück zum Parkplatz. Mein Lincoln wurde von einem großen Suburban, so einer Art riesigem Kleinbus, verdeckt. In meinem Kopf klingelten sämtliche Alarmglocken. Der Suburban war spitzenmäßig geparkt. Alles, was sich hinter dem riesigen Wagen tat, war aus der Richtung des Artist Point, aus der wir kamen, absolut unsichtbar. Soweit ich durch die vielen Scheiben des Suburban erkennen konnte, war der Wagen leer. Trotzdem umfaßte meine rechte Hand den Griff meiner Glock 17 ein wenig fester. Pistole und Hand befanden sich beide in meiner rechten Hosentasche, so gut es eben ging. Um die Pistole dennoch den Blicken der Neugierigen zu entziehen, hatte ich meine Jacke ganz locker zwischen meinen rechten Unterarm und meine rechte Hüfte gepackt. Die Jacke fiel somit ganz lässig vorn und hinten über meine Hosentasche und die darin befindliche Waffe in meiner Hand. Ich glaube nicht, daß es allzu auffällig war. Keiner, der es nicht besser wußte, hätte wohl vermutet, daß ich darunter eine Waffe verbarg.

Wir waren keine zehn Meter mehr vom Lincoln entfernt, und ich konnte noch immer nicht das geringste Anzeichen von Stewy und Jimmy entdecken. Wo waren die beiden Helden nur? War meine Rückendeckung vielleicht gerade beim zweiten Frühstück? Ich schloß gerade mit der linken Hand die Beifahrertür auf, als ein großer, kräftiger Farbiger hinter der Motorhaube des Suburban hervorkam. Er hatte in der rechten Hand etwas, das ich im ersten Augenblick für einen schwarzen Schlagstock oder ein Stück einer schwarzen Eisenstange hielt. Er kam wortlos auf mich zu. In diesem Moment hörte ich, wie hinter mir die Schiebetür des Suburban aufging.

Denise stand direkt links neben mir, und ich konnte somit nicht ausweichen und auf den freien Parkplatz flüchten. Für irgendwelche strategischen Pläne war auch keine Zeit mehr. Ich ließ den Griff der Glock 17 in meiner Hosentasche los und riß meine rechte Hand heraus. Noch in der Aufwärtsbewegung erfaßte ich meine Jacke und warf sie dem Schwarzen entgegen. Ich konnte leider nicht verfolgen, ob sie den Kerl irgendwie behinderte oder doch zumindest irritierte. Denn noch während die Jacke auf den Schwarzen zuflog, machte ich schon eine Vierteldrehung nach rechts und sah mich einem relativ kleinen Schlitzauge gegenüber. Ob er Chinese, Mongole, Koreaner, Thailänder oder sonstwas asiatisches war, weiß ich bis heute noch nicht. Er stand in der offenen Tür des Suburban. Aufgrund seiner geduckten Haltung wirkte er kleiner, als er in Wirklichkeit war. Er machte gerade Anstalten, aus dem Suburban zu springen. Höflich und zuvorkommend wie ich nun einmal von Natur aus bin, half ich ihm dabei. Zwei kurze, schnelle Schritte brachten ihn in meine Reichweite. Mit der Rechten packte ich ihn vorn am Hosenbund, wo er freundlicherweise eine schöne, griffige Gürtelschnalle trug. Mit der Linken packte ich ihn, zugegebenermaßen ein wenig grob, in Brusthöhe an seinem schweren Sweat-Shirt. Er versuchte sofort nach mir zu schlagen, aber seine Reichweite konnte mit meiner zum Glück nicht konkurrieren.

Mit einem unterdrückten Schrei riß ich ihn aus dem Suburban, machte wieder eine Vierteldrehung nach links und warf ihn seinem schwarzen Partner entgegen. Blacky hatte nun das gleiche Problem, vor dem ich noch vor ein paar Sekunden gestanden war. Er konnte nicht ausweichen, da der Platz zwischen dem Suburban und meinem Lincoln voll von dem schräg durch die Luft fliegenden Schlitzauge vereinnahmt wurde. Blacky wollte noch einen Schritt zurück machen, um meinem Wurfgeschoß zu entgehen, aber es war schon zu spät. Die chinesische Flugpost traf ihn voll. Die beiden gingen in einem Gewirr von Armen und Beinen zu Boden. Blacky verlor dabei sein Schlagwerkzeug. Wie es jetzt so am Boden lag, konnte ich sogar erkennen, daß es eine Aufschrift trug. „Paralyzer" stand in rötlich-gelben Buchstaben, umrankt von goldenen Blitzen, auf dem Gerät. Das Ding war kein Schlagstock. Nein, der Kerl war mit einem Elektro-Schocker ausgerüstet gewesen. Als die beiden Helden sich nun wieder aufrappelten, hatte ich schon längst meine Pistole gezogen und gönnte ihnen nun einen tiefen Blick in die Mündung meiner Waffe. Bevor sie sich vollständig aufrichten konnten, sagte ich ihnen, was Sache war.

„Nicht doch, Jungs! Bleibt nur ruhig einmal auf euren Knien und verschränkt eure Hände hinter dem Kopf." Ich näherte mich vorsichtig noch einmal dem Suburban und warf einen Blick in das Innere. Schließlich war in dem Wagen noch reichlich Platz für etliche weitere Figuren. Aber der Van war leer.

„Stewy und Jimmy kommen!" meldete Denise. „Sie fahren gerade auf den Parkplatz herein.

„Na, das war ja auch höchste Zeit!" Ich war erleichtert. Ich hatte nämlich bereits krampfhaft überlegt, was ich mit dem Duett, das hier so schön bußfertig vor mir kniete, wohl am besten anfangen sollte.

„Zeig dich ihnen und wink ihnen, daß sie herkommen sollen, Denise!"

Die beiden Cartwright-Brüder verstanden sofort und waren ein paar Sekunden später schon bei uns.

„Jungs, wo wart ihr denn so lange?" begrüßte ich sie. „Ich könnte jetzt eure Unterstützung brauchen!"

Stewy war bereits zu mir hergekommen, während Jimmy bei seinem Chrysler New Yorker geblieben war.

„So wie das hier aussieht, brauchst du uns doch gar nicht, Michael!" stellte Stewy lakonisch fest. Dann drehte er sich zu seinem Bruder um und rief mit gedämpfter Stime.

„Michael hat natürlich zwei von der Sorte. Er gönnt uns einfach keinen Triumph, und sei er auch noch so klein."

Ich schaute Stewy nun etwas verständnislos an, während ich mich gleichzeitig weiter bemühte, die beiden Kerle, die da vor mir auf den Knien lagen, im Auge zu behalten.

„Wir haben nämlich auch einen abserviert, Michael!" fuhr Stewy mit unbändigem Stolz in der Stimme fort.

„Im Kofferraum des New Yorker liegt dein Freund Blondy von gestern. Wir haben ihn gut verschnürt und geknebelt."

„Woher wollt ihr wissen, daß es sich wirklich um Blondy handelt?"

„Keine Angst, er ist es bestimmt. Deine Beschreibung und die Aufnahme deiner Videokamera, die wir gesehen haben, passen hundertprozentig. Außerdem fuhr er auch noch einen roten Dodge Geländewagen."

Stewy platzte fast vor Stolz. „Geh ruhig rüber zu meinem Bruder und sieh dir den Gauner an! Er ist es bestimmt."

Ich wollte Stewy meine Glock 17 geben, damit er auf Blacky und den Chinesen aufpassen konnte.

„Nicht nötig, Michael! Behalt dein Schießeisen. Wir Cartwrights sind Selbstversorger."

Bei diesen Worten griff er in seine Jackentasche und zog einen Colt im Kaliber .44 Magnum hervor, ein echtes Wahnsinnskaliber.

„Du hältst anscheinend nicht viel von Kleinkaliber", stellte ich fest.

„Das hier ist Bear-Country. Da braucht man so was. Hier ist man mit einer Fliegenklatsche einfach nicht ausreichend bewaffnet."

Als ich den New Yorker erreichte, öffnete mir Jimmy voller Stolz den Kofferraum.

Es gab keinen Zweifel. Was hier versandfertig verpackt, mit einem nicht allzu sauberen Knebel im Mund, im Kofferraum lag, hatte nicht nur Ähnlichkeit mit Blondy. Es war Blondy. Er sah nicht mehr so gut aus wie gestern. Die ganze Aktion hatte ihn augenscheinlich etwas mitgenommen. Er war reichlich derangiert. Nichtsdestotrotz funkelte er mich aus seinen hellen, kalten Augen an. Es war nicht zu übersehen. Blondy war nicht gut drauf. Ganz im Gegenteil, er war reichlich stinkig.

„Wie habt ihr denn das geschafft?" Ich schaute Jimmy fragend an.

„Ja, das hättest du uns nicht zugetraut, nicht wahr!" Auch Jimmy platzte fast vor Stolz.

„Es war eigentlich ganz einfach. Er kam aus einem Forstweg, keine zehn Meilen von hier und fuhr hinter mir her. Ich trödelte ein bißchen, und bald schon hatte Stewy aufgeholt und war direkt hinter ihm. Stewy gab mir per Funk zu verstehen, daß er ihn auch erkannt hatte. Er schlug ein kombiniertes Manöver vor, das auf Anhieb und einwandfrei geklappt hat. Da wir die Strecke ja kennen wir unsere Hosentaschen, wartete Stewy eine bestimmte Stelle ab. Dann setzte er zum Überholen an. Als er direkt links neben ihm war, bremste ich plötzlich ruckartig ab und Stewy drängte ihn mit seinem Pickup nach rechts von der Straße. Blondy versuchte noch zu bremsen, aber es war schon zu spät. Er rutschte nach rechts die Böschung hinunter und rammte frontal einen soliden Granitbrocken. Zum Glück war er jedoch angeschnallt gewesen, sonst hätte er vielleicht sogar den Löffel abgegeben. So ist ihm jedenfalls nicht allzuviel passiert. Er hat sich lediglich seine Rübe am Türholm angeschlagen. Als wir die Tür seines roten Dodge öffneten, war er noch ganz groggy. Es war somit überhaupt kein Problem, unseren Freund zu verschnüren und in den Kofferraum des New Yorker zu verfrachten."

„Alle Achtung, meine Herren, saubere Arbeit!" Mein Lob war ehrlich gemeint. Die beiden hatte ihre Sache wirklich gut gemacht. „Nur leider ist der Kofferraum für alle drei zu klein", stellte ich bedauernd fest.

Jimmy und ich waren mittlerweile zu Stewy und Denise gegangen, die immer noch den Chinesen und den Farbigen bewachten.

„Das macht nichts!" sagte Stewy. „Im Kofferraum des New Yorker hat ohne weiteres der kleinere der beiden, der Chinese, noch ausreichend Platz. Und den Farbigen werfen wir auf die Plattform meines Pickup. Ich deck ihn dort mit einer Plane zu. Dann sieht ihn auch keiner."

Ich hielt die beiden Knienden mit meiner Pistole in Schach, während die Cartwright-Brüder Verpackungsmaterial zum Verschnüren holten, wie sie sich ausdrückten.

Sie verstanden etwas von dieser Art Arbeit und verschnürten die beiden Kerle nach allen Regeln der Kunst. Zum Schluß verpaßten sie ihnen noch jeweils einen Knebel, bevor sie die beiden wie besprochen auf ihre Autos verteilten.

„Ich schlage vor, wir fahren jetzt zurück nach Lake Village", ließ sich Stewy vernehmen. „Wir verständigen unsere Brüder und treffen uns alle zusammen bei Mom und Dad in ca. drei Stunden. Dort können wir uns dann in aller Ruhe mit diesen drei Kerlen unterhalten und auch beraten, wie es denn jetzt weitergehen soll." Er machte eine kleine Pause. „Oder hast du einen anderen Vorschlag, Michael?"

„Nein, der Vorschlag ist ganz vernünftig", antwortete ich nachdenklich.

„Fahrt ihr beiden nur schon voraus! Ich sehe mir noch den Suburban ein wenig genauer an und fahr dann mit Denise auch zurück zur Lake Lodge. Wir treffen uns dann alle zusammen bei euch in etwa drei Stunden."

Stewy und Jimmy fuhren mit ihren unfreiwilligen Passagieren ab. Ich hob den Elektro-Schocker auf, der immer noch da am Boden lag, wo ihn der Schwarze hatte fallen lassen. Dann stieg ich in den Suburban, um ihn einer näheren, eingehenden Untersuchung zu unterziehen.

Kapitel 18

Überfall

Ich durchsuchte den Suburban, fachmännisch und intensiv. Man hatte zwei der Sitzreihen ausgebaut, um im hinteren Teil des Wagens einen gewissen Freiraum zu erhalten. Es ergab sich hier eine Ladefläche von rund zwei auf zweieinhalb Metern. Direkt hinter dem rechten Teil der letzten Sitzbankreihe hatte man so eine Art Staubox installiert. Hier hatten Blacky und der Chinese anscheinend ihre Vorräte untergebracht. Ich fand ein paar Sixpacks Budweiser, Cola und Cola Light, ein paar Tüten Tortilla- und Kartoffel-Chips sowie eine Thermoskanne, halbvoll mit lauwarmem Kaffee.

Auch ihr Lesematerial hatten die beiden hier gelagert, zwei Pornohefte, eine Las Vegas Star und ein Exemplar des Titten-Magazins Big Uns. Ein paar weitere, unwichtige Kleinigkeiten vervollständigten den Inhalt der Kiste. Auf der Mittelbank lag eine Videokamera von Sony, eine Spiegelreflexkamera mit einem Hochleistungs-Teleobjektiv von Canon und ergänzendes Zubehör für beide Geräte. Zwischen dem Fahrersitz und dem Beifahrersitz befand sich eine geräumige Ablagefläche. Neben allerlei Krimskrams lag hier auch noch ein Schnellhefter.

Endlich war ich fündig geworden. Fein säuberlich waren hier Fotos eingeheftet. Die ersten drei zeigten Brigitte, einmal mit kurzen, einmal mit langen Haaren, und ihr weißes Golf Cabrio. Das vierte Foto war ein Bild neueren Datums und zeigte gut erkennbar Johny Cartwright, ihren Freund.

Und dann wurde es interessant. Das nächste Foto zeigte mich in voller Lebensgröße. Es schien mit einem Teleobjektiv aufgenommen worden zu sein. Wenn ich es richtig einordnen konnte, mußte ich dabei auf der Terrasse des Lake Hotels gestanden haben. Ich blätterte weiter in dem schmalen Ordner. Die restlichen Fotos zeigten Denise, mich und auch uns beide zusammen. Neben nahezu allen Fotos hatte man handschriftlich irgendwelche Notizen ergänzt. Es waren zwei verschiedene Handschriften. Außer den Namen der Abgebildeten konnte ich praktisch nichts entziffern. Die Notizen schienen mir aber auch nicht weiter von Bedeutung zu sein.

Sämtliche Fotos dürften am ersten Tag unserer Ankunft im Yellowstone National Park, und zwar in der Gegend des Lake Hotels oder direkt im Lake Hotel aufgenommen worden sein.

Die Schweine hatten uns also bereits erwartet und waren dementsprechend auf uns vorbereitet. Kein Wunder, daß sie heute so zielstrebig auf uns zugekommen waren. Meine Gegenspieler hatten einen unschätzbaren Vorteil. Sie wußten, wer ich war, wie ich aussah und wahrscheinlich auch, wo ich hier im Park wohnte. Ich hingegen hatte nicht einmal eine Ahnung, wieviele Personen hier mitspielten, beziehungsweise hinter mir her waren, wie sie alle aussahen und wo sie sich versteckt hielten. Am meisten interessierte mich jedoch, wer sie waren, für wen sie arbeiteten und wer ihre Gehalts-Schecks unterschrieb. Darauf hatte ich bisher leider noch keinen einzigen Hinweis gefunden.

Als letztes untersuchte ich das Handschuhfach des Suburban. Ich fand eine Colt Government Pistole im Kaliber .45 acp mit einem vollen Reservemagazin, eine Tüte Pfefferminzbonbons, einen Schwung Papierhandtücher und eine Durchschrift des Mietvertrages für den Suburban. Er gehörte einer lokalen Autovermietungsfirma in Salt Lake City und war dort vor genau vier Tagen angemietet worden.

Leider war das Exemplar des Mietvertrages, das ich hier in Händen hielt, allem Anschein nach der vierte oder sogar der fünfte Durchschlag und entsprechend schlecht zu lesen. Als Mieter konnte ich mühsam die Buchstaben „GSC / LV" entziffern. Das sagte mir jedoch leider absolut nichts. Wer oder was war GSC in Las Vegas? Ansonsten fand sich leider nichts mehr, was der Erwähnung wert gewesen wäre. Ich nahm die Government und das Reservemagazin an mich, schnappte mir den Schnellhefter mit den Fotos und angelte mir dann noch die Sixpacks Cola Light aus der Staubox. Denise war vor dem Suburban stehengeblieben und hatte somit nicht gesehen, was ich gefunden hatte. Verständlicherweise war sie jetzt natürlich entsprechend neugierig auf meine Entdeckungen.

„Na, was hast du gefunden? War da irgend etwas, was dich weiterbringt?"

„Ja, leider nicht so recht!" antwortete ich. „Der Wagen ist ein Leihwagen aus Salt Lake City, gemietet von einer Person oder einer Firma namens ‚GSC' aus Las Vegas. Kannst du mit diesen drei Buchstaben etwas anfangen?"

„Nein, leider nicht! Das sagt mir leider überhaupt nichts!" mußte Denise zugeben. Sie machte ein nachdenkliches Gesicht und schüttelte leicht ihren prächtigen Lockenkopf.

„Tja, das habe ich befürchtet", sagte ich und reichte ihr den Schnellhefter.

„Aber damit kannst du bestimmt irgend etwas anfangen. Schau doch einmal, ob du da jemanden erkennst!"

Sie begann den Ordner durchzublättern. Als sie zu meinen Fotos kam, atmete sie hörbar durch.

„Keine Angst, mein Liebling! Von dir gibt es auch noch ein paar nette Aufnahmen."

„Die Fotografien sind am Lake Hotel, am ersten Abend nach unserer Ankunft hier im Park gemacht worden!" stellte sie fachmännisch mit Kennerblick fest.

„Ja, die Kerle scheinen bestens über uns informiert zu sein." Ich nahm ihr den Schnellhefter wieder ab, den sie mir entgegenstreckte.

„Jetzt wäre es für uns natürlich höchst interessant zu wissen, wer die Kerle sind, wer ‚GSC' ist. Bestimmt kann uns einer der drei Galgenvögel, die von Jimmy und Stewy gerade nach Lake Village gebracht werden, etwas dazu sagen."

Ich verschloß den Suburban und steckte den Zündschlüssel, den ich aus dem Zündschloß abgezogen hatte, in meine Hosentasche.

Als wir wieder auf dem Weg zurück zu unserer Lake Lodge waren, stellten wir noch ein paar Theorien auf. Aber wir kamen der Lösung des Rätsels keinen Schritt näher.

Als ich den Schotterweg zu unserer Western Cabin hochfuhr, musterte ich die Umgebung besonders intensiv. Aber da war wirklich nichts Verdächtiges zu erkennen. Ich zumindest konnte nichts dergleichen entdecken. Alles erschien vollkommen normal. Wir stiegen aus dem Lincoln aus, und Denise ging schon vor, um die Tür unserer Cabin zu öffnen, während ich noch Verschiedenes aus dem Lincoln holte, was wir mit in die Cabin nehmen wollten.

Als ich die leicht offenstehende Tür der Cabin erreichte, war ich jedenfalls recht gut beladen. Ich trug meine Videokamera, die Jacke von Denise und meine eigene, den Schnellhefter, einen der aus dem Suburban geklauten Sixpacks Cola Light und einen kleinen Stoffbeutel, in dem ich die Government und den Paralyzer verstaut hatte.

Ich betrat die Western Cabin, ging an der Tür zum Badezimmer vorbei und wollte gerade den kombinierten Wohn-/Schlafraum betreten, als ich von rechts ein dumpfes Geräusch hörte. Ich blickte natürlich sofort nach rechts zum Waschbecken und sah Denise, wie sie soeben versuchte, mir ein unterdrücktes, französisches „Attention!" zuzurufen. Unter den gegebenen Umständen gelang ihr das sogar noch recht gut, wenn man berücksichtigte, daß der Kerl, der sie festhielt, ihr mit seinen Riesenpranken auch den Mund zuzuhalten versuchte. Es war also wirklich nicht ihre Schuld, daß ihre Warnung zu spät kam.

Bei meinem kurzen, reflexgesteuerten Blick nach rechts zu Denise hinüber, hatte ich naturgemäß auch meinen Kopf ein wenig nach rechts gedreht. So konnte ich noch eine leichte, schattenhafte Bewegung aus dem Augenwinkel heraus ausmachen, von der ich andernfalls wahrscheinlich überhaupt nichts bemerkt haben würde.

Irgend jemand hatte sich im Badezimmer versteckt gehalten und war nun herausgeschlichen, um mir eins überzubraten. Ich versuchte noch, mit meinem Kopf auszuweichen, aber es war schon zu spät. Ich konnte den Schlag nicht mehr verhindern, sondern lediglich noch ein wenig abschwächen. Irgend etwas Hartes traf mich rechts seitlich an meinem Schädel. Ich verspürte noch einen kurzen, heftigen Schmerz. Dann gingen die Lichter aus.

Ich weiß nicht, wie lange ich bewußtlos gewesen bin. Es mußten jedoch schon einige Minuten gewesen sein. Ich kam auch nicht einfach wieder zu mir. Es war mehr so eine Art Hinübergleiten in die Wirklichkeit. Als erstes und gleichzeitig auch absolut beherrschendes Gefühl, machte sich ein stechender, pochender Schmerz, ein wenig oberhalb meines rechten Ohrs bemerkbar. Darüber hinaus hörte ich Geräusche, Stimmen und ein schmerzerfülltes Stöhnen. Es dauerte ein paar Sekunden, bis mir aufging, daß ich selbst es war, der da so stöhnte. Die Stimmen, die ich hörte, waren mir unbekannt. Ich versuchte, die Augen zu öffnen. Das ging aber nur sehr schwer und gelang mir nur unvollständig. Das rechte Auge war irgendwie verklebt und ließ sich nicht richtig öffnen. Ich brachte nur das linke Auge vollständig auf. Ich wollte mir deshalb mit der rechten Hand ans rechte Auge fassen, um festzustellen, warum ich es nicht aufmachen konnte, warum es so verklebt war und auch womit. Aber das ging nicht. Ich konnte meine Hände nicht bewegen. Wiederum brauchte ich ein paar Sekunden, um festzustellen, daß ich in einem der beiden rustikalen Holzsessel saß, mit denen die Western Cabin möbliert sind und daß meine Hände hinter meinem Rücken fest zusammengebunden waren. Ich ließ ein erneutes Stöhnen vernehmen und bemühte mich nun, mich auf das zu konzentrieren, was mir mein linkes, offenes Auge zu melden versuchte.

Es waren jede Menge Leute im Raum. Sie schienen irgend etwas zu suchen. Auf jeden Fall hatten sie unser gesamtes Gepäck auseinandergerissen und wühlten darin herum. Es sah aus, als ob eine Bombe eingeschlagen hätte.

Einer der Männer hob plötzlich den Arm und deutete in meine Richtung. Daraufhin drehte sich ein anderer um und kam zu mir her. Ich war anscheinend doch noch nicht wieder ganz bei Bewußtsein, sonst hätte ich wahrscheinlich geahnt, was kommen würde und hätte mich wenigstens seelisch ein bißchen darauf vorbereiten können. So aber traf mich der Schlag vollkommen unvorbereitet und überraschend. Es war ein Schlag mit der flachen Hand, so in der Art einer kräftigen Ohrfeige. Zum Glück für mich war der Absender Rechtshänder und knallte mir deshalb seine Hand an die linke Backe. Wenn er mich rechts an den Kopf geschlagen hätte, in der Gegend, in der man mich mit dem Totschläger oder was immer es gewesen war, getroffen hatte, wären mir mit Sicherheit erneut die Lichter ausgegangen.

So aber tat diese kräftige Ohrfeige ihre beabsichtigte Wirkung. Mein Kopf wurde nach rechts geschleudert, und ich fiel nur deshalb nicht von meinem Sitz, weil der Stuhl über massive hölzerne Armlehnen verfügte, die meinen seitlichen Schwung auffingen. Durch die schnelle Bewegung meines Kopfes verfielen die kleinen Männer, die mit ihren Vorschlaghämmern unter meiner Schädeldecke zugange waren, wieder in Akkord. Aber der Schlag raubte mir wenigstens nicht wieder das Bewußtsein. Ganz im Gegenteil! Irgendwie hatte er auch etwas Positives an sich. Er half mir doch schnell und unbürokratisch, wieder zu mir selbst zu finden. Ich bemühte mich, den Schmerz zu unterdrücken, zu ignorieren. Ich versuchte, mich zu konzentrieren. Es klappte wesentlich besser, als ich es noch vor wenigen Augenblicken auch nur zu hoffen gewagt hätte.

Sie waren zu viert. Als Boß fungierte ohne jeglichen Zweifel der Mann, der noch vor ein paar Sekunden mit seinem Arm auf mich gedeutet hatte. Er war ein gut aussehender, älterer Herr mit graumelierten Schläfen. Er wäre jederzeit als Bankdirektor oder seriöser Beamter des höheren Dienstes durchgegangen. Ich hatte ihn noch nie zuvor in meinem Leben gesehen.

Der Kerl, der mir gerade kräftig seine Hand ins Gesicht gedrückt hatte, schien Mexikaner oder so etwas in der Richtung zu sein. Seine Haut hatte eine deutlich dunkelbraune Färbung, und er trug einen kräftigen rabenschwarzen Schnauzbart. Er wirkte damit fast ein wenig wie ein Seehund, nur mit dem kleinen Unterschied, daß mir diese Tierchen bedeutend sympathischer sind.

Neben ihm stand ein weiterer Mann, der ebenfalls Mexikaner zu sein schien. Er hatte irgendwie eine auffallende Ähnlichkeit mit dem anderen, jedoch trug er keinen richtigen Bart. Er war lediglich unrasiert.

Auf jeden Fall sagte er etwas zu Schnauzbart, von dem ich wieder einmal kein Wort verstand. Es kam mir nicht nur spanisch vor, sondern es dürfte wahrscheinlich sogar wirklich Spanisch gewesen sein.

Mehr Zeit konnte ich den beiden jedoch nicht mehr widmen. Meine gesamte Aufmerksamkeit wurde von dem vierten Mann in Anspruch genommen. Es war ein Riese von Gestalt. Er war bestimmt noch zehn Zentimeter größer als ich, und das will schon etwas heißen bei meinen 1,98 Metern. Und im Gegensatz zu Blondy handelte es sich bei ihm absolut nicht um einen Spargel-Tarzan. Der Kerl war nicht nur groß, sondern auch kräftig und breit. Mir lief es heiß und kalt den Rücken hinunter, denn zwangsläufig mußte ich an den Riesen in meinem Traum von heute nacht denken und daran, was er in diesem Traum gemacht hatte. Sofort verdrängte ich jedoch jeden Gedanken an diesen Alptraum, denn das brachte mich im Augenblick mit Sicherheit nicht weiter. Ich konzentrierte mich wieder auf den Riesen. Man sah es ihm auf den ersten Blick an. Dieser Mann war stark, ein ernstzunehmender Gegner, den man auf gar keinen Fall unterschätzen durfte. Er ging geradewegs zu meinem Bett, als der Boß des Quartetts auf englisch weitere Anweisungen erteilte.

„Bring sie jetzt raus ins Auto! Paß aber auf, daß du nicht gesehen wirst. Du kannst schon im Wagen warten. Ich komme auch gleich nach."

Jetzt erst sah ich Denise. Sie lag gefesselt und geknebelt auf dem Bett. Aber sonst schien sie unverletzt zu sein.

Der Riese hob sie vom Bett auf und warf sie sich über die Schulter wie einen Sack Frühkartoffeln. Sie schien in seinen Händen nicht viel mehr als eine Feder zu wiegen. In der Tür verharrte er kurz und versicherte sich, daß die Luft rein war und er nicht beobachtet wurde. Dann verließ er die Cabin. Es war ganz und gar kein schöner Abschied von meiner Denise. Wenn ich ein bißchen besser aufgepaßt hätte, ein bißchen vorsichtiger gewesen wäre und nicht geglaubt hätte, ein großer Profi zu sein, der alles im Griff hat, dem nichts passieren kann, dann wäre vielleicht vieles oder doch zumindest einiges anders gekommen. Was für eine schöne Zeit hätten wir beide, Denise und ich, wohl zusammen haben können? Was hätten wir noch alles unternehmen, erleben und genießen können. Es war ohne jegliche Frage ganz allein meine Schuld. Und ich muß auch ganz allein damit fertig werden.

Mittlerweile war der Anführer der Truppe, der seriöse, grauhaarige Bankertyp in seinem hellen Trenchcoat, zu mir hergekommen. Er baute sich vor mir auf und sah auf mich herunter.

„Na, Mr. Steiner, glauben Sie jetzt nicht auch, daß Sie sich ein wenig übernommen haben? Sie hätten sich niemals mit uns anlegen dürfen. Aber jetzt ist es zu spät für Sie, ihre Kleine, Miss Heinrich und auch für diese verdammten Bauernlümmel der Cartwright-Sippe. Sie alle wissen einfach zu viel. Und zuviel Wissen ist äußerst ungesund, wie Sie wahrscheinlich selbst verstehen werden."

Allem Anschein nach vermutete der Kerl zumindest bei mir einen Haufen Informationen und Erkenntnisse, über die ich leider überhaupt nicht verfügte. Das würde er mir aber mit Sicherheit nicht glauben, selbst wenn ich es mit drei heiligen Schwüren beeiden würde.

Andererseits machte es ihm auch sichtlich Spaß, seinen Triumph und meine jämmerliche Situation auszukosten. Er genoß es aufrichtig, mir klarzumachen, was ich doch für ein armseliger Idiot bei dieser ganzen Sache war. Abgesehen davon, daß er mit dem Idioten nicht ganz falsch lag, wie ich ehrlicherweise zugeben mußte, verschaffte mir seine triumphierende Haltung und die damit verbundene Gesprächsbereitschaft aber auch die Möglichkeit, geeignete Gegenmaßnahmen einzuleiten.

Während er mir die Gnade seiner Aufmerksamkeit zuteil werden ließ, suchte ich unauffällig mit meinen auf den Rücken gefesselten Händen in der Innenseite meines Hosengürtels nach einem kleinen Druckknopf. Ein verständnisvoller Schneider hatte mir dort, wie übrigens in allen meinen Gürteln, eine kleine, aber nichtsdestotrotz überaus praktische Tasche von etwa sechs Zentimetern Länge und eineinhalb Zentimetern Höhe eingearbeitet. Darin befindet sich eine kleine Messerklinge, gut zweimal so lang wie die kleinen Messerchen in den Bleistiftspitzern. Ähnlich wie diese Klingen hatte auch meine nur auf einer Seite eine Schneide. Die jedoch war höllisch scharf. Das Herausangeln dieses speziellen Schneidewerkzeugs hatte ich glücklicherweise schon des öfteren mit gefesselten Händen in einer Art Trockentraining geübt. Es bereitete mir deshalb auch jetzt keinerlei Schwierigkeiten. Soweit ich es ertasten konnte, waren meine Hände mit soliden Kunststoffschnüren, wahrscheinlich sogar Nylonstricken gefesselt. Meiner kleinen Klinge würden sie jedoch wohl kaum ernsthaften Widerstand entgegensetzen können. Ich durfte mir nur auf keinen Fall etwas anmerken lassen und mußte vor allem noch ein wenig Zeit gewinnen.

„Sie werden mir wohl kaum glauben, wenn ich Ihnen versichere, daß ich leider wirklich nicht die geringste Ahnung habe, mit wem ich mich hier angelegt habe. Eigentlich suche ich nur nach Miss Heinrich, und zwar im Auftrag ihres Vaters, für den, wie ich vermute, auch Sie arbeiten."

„Sie haben recht, Mr. Steiner, ich glaube Ihnen nicht. So doof kann nämlich kein Mensch sein, nicht einmal Sie. Wenn Sie auch nur einen Blick auf die Papiere geworfen haben, die dieses Flittchen ihrem Vater geklaut hat, müssen Sie kapiert haben, um was es hier geht, und vor allem um welche Summen."

„Wahrscheinlich werden Sie mir wieder nicht glauben, wenn ich Ihnen sage, daß ich diese verdammten Papiere bisher noch gar nicht zu Gesicht bekommen habe."

Ich sah ihn an und hoffte, daß er in meinem Gesicht nichts von der Erleichterung lesen konnte, die ich soeben verspürte. Meine kleine Messerklinge war durch die Nylonschnüre gefahren wie durch warme Butter. Meine Hände und Arme waren frei. Ich war kein Statist mehr. Ich war wieder im Spiel.

„Sie haben schon wieder recht, Mr. Steiner, auch das glaube ich Ihnen nicht. Sie sind zwar eine Schande für ihren Berufsstand, der ja in gewisser Hinsicht auch der meine ist, aber wie gesagt, so doof können nicht einmal Sie sein."

Nach dieser wenig schmeichelhaften Einschätzung meines Könnens machte er eine kleine Pause und sah mich dabei kopfschüttelnd an.

„Aber das spielt jetzt alles keine Rolle mehr, Mr. Steiner. Egal, ob Sie die Papiere gesehen haben oder nicht, das Risiko, daß Sie etwas von der ganzen Sache wissen und es unter Umständen an die Medien weitergeben oder anderweitig bekannt machen, ist meinen Bossen viel zu hoch. Sie werden sterben, Mr. Steiner, genau wie alle anderen, bei denen auch nur die geringste Möglichkeit besteht, daß sie die Papiere gesehen haben könnten."

Mir sträubten sich meine Nackenhaare. Der Kerl vor mir hier sprach von mehrfachem Mord so locker und leicht, als lese er den Wetterbericht vor. Verdammt nochmal, mit wem hatte ich mich denn hier wirklich angelegt?

„Wollen Sie damit etwa andeuten, daß Sie nicht nur mich erledigen wollen, sondern auch Denise Pierre, Brigitte Heinrich und die Gebrüder Cartwright?"

Die Fassungslosigkeit in meiner Stimme ließ ihn nun doch noch kurz stutzen, und er schüttelte erneut den Kopf.

„Entweder, Mr. Steiner, sind Sie ein begnadeter Schauspieler oder noch dümmer als die Polizei erlaubt, wie man so schön sagt. Aber das spielt jetzt wirklich alles keine Rolle mehr. Denn in Kürze werden wir alles wieder zurück haben, unser Geld, unsere Diamanten und vor allem unsere Papiere. Dann ist diese unselige Episode nur noch ein Stück aus der Vergangenheit. Genauso wie Sie, Mr. Steiner, und auch alle anderen Beteiligten dann der Vergangenheit angehören werden."

„Damit wird ja aber wohl ihr Auftraggeber, Dr. Heinrich, nicht ganz einverstanden sein", versuchte ich ihn zu provozieren und ein wenig aus der Reserve zu locken. Vielleicht konnte ich ja doch noch die eine oder andere verwertbare Information aus ihm herausholen. Auf meine direkten Nachfragen hatte ich bisher ja nur immer wieder bestätigt bekommen, daß ich der größte Vollidiot auf Gottes weiter Welt sei.

„Bei allem, was passiert ist", fuhr ich deshalb fort, „kann ich mir trotzdem nicht vorstellen, daß Dr. Heinrich seine eigene Tochter umbringen läßt."

„Was wollen Sie denn immer mit Ihrem Dr. Heinrich? Dieser Versager ist uns allen doch vollkommen egal. Nach dem kräht doch kein Hahn mehr."

Er sah auf seine massiv goldene Armbanduhr und fuhr dann fort. „Also, falls es Sie interessiert, Dr. Heinrich dürfte zum jetzigen Zeitpunkt bereits dort sein, wohin Sie und die anderen ihm in Bälde nachfolgen werden."

Er richtete sich wieder zu seiner vollen Größe auf und schenkte mir einen gütigen, warmherzigen Blick.

„Aber nun genug von all diesen unerfreulichen, aber eben leider auch notwendigen Dingen. Ihre kleine Freundin, ein wirklich süßes Kind, das muß Ihnen der Neid lassen, hat uns vorhin mitgeteilt, zugegebenermaßen nicht ganz freiwillig, daß sich die Gesuchten mit dem Geld, den Diamanten und den Papieren in einer Hütte am Pelikan Creek aufhalten. Sie hat uns damit eine Information bestätigt, die wir schon vor unserem, sagen wir einmal Besuch bei Ihnen erhalten hatten, aber bisher noch nicht überprüfen konnten."

Er lächelte friedfertig wie ein gutmütiger Onkel. „Sie werden deshalb einsehen, Mr. Steiner, daß Sie für uns somit nicht mehr von allzu großem Wert sind. Anders ausgedrückt: Sie sind entbehrlich, wie man so schön sagt."

Er drehte sich abrupt zu den beiden Mexikanern um und befahl: „Ihr wißt, was ihr zu tun habt! Paßt auf, daß ihr keine Spuren hinterlaßt und daß ihr nicht entdeckt werdet. Wenn ihr ihn liquidiert habt, laßt ihr noch einen Brandsatz zurück und macht euch aus dem Staub. Wir treffen uns dann am vereinbarten Treffpunkt."

Er wandte sich noch einmal zu mir und verabschiedete sich.

„Es mag für Sie unangenehm sein, aber ich bin mir sicher, Sie werden Verständnis für die Erfordernis der Maßnahme aufbringen. Sie sind ja schließlich doch ein Profi!"

Beim letzten Satz konnte er ein Lachen nicht mehr ganz vermeiden und bestätigte mir somit ein weiteres Mal, daß ich in seinen Augen ein absoluter Volltrottel war.

Dann drehte er sich einfach um und ging zur Tür hinaus.

Ich hatte zwar immer noch Schmerzen von dem Schlag an meinen Schädel, aber die kleinen Männer in meinem Kopf mit ihren Hacken und Hämmern hatten erfreulicherweise eine erheblich gemäßigtere Gangart eingeschlagen. Ich konnte klar und logisch denken und hatte auch nicht mehr das Gefühl, mir würde der Kopf herunterfallen, sobald ich ihn ein wenig bewegte.

Trotzdem muß ich wohl einen recht belämmerten und niedergeschlagenen Eindruck gemacht haben. Wahrscheinlich lag es mehr daran, daß ich trotz aller Bemühungen und Fragen immer noch nicht wußte, was hier gespielt wurde und wer alles mitspielte. Vielleicht gab ich tief in meinem Inneren dem Chef des Quartetts recht, was die Einschätzung meiner Person und meiner Fähigkeiten betraf. Mit Sicherheit jedoch kann ich behaupten, daß meine so offen zu Tage getretene Niedergeschlagenheit nichts mit irgendwelchen Sorgen um die Zukunft meiner Person zu tun hatte. Ich war nicht besorgt um mich, ganz im Gegenteil. Große Sorgen machte ich mir jedoch um all die anderen Beteiligten, ganz besonders natürlich um Denise.

Die beiden Mexikaner lagen mit der Interpretation meines Gesichtsausdrucks somit total daneben, als sie mich jetzt ansprachen.

„Ich glaube, Gringo, dir ist schon ganz schlecht", stellte einer der beiden, nicht der mit dem Schnauzbart, sondern der andere, mit freundlicher Stimme fest.

„Du bist doch ein großer, kräftiger Kerl, Gringo!" fügte Schnauzbart grinsend noch hinzu.

„Normalerweise ist es mir ein echtes Vergnügen festzustellen, was ein so großer, kräftiger Weißer wie du so aushält."

Schnauzbart schien an einem gewissen Minderwertigkeitskomplex gegenüber den weißen US-Bürgern zu leiden und hatte sich zum Ausgleich dafür vorgenommen, sich ein bißchen an mir auszutoben.

„Du wirst es kaum glauben, aber die meisten von euch weißen Großmäulern entpuppen sich als weinerliche Waschlappen, die lauthals nach ihrer Mami schreien, wenn mein Bruder oder ich sie ein wenig mit dem Messer kitzeln. Kaum hat man ihnen zwei oder drei Finger abgeschnitten oder ein Auge ausgestochen, winseln diese großen Helden wie räudige Hunde."

Schnauzbart schien sich köstlich darüber zu amüsieren, was sein Bruder da von sich gab. Er lachte glucksend, so daß ich ihn nur mit Mühe verstand.

„Aber leider haben wir für dich nicht allzu viel Zeit. In einer knappen Stunde müssen wir schon am Treffpunkt sein."

Schnauzbart wandte sich an seinen Bruder, der sich doch glatt die Lippen leckte angesichts des bevorstehenden freudigen Ereignisses.

„Pedro, hol doch schon mal den Brandsatz aus dem Auto, während ich mich um unseren tapferen Freund kümmere."

Ohne Widerrede verließ Pedro die Western Cabin. Ich war jetzt allein mit Schnauzbart. Viel größer konnten meine Chancen nicht mehr werden. Schnauzbart zog ein langes Bowie-Messer aus dem rechten Stiefel. Die Klinge war breit und mindestens zwanzig Zentimeter lang. Er hielt das Messer vor sein Gesicht, hob es dann noch ein wenig höher, Richtung Zimmerdecke, um das Licht der Lampe auf der Klinge spielen zu lassen. Noch besser konnten meine Karten nun wirklich nicht mehr werden.

Meine Arme und Hände schnellten nach vorn, und ich erhob mich ruckartig. Schnauzbart, der zwar seine Aufmerksamkeit in erster Linie auf die schön polierte Klinge seines Bowie-Messers gerichtet hatte, sah meine Bewegung und erschrak zutiefst. Er wollte noch einen Schritt zurück machen. Aber es war schon zu spät. Meine Linke hatte sein rechtes Handgelenk gepackt und hielt es bombenfest wie in einem Schraubstock. Meine Rechte umklammerte seinen Hals von der rechten Seite her, wobei mein rechter Daumen kräftig auf seinen Kehlkopf drückte und somit jeglichen Schrei im Ansatz erstickte. Ich konnte

Schnauzbarts Augen nicht sehen, und er konnte nicht sprechen. Seine Panik konnte ich jedoch regelrecht körperlich fühlen. Aber ansonsten fühle ich nichts, kein Mitleid, keine Gnade und auch keine Scheu vor dem, was nun unweigerlich folgen mußte. Ich war ihm von der Körperkraft her haushoch überlegen. Unaufhaltsam drückte ich seine rechte Hand mit dem Messer darin nach unten, wobei ich zugleich noch seine Hand leicht drehte, so daß die Klinge seines Messers auf sein Herz zeigte. Er versuchte noch, mit seiner linken Hand seine rechte zu unterstützen, aber es war auch hierfür schon zu spät.

Ich machte eine weitere, ruckartige Bewegung mit meiner Linken und zog den Mexikaner gleichzeitig mit meiner Rechten, die immer noch seinen Hals umklammerte, zu mir her, auf die Spitze des Bowie-Messers zu. Ich brach seinen verzweifelten Widerstand wie einen dürren Ast. Sein blank poliertes Bowie-Messer steckte mit der gesamten Klinge bis zum Fingerschutz aus Messing in seiner Brust. Er war schon tot, bevor seine erschlaffte Rechte den Griff des Bowie-Messers losließ. Ich ließ die Leiche langsam zu Boden gleiten und zog das Messer aus der Brust des Toten. Ich wischte das Blut an seinem Hemd ab. Dann schnitt ich mit dem Bowie meine Fußfesseln durch, mit denen man mich an den Holzstuhl gebunden hatte.

Ich hatte keine Zeit zu verlieren. Mit ein paar schnellen Schritten stand ich hinter der Eingangstür der Western Cabin. Keinen Augenblick zu früh. Im nächsten Moment ging die Tür auf, und Pedro, Schnauzbarts Bruder, betrat den Raum.

Alles ging nun sehr schnell, viel zu schnell für Pedro, der mir den Rücken zuwandte und direkt vor mir stand. Mit dem rechten Fuß stieß ich die Tür zu. Mit der Linken packte ich Pedro am Genick. Mit der Rechten ergriff ich sein rechtes Handgelenk, zog es nach hinten und dort hinter seinem Rücken kräftig nach oben. Gleichzeitig stieß ich ihn mit meiner Linken in seinem Genick mit aller Wucht gegen die Wand des Badezimmers. Glücklicherweise hielt die Wand diese Attacke aus, obwohl sie in amerikanischer Leichtbauweise errichtet worden war.

Pedro hatte den Brandsatz fallen lassen, den er in seiner linken Hand gehalten hatte, und versuchte krampfhaft, sich mit seinem linken Arm ein wenig von der Wand abzustützen. Aber ohne Erfolg, denn auch er war mir von der Körperkraft her weit unterlegen. Als ich Pedro seine Rechte auf den Rücken gedreht hatte, war mir so gewesen, als ob ich ein leichtes Knacken in seinem Arm gespürt hätte. Da ich mir meiner Sache aber nicht ganz sicher war, zog ich den Arm noch ein wenig höher. Pedro stieß einen lauten Schmerzensschrei aus, den ich jedoch sofort erstickte, indem ich ihn am Genick kurz zurückzog und dann mit Schwung wieder nach vorne an die Wand klatschte. Dem Ton nach brach er sich dabei zumindest die Nase. Aber das war mir egal. Solch sadistische Schweine wie Pedro und sein Bruder hatten von mir keinerlei Mitgefühl zu erwarten. „Wer seid ihr? Wer ist GSC? Wo ist euer Treffpunkt?" herrschte ich Pedro an.

Da er nicht sofort antwortete, zog ich seinen rechten Arm noch ein Stück weiter nach oben. Ein deutlich vernehmbares Geräusch, dem sofort lautes Schmerzgeheul von Pedro folge, zeigte mir an, daß ich ihm seinen Arm ausgerenkt hatte. Ich lockerte meinen Griff und wollte ihn in den zweiten Holzstuhl stoßen, der in den Western Cabins üblicherweise die Möblierung vervollständigt. Das war leider wieder ein Fehler. Ich hatte angenommen, daß die gebrochene Nase und die ausgerenkte Schulter Pedro bereits ausreichend klargemacht hatten, wer jetzt das Sagen hatte. Aber da hatte ich mich getäuscht. Pedro griff mit seiner linken Hand an seinen linken Stiefel und zog ebenfalls ein Bowie-Messer aus dem Schaft. Ich hätte es ja wissen müssen. Schließlich und endlich war es höchstens fünf Minuten her, daß sich die beiden noch gerühmt hatten, was sie mit ihren Messern den großen weißen Jungs schon alles angetan hatten. Aber einen Wehrlosen mit dem Messer zu quälen, war eine wesentlich leichtere Aufgabe als das, was Pedro hier anscheinend durchziehen wollte, einen Messerkampf mit gebrochener Nase und ausgerenkter Schulter. Das Bowie-Messer seines verblichenen Bruders steckte in meinem Gürtel, aber ich hatte nicht die Absicht, es zu gebrauchen. Ein kurzer, gezielter Tritt mit meinem linken Fuß an Pedros linkes Handgelenk genügte vollauf, ihm das Messer aus der Hand zu schlagen. Es flog in hohem Bogen davon und blieb zitternd in der Holzwand neben dem Waschbecken stecken.

Um Pedro diese Mätzchen auszutreiben und auch um seine Gesprächsbereitschaft zu fördern, verpaßte ich ihm einen weiteren Tritt mit meinem rechten Fuß und brach ihm sein linkes Bein. Pedro fiel nach hinten in den Holzstuhl. Er heulte erneut auf wie ein geprügelter Hund und faßte mit beiden Händen an sein kaputtes Bein. Jedenfalls dachte ich das. Aber schon wieder hatte ich mich geirrt. Der Kerl war wirklich zäh. Er zog eine kleine Zweiundzwanziger Pistole aus dem rechten Stiefelschaft, die er dort allem Anschein nach als Backup-Waffe deponiert hatte. Zum Glück hatte ich ihn nicht aus den Augen gelassen und sah, wie er die Waffe zog. Darüber hinaus hatten aber natürlich auch die erlittenen Verletzungen dafür gesorgt, daß er nicht mehr so schnell war mit seinen Bewegungen. Genaugenommen war es mir eigentlich ein Rätsel, wie er es fertigbrachte, trotz seiner ausgerenkten rechten Schulter mit der rechten Hand nach der Waffe in seinem Stiefelschaft zu greifen.

Ich packte sein rechtes Handgelenk mit meiner linken Hand, verdrehte seinen Arm und schlug ihm dann kurz, aber kräftig mit dem rechten Handballen auf den durchgestreckten Ellenbogen. Das Gelenk knackte bedenklich. Die Waffe fiel zu Boden. Ich horchte gar nicht erst auf Pedros erneutes Geheul, sondern packte nun auch mit der rechten Hand sein rechtes Handgelenk. In einer fließenden Bewegung zog ich ihn nun mit beiden Händen an seinem Arm aus dem massiven Holzstuhl hoch, drehte mich um meine Achse und riß seinen Arm dann ruckartig nach unten. Pedro flog in hohem Bogen über meine Schulter und landete mit dem Kopf voraus knapp vor der Zimmerwand auf dem Boden der Western Cabin. Sein Hinterteil und seine Beine schlugen krachend gegen die Wand.

Pedros Geheul war schlagartig verstummt. Er mußte das Bewußtsein verloren haben.

„Na, hast du nun endlich kapiert, wer hier jetzt das Sagen hat?" herrschte ich ihn an, obwohl er mich gar nicht hören konnte, da er ja bewußtlos war. Pedro gab erwartungsgemäß keine Antwort. Ich packte ihn mit beiden Händen an seinem schmutzigen Hemdkragen und wollte ihn zu mir herauf ziehen. Ich hatte seinen Oberkörper noch kaum angehoben, da fiel sein Kopf in einem unmöglichen Winkel nach hinten. Der Schweinehund hatte sich das Genick gebrochen. Das bedauerte ich zutiefst. Nicht, daß mir dieses sadistische Schwein irgendwie leid getan hätte, nein, das war sicherlich nicht der Punkt. Ich bedauerte nur zutiefst, daß ich jetzt keine Informationen mehr aus ihm herausholen konnte. Ich setzte mich aufs Bett und atmete ein paarmal tief durch. Die aufgestaute Erregung, die Anspannung ließ nach. Mein Adrenalinspiegel ging wieder zurück. Nun meldeten sich auch die kleinen Männer mit ihren Hacken und Hämmern in meinem Schädel wieder zu Wort. Es war nicht allzu schlimm, aber ich spürte sie doch deutlich.

Ich ging zum Waschbecken hinüber, drehte den Kaltwasserhahn auf und schöpfte mir mit beiden Händen eisig kaltes Wasser ins Gesicht. Es tat unheimlich gut. Mein rechtes Auge war immer noch nicht vollkommen offen. Im Spiegel sah ich, daß es blutverkrustet war. Das Blut stammte von einer häßlichen Platzwunde oberhalb meines rechten Ohres. Die Ganoven mußten mir irgend etwas Kantiges über den Schädel gezogen haben, als ich vor einer guten halben Stunde die Western Cabin betreten hatte. Ich schaute noch einmal auf meine Rolex, denn ich konnte es fast nicht glauben. Aber es war wirklich so. Es war in der Tat erst eine halbe Stunde her, daß man mich niedergeschlagen hatte.

Es gelang mir, mit Hilfe des kalten Wassers mein rechtes Auge von den Blutverkrustungen zu befreien. Dann säuberte ich noch vorsichtig mit warmem

Wasser und einem weichen Handtuch die blutverkrustete Wunde oberhalb meines Ohres. Wenn man die Sache richtig hätte machen wollen, hätte man die Wunde nähen müssen. Aber für einen Arztbesuch hatte ich im Augenblick leider keine Zeit.

Ich entfernte mit meinem Elektro-Rasierer die Haare in der nächsten Umgebung der Verletzung und desinfizierte die Wunde gründlich. Dann klebte ich ein großes Stück Pflaster aus meiner Reise-Apotheke darüber, bevor ich mein Meisterwerk so gut es nur irgendwie ging wieder unter den Haaren versteckte. Ich wollte auf keinen Fall einen weithin sichtbaren Verband tragen. Man muß den Gegner nicht auch noch mit Absicht auf eine eventuelle Schwachstelle hinweisen.

Dann zog ich noch mein Hemd und mein Unterhemd aus, die beide stellenweise richtiggehend blutdurchtränkt waren. Erfreulicherweise handelte es sich hierbei nicht nur um mein eigenes Blut. Jetzt waren Schnauzbart und sein Bruder Pedro an der Reihe. Ich durchsuchte schnell, aber trotzdem gründlich ihre diversen Taschen. Auch Schnauzbart hatte eine kleine Zweiundzwanziger Pistole als Backupwaffe in seinen Stiefeln. Ich untersuchte sie kurz. Es war eine Walther TPH, also keine Waffe aus dem Discount-Shop. Ich nahm sie an mich und steckte sie in meine linke vordere Hosentasche. Ansonsten erbrachte meine Durchsuchung der beiden Brüder leider nichts Neues. Beide waren mit Pistolen der Marke Ruger im Kaliber 9 mm bewaffnet gewesen. Aus irgendeinem Grund hatten sie die Waffen mit den dazugehörigen Schulterholstern nicht an sich getragen, sondern in einer mitgebrachten Sporttasche aus Segeltuch verstaut gehabt.

Keiner von beiden trug einen Ausweis bei sich. Ich fand lediglich ihre Führerscheine, ausgestellt auf Pedro und Rodrigo Cortejo. Das brachte mich natürlich auch nicht weiter. Bei Pedro hatte ich einen Autoschlüssel der Marke Ford gefunden. Ich beschoß deshalb, draußen nachzusehen, was für einen Ford die beiden dabei gehabt hatten.

Es war ein Ford Pickup mit festem Verdeck, und er stand direkt neben meinem Lincoln. Wie ich vorhin gekommen war, war er mit Sicherheit noch nicht da gewesen. Wahrscheinlich war er irgendwoanders abgestellt worden, und Pedro hatte ihn erst hierher gefahren, als er den Brandsatz geholt hatte.

Ich durchsuchte den Ford. Aber war ich im Suburban von heute vormittag schon nicht besonders erfolgreich gewesen, so war der Ford eine noch viel größere Enttäuschung. Ich fand aber schon rein gar nichts, was auch nur im geringsten von Interesse für mich gewesen wäre, nicht einmal eine lausige Durchschrift eines Mietvertrages. Der Ford war ziemlich neu. Er hatte noch nicht einmal 6.000 Meilen auf dem Tachometer.

Ich schloß die Fahrerkabine wieder ab und öffnete die Heckklappe des Pickups. Dann holte ich zuerst Pedro aus der Western Cabin und warf ihn auf die Ladefläche des Pickups. Schnauzbarts Oberkörper mußte ich in ein Badehandtuch einwickeln, bevor ich mir den Kerl über die Schulter werfen konnte. Schließlich hatte ich mir ja erst vor ein paar Minuten ein frisches Hemd angezogen und wollte es mir nicht schon wieder mit Schnauzbarts blutdurchtränktem Holzfäller-Outfit ruinieren.

Nachdem ich beide auf der Pritsche des Pickups verstaut hatte, schlug ich die Heckklappe wieder zu. Bestimmt ein halbes Dutzend Mal hatte ich mich während dieser Aktion immer wieder umgesehen, um sicherzustellen, daß ich nicht beobachtet wurde. Aber glücklicherweise war es noch relativ früh am Nachmittag, und die Leute waren alle noch auf Sightseeing-Tour.

In der Western Cabin suchte ich nun noch alles zusammen, was den beiden Toten im Ford gehört hatte. Ihre beiden Ruger-Pistolen, beide Bowie-Messer, diverse Nylonstricke, den Brandsatz und Pedros kleine Backup-Waffe, eine billige, kleine Pistole von Interarms. Für all das Zeug hatte ich keine Verwendung und steckte es deshalb in die Sporttasche aus Segeltuch, die Pedro und sein Bruder mitgebracht hatten.

Die Government-Pistole und den Paralyzer, die ich Blacky und dem Chinesen abgenommen hatte, waren noch in dem Leinenbeutel, in den ich sie beide gesteckt hatte, um sie unauffällig vom Lincoln in die Western Cabin transportieren zu können. Ich nahm sie heraus und warf sie ebenfalls in die Sporttasche aus Segeltuch.

Meine Glock 17 lag noch auf dem Tisch, wo sie die Kerle anscheinend hingelegt hatten, nachdem sie mich beim Betreten der Western Cabin niedergeschlagen und durchsucht hatten. Ich überprüfte sie und steckte sie zurück in mein Gürtelholster. Ich zog meine Jacke an und verstaute das Reservemagazin der Glock in der rechten Brusttasche mit Reißverschluß. Dann suchte ich die Handtasche von Denise, nahm den Smith und Wesson Revolver im Kaliber .357 Magnum und die beiden Schnellader heraus. Den Revolver verstaute ich in der linken Seitentasche der Jacke, die beiden Schnellader in der linken Brusttasche. Das Gewicht zog die Jacke nun ganz ordentlich nach unten. Das sah bestimmt nicht besonders gut aus, aber ich hatte ja auch nicht vor, einen Modell-Wettbewerb zu gewinnen. Um ein Haar hätte ich mein Gerber-Messer vergessen. Das hatte noch Platz in meiner rechten vorderen Hosentasche. Ich war jetzt gerüstet. Der Tanz konnte beginnen.

Kapitel 19

Tod und Verderben

Ich schloß die Tür der Western Cabin ab und ging zu dem Ford-Pickup, auf dessen Pritsche, unter dem Verdeck, die Leichen der beiden Mexikaner lagen. Ich schloß die Fahrertür auf und warf die Sporttasche aus Segeltuch auf den Beifahrersitz. Der Ford verfügte über zuschaltbaren Allrad-Antrieb. Das konnte mir unter Umständen vielleicht noch nützlich werden.

Langsam und vorsichtig fuhr ich den Schotterweg hinunter zum Hauptgebäude der Lake Lodge. Aufmerksam musterte ich die Umgebung, suchte erneut nach etwas Auffälligem, Ungewöhnlichem oder nach etwas, das nicht hierher gehörte. Aber wie ich mich auch anstrengte, mir sprang nichts Ungewöhnliches ins Auge. Eigentlich wäre es jetzt an der Zeit gewesen, Onkel Nick von den ganzen Vorfällen zu berichten. Da in der Lake Lodge die Telefone aber nicht in abgeschlossenen Zellen waren, sondern ja lediglich ein paar Apparate an die Holzwand genagelt waren, beschloß ich, zunächst zu den Cartwright-Brüdern nach Lake Village weiterzufahren.

Ich erreichte den Souvenir-Shop, der etwas außerhalb des Ortes lag, ohne Probleme und fuhr nach hinten in den Hof. Das Ladengebäude erhob sich zu meiner Rechten, während sich linker Hand ein großzügiger Hofraum bis zu einer alten Holzscheune erstreckte.

Hier standen bereits jede Menge Autos, der Chrysler Pickup von Stewy, der Chrysler New Yorker von Jimmy, ein Oldsmobile und ein AUDI 80 Quattro.

In meinem Kopf klingelten sämtliche Alarmglocken. Hier stimmte etwas nicht. Hier war etwas ganz und gar nicht in Ordnung. Irgend etwas mußte schief gegangen sein. Jeder von den Wagen, die hier im Hof standen, hatte mindestens zwei Platten. Irgend jemand hatte den Fuhrpark der Cartwrights außer Gefecht gesetzt. Ich stellte den Motor des Ford ab, zog den Schlüssel ab und ließ mich aus der Fahrertür gleiten. Ich zog die Glock 17 aus ihrem Holster, schlich zum Heck des Pickup und riskierte vorsichtig einen Blick zur Hintertür des Cartwright'schen Anwesens.

Alles war ruhig. Nichts deutete auf irgendeine Gefahr oder irgendeinen Gegner hin. Ich verharrte ein paar Sekunden in meiner Lauerstellung und beobachtete aufmerksam das Haus. Da sich nichts tat, huschte ich, die Pistole im beidhändigen Anschlag, zur hölzernen Rückwand des Ladens. Eines der Fenster zu dem großem Raum mit dem ovalen Tisch, an dem wir gestern abend noch alle zusammen gesessen hatten, befand sich nun direkt neben mir. Vorsichtig duckte ich mich ein wenig und spähte am rechten unteren Rand in den Raum hinein. Was ich sah, gefiel mir ganz und gar nicht. Zwei Gestalten waren jeweils an einen der Stühle mit den schön geschwungenen Rückenlehnen gefesselt. Eine Gestalt lag bäuchlings auf dem Boden, mitten in einer riesigen Blutlache. Das sah wirklich gar nicht gut aus.

Ich huschte die drei Stufen zur Hintertür hinauf. Die Tür war zu. Langsam drückte ich seitlich neben der Tür stehend die Türklinke nach unten. Aber die Tür war verschlossen. Da blieb mir nichts anderes übrig, als dem Schreiner zu ein paar Reparaturarbeiten zu verhelfen.

Ich machte einen Schritt zurück und trat mit meinem rechten Fuß mit aller Kraft in der Nähe des Schlosses gegen die Tür. Diese sprang sofort auf und schwang nach links in ihren Angeln. Ich hechtete mit einer olympiaverdächtigen Flug-Rolle in den Raum. Mit einer fließenden Bewegung kam ich sofort wieder auf die Beine, die Pistole schon wieder im beidhändigen Combat-Anschlag.

Ein schneller Rundblick ließ mich erkennen, daß im Augenblick niemand auf mich zielte. Mit schnellen Schritten, laufend in Bewegung und mich ständig umschauend, überzeugte ich mich, daß sich sonst niemand mehr im Raum versteckt hielt.

Die beiden Gestalten, die gefesselt in ihren Holzstühlen hingen, hatten ihre Köpfe erhoben und sahen zu mir her. Es waren Jimmy Cartwright und sein Dad. Beide waren fachmännisch gefesselt und geknebelt. Während jedoch der alte Cartwright relativ unversehrt aussah, konnte man das von Jimmy leider nicht behaupten. Irgend jemand hatte ihn brutal zusammengeschlagen. Sein Gesicht war ganz blutig, die Nase schien gebrochen zu sein. Ich nahm die Glock 17 in die Linke, holte mein Gerber-Messer aus der rechten Hosentasche und klappte es mit einem leichten Schwung aus dem Handgelenk heraus auf. Vorsichtig durchschnitt ich das Band, mit dem der Knebel in Jimmys Mund fixiert worden war. Sofort spuckte Jimmy den Knebel aus, ein buntes feuchtes Taschentuch von beachtlicher Größe.

„Die Bombe, Michael, sie haben eine Bombe an der Vordertür deponiert!" stieß Jimmy atemlos und keuchend hervor. „Du mußt sie entschärfen!"

Bei seinem letzten Satz war ich bereits an der Vordertür. Ich sah sofort, was Jimmy gemeint hatte. Ich hatte diese Art von Bombe bereits gesehen. Es war keine Bombe im herkömmlichen Sinn. Es war ein kleiner, gemeiner Brandsatz von haargenau der gleichen Bauart, wie ihn Pedro in der Western Cabin hatte installieren wollen.

„Meinst du das hier?" Fragend sah ich zu Jimmy, der sich fast den Hals verrenkte, um zu mir herschauen zu können.

„Ja, das ist sie, du mußt sie entschärfen!" In Jimmys Stimme war die Panik schwer zu überhören.

Ich hatte mir den gleichen Brandsatz beim Aufräumen der Western Cabin vor knapp einer halben Stunde schon ein wenig näher angesehen. Er war fachmännisch zusammengesetzt aus handelsüblichen Teilen, die man ohne Probleme in jedem Elektronic-Shop, sogar bei uns in Deutschland, bekommen konnte. Er war denkbar einfach konstruiert. Das hinderte ihn aber bestimmt nicht daran, seine Aufgabe bestimmungsgemäß zu erfüllen. Das Display aus Flüssigkeitskristallen zeige 12.27 an und verringerte sich jede Sekunde um eine Einheit. Ich vergewisserte mich noch einmal, ob bei dieser Ausführung nicht vielleicht doch irgendein Schutz-Mechanismus gegen vorzeitiges Abschalten vorgesehen war. Aber nichts deutete darauf hin. Ich stellte den Schalter auf „OFF" und nahm das Ding mit zum Tisch, wo die beiden Cartwrights an ihre Stühle gefesselt auf mich warteten.

„Es handelt sich hier lediglich um einen relativ einfachen Brandsatz", erklärte ich. „Ich habe ihn ausgeschaltet. Er ist jetzt vollkommen harmlos!"

Ich durchschnitt Jimmys Fesseln, während er, immer noch nicht so richtig beruhigt, hervorstieß:

„Die Kerle haben aber gesagt, es handle sich um eine Bombe, die kein Mensch entschärfen könne. Bist du sicher, daß sie nicht doch noch explodiert?"

„Ziemlich sicher!" sagte ich und ging zu seinem Dad hinüber, um auch ihn loszuschneiden.

„Die Kerle haben das bestimmt nur aus purem Sadismus behauptet, um euch noch ein bißchen mehr zu quälen, als sie es ohnehin schon getan haben. Aber, wenn dir das Ding nicht geheuer ist, schlage ich vor, du schmeißt es nachher in den Tümpel bei eurer Scheune."

Ich durchschnitt die Fesseln des alten Dad Cartwright und befreite ihn von seinem Knebel.

„Aber jetzt erzähl mal, was hier passiert ist."

Ich wandte mich wieder an Jimmy, nachdem ich gesehen hatte, daß es dem alten Dad, den Umständen entsprechend, soweit ganz ordentlich ging.

Jimmy hatte sich mit schmerzverzerrtem Gesicht aus seinem Stuhl erhoben und sich neben der Gestalt, die in einer riesigen Blutlache auf dem Boden lag, auf seine Knie sinken lassen. Anhand der Kleidung hatte ich schon anläßlich meiner schnellen Überprüfung des Raumes vor wenigen Augenblicken erkannt, daß es sich bei dem Mann am Boden um Stewy handeln mußte.

Sanft, fast zärtlich, drehte Jimmy seinen Bruder auf den Rücken. Ich half ihm vorsichtig dabei. Stewys Hemd war ein einziger großer Blutfleck. Deutlich erkannte ich einen Einschuß in die linke Brust, mitten ins Herz. Stewy mußte sofort tot gewesen sein.

„Wer war das? Wer hat das getan?" Fragend sah ich in Jimmys Augen, die sich langsam mit Tränen zu füllen begannen. Vorsichtig setzte sich Jimmy neben dem Kopf seines toten Bruders auf den blutigen Bretterboden. Er stöhnte vor Schmerzen. Anscheinend hatten die Kerle nicht nur sein Gesicht mit ihren Fäusten bearbeitet, sondern ihm auch noch ein paar Rippen gebrochen. Sanft bettete er den Kopf von Stewy auf seinen Oberschenkel und begann mit tränenerstickter Stimme zu berichten.

„Stewy und ich sind sofort hierher zum Laden gefahren. Wir haben die Kerle im Kofferraum beziehungsweise auf der Pritsche des Pickups gelassen. Wir waren ganz glücklich über unseren Erfolg und stürmten völlig ahnungslos hier in diesen Raum herein. Wir hätten doch nie gedacht, daß die Kerle auch schon hier sein könnten. Wir stürmten also herein und schauten in die Läufe von zwei großkalibrigen Pistolen in den Händen von zwei Kerlen. Es waren Weiße. Sie trugen Jeans, kräftige Boots, Holzfällerhemden und Army-Parkas. Beide wären jederzeit als Parkangestellte durchgegangen. Aber ich hatte beide noch nie gesehen."

Jimmy schluckte und streichelte erneut sanft über die Wange seines toten Bruders.

„Die beiden hatten nicht einmal eine Viertelstunde zuvor meinen Sohn Charly und mich überrumpelt", setzte Dad die Berichterstattung fort.

„Sie hatten behauptet, sie seien neue Parkmitarbeiter und sie wollten bei uns ein Material- und Verpflegungskonto eröffnen, wie das für Mitarbeiter der Park-Verwaltung so üblich ist. Kaum hatten wir sie hier in diesen Raum geführt, zogen sie ihre Pistolen und bedrohten uns damit."

Dad war mittlerweile zu seinen beiden Söhnen herübergekommen und kniete nun ebenfalls neben dem toten Stewy und dem schwerverletzten Jimmy.

„Sie fesselten uns an zwei Stühle und wollten gerade anfangen, uns diverse Fragen nach Johny und seiner Brigitte zu stellen, als Jimmy und mein armer Stewy auf den Hof fuhren."

Der alte Mann machte eine kurze Pause und wischte sich mit dem Handrücken die Augen. In mir machte sich ein Gefühl der Achtung breit. Der alte Mann hatte gerade die Ermordung eines seiner Söhne mit ansehen müssen, war gefesselt, geknebelt, vielleicht auch geschlagen worden und hatte bis vor ein paar Augenblicken befürchten müssen, von einer Bombe ins Jenseits befördert zu werden. Er hielt sich wirklich gut, das mußte man ihm lassen. Das hatte ich ihm nicht zugetraut, es war ihm wirklich gelungen, mich zu überraschen.

„Stewy und ich mußten uns auf zwei freie Stühle setzen und wurden von einem der beiden mit seiner Waffe in Schach gehalten."

Jimmy hatte sich wieder ein wenig gefangen und erzählte weiter.

„Der andere durchsuchte uns und nahm uns unsere Waffen ab. Leider fand er dabei bei Stewy auch die Beretta 92, die dieser Blondy abgenommen hatte. Er fragte, woher Stewy die Waffe habe, und als Stewy nicht sofort antwortete, schlug er ihm ins Gesicht und befahl seinem Kumpel, unsere Autos zu durchsuchen. Es dauerte knapp fünf Minuten, während derer er uns in Schach hielt, bis sein Kumpel mit Blondy und den beiden anderen Kerlen wieder im Raum erschien.

Blondy ging sofort auf Stewy zu, brüllte ihn an, er sei ein hinterhältiges Schwein und wollte ihn ebenfalls ins Gesicht schlagen. Doch Stewy duckte sich, schlug das lange Elend in den Magen und verpaßte ihm einen rechten Schwinger in die Fresse. Blondy taumelte zurück und ging ein paar Meter weiter hinten zu Boden. Stewy und ich konnten leider nicht nachsetzen, da uns die anderen sofort wieder ihre Knarren unter die Nasen hielten. Blondy rappelte sich jedoch sofort wieder auf, zog seine Beretta, die ihm der andere Kerl anscheinend wieder ausgehändigt hatte, und kam wieder auf Stewy zu."

Jimmy stockte und wischte sich mit dem Ärmel die Tränen aus dem Gesicht.

„Er hat meinem Bruder aus nicht einmal zwei Yards Entfernung mitten ins Herz geschossen."

Jimmy streichelte sanft die Wange seines toten Bruders. Ich wollte ihn in seiner Trauer zwar nur sehr ungern stören, aber leider warteten da eine ganze Anzahl unaufschiebbarer Dinge, die dringendst und schnellstmöglich erledigt werden mußten.

„Es tut mir leid um deinen Bruder, Jimmy. Ich verspreche dir, ich werde mit Blondy abrechnen, sobald ich ihn gefunden habe. Aber jetzt brauche ich eure Hilfe. Ich muß wissen, wo die Kerle hin sind, wo sie ihren Treffpunkt haben."

Ich sah Jimmy in die tränennassen Augen und schaute dann hinüber zum alten Dad Cartwright.

„Sie werden unsere volle Unterstützung bekommen, Michael! Glauben Sie mir! Aber auch wir brauchen Ihre Hilfe. Die Kerle haben meinen ältesten Sohn Charly mitgenommen. Er soll ihnen den Weg zu unserer Hütte am Pelikan Creek zeigen. Dort befinden sich Joshua mit seiner Frau und seiner kleinen Tochter, Johny und seine Brigitte und unsere gute Mom, meine Frau. Die Kerle werden alle umbringen. So wie sie es mit meinem armen Stewy schon gemacht haben und mit Jimmy und mir vorhatten."

Der alte Mann richtete sich auf. Seine Stimme war fest. Er wirkte mit einem Schlag um Jahre jünger. Jimmy schaute zu seinem Dad auf und schien in all seiner Trauer doch endlich wieder neuen Mut zu schöpfen.

„Ich werde dich begleiten, Michael! Ich werde den Tod meines Bruders rächen!"

Er versuchte, sich zu erheben. Er stöhnte jedoch nur erneut auf und kam nicht auf die Beine. Ich faßte ihn vorsichtig an seinem Hosenbund und zog ihn langsam in die Höhe.

„Da wird wohl nichts draus werden!" stellte ich fest, während Jimmy nach Luft schnappte wie eine Bachforelle auf dem Trockenen.

„Jimmy, das hat keinen Sinn! Du hast etliche gebrochene Rippen und kannst dich kaum bewegen."

Jimmy wollte vehement widersprechen, aber sein Dad kam ihm zuvor.

„Mr. Steiner hat vollkommen recht, mein Sohn. Du bleibst hier und verständigst den Sheriff und die Park-Ranger.

Nachdem diese Schweine unsere Telefonleitung durchgeschnitten haben, ist es am besten, du gehst zu den MacLeods rüber und benutzt deren Telefon. Ich werde mit Mr. Steiner fahren und ihm den Weg zu unserer Hütte am Pelikan Creek zeigen."

Dads Anweisungen duldeten keinen Widerspruch. Man hörte aus seinen Worten deutlich, daß er es gewohnt war, Anweisungen zu geben.

Ich war deshalb fast ein wenig überrascht, als Jimmy trotzdem noch einmal etwas sagte. Aber ich hatte mich getäuscht. Er wollte nicht widersprechen. Ihm war nur aufgefallen, daß ich ohne Begleitung hier war.

„Wo ist denn Denise?" fragte er nun. „Ist sie noch im Auto, oder hast du sie in der Western Cabin zurückgelassen?"

„Auch wir wurden bereits erwartet, als wir unsere Cabin in der Lake Lodge betraten", gestand ich ein. „Sie waren zu viert. Sie haben mich unmittelbar beim Betreten der Western Cabin zusammengeschlagen. Denise hatte noch versucht, mich zu warnen, aber leider war es schon zu spät gewesen. Als ich wieder aufwachte, war ich ganz ähnlich verschnürt wie ihr beiden, als ich euch hier gefunden habe."

Ich atmete tief durch und fuhr dann fort.

„Zwei der Kerle haben Denise mitgenommen. Die beiden anderen hatten den Befehl erhalten, mich noch anständig in die Mangel zu nehmen, um zu erfahren, was ich von der ganzen Angelegenheit weiß."

„Wie bist du entkommen?" fragte Jimmy erstaunt.

„Es gelang mir, meine Hände frei zu bekommen. Als einer der beiden mit seinem Bowie-Messer vor meiner Nase rumfuchtelte, hab ich ihn damit erledigt. Von dem anderen Kerl wollte ich eigentlich ein paar nützliche Informationen erhalten, aber er hat sich bei unserer Unterhaltung unglücklicherweise das Genick gebrochen, bevor ich noch etwas Nützliches von ihm erfahren konnte."

Ich half Jimmy, sich wieder auf einen der Stühle niederzulassen.

„Da ich nicht wußte, wohin mit den Leichen, habe ich sie auf der Pritsche ihres Pickup deponiert, mit dem ich auch hierher gekommen bin. Wenn es euch nichts ausmacht, würde ich sie gern in eurer Scheune zwischenlagern."

Die beiden sahen mich an. Beide nickten zustimmend, und Dad erklärte:

„Kein Problem. Wir werden später sehen, was aus ihnen werden soll."

„Ich hätte da noch ein anderes Problem", wandte ich mich an Dad. „Mr. Cartwright, Sie haben vorhin gesagt, die Kerle hätten Ihr Telefonkabel durchgeschnitten. Ich sollte aber dringend noch kurz meinen Boß zu Hause in Deutschland darüber informieren, was hier mittlerweile vorgefallen ist. Wir sollten also auch noch schnell bei diesen MacLeods vorbeischauen, die sie vorhin erwähnten, um zu telefonieren. Oder gibt es auf dem Weg zum Pelikan Creek Valley eine andere ...?" Dad ließ mich gar nicht ganz ausreden.

„Mr. Steiner! Mr. Steiner, bitte entschuldigen Sie, das habe ich ganz vergessen in all der Aufregung!"

Ich sah ihn leicht entgeistert an, während er fortfuhr.

„Ihre Tante hat angerufen. Sie sprach von wichtigen Neuigkeiten, die Sie so schnell wie möglich erfahren sollten. Damit ich nicht alles notieren mußte, hat sie Ihnen auf Deutsch auf meinen Anrufbeantworter gesprochen. Auch wenn die Telefonleitung kaputt ist, geht der Anrufbeantworter aber trotzdem."

Er eilte durch die Vordertür, an welcher der Brandsatz deponiert gewesen war, in die Ladenräume und kam schon Sekunden später mit dem Anrufbeantworter in der Hand wieder zurück. Er steckte das Stromkabel ein, und unmittelbar darauf hörte ich die Stimme von Tante Alex.

„Michael, mein Junge, es gibt wichtige Neuigkeiten für dich. Leider ist es nichts Gutes. Wie du ja weißt, ist dein Onkel Nick unmittelbar nach eurem letzten Gespräch zum Haus von Dr. Heinrich gefahren. Dort sollte auf richterlichen Beschluß hin eine Hausdurchsuchung stattfinden, nachdem es deinem Onkel endlich gelungen war, Frau Dr. Steinleitner davon zu überzeugen, daß unmittelbare Gefahr für Leib und Leben von Frau Heinrich, der Gattin unseres sauberen Mandanten, bestand.

Was nun genau vorgefallen ist, weiß ich leider noch nicht. Auf jeden Fall hatten die Beamten das Haus von Dr. Heinrich nach Angaben von Zeugen noch kaum betreten, als sich eine riesige Explosion ereignete. Es gab nach bisheriger

Erkenntnis fünf Tote und etwa ein Dutzend Verletzte, davon mehrere Schwerverletzte."

Tante Alex machte eine kleine Pause, und man konnte fast spüren, wie sie sich bemühte, ruhig und gefaßt zu bleiben.

„Dein Onkel ist unter den Verletzten. Er hatte wahnsinniges Glück gehabt. Dank unserer guten Beziehungen zu Frau Dr. Steinleitner wurde dein Onkel zwar zu dieser Aktion zugelassen, aber nur als informeller Beobachter. Er wurde deshalb nicht sofort auf das Grundstück vorgelassen, sondern mußte auf der Straße warten. Der Beamte, der ihm den Zutritt verweigert hatte, war direkt vor ihm gestanden. Er hat deinem Onkel somit ungewollt das Leben gerettet. Der arme Kerl hat den Hauptteil der Explosionswucht aufgefangen. Onkel Nick hat zwar auch noch etliche Verletzungen durch umherfliegende Splitter erlitten, aber er schwebt nicht in Lebensgefahr."

Tante Alex machte erneut eine kleine Pause und fuhr dann auf dem Band fort.

„Bisher weiß noch niemand, was die Explosion ausgelöst hat. Die Experten sind noch bei der Arbeit. Es verdichten sich jedoch die Hinweise, daß eine Bombe die Ursache der Katastrophe gewesen sein könnte. Ich habe deinen Onkel im Krankenhaus besucht. Er muß noch ein paar Tage dortbleiben. Ich soll dir von ihm ausrichten, daß du vorsichtig sein sollst. Darum bitte ich dich ebenfalls. Die ganze Sache nimmt nämlich immer größere Dimensionen an. Die Bombe, die Toten und Verletzten, all das zeigt deutlich, daß es hier um mehr geht, als um die Suche nach einem Mädchen und ihrem ausgerasteten Vater.

Michael, laß baldmöglichst von dir hören! Wenn du dich bis morgen um diese Zeit noch nicht gemeldet haben solltest, werde ich erneut versuchen, dich unter dieser Nummer zu erreichen. Bis bald, mein Junge, und paß auf dich auf!"

Man hörte noch deutlich, wie Tante Alex den Hörer auflegte, dann verstummte die Aufzeichnung.

„Danke, Mr. Cartwright!" Ich erhob mich wieder von dem Stuhl, auf den ich mich gesetzt hatte, während ich der Stimme meiner Tante gelauscht hatte.

„Auch zu Hause gibt es Tote und Verletzte", sagte ich in dem Versuch, den beiden die Quintessenz dessen zu vermitteln, was ich gerade auf dem Anrufbeantworter gehört hatte.

„Nur leider wissen wir immer noch nicht, worum es hier wirklich geht. Wir sind noch keinen Deut klüger. Auf jeden Fall muß es um etwas sehr Bedeutsames, sehr Wertvolles oder sehr Geheimes gehen, wenn Menschenleben überhaupt keine Rolle mehr spielen."

Ich sah den alten Dad Cartwright auffordernd an.

„Die Lösung des Rätsels liegt jetzt im Pelikan Creek Valley. Wir müssen versuchen zu retten, was noch zu retten ist. Kommen Sie, Mr. Cartwright! Zeigen Sie mir den Weg zu Ihrer alten Jagdhütte!"

Dad erhob sich. „Einen kleinen Moment noch, Mr. Steiner. Ich hole uns noch ein paar Flinten."

Er ging zu einem unscheinbaren Schrank im Hintergrund und kam schwerbeladen wieder zurück. Er legte drei Schrotflinten auf den Tisch, eine Winchester Defender, eine Ithaca und eine gekürzte Remington 870 Express. Es waren alles Repetierflinten im Kaliber 12. Je nach Länge des Magazin-Rohres unter dem Lauf und der verwendeten Munitionssorte fassen diese Flinten sechs bis acht Schuß, die gekürzte Remington natürlich entsprechend weniger.

„Suchen Sie sich etwas aus, Mr. Steiner. Ihre Pistole mag ja ganz gut sein, aber im Ernstfall geht doch nichts über die gute alte Pumpgun."

„Da will ich Ihnen nicht widersprechen, Mr. Cartwright!"

Ich nahm die Winchester zur Hand und überprüfte den Mechanismus. Die Waffe war in erstklassigem Zustand, praktisch neuwertig. Dad kam nun noch mit etlichen Packungen verschiedenster Munition und legte sie vor mir ab. Die große Munitionsvielfalt ist einer der ganz großen Vorteile bei diesen Repetier-Flinten. Man kann wählen zwischen nicht tödlichen Gummi-Geschossen, über den auf größere Entfernungen relativ harmlosen Vogelschrot bis hin zum mächtigen Buckshot oder sogar den mehr als brutalen Flintenlaufgeschossen. Ich entschied mich für 00 Buckshot und Brenneke-Flintenlaufgeschosse, jeweils im Magnum Kaliber 12/76.

Nichts und niemand, was mir dort draußen am Pelikan Creek begegnen würde, konnte meiner Feuerkraft jetzt noch standhalten. Der 00 Buckshot bestand aus jeweils 9 Bleikugeln von etwa einem Zentimeter Durchmesser pro Magnum-Patrone. Keine der hier üblichen Bretterwände und keine normale Autotür würde einem Beschuß mit diesen Patronen standhalten. Noch effektiver im Ziel waren die Flintenlaufgeschosse von Brennecke. Zwar mußte man mit ihnen sorgfältiger zielen, da der Streueffekt der Schrotpatronen fehlte, aber dafür war ihre Durchschlags- und Zerstörungskraft unvorstellbar.

Ich habe schon oft mit Repetier-Flinten gearbeitet. Ich mag sie. Ihr Einsatzspektrum im Nahkampf und im mittleren Entfernungsbereich ist nahezu unbegrenzt. Vom Häuserkampf bis zu einer Distanz von so circa 30 Metern gibt es meines Erachtens nichts besseres, nichts effektiveres als eine Pumpgun. Dafür lasse ich jede Maschinenpistole stehen.

Normalerweise lädt man bei einer Pumpgun nur das Röhrenmagazin. Aber wir hatten keine normalen Zeiten. Deshalb schob ich sieben Magnum-Patronen ins Magazin der Winchester Defender, repetierte dann den Verschlußmechanismus und sicherte anschließend die Waffe. Jetzt hatte noch eine zusätzliche Patrone im Magazin Platz. Nur der Himmel konnte wissen, was ich heute noch alles an Feuerkraft brauchen würde.

Die gekürzte Remington Express 870 lud ich auf die gleiche Weise. Nur hatten hier aufgrund der kompakten Größe lediglich vier Magnum-Patronen im Magazin und eine im Lauf Platz. Diese gekürzte Pumpgun war eine echte Schau. Sie war nur ungefähr 60 Zentimeter lang und etwa fünf bis sechs Pfund schwer. Sie war einwandfrei verarbeitet. Bei der Kürzung war ein Meister seines Fachs am Werk gewesen. Pistolen- und Repetiergriff waren aus rutschfestem Gummi und gewährleisteten somit ein sicheres Handling.

Noch während ich die Remington lud, legte Jimmy noch ein Gürtelholster aus feinstem Rindsleder auf den Tisch vor mich hin.

„Die Waffe hat Stewy gehört. Es ist eine Maßanfertigung für ihn. Er hat sie sich extra nach seinen Wünschen anfertigen lassen. Es wäre sicherlich in seinem Sinne, wenn du sie behalten würdest, Michael. Ich hoffe, sie leistet dir heute gute Dienste."

Jimmy ließ sich wieder stöhnend auf einem der Holzstühle nieder, während ich mir den Ledergürtel umschnallte und die Remington ins Holster gleiten ließ. Ich zog die Pumpgun dann zur Probe zweimal aus dem Holster. Die Waffe war perfekt.

Während Dad seine Ithaca aufmunitionierte, steckte ich mir noch ein paar Reserve-Patronen in meine Jackentaschen.

„Auf geht's!" sagte Dad mit fester Stimme.

„Wünsch uns Glück, mein Junge, und drück uns die Daumen!"

Mit diesen Worten zu seinem Sohn Jimmy war der alte Cartwright auch schon zur Hintertür hinaus, und ich konnte ihm nur noch folgen. Gemeinsam holten wir die Leichen der beiden Mexikaner aus dem Pickup, trugen sie die wenigen Meter zur Scheune und legten sie dort ab.

Jimmy stand in der Hintertür und sah uns bei unserer Tätigkeit zu. Er konnte sich nur mühsam und sichtlich unter Schmerzen aufrecht halten.

„Ich fahre, Mr. Steiner!" Dads Worte erlaubten keinen Widerspruch.

„Ich kenne den Weg, und Sie können sich dann sogleich um die Kerle kümmern, wenn wir ihnen begegnen."

Wir stiegen in den Ford Pickup, und Dad fuhr mit kreischenden Reifen vom Hof.

Kapitel 20

Erbe der Berserker

Dad Cartwright fuhr den Ford Pickup sehr routiniert. Schon nach wenigen Minuten hatten wir Lake Village hinter uns gelassen und die Hauptstraße erreicht. Die Straße führte nach Norden. Der alte Mann und ich saßen schweigend nebeneinander. Jeder hing seinen eigenen Gedanken nach, und keinem war groß nach Konversation. Ich nahm an, Dad Cartwright war in Gedanken bei Stewy und seinen anderen Kindern.

Mein ganzes Herz war bei meiner Denise. Ich mußte meine ganze Willenskraft aufbieten, um nicht ständig an sie zu denken, ihr Bild vor mir zu sehen. Es fiel mir nicht leicht, mich auf das zu konzentrieren, was mir bevorstand. Ständig malte ich mir aus, was die Kerle meinem Mädchen antun würden oder womöglich schon angetan hatten. Meine Hände umklammerten den Lauf der Winchester, die ich zwischen meine Beine mit dem Kolben nach unten auf den Boden des Pickups gestellt hatte. Wenn diese Schweine sie angerührt hatten, sollten sie mich kennenlernen, das schwor ich mir. Und ich bin es gewohnt, meine Versprechungen und Schwüre zu halten.

Nach knapp vier Meilen auf der Hauptstraße bog Dad nach rechts ab. Der Aufschrift auf dem Straßenschild nach ging es hier zum West Entrance des Yellowstone National Parks. Doch keine zwei Meilen weiter bog Dad plötzlich nach links ab, in einen kleinen Schotterweg, der sich in einem erbärmlichen Zustand befand. Kein Schild, nichts deutete darauf hin, daß es hier überhaupt weiterging, daß der Weg nicht schon nach ein paar Metern enden würde. Aber gut vierhundert Meter weiter wurde die heruntergekommene Piste schon zu einem recht akzeptablen Schotterweg.

So gesehen, war die Idee mit der Hütte im Pelikan Creek Valley wirklich brillant gewesen. Leider hatten wir alle übersehen, daß auch das beste Versteck nichts nützt, wenn der Gegner sich Informationen darüber durch absolut rücksichtsloses und gewalttätiges Vorgehen beschafft. Wir alle hatten einfach nicht mit dieser brutalen Entwicklung, diesem Ausbruch von nackter Gewalt gerechnet.

Nach weiteren fünf- bis sechshundert Metern und etlichen Kurven wurde der Schotterweg noch erheblich besser. Joshua konnte hier mit seinem Truck in der Tat ohne größere Schwierigkeiten vorankommen.

Der Weg stieg beständig mehr oder weniger leicht an. Eine Kurve wurde von der anderen abgelöst. Wir dürften ungefähr zehn Minuten auf dem Schotterweg im Pelikan Creek Valley unterwegs gewesen sein und wollten gerade wieder einmal in eine unübersichtliche Rechtskurve einfahren, als Dad kräftig auf die Bremse stieg. Der Ford schien über kein ABS zu verfügen, denn er kam bedenklich ins Schlittern.

Keine zehn Meter vor dem endlich zum Stehen gekommenen Pickup stand ein alter Bekannter. Mein schwarzer „Freund" aus dem Suburban, mit dem ich heute schon einmal das Vergnügen gehabt hatte.

Er hielt ein militärisches Sturmgewehr, ein Colt AR 15 oder ein M 16, lässig mit seiner Rechten am Tragebügel. Mit seiner Linken versuchte er seine Augen zu beschatten.

Wir hatten mittlerweile so gegen vier Uhr nachmittags, und die Sonne stand hier in diesen hohen Bergen schon wieder merklich tiefer. Der Schotterweg führte für eine kurze Strecke genau nach Osten, und wir hatten die Sonne direkt hinter uns.

Blacky hatte unseren Pickup natürlich sofort als einen der ihren identifiziert. Wahrscheinlich hatte er unser Kommen schon seit mehreren Kurven im Blick. Aufgrund des für ihn denkbar ungünstigen Sonnenstandes, konnte er jedoch nicht durch die Scheiben des Pickups sehen und somit auch nicht erkennen, daß die Insassen des von ihm gestoppten Wagens keinerlei Ähnlichkeit mit den beiden Mexikanern besaßen, die er eigentlich erwartet hatte.

„Er kann uns nicht erkennen! Wegen der Sonne! Fahren Sie langsam weiter, näher an ihn heran, so daß er an meiner Seite zu stehen kommt."

Dad fuhr den Pickup langsam wieder an, und Blacky kam uns zudem noch ein paar Schritte entgegen. Er hatte nicht den geringsten Verdacht geschöpft. Jetzt ging es darum, zu verhindern, daß er die anderen warnen konnte.

Ich ließ per Knopfdruck die Scheibe der Beifahrertür herunter und fischte gleichzeitig mit meiner Linken in der Sporttasche aus Segeltuch nach dem Paralyzer. Als Blacky direkt neben mir stand, brauchte ich nur noch den rechten Arm auszustrecken. Der Paralyzer berührte den Mann am Hals, als ich vollen Saft gab. Das Gerät gab ein kurzes, knatterndes Geräusch von sich, und Blacky fiel um wie vom Blitz gefällt.

Ich stieg aus und untersuchte ihn vorsichtig. Er war voll bei Bewußtsein, aber er konnte keinen Finger rühren. Er war ein wenig blaß, fand ich. Ich hatte bisher gar nicht gewußt, daß ein Mensch mit schwarzer Hautfarbe so fahl werden konnte. Ansonsten schien er unverletzt zu sein. Ihm fehlte nichts. Ich durchsuchte seine Taschen. Merkwürdigerweise konnte ich keine weiteren Waffen finden, nur zwei Ersatzmagazine für das M 16 und einen Satz überdimensionierter Kabelbinder, wie sie in verschiedenen Ländern von der Polizei als Ersatz für Handschellen verwendet werden. Das war ein äußerst praktischer Zufall. Ich fesselte ihm mit diesen Bindern nicht nur die Hände auf den Rücken, sondern band ihm damit auch die Füße zusammen.

„Wie weit ist es noch bis zur Hütte, Mr. Cartwright?" fragte ich Dad, der mir interessiert zusah.

„Ich schätze, höchstens eine gute halbe Meile."

Gemeinsam wuchteten wir Blacky auf die Pritsche, als wir plötzlich Schüsse hörten, Schüsse aus allen möglichen Waffen. Mit Sicherheit waren auch automatische Gewehre dabei wie das M 16, mit dem Blacky ausgerüstet gewesen war.

Ich hatte keine Zeit mehr zu verlieren.

„Mr. Cartwright, Sie bleiben hier und halten die Stellung! Knebeln Sie den Kerl und sperren Sie ihn auf der Ladefläche ein! Dann fahren Sie den Pickup zu der Engstelle dort vorn und stellen ihn quer. Blockieren Sie den Weg, so gut es nur irgend geht."

Der alte Mann wollte widersprechen, aber dieses Mal duldete ich keinen Widerspruch.

„Falls die Kerle mich fertigmachen sollten oder auch ganz einfach nur abhauen wollen, liegt es an Ihnen, diese Schweinehunde wegzuputzen. Am besten suchen Sie sich zu diesem Zweck einen soliden Felsblock als Deckung, von dem aus Sie das Gelände um den Pickup einsehen können."

Wahrscheinlich wußte er innerlich genau, daß er mir bei dem Kampf, der dort vorn auf mich wartete, nicht von großem Nutzen sein konnte. Ich hatte ihm nun eine Aufgabe zugewiesen, die er erfüllen konnte. Gleichzeitig hatte ich ihm eine Möglichkeit geboten, sein Gesicht zu wahren, vor sich selbst und auch vor allen anderen.

„Mach's gut Michael! Räche meinen Stewy und rette die anderen!"

Der alte Mann hatte Tränen in den Augen. Wahrscheinlich rechnete er nicht damit, mich in diesem Leben noch einmal wiederzusehen. Aber vielleicht dachte er auch nur an seine Kinder.

Ich ergriff seine Hand, die er mir entgegenstreckte und drückte sie.

„Ich werde mein Bestes geben! Das verspreche ich Ihnen, Mr. Cartwright!"

Ich drehte mich um, packte meine Winchester und verfiel in einen schnellen und doch kräftesparenden Laufschritt. Von der Engstelle aus, die ich für die Blockade mit dem Pickup vorgeschlagen hatte, waren es bis zur nächsten uneinsehbaren Kurve rund 200 Meter. Dort angekommen, spähte ich vorsichtig ums Eck. Aber meine Sorge war noch unbegründet. So ging es noch zweimal weiter, bis ich das Gefühl hatte, daß ich nicht mehr weit von der Hütte entfernt sein konnte.

Das Schießen hatte während meines Laufes nachgelassen. Mittlerweile schwiegen die Waffen vollständig. Ich wollte gerade wieder vorsichtig um dichtes Gebüsch in einer Kurve spähen, als ich laute Rufe hörte. Ich war am Ziel.

Sofort schlug ich mich nach rechts ins Unterholz und folgte dem Weg in einer Entfernung von zehn bis zwanzig Metern. Das Gestrüpp war nicht allzu dicht, und ich kam gut vorwärts. Dennoch dürfte man mich von dem Schotterweg aus wohl kaum entdecken können. Als ich in etwa in gleicher Höhe mit den Stimmen war, schlug ich einen Haken und schlich mich wieder langsam und vorsichtig zum Weg zurück.

Was ich sah, versetzte mir einen regelrechten Schock. Ein übermächtig starkes Gefühl des „Déjà-vu" bemächtigte sich meiner. Das Tal vor mir hatte eine verdammt große Ähnlichkeit mit dem Tal aus meinem Alptraum in der vergangenen Nacht. Und doch gab es auch wieder Unterschiede. Parallel zu dem Schotterweg, in einer Entfernung von vielleicht fünfzig Metern, floß der Pelikan Creek, ein reißender Wildbach. Ein Bach war in meinem Traum nicht vorgekommen. Genausowenig hatte es dort den Truck von Joshua gegeben, der ebenfalls in etwa fünfzig Metern Entfernung auf einem gekiesten Platz rechts von meinem Beobachtungsposten parkte. Der Truck, auf den Joshua und seine Frau, Marie de la Foret, so stolz gewesen waren, sah leider gar nicht mehr gut aus. Er war übersät mit Einschußlöchern jeglicher Größenordnung. Die Scheiben waren zerschossen, das herrliche Gemälde, das den Blick auf die Lower Falls vom Artist Point aus zeigte, war vollkommen ruiniert. Falls sich jemand im Truck aufgehalten haben sollte, konnte er diesen Beschuß unmöglich überlebt haben. Ich sah jedoch keine Toten oder Verletzten herumliegen. In diesem Moment fiel erneut ein Schuß. Er kam eindeutig aus einem Gewehr und auch ohne jeden Zweifel aus der Blockhütte.

Ich konnte nicht sehen, wohin die Kugel gegangen war, ob der Schütze das getroffen hatte, was er wollte, aber dennoch beruhigte mich der Schuß. Vielleicht hatten die Cartwrights ja die Annäherung der Ganoven noch rechtzeitig bemerkt und es war ihnen und Brigitte noch gelungen, in die Hütte zu fliehen. Diese schien, soweit ich das von meinem Beobachtungsplatz aus erkennen konnte, aus massiven Baumstämmen gezimmert worden zu sein. Sie konnte einem Beschuß unter Garantie erheblich stärkeren Widerstand entgegensetzen als Joshuas ehemals herrlicher Truck.

Die Hütte der Cartwrights lag jenseits des reißenden Pelikan Creek auf einer leichten Anhöhe und war nur über eine alte Holzbrücke zu erreichen. Die Hütte lag somit strategisch wirklich extrem günstig. Mit einer guten automatischen Waffe konnte ein Zehnjähriger aus der Deckung der Hütte heraus die Brücke verteidigen und somit den Zugang zur Hütte kontrollieren.

Während ich das alles in mich aufnahm, lag ich gut getarnt etwa fünf Meter vom Weg entfernt im Unterholz. Ich wollte mich gerade wieder vorsichtig zurückziehen, als ich plötzlich ein sonderbares Kribbeln im Genick spürte. Leider blieb es nicht bei diesem Kribbeln.

Ich war entdeckt worden. Ich wurde beobachtet. Jemand stand hinter mir.

Aus dem Gefühl wurde traurige Gewißheit, als ich kalten Stahl in meinem Genick spürte.

„Steh auf, du Schwein!"

Ich gehorchte und erhob mich langsam. Die Stimme war mir unbekannt. Aber mit Sicherheit war es kein Freund.

„Die Hände hinter den Kopf!"

Ich gehorchte wieder und nutzte die Bewegung, um den Kopf leicht nach links zu drehen. Aus den Augenwinkeln saß ich, daß mein Gegner die Waffe in seinen Händen drehte, so daß mehr der Kolben als der Lauf auf mich gerichtet war.

„Und raus auf den Weg!"

Dieser Befehl verschaffte mir absolute Gewißheit. Jetzt wußte ich genau, was der Kerl hinter mir vorhatte.

Er hatte das letzte Wort „Weg" noch nicht ganz ausgesprochen, als ich mich in einer fließenden, katzenhaften Bewegung nach rechts um meine eigene Achse drehte und dabei den Oberkörper leicht zur Seite beugte.

Der Kerl hatte mir den Kolben seines Gewehrs in den Rücken schlagen wollen, um mich damit auf den Schotterweg hinaus zu treiben. Meine Ausweichbewegung überraschte ihn total. Sein Schlag ging voll ins Leere. Sein Schwung trieb ihn zwei, drei Schritte an mir vorbei. Er kam mühsam zum Stehen und hatte sich noch gar nicht richtig gefangen, als ihn mein Tritt in seine rechte Kniekehle traf. Er fiel nach hinten. Ich fing ihn auf, und noch bevor er einen erstaunten Ruf ausstoßen konnte, hielt ich ihn mit beiden Unterarmen in einem erbarmungslosen Würgegriff. Ich konnte keinerlei Risiko eingehen. Wenn es ihm gelang, seine Kumpane zu warnen, war alles verloren. Ich sah deshalb keine andere Möglichkeit.

Ein kurzer, gegenläufiger Ruck mit meinen kräftigen Armen! Sein Genick brach mit einem trockenen Knacken wie ein dürrer Ast im Wind.

Er war sofort tot. Sein Körper erschlaffte, und ich ließ ihn langsam zu Boden gleiten. Ich kannte ihn nicht, hatte ihn noch nie gesehen. Der Kleidung nach, einer Art Holzfäller-Outfit, konnte er einer der beiden Kerle gewesen sein, die Charly und seinen Dad überfallen hatten.

Ich schnappte mir sein Gewehr, ebenfalls ein M 16, und nahm ihm auch zwei volle Ersatz-Magazine ab. Dann hob ich meine Winchester Defender auf und schlich mich wieder zurück in den Schutz des Unterholzes. Etwa zwanzig Meter weiter rechts reichte dichtes Gebüsch bis ganz nah an die Straße. Von dort aus müßte ich das Geschehen noch wesentlich besser überblicken können. Jetzt schenkte ich meiner direkten Umgebung natürlich erheblich mehr Aufmerksamkeit als zuvor. Ich verfluchte meinen Leichtsinn. Jeder, der auch nur für fünf Pfennig Grips im Schädel hat, hätte mit Sicherheit mit einem weiteren Wachposten gerechnet. Ich hingegen stolperte durchs Unterholz wie ein Huhn durchs Gemüsebeet. Der Überraschungsangriff von dem Typ im Holzfäller-Outfit hätte auch böse ins Auge gehen können. Zum Glück hatte auch er einen Fehler gemacht. Anstatt seine Kumpane sofort durch einen Ruf zu verständigen oder durch einen Schuß zu warnen, hatte er den großen Zampano spielen wollen, indem er mit meiner Gefangennahme protzte.

Als ich die Spitze des mit hohen Büschen bewachsenen Dreiecks erreichte, das sich hier bis direkt an den Schotterweg heranschob, war ich mir zu neunundneunzig Prozent sicher, daß mich jetzt niemand beobachtet hatte, daß dieser Teil des Unterholzes frei von irgendwelchen Gegnern war.

Mein neuer Beobachtungsposten war ideal. Hier wurde ich nicht nur durch Gebüsch gedeckt, sondern es gab auch noch drei mittelgroße Felsblöcke, hinter die ich mich ducken konnte.

Jetzt hatte ich auch freie und ungehinderte Sicht auf die Autos meiner Gegner. Sie waren mit zwei Jeeps Grand Cherokee hierher gekommen. Beide Jeeps hatten die gleiche Farbe, eine Mischung aus dunkelgrün und dunkelbraun. Die Jeeps sahen allerdings auch nicht mehr gut aus. Die Cartwrights mußten ihnen schon ganz ordentlich zugesetzt haben. Zerborstene Scheiben, diverse Löcher im Blech und platte Reifen zeigten deutlich, daß sich Joshua und Johny ihrer Haut bisher recht erfolgreich gewehrt hatten. Aus beiden Wagen tropften irgendwelche Flüssigkeiten. Die Motoren der beiden Jeeps waren unter Garantie ebenfalls hinüber. Seitlich, links hinter den beiden Jeeps, nicht mehr im Feuerbereich der Gewehre von Joshua und Johny, da gedeckt durch mehrere, verschieden große Felsblöcke, konnte ich einige Personen erkennen. Ich sah den Riesen, der Denise aus der Western Cabin getragen hatte, den Chinesen aus dem Suburban und den Anführer der Truppe, den Mann im hellen Trenchcoat. Ansonsten konnte ich niemanden entdecken. Auch Blondy war nirgends zu sehen. Während ich noch verzweifelt nach Denise und Charly Ausschau hielt, gab es dort drüben plötzlich Bewegung. Hinter einem Felsen erhob sich eine weitere Person. Der Kleidung nach konnte es der Partner des Kerls sein, dem ich vor ein paar Minuten das Genick gebrochen hatte. Er bückte sich und zog eine weitere Person vom Boden hoch. Es war meine Denise, da bestand nicht der geringste Zweifel. Neben Denise erhob sich aus eigener Kraft noch ein weiterer Mann. Auch ihn erkannte ich sofort. Es war Charly.

Der Riese ging auf die drei zu und packte mit je einer Hand Charly und Denise am Genick. Die beiden hingen in seinem Griff wie junge Katzen, die von ihrer Mutter zurück ins Körbchen getragen werden.

Goliath verließ den Schutz des großen Felsens. Dabei hielt er seine Geiseln wie Schutzschilde vor sich. Ein guter Schütze hätte ihn zwar trotzdem erledigen können, da er die beiden um zwei Köpfe überragte, aber dazu brachte man natürlich die richtige Waffe, wie z. B. ein Scharfschützengewehr der polizeilichen oder militärischen Sondereinheiten. Ich bezweifelte sehr, daß die Cartwrights dort drüben in der Hütte über so eine Waffe verfügten.

„Seht ihr eure Freunde hier?" schrie der Riese zur Blockhütte hinüber.

„Bis jetzt fehlt ihnen noch nichts, aber wenn ihr nicht endlich den Koffer mit dem Geld und den Papieren zu uns rüberbringt, werden es die beiden hier büßen. Ich werde ihnen ganz langsam die Luft abdrehen, und ihr könnt zusehen, wie sie ersticken."

Ich atmete erleichtert auf. Anscheinend hatten die Kerle mit Denise und Charly bisher noch nichts angestellt. Die beiden dürften also noch relativ unversehrt sein.

Die Tür der Hütte öffnete sich und Joshua trat heraus. Er hatte ein Unterhebelgewehr in der Hand, eine Waffe, wie sie in keinem Western fehlen darf, wahrscheinlich eine Winchester oder eine Marlin. Bei den Amis sind diese Gewehre nach wie vor äußerst beliebt und deshalb auch weitverbreitet.

Ich konnte Joshua problemlos erkennen. Er trug wieder seine Indianer-Sachen. Plötzlich riß er das Gewehr hoch und zielte auf den Riesen und seine Geiseln.

„Was hältst du davon, wenn ich dich sofort hier und auf der Stelle erschieße?" Joshua überbrückte mit seiner Stimme die etwa siebzig Meter Distanz bis zu meinem Beobachtungsposten, ohne sich anzustrengen.

„Selbst, wenn du mich wirklich treffen solltest, du rothäutiger Angeber, werden das deine Freunde hier nicht überleben. Ich kann dir versichern, daß ich ihnen ihre Hälse mit einem einzigen Ruck brechen kann."

Ich glaubte dem Riesen. So, wie er aussah, traute ich ihm das ohne weiteres zu. Auch Joshua hatte Bedenken, denn er schoß nicht, sondern blieb ruhig stehen, das Gewehr im Anschlag. Wenn ich ein gutes Gewehr gehabt hätte, ein Gewehr, das ich kannte, hätte ich es vielleicht riskieren können, den Riesen von meinem Beobachtungsposten aus in den Hinterkopf zu schießen. Ich war ungefähr dreißig Meter von dem Trio entfernt, und ich traute mir auch ohne weiteres zu, ihm mit meiner Glock aus dieser Entfernung eine Kugel in den Schädel zu jagen. Aber ich hatte erhebliche Bedenken, ob eine Kugel vom Kaliber 9 mm wohl ausreichen würde, diesen Giganten sofort zu töten. Ich befürchtete, daß er, selbst wenn er tödlich getroffen worden sein sollte, trotzdem noch über genügend Kraft und Energie verfügen würde, seinen beiden Geiseln das Genick zu brechen.

Ich überlegte fieberhaft, wie ich hier am besten eingreifen und helfen konnte, als mir auch schon die Entscheidung abgenommen wurde.

Ich weiß nicht, wie er es geschafft hatte, aber es war Charly irgendwie gelungen, seine Hände frei zu bekommen. Richtigerweise nahm er an, daß es bei dem Riesen nur einen Punkt gab, an dem man schnell einen nachhaltigen Erfolg erzielen konnte. Charly ging dem Riesen an die Eier. Er hatte sich aus Goliaths hartem Griff befreit und schlug ihm jetzt seine linke Faust ins Gekröse. Goliath wurde merklich kleiner, und er ließ Denise los, die sofort in die Knie sank. Charly nutzte die Gunst des Augenblicks und schlug mit beiden Fäusten auf den Schädel des Riesen ein, während er gleichzeitig schrie:

„Lauf, Mädchen, lauf!"

Denise gehorchte sofort und sprintete auf die nächste Buschgruppe zu, gut zwanzig Meter rechts von meinem Lauerposten. Sie hatte erst ein paar Schritte gemacht, als ich auch schon mit der Winchester in den Händen aus meiner Deckung stürmte. Der Rest der Bande war von Charlys Aktion genauso überrascht worden wie alle anderen. Sie hatten noch keine Zeit gefunden einzugreifen. Auf Charly und den Riesen konnten sie nicht schießen, ohne ihren eigenen Mann zu gefährden. Auf der anderen Seite galt das leider auch für Joshua. Auch er konnte von seiner Position aus weder seinem Bruder helfen, noch Denise bei ihrem Fluchtversuch unterstützen.

Für die Ganoven hingegen war Denise eine leichte Beute. Natürlich lief sie nicht im Zickzack, sondern schnurstracks geradeaus. Woher hätte sie auch wissen sollen, wie man sich in so einem Fall verhält.

Ich konnte schon erkennen, wie die Kerle ihre Waffen auf die Flüchtende richteten. Um sie vom Schießen abzuhalten, mußte ich ihre Aufmerksamkeit auf mich lenken. Ich stieß ein martialisches Kriegsgeschrei aus und jagte ihnen die erste Ladung Buckshot aus dem Lauf meiner Winchester entgegen. Ich repetierte im Laufen und schoß erneut. Anscheinend war es mir gelungen, das

Feuer von Denise abzulenken, denn aus dem Augenwinkel konnte ich sehen, daß sie bisher noch nicht getroffen worden war. Der Kerl im Holzfäller-Outfit war sogar leichtsinnig genug, nicht hinter einem der Felsen Deckung zu suchen. Er stand frei da, im beidhändigen Anschlag, und zielte jetzt eindeutig auf mich. Umgehend erhielt er die Quittung dafür. Er bekam eine volle Ladung ab. Die Wucht der Geschosse riß ihn von den Beinen und klatschte ihn an den Felsen hinter ihm.

Ich repetierte die nächste Patrone in den Lauf und schoß erneut. Ich deckte den Anführer des Trupps und den Chinesen mit einem regelrechten Kugelhagel ein, und sie verschwanden beide hinter ihren Felsblöcken, die sie als Deckung benutzten. Ich gönnte ihnen keine Atempause und jagte Schuß auf Schuß aus der Flinte. Als ich alle acht Patronen aus der Winchester verfeuert hatte, ließ ich sie fallen und zog die gekürzte Remington aus dem Holster. Ich warf einen Blick zu Denise hinüber. Sie war stehen geblieben und schaute ganz ungläubig zu mir her. Ihr Gesicht strahlte, und sie wollte zu mir kommen. Ich jedoch rief ihr zu.

„Schnell in Deckung, Denise! Geh in Deckung!"

Ich unterstrich meine Worte mit einer auffordernden Bewegung meiner rechten Waffenhand.

Sofort wandte ich mich wieder meinen Gegnern, dem Chinesen und seinem geschleckten Chef zu. Ich war jetzt vielleicht noch zehn Meter von den Felsblöcken entfernt, hinter denen sie Deckung gesucht hatten.

Vielleicht hatte der Chinese mitgezählt, vielleicht hatte er es auch nur einfach probiert, auf jeden Fall aber war er zu der Überzeugung gelangt, daß ich keine Munition mehr in meiner Winchester haben konnte. Wahrscheinlich erwartete er, daß ich nun gemütlich in der Gegend herumstand und eine Patrone nach der anderen in das Magazin der Winchester schob. Anders kann ich mir sein Verhalten jedenfalls nicht erklären. Er sprang aus seiner Deckung hinter dem Felsen hervor. Er hatte ein M 16 im Hüftanschlag, kam aber nicht mehr dazu, den Abzug durchzuziehen.

Die Ladung aus meiner Pumpgun erwischte ihn voll und fegte ihn von den Beinen. Ich sah noch wie sich sein Gesicht in eine blutige Masse verwandelte, bevor er hintenüber fiel und aus meinem Blickfeld verschwand.

Ich erreichte den Fels, hinter dem mein Freund stand, der herausgeputzte Affe, der die Männer in der Western Cabin befehligt hatte. Ich wollte gerade rechts um den Stein herumstürmen, als der Mann mit erhobenen Händen seine Deckung verließ.

„Ok, Mr. Steiner, Sie haben gewonnen! Ich ergebe mich!"

In seiner rechten Hand hielt er eine blitzende kleine Pistole in Stainless Steel, die er jetzt ein paar Meter weit weg warf. In diesem Augenblick traf mich die Kugel. Sie traf mich in die linke Schulter, drehte mich um die eigene Achse und warf mich über den Haufen. Um ein Haar hätte es mir die kurze Remington aus der Hand geschlagen.

Mir war sofort klar, daß es mich ordentlich erwischt hatte. Schleierhaft hingegen war mir, woher diese verdammte Kugel gekommen war. Da sie mich von hinten getroffen hatte, mußte sie eigentlich aus dem Wald gekommen sein. Mein erster Gedanke war, daß der Kerl, dem ich das Genick gebrochen hatte, wieder auferstanden war.

Doch im nächsten Augenblick lüftete sich das Rätsel. Blondy tauchte hinter Joshuas Truck auf. Er feuerte jetzt lange Salven aus einem automatischen Gewehr, aber nicht mehr in meine Richtung, sondern in die Richtung auf die Blockhütte zu. Anscheinend waren Joshua und Johny zu einem Gegenangriff übergegangen und wurden jetzt von Blondy mit Schnellfeuer eingedeckt.

Ein weiterer Grund, daß Blondy nicht mehr auf mich schoß, lag natürlich sicherlich auch darin, daß er seinen Boß gefährdet hätte, nachdem dieser sich mir ergeben hatte. Damit hatte es der Kerl aber nicht sonderlich ernst gemeint. Aus dem linken Augenwinkel heraus sah ich, wie er nach rechts hechtete, um wieder an seine Waffe zu gelangen.

Er war wirklich gut. Ich hätte ihm das gar nicht zugetraut. Nach einer einwandfreien Flugrolle kam er mit einer fließenden, eleganten Bewegung in eine kniende Combat-Stellung, die Waffe bereits wieder im Anschlag. Er hatte allem Anschein nach doch mehr auf dem Kasten, als nur gepflegt auszusehen.

Meine Reflexe waren verständlicherweise nicht mehr ganz so gut wie vor dem Treffer, den mir Blondy soeben verpaßt hatte. Mein linker Arm fühlte sich irgendwie taub an, war aber noch durchaus funktionstüchtig. Der Schmerz würde jedoch nicht mehr lange auf sich warten lassen.

Als mein Gegner deshalb nach seiner gekonnten Flugvorführung seine blinkende Waffe erneut auf mich richtete, war ich ebenfalls wieder kampfbereit. Wir schossen gleichzeitig. Mir kam es so vor, als ob man nur einen Schuß hörte. Aber vielleicht ging der Knall seiner edlen Pistole auch nur im Krach meiner donnernden Pumpgun unter.

Ich verspürte einen heißen, brennenden Schmerz links an meinem Oberkörper. Aber im Vergleich zu dem Mann im Trenchcoat war ich gut davon gekommen. Ich hatte in meiner Pumpgun nur noch zwei Patronen gehabt, und beide waren Flintenlaufgeschosse gewesen. Einer dieser massiven Bleibatzen hatte den Mann vor mir nun mit unvorstellbarer Wucht in die Brust getroffen. Er wurde mehrere Meter zurückgeschleudert. Trotzdem konnte ich erkennen, daß das Flintenlaufgeschoß ein riesiges Loch in seine Brust gestanzt hatte, durch das man problemlos durchsehen konnte.

Ich richtete mich in eine sitzende Haltung auf und sah, daß Denise zu mir her rannte. Ich rief ihr zu, sie solle in Deckung gehen oder sich auf den Boden legen, da ich mit hellem Entsetzen sah, daß Blondy nicht mehr in die Richtung der Hütte feuerte, sondern in unsere Richtung zielte.

Natürlich gehorchte sie nicht. Wenn ich ehrlich bin, hatte ich das auch gar nicht erwartet. Dafür kannte ich sie mittlerweile doch viel zu gut.

Ich sprang auf, so schnell mir das mit meinen Verletzungen nur möglich war, und lief ihr entgegen. Aber es war schon zu spät. Plötzlich warf sie die Arme in die Luft. Es sah fast so aus, als hätte man sie von hinten in den Rücken geschlagen. Sie flog nach vorn und stürzte schwer zu Boden.

Mein Traum von heute nacht sprang mich an wie ein Tiger. Die Gleichheit der Ereignisse war unverkennbar. Nur ein vollkommen unbelehrbarer Mensch würde jetzt noch behaupten, daß Träume nichts mit der Realität zu tun haben, daß es etwas Übersinnliches nicht gibt. Ich muß zugeben, auch für mich war das eine vollkommen neuartige Erfahrung.

Ich riß meine Glock aus dem Holster und feuerte auf Blondy. Ohne Unterbrechung jagte ich Schuß auf Schuß aus der Waffe. Gleichzeitig mußten auch Joshua und Johny wieder das Feuer eröffnet haben. Blondy wußte gar nicht mehr, wohin er zuerst schießen sollte. Aber das stellte kein echtes Problem mehr für ihn dar. Er wurde jetzt mehrfach getroffen. Ob die Kugeln von mir oder den beiden Cartwright-Brüdern stammten, war dabei unerheblich. Sein Körper zuckte unter den Einschlägen, und er führte einen wahrhaft makabren Tanz auf, bevor er endlich mit Einschüssen übersäht, zu Boden ging.

Meine Waffe arretierte mit offenem Schlitten. Ich hatte die gesamten 17 Schuß, die in der Waffe waren, auf Blondy abgegeben. Ich ließ die Glock fallen und ging zu Denise, die keine fünf Meter vor mir auf der Erde lag.

Ich sah sofort, daß sie schwer getroffen worden war. Ein blutroter Fleck auf ihrer hellen Bluse zeigte an, wo sie in den Rücken getroffen worden war. Der Fleck wurde schnell größer. Ich ließ mich auf meine Knie nieder und drehte Denise vorsichtig auf den Rücken. Ihre Augen waren offen, weit offen, und sie sah mich voll an. Ein Lächeln überzog ihr Gesicht, als sie mit schwacher Stimme sagte:

„Du lebst, Michael! Ich bin ja so glücklich!"

Ich blickte in ihre Augen und sah, wie sie brachen. Sie starb mit einem Lächeln auf den Lippen.

Ich fühlte eine unbeschreibliche Trauer in mir aufsteigen. Ich verspürte keinen körperlichen Schmerz mehr. Vergessen waren meine Verletzungen an der Schulter, an den Rippen und am Kopf. Der Schmerz, den ich jetzt verspürte, war von einer ganz anderen Art. Ich brüllte diesen Schmerz hinaus.

Ich wollte meine Liebe zu mir hochziehen, sie umarmen und festhalten, sie nie wieder loslassen.

Der Tritt traf mich vollkommen überraschend, ohne jegliche Vorwarnung. Er traf mich in meine linke Seite, in die bereits verletzten Rippen.

Es war ein mächtiger Tritt, und er riß mich von Denise weg. Ich wurde zur Seite geschleudert, als hätte mich ein D-Zug gestreift. Ich überschlug mich mehrfach und kam auf meine Knie zu liegen.

Ein riesiger Schatten vor meinen Augen machte mir klar, daß Goliath sich noch ein wenig mit mir beschäftigen wollte. Anscheinend hatte er Charly nun endlich fertiggemacht und war jetzt auf der Suche nach einem neuen Opfer.

Ich fühlte den Tritt nur kurz. Obwohl der Riese mich in die linke Seite getreten hatte, die heute doch schon wesentlich mehr als nur leicht lädiert worden war, wurde der Schmerz sofort von einer anderen Empfindung verdrängt. Ein völlig anderes Gefühl kam unaufhaltsam in mir hoch, machte sich in mir breit, wurde zu einem übermächtigen, alles überlagernden Gefühl.

Goliath hatte einen dreckigen Fehler gemacht. Es wäre besser für ihn gewesen, er hätte mich erschossen, als er die Möglichkeit dazu gehabt hatte, als ich, versunken in meine Trauer, neben meiner Denise gekniet hatte.

Er hatte etwas entfesselt in mir, was mir selbst unheimlich ist, was ich selbst nicht erklären kann.

Ich fühlte, wie der Zorn in mir aufstieg. Ich kannte dieses Gefühl. Ich hatte es schon ein paarmal erlebt. Beim allerersten Mal war ich hinterher selbst erschrocken. Hinterher, nicht während des Ausbruchs. Denn während so eines Ausbruchs spüre ich überhaupt nichts mehr. Ich verliere irgendwie regelrecht die Kontrolle über mich selbst. Es ist allerdings nicht so, daß ich hinterher nicht mehr weiß, was ich getan habe, nein, ich kann nur einfach nicht erklären, wie ich das geschafft habe, was ich getan habe. Ich kann dieses Phänomen nicht erklären. Ich weiß nur, daß es da ist, und daß ich es nicht steuern kann. Onkel Nick, der es schon zweimal miterlebt hat, nennt es das „Erbe der alten Berserker".

Und jetzt war sie wieder da, diese unbeschreibliche, unbezähmbare Wut. Ich konnte richtiggehend körperlich fühlen, wie sie in mir aufstieg, in heißen Wellen durch meinen Körper lief, immer mehr Besitz von mir ergriff.

Ich richtete mich auf. Heute sah ich sogar alles nur durch einen blutroten Schleier. Ich hielt es für eine neue Variante.

Goliath stand noch neben Denise. Er sah mich mit haßerfüllten Augen an und kam jetzt mit großen Schritten auf mich zu. Aus dem Stand heraus sprang ich in die Luft und empfing ihn mit einem stahlharten Tritt in den Leib, kurz oberhalb seiner Gürtelschnalle. Auch ein Mann seiner Statur zeigte hier Wirkung. Er knickte mit dem Oberkörper leicht ein und brachte somit seinen Kopf in eine recht angenehme Position für meinen nächsten Schlag. Ich drehte mich wie ein Kreisel, nach links, einmal ganz um meine Achse, um mehr Schwung zu holen. Mein rechter Fuß traf den Riesen wie ein Dampfhammer seitlich am Schädel. Sein Kopf wurde zur Seite geschleudert, und er fiel auf sein rechtes Knie.

Ich ließ ihm keine Zeit, sich wieder aufzurappeln. Meine rechte Faust traf ihn seitlich, links am Unterkiefer. Er knickte noch mehr ein, fiel aber noch nicht um. Einem normalen Mann hätte der Schlag wahrscheinlich fast den Kopf abgerissen. Nicht so bei Goliath. Er kam schon wieder hoch, jedoch nur ein paar wenige Zentimeter. Erneut traf ihn meine rechte Faust auf die gleiche Stelle. Jetzt spürte ich, daß irgend etwas unter meiner Faust nachgegeben hatte. Ich hatte ihm nun doch endlich ein paar Zähne gelockert oder den Kiefer lädiert, vielleicht sogar gebrochen. Auf jeden Fall ging der Riese noch weiter zu Boden. Er mußte sich jetzt sogar mit seinem rechten Arm vom Boden abstützen. Ich sprang hoch und ließ mich voll fallen. Mein rechter, abgewinkelter Ellenbogen traf ihn links am Hals, genau an der Stelle, an der die Halsschlagader deutlich zu erkennen ist. Das war nun auch für einen Riesen wie Goliath zuviel. Er brach zusammen wie eine Brücke, deren Stützpfeiler man gesprengt hatte. Er fiel nach vorn auf sein Gesicht. Kein normaler Mann hätte diesen mörderischen Schlag überlebt. Bei Goliath nahm ich jedoch an, daß er lediglich das Bewußtsein verloren hatte.

Ich richtete mich wieder auf und wankte zu der Stelle, an der Denise lag. Ich spürte bei jedem Schritt, wie die Anspannung von mir wich, wie mein Adrenalinspiegel sank.

Das Gefühl der Raserei wich einer unendlichen Erschöpfung. Nur der rote Schleier, durch den ich meine Umgebung sah, blieb. Ich wischte mir mit der rechten Hand über meine Augen und stellte fest, daß mein gesamtes Gesicht blutüberströmt war. Aus einer tiefen Kerbe, links an meiner Stirn, lief das Blut nur so heraus. Erst jetzt, nach dem Kampf, ging mir auf, daß ich aus einer tiefen Wunde am Kopf blutete. Irgendeine verirrte Kugel oder ein Querschläger hatten mich wohl am Kopf gestreift.

Ich erreichte Denise. Johny kniete neben ihr, während Joshua mit seinem Gewehr die Gegend sicherte.

„Sie ist tot, Michael. Sie haben sie erschossen!" Johny hatte Tränen in den Augen.

Ich sank auf meine Knie nieder, setzte mich und verschränkte die Beine. Ich streckte die Arme nach Denise aus. Johny verstand sofort und bettete mir ihren Kopf in den Schoß. Ich sah auf ihr blasses Gesicht nieder. Sie war wunderschön. Ihr Gesichtsausdruck war ganz friedlich. Nichts deutete darauf hin, daß sie einen gewaltsamen Tod gestorben war.

Ich spürte, wie die Tränen in mir aufstiegen. Ich konnte sie nicht zurückhalten. Aus meinem Gesicht tropfte mein Blut auf ihre Bluse und auf ihren Hals. Mit meinem blutverschmierten Händen hielt ich ihren Kopf und stützte ihren Oberkörper. Ich schluchzte. Meine Trauer war unbeschreiblich. Mir fiel überhaupt nicht auf, daß ich selbst schwerverletzt war. Im Gegenteil, ich wunderte mich nur, wo all das Blut herkam, in dem die Liebe meines Lebens schwamm.

Irgendwann war mein Blutverlust dann wohl doch zu groß geworden. Ich verlor das Bewußtsein.

Kapitel 21

Epilog

All diese Ereignisse liegen nun schon wieder ein gutes halbes Jahr zurück. Ich befinde mich zur Zeit in Lyon, in Südfrankreich. Ich sitze an einem sehr schönen, alten Schreibtisch aus dunkler, massiver Eiche. Auf dem Schreibtisch liegt eine schon leicht abgegriffene Schreibunterlage aus bordeaux-rotem Rindsleder. Das Möbelstück steht direkt vor einem der hohen Fenster meiner Suite im Hotel „Louis Quinze". Ich sitze in einem massiven Stuhl aus der gleichen dunklen Eiche wie der Tisch. Der Stuhl hat eine leicht gebogene Rückenlehne, die mit dunkel patiniertem Leder gepolstert ist, genau wie die Sitzfläche und die beiden Armlehnen. Ich habe einen weiten, freien Blick auf die parkähnliche Gartenanlage des Louis Quinze.

Tante Alex hat mir, wie schon so viele Male zuvor, wieder einmal ein echt starkes Hotel reserviert. Das Louis Quinze ist ein großer alter Kasten, dessen Front aus mächtigen Granitquadern zusammengesetzt ist. Der Gast ist hier König. Er lebt wie Gott in Frankreich und muß auf keinen Komfort verzichten.

Ich bin auf dem Weg nach Limoges. Meine Route hat mich heute zum Bodensee geführt, durch den Schwarzwald, bis nach Kehl am Rhein. Dort habe ich die Grenze nach Frankreich überschritten und bin kurz danach auf die gebührenpflichtige französische Autobahn aufgefahren. Über Mulhouse ging es weiter, vorbei an Besançon, bis ich südlich von Dijon die E 1 erreichte. Von hier aus ging es weiter nach Süden, bis ich am frühen Abend in Lyon ankam.

Da man die gesamte Strecke von meiner Heimatstadt bis nach Limoges mit dem Auto unmöglich an einem Tag bewältigen kann, hat mir Tante Alex geraten, in Lyon einen Zwischenstop einzulegen. Morgen werde ich mit meinem AUDI 100 Quattro, der im Augenblick wohlbehütet in der Garage des Louis Quinze steht, einen kleinen Abstecher in die Umgebung von Lyon machen. Tante Alex hat hier gute Bekannte. Eine Freundin aus ihren Jugendtagen besitzt hier eine Apotheke. Ihr Mann ist Eigentümer eines großen Weingutes, auf dem ein wirklich edler Tropfen gedeiht. Zumindest sagen das all die Leute, die ihn einmal probiert haben. Ich selbst kann dazu kein Urteil abgeben. Ich verstehe nichts von Weinen, und ich mache mir auch absolut nichts daraus.

Ich kenne die Familie, die ich morgen aufsuchen werde. Sie waren schon einmal bei Tante Alex zu Besuch. Als Gastgeschenk hatten sie damals ein paar

Flaschen ihres eigenen Weins dabei. Alle waren begeistert von diesem Wein, nur mich ließ er vollkommen kalt. Als Banause, wie ich es auf diesem Gebiet nun einmal bin, hätte ich jederzeit eine Cola Light vorgezogen. Das habe ich natürlich nicht zugegeben. Denn, wie schon gesagt, es sind nette Leute, und ich wollte sie nicht beleidigen.

Da Lyon, zeitlich gesehen, etwa auf der Hälfte meines Weges nach Limoges liegt, hatte Tante Alex vorgeschlagen, dort einen Zwischenstop einzulegen und diesen mit einem kurzen Besuch bei ihren Bekannten zu verbinden. Ich sollte die Gelegenheit dann auch gleich nützen und eine Kiste des vielgelobten Weins einpacken, der allen außer mir so wundervoll geschmeckt hatte.

Mir macht der Aufenthalt nichts aus. Ich habe es nicht eilig. Ganz im Gegenteil, ich habe Zeit. Wenn ich ganz ehrlich bin, muß ich zugeben, daß ich sogar eine gewisse Scheu habe vor meinem Besuch in Limoges, bei den Eltern von Denise.

Was soll ich ihnen sagen, außer daß sie die Liebe meines Lebens gewesen ist, mir mehr bedeutet hat als mein eigenes Leben?

Wie soll ich ihnen erklären, daß ich heute noch aufwache, weil ich von ihr geträumt habe, daß ich nachts angeblich nach ihr rufe?

Würde es die Eltern von Denise überhaupt interessieren, daß sie glücklich, mit einem Lächeln auf den Lippen, gestorben ist?

Ich weiß nicht, wie ihre Eltern reagieren werden, ob sie überhaupt mit mir sprechen wollen. Vielleicht lassen sie mich ja nicht einmal ins Haus. Schließlich und endlich bin ich allein verantwortlich für den Tod ihrer Tochter. Wäre sie nicht bei mir gewesen, würde sie mit Sicherheit noch leben. Dazu kommt noch hinzu, daß das Verhältnis zu ihren Eltern allem Anschein nach nicht oder zumindest nicht mehr das beste gewesen sein muß. Sie hatte ja auch nie von ihnen gesprochen, nichts von ihnen erzählt.

Tante Alex hatte durchblicken lassen, daß ich mir von einem Besuch bei den Pierres nicht allzu viel versprechen sollte. Sie hatte nicht unbedingt den besten Eindruck von den Eltern meiner Denise.

Als es darum ging, die sterblichen Überreste von Denise zu bestatten, hatte Tante Alex alles gemanagt. Sie hatte den Eltern von den schrecklichen Ereignissen erzählt, und dabei hatte sich bei ihr immer mehr der Eindruck verfestigt, daß mein Mädchen ihren Eltern nicht allzu sehr am Herzen gelegen haben konnte. Anfangs führte sie dieses Verhalten auf den Schock über die grauenhafte Nachricht zurück. Aber später konnte man das nur mehr sehr schwer als Entschuldigung gelten lassen. Erst als Tante Alex erklärt hatte, daß wir alle Kosten für die Überführung und Bestattung übernehmen würden, waren die Pierres überhaupt bereit, ihre Tochter in Limoges beerdigen zu lassen. Allem Anschein nach wäre es ihnen auch egal gewesen, wenn man ihre Tochter gleich irgendwo im Yellowstone National Park verscharrt hätte.

Mir ist deshalb überhaupt nicht wohl, wenn ich an meinen Besuch bei ihren Eltern denke. Aber ich halte es für meine Pflicht, sie aufzusuchen und ihnen von ihrer Tochter zu berichten, da ich ja auf jeden Fall nach Limoges gefahren wäre.

Nichts und niemand kann mich daran hindern, das Grab meiner Denise aufzusuchen. Ich habe dort noch etwas zu erledigen. Ich will ihr noch ein paar letzte Dinge sagen, Worte, die ich ihr zu Lebzeiten leider nicht mehr hatte sagen können.

Es hätte nicht viel gefehlt, und ich würde meine Denise auf ihrem letzten Weg begleitet haben. Als ich vor einem guten halben Jahr, mit ihrem Kopf in meinen Armen, das Bewußtsein verloren hatte und über ihr zusammengebrochen war, hatten Joshua und sein Bruder Johny alles nur Mögliche versucht, um das Blut zu stillen, das aus meinen diversen Verletzungen strömte.

Joshua war unverletzt geblieben. Johny hatte eine Kugel ins linke Bein abbekommen, eine reine Fleischwunde, schmerzhaft, aber nicht weiter gefährlich. Charly war von dem Riesen zwar brutal zusammengeschlagen worden, hatte aber keine bleibenden Schäden erlitten.

Etwa eine Viertelstunde nach Beendigung der „Battle of Pelikan Creek", der „Schlacht am Pelikan Creek", wie unsere Auseinandersetzung mit den Männern von „GSC" in der örtlichen Presse in typisch amerikanischer Übertreibung genannt wurde, waren die ersten Ranger eingetroffen, die von Jimmy alarmiert worden waren. Ein Notarzt und Sanitätspersonal waren per Hubschrauber eingeflogen worden. Überhaupt setzte man alle Hebel in Bewegung, um zu retten, was noch zu retten war. In der Hauptsache ging es dabei um mich. Ich hatte irrsinnig viel Blut verloren, und es sah anfangs gar nicht so aus, als ob ich meine Verletzungen noch lange überleben würde. Im Krankenhaus versetzten mich die Ärzte in so eine Art künstliches Koma. Sie waren der Ansicht, das würde es meinem Körper erleichtern, sich zu erholen und sich zu regenerieren.

Ich habe an diesen Zeitraum, etwas mehr als zwei Wochen, so gut wie keine Erinnerungen. Mir sind lediglich ein paar Eindrücke geblieben, helle Lichter, blitzende Geräte mit unverständlichen Skalen und Anzeigen, sowie Menschen mit Mundschutz, in weißen und grünen Kitteln. Ich kann mich auch noch erinnern, daß Onkel Nick und Tante Alex neben mir saßen, als ich einmal kurz aufwachte. Onkel Nick trug einen Kopfverband und hatte den linken Arm in einer Schlinge. Tante Alex hielt meine rechte Hand. Ich glaube, sie hatten es anfangs gar nicht recht mitbekommen, daß ich für einen kurzen Augenblick das Bewußtsein wiedererlangt hatte. Ich hatte die beiden schon etliche Sekunden im Blick und versuchte gerade, zusammenzusortieren, wo in aller Welt ich denn war und warum ich hier lag, als Tante Alex plötzlich einen leisen Schrei ausstieß.

„Er hat die Augen geöffnet! Nick, schau doch nur! Er sieht uns an!" Bei diesen Worten stieß sie ihren Mann unsanft in die Rippen. Beide beugten sich über mich, und ich konnte die Freude in ihren Augen sehen.

Ich wollte auch etwas sagen, so in der Art von „Hi, wie geht's euch?", brachte aber nur ein unverständliches Krächzen zustande. Dann fielen mir auch schon wieder die Augen zu.

Als ich dann später endlich wieder richtig zu mir kam, endlich wieder voll ins Leben zurückgefunden hatte, standen ein Haufen Leute um mich herum, die mich alle beglückwünschten, Ärzte, Schwestern und sonstiges Pflegepersonal. In der ganzen Menge kannte ich nur zwei Personen, Tante Alex und Joshua.

Onkel Nick war bereits wieder zurück nach Deutschland geflogen, um die Dinge dort zu regeln und um in der Firma nach dem rechten zu sehen.

Ich war mir zu Anfang gar nicht so ganz sicher, ob ich mich wirklich freuen sollte, als mir all die Menschen glücklich zulächelten und mich wieder unter den Lebenden begrüßten. Meine Gedanken waren ständig bei Denise.

Tante Alex erzählte mir dann, was sich während meiner geistigen Abwesenheit alles ereignet hatte, was ich aufgrund meines künstlichen Komas verpaßt hatte. Schonend brachte sie mir bei, daß Denise in Limoges bereits bestattet worden war. Sie hatte ihr, gemeinsam mit Onkel Nick, die letzte Ehre erwiesen. Sie hatten sie zwar nicht gekannt, aber von mir ja gewußt, was dieses Mädchen mir bedeutet hatte.

Onkel Nick hatte sich bereit erklärt, sämtliche anfallenden Kosten zu übernehmen, und Tante Alex hatte alles gemanagt. Ich konnte mir lebhaft vorstellen, was das die beiden alles an Zeit, Arbeit und Geld gekostet haben mußte, wie oft sie dabei Schwierigkeiten und Ärger erlebt hatten.

Sobald ich aus dem gröbsten heraus war und wenigstens einigermaßen sitzen konnte, wurde ich mit einem Ambulanz-Jet nach Deutschland zurückgeflogen. Bei den Versicherungen für seine Leute hat Onkel Nick noch nie gespart.

Die juristische Aufarbeitung und das gerichtliche Nachspiel unserer Auseinandersetzung am Pelikan Creek verlief wider Erwarten ohne nennenswerte Probleme. Das war hauptsächlich ein Verdienst des Cartwright-Clans. Ich hatte dieser Tatsache zuvor keine Beachtung geschenkt, aber die Cartwrights sind in ihrer Heimat eine hochangesehene Familie. Sie verfügen über beste Beziehungen bis hinauf zum Gouverneur des Staates Wyoming. Das erleichterte uns allen vieles, war natürlich aber insbesondere für mich äußerst hilfreich. Schließlich hatte ich als Ausländer mehrere Bürger der Vereinigten Staaten von Amerika in ihrem eigenen Land ins Jenseits befördert. Ich wurde jedoch lediglich am Krankenbett zweimal vernommen, von einem Police-Sergant und von einem Special-Agent des FBI. Bei beiden Vernehmungen war Joshua mit anwesend, als Beobachter, wie er sagte. In Wahrheit aber achtete er darauf, daß ich nicht zu sehr in die Mangel genommen wurde. Die Vernehmungen waren dann auch nicht viel mehr als Gespräche in angenehmer Atmosphäre. Es wurde auch kein Verfahren gegen mich oder gegen die Cartwrights eröffnet, obwohl es doch eine stattliche Anzahl von Toten gegeben hatte. Auf unserer Seite waren Denise und Stewy die einzigen Opfer. Auf der gegnerischen Seite hatte nur Blacky, den ich mit dem Paralyzer betäubt und dann in der Obhut des alten Dad Cartwright zurückgelassen hatte, die „Schlacht" unversehrt überstanden.

Goliath hatte zwar gleichfalls überlebt, jedoch hatte ich ihm mit meinem letzten Faustschlag den Kiefer gebrochen. Ihm hatten die Richter Gelegenheit gegeben, diese Verletzung im Staatsgefängnis von Wyoming auszukurieren. Sie hatten ihm dafür reichlich Zeit eingeräumt, über zehn Jahre.

So nach und nach erfuhr ich nun auch endlich, worum es bei der ganzen Angelegenheit wirklich gegangen war. Die Lösung des Rätsels war eigentlich überhaupt nicht schwierig.

„GSC" steht für „General Service Corporation". Die „GSC" ist eine renommierte, internationale Gesellschaft mit Tochterfirmen überall auf der ganzen Welt. Sie ist auf dem Gebiet der Wiederverwertung, des Recycling und der Abfallbeseitigung tätig. Im Rahmen dieser Aktivitäten ist sie spezialisiert auf Planung, Entwicklung und Erstellung von Anlagen jeglicher Größenordnung. Sie zeichnet verantwortlich für Wirtschaftlichkeitsberechnungen, stellt das technische Know-how und übernimmt die Bauaufsicht. Als multinationales Unternehmen verdient sich die „GSC" auf diese Weise eine goldene Nase am Müll unserer modernen Gesellschaft und an dessen Beseitigung.

Im konkreten Fall ging es um eine gigantische überregionale Müllverbrennungsanlage in meiner Heimatregion. Die Anlage war für zig Millionen errichtet worden und galt als Musterbeispiel einer umweltgerechten Entsorgung. Als sich Mißbildungen bei Neugeburten und unerklärliche Krankheitsbilder bei Menschen in der näheren Umgebung häuften, kam die Anlage vor einigen Jahren in Verruf.

Die Betreiber-Gesellschaft, eine Tochtergesellschaft von „GSC", konnte Dr. Heinrich als Berater gewinnen. Er war ein hochangesehener Fachmann auf diesem Gebiet, der zu dieser Thematik schon mehrere Bücher veröffentlicht hatte. Er erteilte der Anlage eine Art Unbedenklichkeitsbescheinigung und wies öffentlich jeglichen Zusammenhang mit Erkrankungen der Luft- und Atemwege von Personen aus der näheren Umgebung von sich.

Dr. Heinrich hatte einen sehr guten Ruf. Aber das, was die „GSC" ihm anscheinend geboten hatte, war wohl auch für ihn zu verlockend gewesen. Er hatte sich kaufen lassen. Irgendwann muß er dann wohl unvorsichtig geworden sein und einen Fehler gemacht haben. Auf jeden Fall hatten ihn die Leute von der „GSC" in der Hand gehabt und ihn zu weiteren falschen Stellungnahmen und Expertisen auch für andere Projekte gezwungen.

Dr. Heinrich sah bald nur noch eine einzige Möglichkeit, diesem Teufelskreis zu entkommen. Er wollte alles, was er besaß, zu Geld machen und irgendwo anders auf der Welt, irgendwo, wo ihn niemand kannte, seinen Reichtum genießen. Mit all seinem Geld wäre es ihm wahrscheinlich auch nicht schwer gefallen, seinen Traum zu verwirklichen.

Als seine Tochter Brigitte ihm in seiner Suite in Las Vegas den Koffer mit dem Geld und den Papieren gestohlen hatte, war er eigentlich nur deshalb dort gewesen, weil er sein Schweigegeld bzw. Schmiergeld persönlich abholen wollte. „GSC" war mit den Zahlungen in Verzug geraten, und er traute ihnen deshalb nicht mehr. Als er sein Geld in einem der großen Direktions-Büros abholen wollte, entdeckte er zufällig Beweismaterial in Form von schriftlichen Unterlagen, welches die General Service Corporation schwer belastete. Es gelang ihm, die Papiere unbemerkt mitgehen zu lassen.

Alles zusammen, ein Großteil seines eigenen Vermögens, das er bereits flüssig gemacht hatte, die letzte Rate von der „GSC" und die belastenden Papiere, hatte er in einem Aktenkoffer deponiert. Ausgerechnet diesen Aktenkoffer hatte ihm Brigitte, seine Tochter, geklaut.

Als das Verschwinden der belastenden Papiere von den Verantwortlichen bei „GSC" bemerkt wurde, war Brigitte mit dem Koffer schon über alle Berge, und die Jagd nach ihr begann.

Die Nutte, mit der Dr. Heinrich von seiner Tochter in flagranti erwischt worden war, stand auf der Lohnliste von „GSC". Sie war für seine Überwachung zuständig und erstattete laufend Bericht. Das wußte er zu Beginn allerdings nicht. Der alte Esel hatte sich geschmeichelt gefühlt und willig verführen lassen. Als die Verantwortlichen von „GSC" ihn nach dem Verschwinden der Papiere massiv unter Druck setzten, bemühte er sich vergeblich, seine Tochter herauszuhalten. Seine wasserstoffblonde Bettgefährtin verriet ihren Auftraggebern sofort, daß seine Tochter in der Suite gewesen war.

Seine Geschäftspartner bei „GSC" drohten Dr. Heinrich nun offen mit der Ermordung seiner Frau und seiner Tochter für den Fall, daß die belastenden

Dokumente nicht umgehend gefunden und wieder an „GSC" zurückgegeben werden oder gar an die Öffentlichkeit gelangen sollten. Um ihrer Forderung nach Rückgabe der Unterlagen mehr Nachdruck zu verleihen, entführten sie schon zwei Tage nach Brigittes Verschwinden Frau Heinrich. Sie setzten ihren Mann nun dermaßen unter Druck, daß er überhaupt nicht mehr wußte, was er nun tun sollte.

Als Dr. Heinrich von Onkel Nick erfahren hatte, daß es mir gelungen war, seine Tochter und ihren Freund Johny im Yellowstone National Park aufzustöbern, war er nach Las Vegas geflogen, um seiner Tochter beizustehen. Er hoffte, er könnte sie vor der Rache der „GSC" beschützen. Als er aber endlich voll begriffen hatte, in welche Gefahr er seine Tochter gebracht hatte, war es leider schon viel zu spät.

All das erfuhren Onkel Nick und ich aus einem Brief, den Dr. Heinrich bei einem Notar mit dem Vermerk hinterlegt hatte, daß er im Falle seines Todes an Onkel Nick übergeben werden sollte. Er hatte darin ein volles Geständnis abgelegt und zugleich Licht in die dunklen Machenschaften von „GSC" gebracht. Er bat uns darin sogar um Verzeihung dafür, daß er uns so hinters Licht geführt hatte. Aber er hatte einfach nicht den Mut aufgebracht, uns die Wahrheit zu erzählen.

Mit diesem Brief hatte er seinen Gegnern bei „GSC" noch posthum die Suppe versalzen und einen Strich durch ihre sorgsam ausgeklügelte Rechnung gemacht. Wie mir mein geschniegelter Freund von „GSC" bereits in der Western Cabin eingestanden hatte, war Dr. Heinrich schon einen Tag vor der Schlacht am Pelikan Creek umgebracht worden. Gefunden wurde er jedoch erst zwei Tage danach. Er lag tot in der Pantry eines Hausbootes auf dem Lake Mead, einem Stausee des Colorado-River in der Nähe von Las Vegas. Man fand einen handgeschriebenen Abschiedsbrief von ihm. Der Brief war total wirr und unsinnig. Wahrscheinlich hatten die Leute von der General Service Corporation Dr. Heinrich gezwungen, diesen Mist zu schreiben. Sie wollten damit vortäuschen, er habe durchgedreht und Selbstmord begangen.

Vermutlich wären sie damit sogar durchgekommen, wenn da nicht dummerweise noch der Brief bei dem Notar gewesen wäre.

Wenigstens blieb es Dr. Heinrich auf diese Weise erspart, miterleben zu müssen, wie die Killer von „GSC" seine Frau zusammen mit seinem Haus in die Luft jagten.

Akribische Feinarbeit der Kriminalpolizei und der technischen Sachverständigen in Deutschland hatten nämlich ergeben, daß eine Bombe die Ursache für die fürchterliche Explosion gewesen war, bei der Frau Heinrich in ihrem Haus ums Leben gekommen war. Eine neugierige Nachbarin hatte ausgesagt, daß Frau Heinrich etwa zwei Stunden vor der verheerenden Explosion von zwei jungen Männern nach Hause gebracht worden war. Die beiden jungen Männer, deren Identität leider nie geklärt werden konnte, hatten das Haus dann wieder allein verlassen, ungefähr eine halbe Stunde vor der Explosion.

Sobald den Killern von „GSC" der Aufenthaltsort von Brigitte und den belastenden Dokumenten bekannt gewesen war, hatten sie mit der Beseitigung unliebsamer Zeugen und etwaiger Spuren begonnen. Mit einer großzügig dimensionierten Sprengung konnte man dabei zwei Fliegen mit einer Klappe erschlagen. Eine genaue Klärung der Vorgänge dürfte allem Anschein nach nie mehr möglich sein.

Geklärt werden konnte jedoch noch ein anderes Rätsel. Ich hatte mich doch im Yellowstone National Park die ganze Zeit über gefragt, warum die Schweinehunde von „GSC" mir immer eine Nasenlänge voraus waren, warum sie schon auf mich warten konnten, wenn ich irgendwo auftauchte.

Ich weiß ja nicht, wie die Spezialisten der Ermittlungsbehörden so etwas noch feststellen können, wenn sich ein Haus aufgrund einer Explosion in einen riesigen Trümmerhaufen verwandelt hat, aber die Männer dort waren sich absolut sicher. Das Telefon von Dr. Heinrich war abgehört worden, und irgend jemand hatte eine größere Anzahl von Wanzen im Haus verteilt.

Selbstverständlich nahmen alle an, daß „GSC" dahinter steckte. Nachgewiesen werden konnte ihnen das allerdings, wie so vieles andere auch, natürlich wieder einmal nicht. Für mich war es aber die einzig vernünftige Erklärung, wie die Kerle es fertiggebracht hatten, mir immer einen Schritt voraus zu sein. Der Mord an Brigittes Mutter konnte „GSC" leider ebenfalls nicht bewiesen werden.

Die restlichen Fakten, insbesondere das belastende Material aus dem Aktenkoffer, genügten jedoch für die Einleitung einer gerichtlichen Untersuchung gegen die General Sevice Corporation. Es kam jedoch nie zu einem Verfahren. Denn wie es bei einem Konzern dieser Größenordnung nicht anders zu erwarten war, bot „GSC" ein Heer von Staranwälten auf. Diese brachten es fertig, daß die Verantwortlichen, die Dr. Heinrich in seinem Brief beim Notar namentlich genannt hatte, ihren Kopf aus der Schlinge ziehen konnten.

Angeblich hatte Gerald Clusky, mein geschniegelter Freund im hellen Trenchcoat, im Hautberuf Sicherheitschef der „GSC", ohne jeglichen Auftrag, ja sogar ohne Erlaubnis, eigenmächtig und in unverantwortlicher Art und Weise seine Kompetenzen überschritten. Er allein soll der Schuldige bei all diesen Machenschaften gewesen sein. Das Gegenteil konnte den Verantwortlichen bei

„GSC" dank ihres Heeres an Staranwälten auch hier wieder nicht nachgewiesen werden.

Die Cartwrights, allen voran Dad Cartwright, hatten ihren gesamten Einfluß bis hinauf zum Gouverneur in die Waagschale geworfen. Sie wollten Rache für Stewys Tod. Aber es nützte alles nichts, die General Service Corporation war einfach zu mächtig.

Ich lag noch mehrere Wochen in Deutschland im Krankenhaus. Auch danach war ich alles andere als fit. Ich begann deshalb schon bald mit einem intensiven Training. Ich wollte nicht nur meine alte Kraft und Schnelligkeit wieder erlangen, sondern betrachtete das Training auch als so eine Art von Beschäftigungs-Therapie. Es half mir, nicht mehr ständig nur an Denise zu denken. Ein erfreulicher Nebeneffekt dabei war, daß ich heute schneller, stärker und gefährlicher bin als je zuvor.

Ich mache mir bis heute noch Selbstvorwürfe und gebe mir die Schuld am Tod von Denise. Tante Alex hat sich viel und oft mit mir unterhalten. Wir haben lange Gespräche geführt. Ihre Ansichten und Meinungen zu meinen Schuldgefühlen haben mir viel geholfen.

Im Laufe der vergangenen Monate habe ich mich jedoch zu einem festen Entschluß durchgerungen.

Ich werde übermorgen von Lyon aus weiter nach Limoges fahren. Ich werde den Eltern von Denise einen Besuch abstatten.

Unabhängig davon werde ich das Grab von Denise aufsuchen. Ich werde dreiundzwanzig rote Rosen auf ihr Grab legen, für jedes Jahr, das sie erleben durfte, eine Rose. Ich werde mit Denise reden, und ich werde ihr dabei ein festes Versprechen geben. Und ich werde dieses Versprechen einhalten. Ich hoffe, wir werden dann beide Ruhe finden.

Ich weiß noch nicht, wie lange ich in Limoges bleiben werde, wahrscheinlich nur kurze Zeit. Dann fahre ich mit meinem AUDI zurück nach Hause. Einen Tag später werde ich schon in einem Flugzeug sitzen, das mich nach Los Angeles bringen wird.

Dort werde ich ein Schließfach in der Barclays Bank aufsuchen. Dann werde ich mir einen Lincoln Towncar mieten und nach Las Vegas fahren.

Es gibt da bei „GSC" zwei Direktoren, die Dr. Heinrich in seinem beim Notar hinterlegten Brief namentlich erwähnt und beschuldigt hat. Die beiden Herren kennen mich noch nicht. Ich will mich ihnen vorstellen.